俄罗斯精短文学经典译丛
诗意自然系列

萨哈林岛

汪剑钊 主编

【俄】契诃夫 著

李莉 译

读者出版传媒股份有限公司
敦煌文艺出版社

图书在版编目（ＣＩＰ）数据

萨哈林岛 /（俄罗斯）契诃夫著；李莉译. -- 兰州：敦煌文艺出版社，2013. 12(2023.4 重印)
（俄罗斯精短文学经典译丛）
ISBN 978-7-5468-0625-9

Ⅰ.①萨… Ⅱ.①契… ②李… Ⅲ.①散文集—俄罗斯—近代 Ⅳ.①I512. 64

中国版本图书馆CIP数据核字（2013）第295585号

萨哈林岛

汪剑钊　主编

〔俄〕契诃夫　著

李　莉　译

责任编辑：孟孜铭

敦煌文艺出版社出版、发行

本社地址：（730030）兰州市城关区曹家巷1号

0931-8773084(编辑部)　　　0931-2131387(发行部)

三河市嵩川印刷有限公司

开本 787 毫米×1092 毫米　1/16　印张 16.25　插页 1　字数 230 千

2014 年 6 月第 1 版　2023 年 4 月第 3 次印刷

ISBN　978-7-5468-0625-9

定价：49. 80 元

出版说明

　　2013年，我社开始策划出版"世界精短文学经典译丛"，这套丛书约请国内最优秀的翻译家担任主编和译者，将世界几大主要语言写成的短篇作品择优选入，并按照一定的主题和体裁进行分类，以独特的视角呈现出各国文学的基本面貌，为我国读者了解世界文学提供了一个较为广阔的平台。"俄罗斯精短文学经典译丛"即是这套选题中的一种。

　　俄罗斯文学影响了中国几代人的成长，让他们形成了特有的精神风貌和对世界的认知方式，但因为复杂的历史原因，这一精神资源的承续和发展出现了断裂。为重新深入挖掘、整理俄罗斯经典文学的优秀资源，我们倾心推出"俄罗斯精短文学经典译丛"（20册），分为"诗意自然""诗意人生""诗意心灵"和"诗意生活"等四个系列，让读者再一次感受俄罗斯文学的独特魅力，在阅读中汲取有益的精神养分，提升对诗意生活的自觉追求，丰富人们的内心精神世界。

敦煌文艺出版社

2014 年 5 月

目 录 *CONTENTS*

I①

阿穆尔河畔尼古拉耶夫斯克城——贝加尔号轮船——普龙格角和利曼湾入口——萨哈林半岛——拉彼鲁兹,布劳顿,克鲁森施滕和涅韦尔斯科伊——日本考察者——焦列海角——鞑靼海岸——德卡斯特里。

1890年7月5日我乘船抵达尼古拉耶夫斯克城,我国最东端之一。阿穆尔河流至此河面非常宽阔,距海仅27俄里。这里地大而美,但是,关于它过去的记忆,旅伴们所讲的严冬和当地同样严苛的习俗故事,苦役场的逼近以及城市的荒凉景象,完全打消了人观景的兴致。

尼古拉耶夫斯克建成不久,于1850年,由大名鼎鼎的根纳季·涅韦尔斯科伊②所建,而这恐怕是城市历史的唯一亮点。1850至60年代,当时不顾士兵、囚犯和移民的性命播种文化,尼古拉耶夫斯克城设有地方官行政机构,形形色色的俄国和外国探险者蜂拥而至,受异常丰富的鱼类和野兽诱惑的移民大量来定居,而且显然城市还有人的需求存在,因为曾有一位过路科学家认为,有必要并可以在此地的俱乐部里举办公共讲演。③而现在近半数房屋人去楼空,颓败,没框的黑洞洞的窗子望着你,犹如骷髅的眼窝。居民们醉生梦死,忍饥挨饿,听天由命。他们安于给萨哈林供鱼,滥采黄金,盘剥原住民,出售

---

① 本文注释除特别注明外,均为作者原注。——译者

② 根纳季·伊万诺维奇·涅韦尔斯科伊(1813-1876),俄国海军上将,1849-1855阿穆尔河探险负责人,契诃夫多次援引的《俄国海军军官1849-1855年在俄国远东之功勋》(圣彼得堡,1878年)一书的作者。——译者

③ 这里指的是 Ф.Б.施密特院士(1832-1908),著名的俄国植物学家、地质学家、古生物学家。在尼古拉耶夫斯克做过两场关于阿穆尔河与萨哈林新旅行探险的讲座。

鹿茸,中国人用它制取使人兴奋的药丸。在从哈巴罗夫斯克①到尼古拉耶夫斯克的路上,我曾遇到不少走私贩子,在这里他们并不隐瞒自己的职业,其中一人还给我看金沙和一对鹿茸,自豪地跟我说:"我父亲也是走私贩子!"盘剥原住民,除了惯常的灌醉、哄骗等,也会有其他独特的方式。譬如,尼古拉耶夫斯克已故的商人伊万诺夫每年夏天都去萨哈林,向那里的吉利亚克人收取贡品,不交的人就被拷打和吊死。

城里没有旅馆。在公共俱乐部,允许我饭后在里面午休一会儿的大厅,天花板低矮,听说冬天用来办舞会。至于我的问题——我可以在哪里过夜,得到的回答是耸耸肩膀而已。无奈,只得在邮轮上过了两个晚上,到它返航哈巴罗夫斯克,我却搁了浅:去哪儿呢?我的行李放在码头,我沿河岸走来走去,不知如何是好。刚好对着城市,离岸两三俄里远,泊着轮船"贝加尔号",我将乘它去鞑靼海峡。但据说它要四五天后才出发,再早不了,即便它的桅杆上已经挂上了起航的旗子。难不成上"贝加尔号"?也不行:大概不会让上的,肯定说还早呢。起风了,阿穆尔河昏暗下来,像大海那样波涛汹涌。真发愁。我走到俱乐部,在那里慢吞吞地吃着饭,听邻桌谈金子、鹿茸、尼古拉耶夫斯克来的魔术师,有那么个日本人,他拔牙不用钳子只用手。倘若专心多听一会儿,那么,上帝啊,这里的生活距离俄国何其遥远啊。从风干的大马哈鱼咸脊肉开始,这里拿它配伏特加酒,到结束的话题,全都是这里自己独有的,而非俄国的。在阿穆尔河航行时,我就有这样的感觉,仿佛我不是在俄国,而是在巴塔哥尼亚或得克萨斯的某个地方,甚至自然景色也是奇特的,不是俄国的。我一直觉得,我们俄国的生活方式对阿穆尔本地人而言完全是陌生的,普希金和果戈理在这里不被理解,因此也不被需要,我们的历史枯燥无聊,而来自俄国的我们,仿佛是外国人。对于宗教和政治,我发现这里毫不关心。我在阿穆尔河上看到神甫们在斋戒期吃荤,顺便提一句,他们中间那个穿白绸长外衣的,人家告诉我,他做滥采黄金这行,跟自己的教民有一拼。如果想让阿穆尔人无聊和打瞌睡,就跟他们谈政治,谈俄国政府,谈俄国艺术。这里的道德观念也

---

① 1893年10月以前叫哈巴罗夫卡。(即伯力。——译者)

自成一体，不像我们的。既崇尚骑士风度地对待妇女，同时也不以为钱典妻而耻；更有甚者，在这边没有偏见地对待流放犯，与他们不分彼此，一视同仁，但在另一边，在森林里像射杀猎狗一样射杀流浪的中国人，有时连偷偷猎杀逃犯都算不上犯罪。

还是接着说我自己吧。没找到住的地方，傍晚我决定上"贝加尔号"，可又有了新麻烦：河里翻起大浪，划船的吉利亚克人给多少钱都不载。我又在岸边徘徊，不知所措。这时太阳已经落山，阿穆尔河的浪涛黑暗下来。此岸和彼岸吉利亚克人的狗在狂吠。我干吗要来这里？我问自己，想来我的旅行太轻率了。而且想到苦役场已近，再过几天我将踏上萨哈林的土地，没带任何介绍信，我可能被要求返回，这念头令我不安。但是，总算有两个吉利亚克人答应收一卢布搭载我，于是乘三块木板钉起来的小船，我顺利登上"贝加尔号"。

这艘航海的轮船体量中等，乘过贝加尔湖和阿穆尔河的轮船后，这艘商船在我看来好太多了。它在尼古拉耶夫斯克、符拉迪沃斯托克①和日本港口之间航行，运载邮件、士兵、囚犯、旅客和货物，主要是官方的；按照签订的合约，官方付给它丰厚的补贴，它则必须在夏季多次前往萨哈林：到亚历山大罗夫斯克哨所和南部的科尔萨科夫斯克哨所。运费之高，恐怕世间难找。移民首先需要的是来去自由和容易，如此之高昂的运费完全难以理解。"贝加尔号"的餐厅和船舱虽然逼仄，但在整洁度与陈设方面完全欧化，还有一架钢琴。这里的仆役是梳长辫子的中国人，他们被用英语叫作"包衣"。厨师也是中国人，不过他的厨艺是俄式的，尽管所有的菜肴都给香料弄得发苦，闻着像波斯菊味儿。

因为读过大量关于鞑靼海峡暴风雨和浮冰的资料，我设想在"贝加尔号"上会碰到捕鲸人，这些人嗓音嘶哑，说话口沫横飞，嚼着烟草谈天。其实呢，看到的尽是些有知识的人。船长Л先生是西部人，在北部海域航行已经30多年，无处不到。他一生见多识广，谈吐风趣。在堪察加和千岛群岛转悠了半辈子，他倒比奥瑟罗更有权利谈什么"不毛之地、恐怖深渊、绝迹悬崖"。感谢

---

① 即海参崴。——译者

他为我的札记提供了很多有用的资料。他有三个助手：Б先生，著名天文学家Б的侄子；两个瑞典人，伊万·马尔丁内奇和伊万·韦尼阿米内奇，善良而彬彬有礼。

7月8日，午餐前，"贝加尔号"起锚了。与我们同行的，有由一名军官指挥的3百名左右士兵和几名囚犯。有个犯人带着一个5岁的小女孩，上舷梯时，他女儿就牵着他的镣铐。另有一个女苦役犯引人注目，她丈夫自愿来陪她服苦役。①除了我和军官，还有几个头、二等舱的男女旅客，甚至还有一位男爵夫人。请读者别因为在这样的荒原中有知识的人如此之多而惊讶，在阿穆尔河与滨海省，有知识的人在不多的居民中占的比例不小，相对多于俄国任何一个省份。在阿穆尔河流域有座城市，只有将军、军人和文职人员，共16人。现在他们那里可能人又多了。

天气平和晴朗。甲板上热，船舱里闷，水温18摄氏度。这种天气在黑海常有。右岸的森林里着火了，辽阔的绿野喷射出深红色的火焰，滚滚浓烟连成一条又长又黑，纹丝不动的带子，悬挂在森林之上……火势极大，但周围却很平静，森林被毁跟谁都没关系。显然，绿色财富在这里只属于上帝。

午餐后，6点左右，我们已经到达普龙格角。亚洲到此为止，假如前方没有萨哈林，那就可以说，阿穆尔河在这里汇入太平洋了。我们眼前舒展开利曼湾入口，前方隐约可见一条雾蒙蒙的带子，那就是苦役岛，左边，曲曲折折、隐没在雾中的海岸，消失在未知的北方。仿佛这里就是天尽头，再无处可去。盘绕心头的感觉，大概就是奥德修斯当年航行在陌生的大海，惶恐不安地预料撞上魔怪时所经受的。果不其然，就在拐进利曼湾入口的转弯处，那边的浅滩上有一个吉利亚克人的小村落，从右边，两条小船载着一些怪物朝我们疾驰而来，他们喊着听不懂的语言，还挥着什么东西。弄不明白他们手里的是什么，等他们靠近时，我才看清楚是些灰色的飞禽。

---

① 在阿穆尔河邮轮和"贝加尔号"上，囚犯安置在甲板上，与三等舱旅客一起。有一天清晨我到前甲板散步，看到士兵、妇女、儿童、两个中国人和戴着镣铐的囚犯拥挤着在熟睡，身上打满露水，而天很凉。押运兵站在人堆中，双手抱枪，也睡着了。

"他们是想卖给我们打死的大雁。"有人解释。

向右转，一路上都布有航道标志。船长不离驾驶台，技师不出机舱。"贝加尔号"越开越慢，摸摸索索地走着。需要格外当心，因为这里容易搁浅。轮船吃水12英尺，它驶过的地方有的仅14英尺，甚至有的时候，我们听得到船底擦到沙子的声音。正是这条浅水航道以及鞑靼海峡和萨哈林海岸共同营造的独特景象，成为长期以来萨哈林在欧洲被视为半岛的主要原因。1787年6月，著名的法国航海家拉彼鲁兹伯爵①在北纬48°以北的萨哈林西岸登陆，并与原住民交谈。据他留下的记述判断，他遇到的不单是生活于此的虾夷人，还有来与虾夷人做生意的吉利亚克人，这些人经验丰富，既熟悉萨哈林的沿岸，也熟悉鞑靼海峡的沿岸。他们在沙地上画图，给拉彼鲁兹解释，他们住的地方是个岛，这个岛与大陆和北海道（日本）都隔着海峡。②然后，沿西海岸北上，拉彼鲁兹估算能找到从北日本海到鄂霍次克海的通道，以此大大缩短自己到堪察加的航程。然而海峡却越行越浅，每走1海里就浅1俄丈，③他的北上航行的船开到水深9俄丈处便停止了。海底逐渐抬高，海峡内几乎看不出有海流，这使他断定自己所处非海峡，而是海湾，所以是地峡将萨哈林与大陆相连接。在德卡斯特里他再次会见吉利亚克人。当他在纸上画了一个与大陆分离的岛时，其中一个吉利亚克人从他手里拿过铅笔，划了一条贯穿海峡的线，解释说，吉利亚克人有时不得不将自己的小船拖过这条地峡，那上面甚至还能长草。于是拉彼鲁兹明白了。这也更加让他确信，萨哈林是半岛。④在他之后9年，英国人

---

① Ж·Ф·拉彼鲁兹（1741-1788），曾几次航海，其中最著名的是1785-1788年的环球航行，那次他探险了堪察加和萨哈林，为纪念拉彼鲁兹，萨哈林岛与日本北海道岛之间的海峡以他命名。

② 拉彼鲁兹写道，他们管自己的岛叫"乔科"，但显然这一称呼吉利亚克人指的是别的地方，他也没明白他们的意思。在我们的旅行家、院士、罗蒙诺索夫的战友、第二次堪察加探险参与者克拉舍宁尼科夫（1711-1755）绘制的地图上，在萨哈林岛西岸标注着丘哈河。这条丘哈河与乔科有没有什么共同点？顺便提一下，拉彼鲁兹写道，画着岛叫它乔科时，那人还画了一条河。乔科翻译过来即"我们"。

③ 1俄丈等于2.434米。——译者

④ 这里顺便提一下涅韦尔斯科伊的考据：通常当地人在两岸之间画线，是为表明可以乘小船从此岸到彼岸，这也就是说两岸之间存在海峡。

布劳顿来到鞑靼海峡。他的船不大，吃水不超过9英尺，所以他比拉彼鲁兹走得更远些。停泊在水深2俄丈的地方，他派助手北上测量。助手在航路上的浅滩中也遇到过深水区，可是它们都逐渐变窄变浅，还将他一会儿引向萨哈林海岸，一会儿又引到另一边矮平的沙岸，于是乎形成这么一种情景，好像两边海岸在合拢，海湾似乎在此到了头，任何通道都没了。这样一来，布劳顿想必也得出了拉彼鲁兹的结论。

国内著名的克鲁森施滕①于1805年考察过岛屿海岸后，也犯了同样的错误。他的萨哈林航行已抱有先入为主的想法，因为用的是拉彼鲁兹的地图。他沿着东海岸航行，绕过萨哈林北部的一个个海角，进入那条由北往南贯通的海峡，按说离破解谜语应该非常之近了，然而逐渐变浅至3俄丈的水深，水的比重，主要是先入为主的成见，让他还是承认了地峡的存在，虽然他并未看到。不过他毕竟起了疑心。"很可能，"他写道，"萨哈林很久以前，也许就在不久前，还是个岛屿。"返航时，他大概心情颇为不安：当他在中国第一次亲眼见到布劳顿的札记，他才"开心不少。"②

错误在1849年被涅韦尔斯科伊纠正。但是，他的先行者们权威如此之大，以至于当他将自己的发现报告彼得堡时，人们不相信他，当他狂妄，应受惩罚并将他"革职"，假如不是沙皇本人庇护，③视他此举为勇敢的、高尚的和爱国主义的，④还不晓得事态会如何发展。涅韦尔斯科伊是个精力充沛、性情

---

① 伊万·费多罗维奇·克鲁森施滕（1770-1846），杰出的俄国航海家和社会活动家，海军上将，彼得堡科学院名誉院士，俄国地理学会创始会员。1802年被任命为1803-1806年俄国第一次环球探险队长，探险了萨哈林、堪察加、千岛群岛和日本。1809-1812年出版了3卷集著作《1803-1806年乘"希望号"、"涅瓦号"的环球旅行》。1823-1826年出版2卷本《南海地图》。

② 三个严肃的研究者约好了似的重复同一个错误，这种情况不言自明。他们未发现阿穆尔河入口是因为，他们为考察所掌握的资料太少，然而重要的是，作为极富才能的人，他们怀疑过，几乎猜到另外那个真理，也必定会重视它，即地峡和萨哈林半岛不是神话，曾经真实存在过，今天业已证实了。萨哈林探险史况见于尼科利斯基《萨哈林岛及岛上的脊椎动物》一书。该书中可以找到关于萨哈林相当详细的文献书目。

③ 契诃夫指的是外交部长，一等文官涅谢利罗德对涅韦尔斯科伊的攻讦。在契诃夫的草稿里有记号。（П.叶廖明注）

④ 详情见他的著作《俄国海军军官1849-1855年在俄国远东之功勋》。

刚烈，有教养、肯牺牲、讲人道，充满理想且矢志不渝，道德纯洁的人。一个认识他的人写道："比他更诚实的人我没碰到过。"在东部沿海和萨哈林那5年中，他做出了辉煌的事业，但却失去了女儿，是饿死的。他老了，衰老并失去健康的还有他的妻子，"年轻的、可爱的、和蔼的女人"，勇敢地承受所有的困厄。[①]

要终结地峡与半岛的问题，我认为有必要公开几个细节。1710年，北京的传教士奉中国皇帝圣旨绘制鞑靼海峡地图，绘制时传教士使用了日本的地图，显然，因为当时知道拉彼鲁兹海峡和鞑靼海峡可以通行的只有日本人。地图寄到法国，因被收进地理学家丹维尔的地图册而广为人知。它引起一个小误会，赖于此才有了萨哈林这个名字。在萨哈林西海岸，正对阿穆尔河口的地方，传教士在地图上标注的是"Saghalien-angahala"，蒙古语意为"黑河岩礁"。[②]这也许是阿穆尔河口某个峭壁或海岬的名称，在法国却被理解为就是岛屿本身了。萨哈林由此得名，并被克鲁森施滕和俄国地图所沿用。日本人称萨哈林为喀拉夫托或喀拉夫图，意为中国的岛。

---

① 涅韦尔斯科伊的妻子，叶卡捷琳娜·伊万诺夫娜，从俄国来找丈夫时，23天里走了1100俄里。她生着病，穿越泥泞的沼泽、荒无人烟的原始森林和鄂霍次克的冰道。涅韦尔斯科伊最有才华的战友，年仅20就发现帝王湾、被一个同僚称为"幻想家和小小孩儿"的博什尼亚克，在自己的札记中述说："我们乘'贝加尔号'运输船一起到阿扬，在那里换乘'舍列霍夫号'帆船。帆船开始沉没时，谁都无法说服涅韦尔斯卡娅夫人第一个上岸。'指挥官和军官最后离开，'她说，'我要等到船上一个妇女和儿童都没有时再离船。'她也是这么做的。当时帆船已经侧翻了……"博什尼亚克接着写道，他常与涅韦尔斯卡娅夫人接触，他和同事们从未听到过她一句抱怨或不满的话，相反，她始终平静而高傲地承受上天给予她苦难却崇高的安排。她通常独自过冬，因为男人们都在执勤，房间里只有5℃。1852年堪察加的给养船没来，大家都陷入绝境。吃奶的孩子没有牛奶，病人没有新鲜的食物，有几个人因为坏血症死去。涅韦尔斯卡娅献出唯一一头奶牛供大家享用，所有新鲜的食物给大家吃。她对原住民也朴实大方，关怀备至，这一点连不开化的野蛮人都感觉到了，而当时她才19岁（博什尼亚克中尉《阿穆尔地区探险记》，《海洋文集》1859年第2期）。关于她与吉利亚克人令人感动的关系，她丈夫在自己的札记中也有提及。"叶卡捷琳娜·伊万诺夫娜，"他写道，"让他们（吉利亚克人）在我们以前唯一的厢房里，既当厅堂，又当客厅、餐厅的房间里，围成圈坐在地板上，挨着一个盛满粥或茶的大碗。他们受到如此款待，不住地拍女主人的肩膀，一会儿差她拿塔姆奇（烟草），一会儿差她倒茶。"
② 这里原为满语，意思是"黑江顶嘴"。——译者

日本人的著作传到欧洲时要么太晚，已经不需要了；要么被篡改。在传教士的地图上萨哈林是岛屿状，丹维尔却怀疑它，在岛屿和大陆之间画上地峡。日本人是最先考察萨哈林的，始于1613年，但是这在欧洲没什么意义，以至于后来俄国人和日本人解决萨哈林的归属问题时，在谈论和书写最先考察权的都是些俄国人。①

早就该对鞑靼海峡和萨哈林海岸做新的，尽可能细致的考察了。目前的地图不能令人满意，这从军事和商用船只经常搁浅、触礁，大大多于报道上可见一斑。拜糟糕的地图所赐，这里的船长们非常谨慎、多疑，神经兮兮的。"贝加尔号"的船长不相信官方的地图，用的是航行过程中自己绘制和矫正过的地图。

为了不搁浅，Л先生决定夜间停航，日落后我们在焦列角附近下锚。就在海岬的山顶上有一座孤零零的小房子，里面住着在航道上放置航标并检查的海军军官Б先生，屋后是茂密的无法通行的原始森林。船长给Б先生送来鲜肉，我趁便搭小舢板上岸。一堆光溜溜的大石头算是埠头，得跳着过去，通向山顶小屋的是原木阶梯，几乎与地面垂直，爬起来必须用手抓紧。真吓人啊！我朝山上小屋爬时，一堆堆的蚊子围住我，乌央乌央的，我的脸和手都给咬了，又没法轰赶。我想，要是在这里露宿，不围着自己点上篝火的话，那可能会死，至少也会发疯。

小屋被门厅分成两部分：左边住水兵，右边住军官一家。主人没在家，我见到一位穿着讲究，有知识的妇人，是他的妻子，还有他的两个女儿，小小的女孩子，被蚊子叮满了包。所有的房间里每面墙壁上都挂满了绿绿的枞树枝，窗户都用纱布遮着，熏着烟，但丝毫不管用，还是有蚊子频频光顾可怜的小姑娘们。房间的布置一般，军营式的，但家具摆设颇为讲究，有品位。墙上挂着几幅绘画习作，其中有一张铅笔画的女人头像。原来Б先生是个画家。

---

① 日本土地测量员官间林藏于1808年乘小船航行西海岸时，曾到过阿穆尔河口的鞑靼海岸，并且不止一次往返于岛屿和大陆之间。他最先证明，萨哈林是岛屿。我国的旅行家施密特盛赞他的地图，认为该地图"极出色，看得出是独立测绘的。"

"您在这里过得好吗？"我问妇人。

"好的，就是有蚊子。"

鲜肉没让她高兴，按她所说，她和孩子们早已习惯了吃咸肉，鲜肉倒不爱吃了。

"再说，昨天炖了鲑鱼，"她又说。

送我回舢板的水兵愁眉苦脸的，他好像猜到我想问他什么，叹口气说："要是自愿，谁都不会来这儿！"

第二天清晨我们继续航行。风和日丽。鞑靼海岸锥形的山峰林立，薄薄地笼着一层青灰色的雾，这是从远处森林大火飘来的烟，据说，这里的烟有时非常浓，对水手而言其危险程度不亚于大雾。假如鸟儿从海上直飞过山峦，只怕它在500俄里或更远的地方都看不到一座房舍、一个活人……阳光下海岸郁郁葱葱，没有人看上去反而美。6点钟行至海峡最窄处，波戈比角和拉扎列夫角之间，两边海岸清晰可见，8点钟通过涅韦尔斯科伊的帽子，这么叫是因为那座山顶有块地方凸起来，像顶帽子。早上天气晴朗，阳光灿烂，我因为目睹海岸而生出骄傲感，心里愈发欢喜了。

下午1点多种驶进德卡斯特里湾。这里是风暴来临时，行驶在海峡里的船只唯一能够躲避的地方，没有它，沿不好客的萨哈林海岸航行想都不用想。[1]甚至有这样的说法："赶紧溜进德卡斯特里"。海湾好极了，简直是大自然给定做的。这个圆圆的池子，直径大约3俄里，[2]高耸的海岸挡住来风，出海口窄窄的。倘若以形状论，海湾太理想了！而这也只是表面上的，它一年中有7个月被冰覆盖，东风长驱直入，而且水浅，轮船下锚要离岸2俄里。出海口分布着三个岛，确切地说是三块礁石，它们赋予海湾独有之美，其中有一块叫牡蛎礁：在它的水域里牡蛎又大又肥。

岸上有一座教堂和几座小屋。那便是亚历山大罗夫斯克哨所。里面住着

---

① 关于这个海湾在当前及未来的作用参见斯卡利科夫斯基著《太平洋的俄国贸易》（第75页）。

② 1俄里等于1.06公里。——译者

哨所所长、他的书记官和报务员。一个当地的官员到我们船上用午餐，这位无聊乏味的先生吃饭时说得多，喝得多，给我们讲老掉牙的笑话，说一群鹅吃多了酿过酒的浆果，醉了，被人当死鹅拔光毛扔了，后来鹅醒过来，赤条条地回家了。他对天发誓，鹅的故事就发生在德卡斯特里他自家的院子里。教堂里没有神甫，需要时再从马林斯克来。好天气在这里非常少，跟尼古拉耶夫斯克一样。据说，今年春天测量队来这里工作过，整个5月仅有过三个晴天。没太阳怎么干活呢！

在锚地我们碰到军用船只"海龙号"、"通古斯号"和两艘鱼雷艇。还记得一个细节：我们刚刚下锚，天色就昏暗下来，打起雷，海水变成不同寻常的翠绿色。"贝加尔号"有4千普特公家货物要卸，只得留在德卡斯特里过夜。为了打发时间，我和技师在甲板上钓鱼，而且钓到了非常胖大的鰕虎鱼，像这样的，不管是在黑海，还是在亚述海我都没钓到过。还钓到了比目鱼。

轮船卸货在这里通常慢到让人着急上火。不过，我们所有的东部港口都这么倒霉。在德卡斯特里货物都是先卸到小平底驳船上，它只有在涨潮时才能靠岸，因而装货过多就经常搁浅，故此轮船往往为了几百袋面粉停上整个涨落潮期。尼古拉耶夫斯克那里愈加混乱不堪。在那边，我站在"贝加尔号"甲板上，看到一艘拖着载满200名士兵的大驳船的拖轮缆绳断了，驳船在锚地内被水流冲着，朝离我们不远的帆船的锚链直撞过去。我们惊慌失措，刹那间驳船就将被锚链割断，不过幸亏善良的人们及时扯住了缆绳，士兵们只吃了点惊吓而已。

II

地理概况——抵达北萨哈林——火灾——码头——在亚历山大罗夫斯克——在П先生家用餐——结识科诺诺维奇——总督光临——宴会和灯会。

萨哈林位于鄂霍次克海,长约1000俄里,将大洋与西伯利亚东海岸和阿穆尔河口隔开。它南北向延伸,其形状,按一位作家的说法,像条鲟鱼。它的地理位置为:从北纬45° 54′到54° 53′,东经141° 40′到144° 53′。永冻土带穿过的萨哈林北部,与梁赞省同一纬度,南部则与克里米亚相当。岛屿长900俄里,最宽处125俄里,最狭处25俄里。它的大小是希腊的2倍,丹麦的2.5倍。

过去将岛屿分成北、中、南三部分实际上并不合适,现在只分北部和南部。岛屿最北边的三分之一因其气候和土壤条件完全不适合居住,所以派不上用场;中间的三分之一被称为北萨哈林,下边的叫南萨哈林;后两部分之间没有严格的分界线。流放犯现居住在北萨哈林,杜伊卡河与特姆河流域。杜伊卡河流入鞑靼海峡,特姆河流入鄂霍次克海,地图上两条河在上游相交。住人的还有西海岸一带、上游不大的区域和下游到杜伊卡河口。在行政管理上北萨哈林分为两个区:亚历山大罗夫斯克和特姆斯克。

在德卡斯特里过了一夜,我们于第二天,7月10日中午穿鞑靼海峡前往杜伊卡河口,亚历山大罗夫斯克哨所所在地。这一次天气平和、晴朗,这种天气在这里极少有。海面上波澜不兴,鲸鱼出双入对,喷着水柱,这番好看、别致的景色引得我们看了一路。可是我承认,心情并不快乐,离萨哈林越近就越差。我烦躁不安。运兵的军官知道我为什么去萨哈林后,非常吃惊,开始要我相信，我没有丝毫的权力接近苦役场和移民区，因为我未在国家机关任职。当然，我知道他是不对的，但总归因他的话而烦恼，我担心，在萨哈林真的会这样待我。

8点多钟下锚时，岸上萨哈林原始森林里有五处燃着大火。海面上漆黑一片、烟雾弥漫，我看不见码头与建筑物，只能隐约看到哨所的灯光，有两盏是红色的。山影、烟雾、火焰、灯光硬是构成恐怖的一幕，恍若幻境。左面燃烧着奇异的篝火，之上是山，山后高高升入天空的是远处大火的血红火光，仿佛整个萨哈林在燃烧。右边焦列角黑魆魆的巨影伸向大海，像极克里米亚的阿尤-达戈角，它的顶上灯塔闪亮，下面水中，在我们与海岸之间矗立着三块尖尖的礁石——"三兄弟"。一切都隐没在雾里，犹如在地狱一般。

朝轮船驶来一艘快艇，后面拖着驳船。它是送苦役犯来轮船卸货的。听得到骂骂咧咧的鞑靼口音。

"别让他们上船！"船舷上有人大喊。"不要！他们夜里会把船偷精光的！"

"这在亚历山大罗夫斯克无所谓的，"机械师对我说，他注意到岸上的情形让我难受，"等您看到杜埃！那边海岸陡峭，还有昏暗的峡谷和裸露的煤层……昏天黑地的！我们'贝加尔号'经常一次载二三百个苦役犯到杜埃，我可看到，他们中好多人一看见海岸就哭了。"

"他们不是，我们才是这里的苦役犯，"船长恨恨地说。"眼下这里倒是平静，不过到秋天您看吧：狂风、暴雪、寒冷、浪头翻过船舷——那叫一个难啊！"

我留在船上过夜。一大早5点吧，我就被吵醒了："快点，快点！快艇最后一趟上岸！我们马上要起航了！"一分钟后我已经坐在快艇上，我旁边的年轻官员则瞌睡懵懂地一脸愤怒。快艇一声呼哨，我们驶向岸边，后面拖着两条载苦役犯的驳船。因为通宵达旦地干活，没得睡觉，筋疲力尽的囚犯们无精打采，愁眉苦脸，一直默不作声。他们的脸上蒙着露珠，我至今都还记得那几个高加索人，面部线条分明，裘皮帽子压着眉毛。

"认识一下吧，"官员对我说，"十四等文官Д。①"

这是我认识的第一个萨哈林人，诗人，暴露性诗歌《萨哈林诺》的作者，诗歌的开头是："说说吧，医生，须知不是白白地……"②此后他常来找我，跟我在亚历山大罗夫斯克市内和郊区散步，给我讲笑话，要不就没完没了地念他自己做的诗。在漫漫冬夜他写自由主义小说，但一有机会总爱让人知道，他这个十四等文官负责的是十等文官的差事。曾经有个女人找他办事，叫他Д先生，他生气了，朝她怒吼："我不是你的Д先生，是大人！"上岸途中我向他打听萨哈林的生活情况，日子过得怎么样，他却阴郁地叹口气，说："您就看着吧！"太阳已经升高了。昨天那些阴森昏暗，吓人倒怪的景象，这会儿都映在朝辉下：粗壮的容基耶尔角，角上的灯塔，"三兄弟"和几十俄里开外都看得见两侧的高高峭岸，山间的薄雾和火灾的烟雾，在太阳和大海的辉映下呈现出来的画面倒不难看。

这里没有港湾，海岸险峻，这一点瑞典轮船"亚特拉斯号"是大物证，它在我到来的不久前遇难，至今还瘫在岸上。轮船通常停泊在离岸一俄里的地方，很少再靠近。码头有，但仅为快艇和驳船而设。那是个伸到海里几俄丈长的大T型木架，粗大的木桩牢牢打入海底，围成框，填满了石头；铺的木板上沿整个码头安装了车轨。在T型横的那头有一座蛮好的小屋，那是码头管理处，紧挨着有一根高高的黑色旗杆。设施很像样，但不经久耐用。据说遇到狂风暴雨，海浪有时会漫到小屋窗口，浪花甚至飞溅上旗杆横桁，整个码头都跟着摇晃。

看来是因为无所事事，码头附近的岸上大约50个苦役犯在转悠：他们中

① 契诃夫说的是爱德华·杜钦斯基。在1896年12月2日致苏沃林的信中，他是这样描写这位官员的："在萨哈林诺我遇到某个杜钦斯基……邮政官员，他写诗和散文。他写的《萨哈林诺》可谓《博罗季诺》（莱蒙托夫作）的讽刺性模拟之作，裤兜里老是揣着一把硕大的左轮手枪，大力地打苍蝇。"

另：十四等文官是帝俄时期最低一级文官。——译者
② 俄国古典诗歌惯用的开场白。——译者

有的穿着囚服，有的穿着夹克或灰呢子上衣。我一出现，50个人全部脱下帽子，这种荣幸，迄今为止或许还没有一个文学家享有过。岸上立着一匹谁的马，套着一辆没弹簧座的敞篷马车。苦役犯们把我的行李放到马车上，有个人，蓄着黑胡子，衬衫比外衣长，坐到驾车位上。我们要出发了。

"您去哪里，大人？"他回转身，脱下帽子问道。

我问这里有没有地方出租公寓，哪怕是一个房间的。

"是的，大人，有出租的。"

从码头到亚历山大罗夫斯克哨所，我走过的2俄里公路相当好。与西伯利亚的道路相比这是条干净、平整的公路，有排水沟和路灯，简直算得上奢侈了。旁边是一条铺着轨道的路。然而沿途景色乏善可陈。山峦起伏，围绕着亚历山大罗夫斯克河谷，谷里流淌着杜伊卡河，烧焦的树桩，还有像豪猪毛那样蓬松着的落叶松，被风吹火燎得干枯了。顺河谷往下到处都是草墩子和酸牧草的痕迹，不久前这里还是无法通行的沼泽。新挖的排水沟暴露出沼泽腐土的贫瘠，仅有半俄寸厚的一层劣质黑土而已。没有松树，没有橡树，没有枫树，只有落叶松，稀稀拉拉，蔫蔫吧吧，好像被虫嗑过似的，它在这里不像在我们俄国，充当森林和公园的点缀，而是恶劣的沼泽土壤和严寒气候的证明。

亚历山大罗夫斯克哨所，或简称亚历山大罗夫斯克，是座漂亮的西伯利亚式小城镇，约有3000居民。城里没有一座石头建筑，一切均为木制，主要是用落叶松建造的：教堂，房屋和人行道。这里有萨哈林长官的官邸，是萨哈林文明的中心。监狱在主要街道附近，外观上与军营无异，因此，亚历山大罗夫斯克完全没有我想当然的那种阴森的牢狱色彩。

马车夫把我载到了亚历山大罗夫斯克城郊哨所流放犯出身的农民Ⅱ家里。让我看了住所。不大的院子，按西伯利亚方式原木铺地，围着栅栏；房子里有五个宽敞干净的房间，有厨房，但没有家具。女主人是一个年轻妇人，拿来一张桌子，五分钟后又拿来一个凳子。

"这座房子带劈柴要22卢布，不带劈柴15卢布。"她说道。

过了一小时送茶炊来时，她叹口气说："您来的这个倒霉地方！"

为了苦役犯父亲,她做姑娘时跟母亲来这里,父亲至今仍未服完刑期。现在她嫁给了流放犯出身的农民,一个愁眉苦脸的老头,我在院子里见过一面,他大概有什么病,躺在院里的棚子下哼唧。

"眼下在我们唐波夫省大概收麦子了,"女主人说,"可在这儿看都看不到。"

还真没什么好看的:窗外是几畦包心菜秧,旁边是歪歪扭扭的排水沟,远处耸立着稀疏、枯干的落叶松。男主人哼哼唧唧地手撑着腰走进来,跟我抱怨起歉收,天气冷,土地差。他顺利服完了刑期,然后定居此地,现在有两幢房子,喂着马和奶牛,雇了许多帮工,自己什么也不做,讨了个年轻老婆,最主要的是早已取得迁居大陆的权力,可还是怨东怨西。

中午我在城郊转悠。郊区边上有一幢漂亮的带露台的小屋,门上钉着一块小铜牌,就在同个院子里旁边是一爿小商铺。我进去给自己买点吃的。在我保存的印刷和手抄的价格表上,这个不起眼的铺子叫作"商行"和"寄卖行",属于流放犯Л,①原近卫军军官,12年前被彼得堡地方法院判谋杀罪。他已经服完刑,现在做生意,还承接旅行及其它一些事务,为此领一份看守长的薪水。他的妻子是自由人,贵族出身,在监狱医院做医士。商铺里卖的有肩章上的肩星,有美味糕点,有截锯,有镰刀,有"女帽,夏季的,最摩登最靓的式样,每顶从4卢布50戈比到12卢布不等"。我跟店伙计说话时,店主本人走了进来。他身穿丝绸常礼服,打着花领带。我们认识了。

"您能否赏光去我家里吃顿饭?"他提议。

我答应了,于是我们进屋。他家很舒适。维也纳式家具,鲜花,美国八音盒和安乐椅,饭后Л就坐在它上面摇晃。除了女主人,我在餐厅还碰到四位客

---

① 这里指的是К.Х.兰茨贝格,贵族,近卫军军官,于1879年因野蛮谋杀被判刑。在А.Ф.科尼主持下,彼得堡法院判处剥夺兰茨贝格所有公权,在苦役矿场服15年苦役。除了拥有商店,他还为《符拉迪沃斯托克报》撰稿,在上面发表自己的狩猎速写:"射击百态"和"狩猎萨哈林岛"等。或许书中第18节里的批评就是针对他的:"不能允许过去的杀人犯频繁地杀死动物,并且实施诸如钉死受伤的鹿,夹断被射中的松鸡的喉管之类的暴行,没有哪一次狩猎需要这样。"

人，都是官员。其中有一个老头，下巴溜光，络腮胡子花白，很像剧作家易卜生，是当地军医院的尉级医生，另一个，也是老头，他自我介绍是奥伦堡哥萨克军的校官。这个军官一开口说话，给我感觉就是个善良和爱国之人。他温和、厚道，但一谈起政治，便一反常态，热情洋溢地大讲俄国的强大，鄙薄从来没见过的德国人和英国人。据说他经海路来萨哈林时，想在新加坡给妻子买块丝绸头巾，人家让他把卢布换成美元，他像被侮辱似的，说："什么？我拿真金白银去换莫名其妙黑人的钱！"结果头巾没买成。

餐中有汤、炸子鸡和冰淇淋。还有葡萄酒。

"这里一般雪下到什么时候？"我问。

"5月。"Л回答。

"不对，到6月。"像易卜生的那个医生说。

"我认识一个移民，"Л说，"他种的加利福尼亚小麦能收种子的22倍。"

又是来自医生的反驳："不对。您的萨哈林什么都给不了。该死的土地。"

"不好意思，但是，"一个官员说，"1882年小麦的收成达40倍。我太清楚了。"

"您别信，"医生跟我说，"这是蒙您呢。"

吃饭时还聊起这么个传说：俄国人占领岛屿后，开始欺辱吉利亚克人，于是一个吉利亚克萨满便诅咒萨哈林，并且预言，在岛上将一无所获。

"还真应验了。"医生叹息。

饭后Л弹奏了八音盒。医生邀请我搬到他家住，于是当天晚上我就住到哨所主要街道上的一座房子里，靠近政府机关。自这一晚起，开始了我的萨哈林探秘。医生告诉我，就在我来的前不久，在码头给牲畜检疫时，他跟岛长官起了大冲突，到最后将军甚至抽了他一鞭子。第二天他被辞退了，借口是他从未

---

① 这是一份标准的告密电报："凭良心和第3卷712款，认为有义务必须劳您大驾呼吁伸张正义，以将受贿、作假、虐待的某某绳之于法。"

递交过的辞呈。他拿给我一大摞文件，他写的，用他的话来说，是为了捍卫真理和出于仁爱。这是些呈文、申诉、汇报，还有……小报告的抄件。①

"将军会不高兴您住我家里。"医生说道，意味深长地挤了挤眼。

第二天我去拜访了萨哈林长官科诺诺维奇。①尽管劳累繁忙，将军还是盛情接待了我，跟我谈了将近一个小时。他有教养，博学多识，此外还具有丰富的实践经验，因为在担任萨哈林职务之前，他曾经主持喀拉苦役监狱18年。他谈吐优雅，文笔漂亮，为人真诚，充满人道主义追求。我忘不了与他谈话带给我的满足感，也很高兴从一开始就被他坚定地反对体罚折服了。肯南②曾在自己那本有名的书中热烈地赞美他。

得知我打算在萨哈林停留几个月，将军告诫我这里的生活又艰苦又枯燥。

"所有人都要逃离这里，"他说，"苦役犯、移民流放犯、还有官员。我还不想跑，可是我已经疲惫不堪了，这里的工作太伤脑筋，主要是事务繁杂。"

他答应全力支持我，但请求我稍等一些时候：萨哈林正在准备迎接总督，所有人都在忙。"不过我很高兴您住在我们的医生家里，"跟我告别时他说，"您将了解我们的弱点。"

总督来之前我一直待在亚历山大罗夫斯克，住在医生的房子里。生活是有些不寻常。每当我早晨醒来，总有各种各样的声音提示我身在何处。沿街敞开的窗下，慢腾腾地走过戴着镣铐的囚犯，我们房子对面的军营里，军乐手们各自在排练迎接总督的进行曲，因而长笛吹的是一部歌剧里的曲子，长号是另一首，巴松管是第三首，整个混乱不堪。而我们这边的房间里金丝雀叫个不

---

① 弗拉基米尔·奥西波维奇·科诺诺维奇，将军，1888-1893年任萨哈林岛长官（此前曾主持喀拉苦役狱18年。在统治者看来，他在位时对政治犯表现出过于仁慈的态度）。就任萨哈林岛职务时，科诺诺维奇怀抱良好意愿，但却无法消除官员们的滥用职权和盗窃公款，包括在职人员的移民款。他们的勾当曝光后，科诺诺维奇被招往彼得堡调查，虽被认定无罪，仍不得不退役。

② 乔治·肯南（1845-1924），美国自由主义记者。曾不止一次行走西伯利亚，1885至1886年间去过关押俄国革命者的苦役监狱和流放地。契诃夫知道肯南《西伯利亚与流放》一书。（П.叶廖明注）

停, 我的医生房东从这头到那头来来回回走着, 边走遍念: "根据某某条款我向某处呈请……" 等等。要不他就跟儿子一起坐下来写呈请状。到街上去转, 天气又很热。人们甚至在抱怨天太旱了, 军官们也穿上了白色军服, 这可不是每个夏天都穿的。大街上明显比国内的县城里忙碌得多, 其解释是在准备迎接区域长官, 而主要是因为此地的人口以成年人居多, 他们白天大部分时间都在户外。而且在这个不大的空间里集结了一个超过千人的监狱和一个500人的军营。赶着在杜伊卡河上架桥, 竖牌坊, 清洗、粉刷、打扫, 士兵们操练队列。街上的三驾马车和双套马车都挂上了铃铛, 这是为总督备下的。忙得像过节一样。

街上一群吉利亚克人向警察局走来, 他们是这里的原住民, 几条驯顺的萨哈林狗朝他们猛吠, 这些狗不知为什么只对他们吠叫。另一群人走过来: 是戴镣铐的苦役犯, 他们有的戴帽子, 有的光脑袋, 锁链哗啦作响, 拉着装满沙子的板车, 车后面追着一帮男孩子, 两旁的狱警大汗淋漓, 满脸通红, 肩上背着枪。把沙子撒在将军府前面的小广场上, 苦役犯原路返回, 镣铐声重又不绝于耳。一个身穿印着方块爱司囚服的苦役犯在走家串户卖浆果。每每你在街上走, 坐在那边的人会站起来, 打照面的人都脱帽。

苦役犯和移民流放犯, 少数除外, 都可以在街上随便行走, 不戴镣铐, 也没有看守, 所以每走一步都会碰到成群结队的或独自一人的。他们有在院子里的, 有在房子里的, 因为他们在做车夫、看门人、厨子、厨娘和保姆。如此近的距离起初让不习惯的人困窘得手足失措。如果你经过的是个建筑工地, 而苦役犯拿着的是斧头、锯子和锤子。啊喏, 你想呀, 他要是呼地抢一下, 再啪地砸一下! 或者你去找熟人而他不在家, 你坐下来给他留个字条, 可这时站在你背后等着的仆人是个苦役犯, 还拿着刀子, 他刚才在厨房里用它削土豆来着。或者一大清早, 四点钟, 你就被沙沙声吵醒了, 睁眼一看, 一个苦役犯踮着脚尖, 屏住呼吸, 向床边摸来。怎么回事? 要干吗? "擦擦靴子, 大人"。很快我就见惯不怪了。大家都习以为常, 包括妇女和孩子们。当地的太太们总是若无其事地让无期徒刑的苦役犯保姆将自己的孩子带去散步。

有个记者写道，一开始他几乎看到每个树丛都害怕，在大道或小路上一遇到囚犯就摸大衣里的左轮手枪，后来他放心了，得出一个结论，即"一般来说，苦役犯就是一群羊，懦弱，懒惰，半饥半饱，巴结讨好"。以为俄国囚犯不杀死不抢劫路人只是出于懦弱和懒惰，这想法也太不靠谱了，或者说根本就不了解人。

阿穆尔总督科尔夫男爵于7月19日乘"海龙号"兵船抵达萨哈林。在岛长官府和教堂中间的广场上，他受到警卫队、官员、成群的移民流放犯和苦役犯的隆重欢迎。演奏了我之前提到过的曲子。一位仪表堂堂的老者用本地做的银盘子，给他端来面包和盐。老人姓波将金，以前是苦役犯，在萨哈林发了财。我的医生房东也在广场上，他身穿黑色燕尾服，头戴大檐帽，手上拿着呈请折子。我第一次看到萨哈林的芸芸众生，其可悲的特点并没有瞒过我的眼睛：其中有壮年男人女人，老人，孩子，可是全然不见青年人。13—20岁年龄段似乎在萨哈林完全不存在。我禁不住自问：这是否意味着，一有可能，长大成人的年轻人就会离开萨哈林呢？翌日，总督开始视察岛上的监狱和村落。所到之处移民流放犯迫不及待地等候着他，向他递呈请状或口头求告。说话的，有的是为自己，有的是为大家，因为演说艺术盛行萨哈林，再说不言语不成事，杰尔宾村的移民流放犯马斯洛夫在自己的发言里几次称长官为"最仁慈的治理者"。遗憾的是，远非所有向科尔夫男爵求告的人，其诉求都是必需的。这里的情形与俄国的类似，显示出让人着急的农夫式的糊涂：他们求的不是学校，不是司法公正，不是劳动报酬，而是各种鸡毛蒜皮的琐事：有人要公家救助，有人要收养婴儿，总之，提请的都是地方长官就能够满足的。科尔夫对他们的请求高度重视，非常同情，被他们的贫困处境深深触动了，他的承诺唤起对美好生活的愿望。①当阿尔科沃的副典狱长报告："阿尔科沃移民村一切顺利"时，男爵给他指指秋播和春播作物的秧苗，说："一切顺利，只是阿尔科沃没有粮食。"亚历山大罗夫斯克监狱为他的莅临给囚犯吃了鲜肉，甚至还有鹿肉，他巡视了

---

① 甚至实现不了的愿望。据说有个移民村的一个流放犯出身的农民已经拥有移居大陆的权力，他说："之后还可能回老家，回俄国。"

所有牢房，收下请求呈请状，并下令打开不少囚犯的镣铐。

7月22日（法定节日）祈祷和阅兵之后，一个看守跑来报告，说总督想见我。我过去了。科尔夫亲切接待我，跟我谈了将近半小时。我们谈话时科诺诺维奇将军也在座。当问及我是否负有某种官方使命时，我回答：没有。

"至少也是受什么科学团体或报纸的委托吧？"男爵问道。

我口袋里是有本记者证，但因为我不打算在报纸上发表有关萨哈林的文字，不想让这些完全信任我的人们产生误解，所以，我回答：没有。

"我允许您去任何地方，见任何人，"男爵说。"我们没什么可隐瞒的。您将考察到这里的一切，您会得到自由出入所有监狱和村落的通行证，您可以参用您工作必需的文件，一句话，所有的大门都将向您敞开。我不能答应您的只有一点：无论如何不能走访政治犯，①因为我无权批准您这么做。"

放我走时男爵说："明天我们再谈。请带纸来。"

当天我出席了在岛长官府邸举办的盛宴。席间我几乎认识了整个萨哈林行政当局。宴会上奏了乐，有人致辞，为科尔夫的健康祝了酒。作为答谢，他发表了简短的讲话，我至今仍记得几句："我确信，在萨哈林'苦命人'活得比在俄国，甚至欧洲要轻松。在此方面你们要做的还有很多，因为善良之路没有终点。"五年前他曾来过萨哈林，此番看到的进步大大超过了期望。他的好评无法与人们意识里的饥饿、女流放犯普遍卖淫、残忍的体罚之类现象调和，然而听众们理应相信他：与五年前相比，现在或许算是黄金时代的开始吧。

晚上举办了灯会。条条街道被油灯和五彩焰火照得通明，一群群的士兵、移民流放犯和苦役犯一直游荡到深夜。监狱大门洞开。从来都破烂肮脏，河岸光秃的杜伊卡河，如今却是两岸张灯结彩，装扮得漂漂亮亮，甚至蔚为壮观，只不过有点滑稽，就好比厨娘的女儿穿了小姐的礼服。将军家的花园里奏着乐，歌手们唱着歌。还鸣礼炮，有一门炮炸了。然而，即便如此热闹，大街上却是寂寥的，既没有歌声，也听不到手风琴声，没有一个人喝醉。人们悠悠荡

① 契诃夫探险萨哈林岛期间，岛上关押了40名政治犯，与他们见面是严厉禁止的，不过契诃夫多次强调，在萨哈林岛看到了一切。

荡,像影子;默不作声,像影子。五彩焰火光耀的苦役场仍旧是苦役场,而音乐,远远听着它的人儿,已经永远回不了家乡,勾起的唯有要命的忧愁罢了。

当我带着纸去见总督时,他跟我谈了他对苦役场和移民区的看法,并让我将他所说的记下来,我当然非常愿意地执行了。他让我记录的讲话标题为《苦命人生活记述》。通过我们最后一次谈话和我记录下他的口述,我认定,他是一个宽宏大量的君子,但对"苦命人的生活"的认识并非如他自己所以为的那么深。请看记述中的一段:"没有人被剥夺享有充分公民权利的希望,终身刑罚不存在。无期苦役限制在二十年内。苦役劳动并不苛重。强制劳动不给劳动者个人好处,在这一点上,对他来说是重荷,而非体力上的压力。没有锁链,没有看守,不剃光头。"

天气一直不错,晴空万里,空气澄清,仿佛秋天一般。曼妙的傍晚,火红的西天、墨蓝的大海、山峦间冉冉升起的莹莹皓月,令我难忘。在这样的傍晚,我喜欢乘马车在哨所和新米哈伊洛夫卡村之间的河谷溜达,这里的道路平坦,旁边有小轨道车的轨道和电报线。离亚历山大罗夫斯克越远,河谷越窄,越发昏暗,高大的牛蒡给人感觉像是热带植物,黑黢黢的山峦渐渐与暮色四合。远处透来点点火光,有的是煤在烧,有的是森林失火。明月当空。突然,出现一幅梦幻般的画面:沿轨道朝我驶来一辆小平板车,驾驭它,还不断用杆子撑地的是个穿白衣的苦役犯。吓人倒怪的。

"是不是该回去了?"马车夫问道。

苦役犯马车夫拨转马头,看看山和火光,说道:"这儿很无聊的,大人。在我们俄国好多了。"

III

统计调查——统计调查表内容——我问的与回答我的——木屋及居住者——流放犯对统计调查的看法。

为了尽可能走访所有居住点,更深入了解大多数流放犯的生活,我采用了以我的处境似乎唯一可行的方法——做调查统计。在我所到的村落,我遍访所有住家,登记户主、家庭成员,住客和帮工。为了减轻我的劳动,缩短时间,有关方面颇为周到地给我派了助手,然而我做调查的主要目的不是结果,而是调查过程本身所给予的印象,因此我很少用助手。这份在三个月内由我一人做的工作,实际上不能称之为调查统计,其结果不能以精确与全面称道,但是,由于无论在文献里,还是在萨哈林政府行政机关里都没什么正经的资料,我的统计数字有可能派上用场。

调查时我用的表格由警察局印刷厂为我印制。调查过程如下。首先,我在表格第一栏填上哨所或移民地的名称。第二栏是官方户籍登记的户号,第三栏是被登记人身份:苦役犯、移民流放犯、流放犯出身的农民和自由民。对自由民,只在他们与流放犯有直接关系的情况下我才登记,譬如与流放犯有婚姻关系,合法的或不合法的;以及流放犯的家庭成员,或者是在他家帮工或居住的,等等。身份在萨哈林的日常生活中意义重大。苦役犯,毫无疑问羞于自己的身份,对于他是什么身份这个问题,他回答:"干活的。"如果变成苦役犯前他是当兵的,那他必定要补充一句:"士兵出身,大人。"刑满后,或者像他自己说的,服满刑期之后,他就成为移民流放犯。这一新身份并不被视为低贱, 因为"移民流放犯"一词听上去跟"屯民"差不多,①更何况还有这一身份所享有的权利。对于他是谁的问题, 移民流放犯一般这样回答:"自由的人。"过十年, 或根据流放犯附加条例的有利条款, 六年之后移民流放犯可以取得流放犯出身的农民身份。对于他是什么身份的问题, 农民就不无自豪, 仿佛已经不屑与其他人为伍, 用移民流放犯所没有的特别口吻回答:"我是农民。"可不会加上"流放犯出身"这一句。我不过问流放犯从前的身份, 因为这在管理机关材料充足。他们本人, 士兵除外, 不论是地主、商人, 还是神职人员, 都避而不谈自己失去的身份, 好像已经把它给忘了, 提及自己从前的社会地位只是简短的"自由的"一词。如果有谁谈到自己的过去, 那通常是这样开头:"我自由的时候……"如何如何。第四栏: 名字、父姓、姓氏。说到名字, 我记得似乎没能准确无误地登记到一个鞑靼女人的名字。在女孩子很多的鞑靼人家庭里, 父母亲又不大会讲俄语, 听不明白他们说的, 只好连蒙带猜地记。而且在官方文件里鞑靼名字写得也不正确。

有时候, 问到一个俄罗斯东正教农夫叫什么, 他不开玩笑地回答:"卡尔。"这往往是逃犯, 逃亡时改个什么德国名字。这样的人, 我记得登记过两个: 卡尔·朗格尔和卡尔·卡尔洛夫。有个苦役犯, 取名拿破仑, 有个女逃犯普拉斯科维亚, 就叫玛利亚。至于姓氏, 在萨哈林倒是有种奇怪的巧合, 很多人姓波格丹诺夫和别斯帕洛夫。很多滑稽搞笑的姓: 什康德巴、热卢多克、别斯博日内依、塞瓦卡等。②而鞑靼姓氏, 我听说, 虽已被褫夺公权, 在萨哈林仍然保留着代表尊贵身份与封号的前缀和后缀。这一点有多少是真的, 我不知道, 但我登记到的"汗"、"苏丹"和"奥格雷"可不少。逃犯叫得最多的名字是伊万, 最常用的姓氏为涅波姆尼亚希。例如几个逃犯的名字为: 姆斯塔法·涅波姆尼亚希、瓦西里·别斯奥捷切斯特瓦、弗朗茨·涅波姆尼亚希、伊万·涅波姆

①在俄语中, "移民流放犯"与"屯民"的发音非常接近。——译者
②在俄语中的意思分别为: 拐子、肚子、没人疼、浪荡儿。——译者

尼亚希(20年)、雅可夫·别斯普洛兹瓦尼亚、流浪汉伊万(35年)、①无名氏②等等。

在此栏内,我填上被登记人与户主的关系:妻子、儿子、同居女性、帮工、寄住者、寄住者之子等等。登记子女时,我将合法与不合法出生、亲生与领养区别开来。顺便提一下,在萨哈林我不仅经常会登记到领养的孩子,养父也很多。很多寄住者与户主的关系或为合伙业主,或者是拥有一半股权的对半分合伙业主。在北部两个区,一块地往往有两个甚至三个合伙业主,半数以上的产业都是如此。移民流放犯拿到一块地,建房立业,过两三年又会安置一个合伙业主,甚至一块地一次性分给两个移民流放犯。这是行政当局不想也不会为移民流放犯寻找新宅地所致。常常有这样的情形,一个苦役期满的人,被许可定居已无地可分的哨所或村落,而他无可奈何,不得不插到别人建好的家业里去。大赦后合伙业主的数量尤其多,届时行政当局往往得立马为数百人找到安置地。

第五栏:年龄。过了40岁的女人,往往记不住自己年龄,回答问题时总要想想,来自埃里温省的亚美尼亚人则全都不知道自己的年龄。其中一人这么回答我:"可能30,也可能40,要么就50了。"遇到这种情况只好看相貌估估,然后再根据花名册核实。15岁和再大点的年轻人一般都少报年龄,有的姑娘已到婚龄,或者早就在卖淫了,年龄永远十三四岁。原因在于,赤贫家庭的少年儿童可以得到官方补助,发放到15岁,所以年轻人和他们的父母就只得撒谎了。

第六栏:宗教信仰。

第七栏:出生地。回答我的这个问题一点不难,只不过流浪汉的回答总是些监狱里的双关语或"忘了"。少女娜塔莉亚·涅波姆尼亚希娅,我问她是哪个省的,她说:"哪儿都是。"老乡之间明显互相袒护,总是拉帮结伙,即便逃跑也一起。图拉人找图拉人共事,巴库人找巴库人。显然,有同乡会存在。每

---

① 这里的20年、35年是指用这个姓氏的时间,而非该人的实际年龄。

② 这里罗列的几个姓氏的俄语意为,涅波姆尼亚希:记不得的;别斯奥捷切斯特瓦:没家的;别斯普洛兹瓦尼亚:没姓的。——译者

逢问到缺席人的情况，老乡就会提供关于他非常详细的回答。

第八栏：何时来萨哈林？很少萨哈林人毫不紧张地当即回答这个问题。来萨哈林的时间，是大难临头之时，但却被忘了。如果你问女苦役犯，她是哪一年被送到萨哈林的，她想也不想，无精打采地说："谁晓得它？应该是83年吧。"她丈夫或是同居男人插嘴道："喏，瞎扯什么？你85年来的。""那可能就是85年呗。"她附和，叹口气。我们算算，男人是对的。男人们不像女人那么迟钝，但回答得也不那么便当，要想想再说。

"你是什么时候被发配萨哈林的？"我问一个移民流放犯。

"我跟格拉德基一起来的，"他说得犹犹豫豫，一边还打量着同伴们。

格拉德基是第一次浮运过来的，第一次浮运，即第一艘志愿商船来萨哈林，是在1879年。①我便据此登记。也有人这样回答："苦役我服了6年，移民流放已经是第3年……那您算算吧。""那么，你在萨哈林已经9年了？""根本不对。来萨哈林之前我在中心监狱还蹲了2年。"等等诸如此类的。要么这样回答："我来的那年，杰尔宾被杀。"或者是："米楚利②死的时候。"对我而言，从那些1860、1870年代来这儿的人那里得到真实的回答特别重要，我不想漏掉其中任何一个，但这一点想必我没做到。那些20至25年前到此地的人，活下来的有多少呢？可以说，这对萨哈林的移民事宜是个致命的问题。

第九栏我登记的是主要的工作与职业。

第十栏：文化程度。一般问题都是这样的句子："你有文化吗？"我则这样

---

① "志愿者"是民间对志愿船队的称呼，1877-1878年俄土战争结束后，由俄国"民间与政府通力合作"（当时俄国报纸说法）组建。船队承接俄国从西部到东部的海运，船队运载移民到阿穆尔省和乌苏里斯克边疆省，运送苦役犯到萨哈林岛，志愿船队的船只还将杜伊卡河的煤从萨哈林岛转运到中国，再将中国的茶叶运回俄国。

1890年10月13日契诃夫乘志愿船队的"彼得堡号"由科尔萨科夫斯克哨所前往敖德萨。（П.叶廖明注）

② 米哈伊尔·谢苗诺维奇·米楚利（1843-1884），农学家，1871年官员弗拉索夫领导的萨哈林岛探险参加者，契诃夫多次援引的《萨哈林岛公社关系概要》（圣彼得堡，1873）一书作者。契诃夫对他的个性的评价比较复杂：一方面把他看作"真诚的幻想家"，是个"难得的坚守道德的"人，"勤劳的人"，另一方面，又讥讽他"盲目狂热地将萨哈林岛视为神赐之地"，用他的药伤害百姓。（П.叶廖明注）

问:"你识字吗?"而这在大部分情况下帮我躲过不真实的回答,因为不会写字,但能看报的农民们会说自己没文化。有的人出于谦逊装文盲,"我们算什么呀?哪儿有什么文化呀?"只是在反复询问下才说:"从前倒是能看报,可现在都忘了。我们是睁眼瞎,一句话,庄稼汉罢了。"说自己没文化的还有视力差的人和盲人。

第十一栏:家庭状况。已婚、丧偶、单身。如果已婚,那么配偶在哪里:在老家,还是在萨哈林?"已婚、丧偶、单身"等词在萨哈林尚无法断定家庭状况,这里经常是已婚者过的是单身生活,因为他们的配偶在老家,并未与他们离婚;而单身和丧偶的却过上家庭生活,还有了半打孩子,所以表面上过的已不是单身生活了,但实际上,即便是将他们列入已婚者,我认为有必要标明"单身"字样。在俄国别的地方,非法婚姻从未像萨哈林这样如此普遍和普及,形式独特。非法同居,抑或如当地所谓的自由同居,不仅政府不反对,教会也不反对,却反而得到鼓励和认可。有的移民点竟然找不出一个合法同居的。自由结合的伴侣像合法配偶那样成家立业,为移民区生养孩子,所以没理由在注册时为他们做特殊规定。

最后,第十二栏:是否领取官方救助。我想从这个问题的回答里搞清楚,居民中的哪些人离开官方的物质救助便难以为继,或者,换言之,谁在养活移民:他们自己还是政府?官方的救助,无论食品,还是物品,或是钱款,所有苦役犯和移民流放犯苦役刑满后的前几年,独身老人和赤贫家庭的孩子都有权获取。这些官方认可的领取救助者以外,我注意到靠官府生活的还有这样一些流放犯,他们从事各种劳务领取报酬,譬如:教员、文书、看守等等。然而得到的答案不全面。除了寻常的定额、食品和薪俸,还有更大尺度发放的补贴,这类补助无法在表格中注明,譬如:结婚补贴,故意高价收买移民流放犯的粮食,主要是种子款、牲畜款等。有的移民流放犯欠了几百卢布,从来不还,可我只得登记他不领救助。

每个女苦役犯我都用红笔划出,我觉得这比专辟一个性别栏更方便。我只登记常住家庭成员,如果说大儿子去符拉迪沃斯托克干活了,二儿子在雷科夫斯科耶移民点帮工，那我就不登记大儿子，二儿子登入同住者一栏中。

我一个人挨家挨户走访，有时候有苦役犯或移民流放犯陪我，因为无聊他们来做向导。有时候离我身后不远，如影随形跟着的，是个挎着左轮手枪的看守。派他来是为给我解答问题的，当我向他提问时，他的额头就忽地冒大汗，答："我不知道，大人！"我的旅伴一般都打赤脚，不戴帽子，双手捧着我的墨水瓶，跑在前面，大声叫开门，在门厅里抓紧时间跟房主嘀咕一下，大概是他自己针对我的登记的建议吧。我走进木屋。在萨哈林集结了所有类型的木屋，当然这要看是谁造的，西伯利亚人、乌克兰人，还是芬兰人，不过最常见的是不大的原木房子，六俄尺高，有两三扇窗户，外墙无任何装饰，房顶铺苫干草、树皮，极少用薄木板。一般都没有院子。四周不见一棵树木。西伯利亚式的小棚子或小洗澡房非常少见。如果有狗，也是懒洋洋的，一点都不凶，这些狗，我已经说过，只朝吉利亚克人吠吠，大概是因为他们穿狗皮做的鞋吧。可不知为什么这些温和、不咬人的狗仍然被锁着。如果有猪，则都在脖子上挂着铃铛。公鸡也拴着脚。

"你们的狗和鸡为什么都拴着？"我问房主。

"我们萨哈林什么都锁上链子的，"他风趣地回答道，"这地方就这样。"

木屋只有一个房间，有个俄罗斯式炉灶。地板是木头的。一张桌子，两三个凳子，一条长凳，一张床，或铺盖直接铺在地板上。要么没有任何家具，房间里只铺个羽绒垫子，看得出它上面刚刚睡过人。窗台上的碗里还有点剩饭。就陈设而言，这算不上是木屋，也不叫房间，简直就是单人牢房。有女人和孩子的地方，那无论如何都还像个家，有农家样，不过仍感觉少了点重要的东西，没有爷爷奶奶，没有老旧的圣像，没有祖传家具，总之，这个家缺少过往、传统。没有正堂上座，即便有也很简陋，阴阴暗暗的，既没有灯也没有装饰，没有生活味，陈设都是临时性的，仿佛住的不是自己的房子，而是客居，要么就是刚到，还没来得及布置。没有猫，冬夜里听不到蟋蟀叫①……主要是，不在故乡。

---

① 俄国民俗，炉灶上的蟋蟀是家庭温暖的象征。——译者

我看到的种种景象，告诉我的，通通不是家道旺、舒适、家底厚。我在木屋里见到的房主，大多孤苦伶仃，他们好像被强迫得无所事事和无聊麻木了，虽然穿的是家常衣服，却仍习惯像囚犯那样披在肩膀上，如果他刚出狱不久，无檐布帽还在桌上扔着。炉灶冰凉，厨具只有一口小锅和一个用纸塞住的瓶子。他本人说起自己的生活、家业，口气嘲弄、态度冷漠，总是说什么办法都试过了，但一无所获，剩下的唯有挥挥手随它去。正跟他说着话，屋里聚来邻居，开始谈论各种话题：长官、天气、女人……因为无聊，大家说的听的全都没完没了。往往是除了房主，在木屋里你能见到整整一群住客和帮工。寄住的苦役犯坐在门槛上用皮线缝皮鞋，飘出皮革和擦线蜡的味道；门厅里躺着他衣衫褴褛的孩子们，自愿随他而来的妻子呆在又暗又挤的角落里，在小桌子上做果酱馅儿点心。这是个刚从俄国过来不久的家庭。再里面一点，木屋正房里，有五个男人，他们有的说自己是寄住的，有的说是帮工，还有的说是同居的。一个站在炉灶旁边，鼓腮瞪眼，在焊东西；另一个显然是个活宝，故意挤眉弄眼，慢吞吞地讲，其余的人捂着嘴哈哈地笑。床上坐着一个淫荡的女子，是女主人卢克里娅·尼波姆尼亚希娅。她蓬头垢面，消瘦的脸上长满雀斑。回答我的问题时，她竭力想要轻松点，两腿直晃荡。她的眼睛难看浑浊，凭她枯瘦、无精打采的面孔我能断定，她这短短的人生已备受监禁、押解、疾病的折磨。这个卢克里娅给这座木屋里的生活定了调，是她让整个环境近似放荡不检点、毫无理智的江湖。在这里对所谓的正儿八经过日子压根儿免谈，我曾经在一个木屋碰上一伙人，在我来之前他们正赌牌呢，他们满脸不自在，无聊和期待：我什么时候走，他们好接着赌。要么就是你走进屋内，家具连影子都没有，炉灶空空，靠墙地板上坐着一排契尔可斯人，有的戴着裘皮帽子，有些又不戴，头发又短又硬，他们都看着我，眼睛眨也不眨。如果我碰到同居女人一个人在家，那经常是她委在床上，回答我的问题时，一直打哈欠伸懒腰，我一走就睡回去了。

流放居民都拿我当官家人，把登记当成走一次过场，在这里很频繁地办种种手续，而且通常毫无结果。不过我不是本地的，不是萨哈林的官员，这个情况在村落引起些许好奇。老有人问我："为什么您给我们所有人登记？"

然后就开始东猜西想。有人说，也许是上边要给流放犯分类发放补助；另有人说想必是终于决定将所有人都迁到大陆去，这里的人都坚定不移地相信，迟早都会将苦役犯和移民流放犯迁到大陆去的；还有人做出怀疑派的样子，说他已经不指望有什么好事了，因为上帝已经拒绝了他们，他们这样说是为了引出我的反驳。而从门厅或炉灶那边，仿佛是嘲笑这些希望和猜测，传出一个声音，它听上去烦躁、郁闷和不安："他们老是写、写、写的，圣母玛利亚啊！"

饥饿与困苦，我行走萨哈林时都没遇上。我曾读到过，好像农学家米楚利在岛上探险时，因为迫切需要甚至不得不吃掉自己的狗。不过时至今日环境大大改善了。现在的农学家乘车走的是优质的道路，即便在最穷的流放点都有监管所，或者叫驿站，那里永远有温暖的房间，茶炊和床铺。探险者进入岛屿的腹地，原始森林，都随身携带着美国罐头、红酒、盘子、叉子、枕头和一切可以放到苦役犯肩膀上的东西，在萨哈林他们代替了驮东西的牲口。现在也还有人就着盐吃腐烂的东西，甚至人吃人，但那跟旅行者和官员不搭界。

在下一章里我将描写哨所和村落，顺带将我在短时间内了解到的苦役犯的劳动和监狱给读者介绍一下。在萨哈林苦役犯的劳动无所不有，他们不止淘金挖煤，还包揽萨哈林生活的全部日常所需，分散到岛上所有居住点。挖树、盖房子、疏浚沼泽地、打鱼、割草、装卸轮船，所有这些苦役犯的劳动不可或缺，与流放地的生活高度融合，将它们分离出来，将它们当作岛上某种独立的存在来谈，恐怕只有用老眼光看事物才会如此，他们往往一上来就到矿山工厂找苦役去了。

我要从亚历山大罗夫斯克河谷、从杜伊卡河沿岸的村落讲起。在北萨哈林，这个河谷首先被选中做流放点，并非因为对它考察得最详尽，或它符合流放地的意图，而仅仅出于偶然，是因为它距离最早的苦役场杜埃最近。

IV

杜伊卡河——亚历山大罗夫斯克河谷——亚历山大罗夫斯克的斯洛博德卡——逃犯克拉西维依——亚历山大罗夫斯克哨所——它的过去——窝棚——萨哈林的巴黎。

杜伊卡河，又叫亚历山大罗夫卡，1881年动物学家波利亚科夫考察它时，下游河宽达10俄丈，岸边满是大堆大堆河水冲下来的原木，许多洼地覆盖着年代久远的森林，长着冷杉、落叶松、赤杨和柳树，周围是无法通行的沼泽地。现在这条河却像是狭长的水洼，其宽度、光秃的河岸、缓慢的水流，让人觉得像莫斯科的排水沟。

只要读一读波利亚科夫描写的亚历山大罗夫斯克河谷，再看看现在的它，哪怕一眼，就能明白，已经耗费了多少繁重的、实打实的苦役劳动来开发这个地方。"从旁边的山峰俯瞰，"波利亚科夫写道，"亚历山大罗夫斯克河谷混沌迷蒙，树林极多……大片的针叶林覆盖了谷底相当的面积。"他描写沼泽、无法通行的泥潭、贫瘠的土地和森林，在那里，"除了落地生根的大树，地面上横七竖八倒着不少或衰老或遭暴风雨摧残的半朽树干，挨着树根的树干之间往往凸着蒙青苔的土坎，坎旁边有坑有沟。"如今，在原始森林、泥潭、沟沟坎坎的土地上建起整座城市，铺设道路，草地、黑麦地、菜园子葱葱绿绿，人们已经在抱怨森林太少了。为此付出了多少劳动，做了多少抗争呵，在水没过腰的泥潭里干活，忍受着严寒、冷雨、乡愁、屈辱、鞭笞，以及想象中浮现的那些恐怖图景。难怪一个萨哈林官员，好心人，每每我们二人去哪里时，都要给我念涅克拉索夫的诗《铁路》。

从杜伊卡河口右侧汇入一条小河，名叫小亚历山大罗夫斯克。沿河两岸坐落着亚历山大罗夫斯克镇，又叫斯洛博德卡。①我提到过它。它地处哨所郊区，已经跟哨所连成一体了，但因它与哨所有些不一样，独立运营，故而应该专门谈。它是最早的村落之一。杜埃苦役机构设立后不久就开始往这里移民了。选中此地而不是别的什么地方，正如米楚利所写的，是由其茂盛的草地、良好的建材林、通航的河道、富饶的土地决定的……"显然，"这位视萨哈林为天堂的狂热分子写道，"不必怀疑移民的成效，但是1862年据此目的派往萨哈林的八个人中，只有四人定居杜伊卡河附近。"然而这四个人能干什么呢？他们用十字镐和铁锹开垦土地，播种，有过春天播种冬小麦的时候，结果是央求被遣回大陆。1869年在斯洛博德卡一地成立了一个农场，计划解决一个非常重要的问题：让流放犯的强制劳动从事农业生产能否卓有成效？三年里苦役犯平地建房，疏干沼泽，铺设道路，种植粮食，但一俟期满便没人愿意留在这里，全都向总督申请转回大陆去，因为种粮食一无所获，挣不到钱。他们的申请被批准了。但是，那个叫作农场的，却存续下来。杜埃的苦役犯不断地转为移民流放犯，从俄国来的苦役犯带着家属，得安置他们。萨哈林被命令说成土地富饶，适宜搞农业移民地，而一旦生活不能自然而然地延续下去，便一点一点动用人为手段，强制投入大量财力和人力。到1879年奥古斯丁诺维奇医生来时，斯洛博德卡已经建有28幢房屋。

现在，斯洛博德卡有15个业主。这里的房屋是薄木板顶，宽敞，有的带好几个房间，附属设施也不错，宅院旁有菜园，每两幢房屋有一个浴室。

所有登记在册的耕地39俄亩，②草场24顷，马23匹，牛羊47头。

按成分，斯洛博德卡的业主们可谓贵族居民。一个是娶了女移民流放犯的女儿的七等文官，一个是随苦役犯母亲上岛的自由民，7个流放犯出身的农民，4个移民流放犯，只有2个是苦役犯。

住在这里的22个家庭中，只有4个是不合法的。斯洛博德卡居民的年龄成

---

① 俄语意思为城郊的小集镇。——译者
② 1俄亩等于1.09公顷，16.35市亩。——译者

分也与一般农村比较接近，壮年人也不像在别的村落里那样占绝对多数，而且还有孩子、年轻人、六十五岁甚至七十五岁以上的老人。

但要怎么解释在斯洛博德卡这种相当良好的状况下，当地这些业主仍声言，"靠种粮食在这里没法活"？回答这个问题，可能会触及几个在一般情况下有利于安居乐业的原因。譬如，大部分的老住户是1880年前到萨哈林的，已经习惯这里的土地，熟悉了环境。非常重要的一点，有19位妻子随丈夫来萨哈林，几乎所有分到地的人都有了家庭。女人足够多，因为单身男人只有9个，且都有家业。总之斯洛博德卡是幸运的，而且，还能说出一个有利条件，有文化的人比例很高：26个男人和11个女人。

且不说七等文官，他在萨哈林负责土地丈量。既然有权离开，那些自由民和流放犯出身的农民为什么不去大陆？据说是农业生产的成功把他们留在斯洛博德卡，但这并非全部。须知斯洛博德卡的草场和耕地并非全体业主所有，而只在几个人手里。只有8户有草场和牲畜，种地的12户，反正这里的农业生产不那么上规模，难以保证良好的经济状况。没有任何别的收入，不做手艺活，只Ⅱ先生一个人，前军官，有个店铺。官方资料也解释不了斯洛博德卡居民为什么富裕，因此，只好有一种猜测——做不正当的生意。以前，在斯洛博德卡大肆私自买卖烧酒。萨哈林严禁贩运倒卖烧酒，这被视为特种走私。烧酒有的装在塔糖形状的铁罐里，有的装在茶炊里，就差没揣进腰里，但大多是就那么装到大桶和普通的容器里，因为小官小吏都买通了，上面的睁一只眼闭一只眼。在斯洛博德卡，一瓶劣质烧酒要卖6个，甚至10个卢布，北萨哈林所有监狱都从这里搞伏特加。就连官员里那些苦命的酒鬼也不嫌弃它，我认识一个这样的酒鬼，酒瘾上来，为一瓶酒把最后一个子儿都给了囚犯。

现在，在斯洛博德卡贩酒的少多了，人们谈的是另一门生意——买卖囚犯的旧物件，"破烂儿"。[1]他们廉价收购外衣、衬衫、短皮袄，再将这些破烂运

① 在苦役流放犯德米特里耶夫1890年9月27日给契诃夫的信中写道："流放犯营利者是小生意人，自由行走的，就像眼下在亚历山大罗夫斯克哨所的季莫菲耶夫，从饥饿的流放犯手里收购衣服和鞋子……再以合适的价格倒给'蛮子'（指中国走街串巷的小商贩）。"（Ⅱ.叶廖明注）

到尼古拉耶夫斯克去卖。还有地下钱庄。科尔夫男爵在谈话中曾经说亚历山大罗夫斯克哨所是萨哈林的巴黎。在这个热闹和饥饿的巴黎，着迷的、酗酒的、拼命的、贪恋的，一应俱全；想买醉的，想销赃的，想把灵魂买给魔鬼的，就去斯洛博德卡吧。

　　海岸与哨所中间这块土地上，除了轨道和刚刚写到的斯洛博德卡，还有一处值得一书。那就是杜伊卡河上的摆渡。河上跑的不是小船和渡船，而是一只大方盒子。这艘独一无二的渡船船长是苦役犯，"忘记祖宗的"克拉西维依。①他已经71岁了，驼背、肩胛骨耸着，断了一根肋骨，一只手缺了大拇指，浑身上下满是鞭痕，头发没白，却像是褪色了，眼睛蓝色、明亮，目光欢快而善良。他衣衫褴褛，打着赤脚，身手敏捷，说完话总喜欢呵呵笑。1855年他"因为愚蠢"做了逃兵，便四处流浪，自称忘了祖宗。被抓后遣送到外贝加尔，照他说来，当了哥萨克。

　　"我那时以为，"他给我讲，"在西伯利亚人们都在地底下生活呢，就又沿着大路跑出秋明，到了卡梅什洛夫，在那儿我又被抓了，被判了，大人，20年苦役和90下鞭刑。被押到喀拉，在那里挨的这些鞭子，再从那儿到这里，萨哈林的科尔萨科夫斯克。我从科尔萨科夫斯克跟一个同伴逃出来，可只逃到杜埃就病了，再走不了了，可同伴跑到了布拉戈维申斯克。现在我已经在服第二个刑期，在萨哈林这里整整22年了。而我犯的罪就是做了逃兵。"

　　"为什么你现在要隐瞒自己的真实姓名？有必要吗？"

　　"去年我跟当官的说了真名。"

　　"怎么样呢？"

　　"没怎么样。当官的说：'等查清楚了，你也死了。就这么活着吧。对你有用吗？'这是对的，没错……反正活不了多久了，不过，假如我的亲人们知道我在哪儿，总归是好的呀。"

　　"你叫什么？"

　　"我在这里叫伊格纳季耶夫·瓦西里，大人。"

____

　　① 克拉西维依的俄语意思为"漂亮的"。——译者

"真名呢?"

克拉西维依想了想说:"尼基塔·特罗菲莫夫。我是梁赞省斯科平县人。"

我坐上"小盒子"过河。克拉西维依用长杆撑地,瘦骨嶙峋的身子因此绷得紧紧的。活儿不轻。

"你蛮吃力的吧?"

"没什么,大人。没人用刀架着脖子催我。我蛮轻松的。"

他说,他在萨哈林22年,没挨过一次打,没蹲过一次镣铐室。

"因为让去伐木,我就去,给我这根杆子,我就接,拽到管理所烧炉子,我就去烧,必须服从。生活嘛,没什么可抱怨的,蛮好。上帝保佑!"

夏天他就住渡口旁边的草棚。里面放着破衣烂衫,一块面包和一杆枪,一股酸腐味。问他要枪干吗,他说是防贼和打野鸡用的,然后就笑。枪是坏的,只是摆着做样子。冬天他做烧火工,住在码头上的管理处。有一次我看到,他裤角高挽,露着青筋暴突、发紫的两腿,拖着中国渔网,网里的鳟鱼银光闪闪,每条都有我们的梭鲈鱼那么大。我喊他,他也快活地答应我。

亚历山大罗夫斯克哨所建于1881年。有个在萨哈林住了10年的官员告诉我,他第一次来亚历山大罗夫斯克时,差点淹死在沼泽地里。在亚历山大罗夫斯克哨所住到1886年的修士司祭伊拉克利①讲,起先这里仅有三幢房子,现在乐手们住的小兵营曾经是监狱。街道上布满树桩,现在的砖厂,1882年时是猎黑貂的地方。给神甫伊拉克利当教堂的是看守亭,但他拒绝了,理由是太逼仄。天气好时他就在广场,坏天气就在兵营里,或随便什么地方做简短的日祷。

"你做着祷告,"他说,"却响起镣铐声、吵闹声,锅里冒着蒸汽,这里祷告

---

① 伊拉克利,布里亚克族,年轻时遭遇大洪水,发誓如果活下来,就接受东正教做修士。年轻的布里亚克人活了下来,便在外贝加尔使节修道院剃度。1882年他作为传教士来到萨哈林岛,先后任职亚历山大罗夫斯克哨所,特姆斯克周围地区的雷科夫斯科村。从雷科夫斯科耶村到南萨哈林岛,1890年10月13日,与契诃夫一道乘"彼得堡号"去敖德萨。(Π.叶廖明注)

'神圣的主保佑'，那边厢骂'操你妈……'"

真正的亚历山大罗夫斯克哨所始于萨哈林新规颁布时，当时设置了许多新职位，包括一个将军级别。①新位置需要新人新机构，因此之前的苦役管理局杜埃就变得拥挤阴暗，离它6俄里的地方就是斯洛博德卡，杜埃已经有一所监狱，于是附近慢慢开始修建馆所：官员的住房和办事机关、教堂、仓库及其他建筑。还出现了没有它萨哈林就玩不转的城市——萨哈林的巴黎，只能呼吸城市的空气和只会做城里工作的城里人，在那里找到了自己合适的圈子和环境，挣到一口饭吃。

建造各种建筑，平整和疏浚土地都由苦役犯承担，到1888年，现在这所监狱建起来之前，他们都住地窝棚。那是挖地2.2俄尺，双坡泥顶的木结构建筑，窗子小而窄，与地面齐平，里面很暗，尤其是冬天，窝棚整个都埋在雪里。由于地下水位时常漫过地面，由于泥屋顶和疏松发霉的墙壁常年潮湿，这些牢房里的湿度惊人。人们穿着短皮袄睡觉，周围的土地，还有水井都被人的粪便和垃圾污染了，因为根本没有厕所和垃圾箱。在地窝棚里苦役犯带着妻子孩子一起住。

现在，从建筑平面图上看，亚历山大罗夫斯克约占2平方俄里，但因为它已经与斯洛博德卡连成一片，有一条街道通科尔萨夫卡村，不久也将与之相连，所以它的面积其实要大得多。它有几条笔直宽阔的街道，却不叫街，而是照老规矩，叫道儿。在萨哈林有个习惯，在官员活着的时候街道就以他命名，不仅用姓氏，还用名字和父称。②然而幸运的是，还没有一个官员名垂亚历山大罗夫斯克，它的街道至今还叫道儿，其中有的叫砖道、长鬃角人道、卡西杨道、文书道、士兵道。这些名字的来源都不难理解，只有长鬃角人道，③据说，

① 1884年，由东西伯利亚总督管理的区域分出两个总督：伊尔库茨克总督和阿穆尔总督，阿穆尔总督即科尔夫男爵。在萨哈林岛设置岛长官，他管辖亚历山大罗夫斯克、特莫夫斯克和科尔萨科夫斯克等三个区的区长。（П.叶廖明注）
② 假如有官员名叫伊万·彼得罗维奇·库兹涅佐夫，那一条街叫伊万，另一条街就叫彼得罗维奇，第三条街则叫库兹涅佐夫。
③ 俄语发音为：佩西科夫斯基。

好像是苦役犯这么叫的,纪念一个长鬓角的犹太人,他在此地做生意,那时斯洛博德卡这个地方还是原始森林;另一种说法是纪念在这里住过、做过生意的女居民佩西科娃。

街道两边有木质人行道,到处都干净整齐,即使在住着穷人的偏僻街道上,也没有水洼和垃圾堆。哨所的中心是它的行政机关所在地:教堂、岛长官府邸、它的办事处、邮电所、警察局和印刷所、区长府邸、移民区基金会的商铺①、军营、监狱医院、区医院、带宣礼塔的清真寺、官员宿舍、苦役流放犯监狱及监狱仓库和作坊。房屋大部分是新的,欧式的,铁皮屋顶,外墙大都粉刷过。萨哈林没有石灰和好石头,故而没有石头建筑。

如果不算官员和军官公寓,以及与自由民结婚的士兵居住的士兵区,那里不稳定,每天都有变化,那么,亚历山大罗夫斯克总共有298座房产,居民1499人:其中男人923个,女人576个。如果算上这里的流动人口,在监狱过夜而不入住民宅的驻军和苦役犯,那么这个数字接近3000。与斯洛博德卡相比,这里农民极少,苦役犯则占所有业主的1/3。《流放犯管理条例》准许其在监狱外居住,置办房产,但仅限于改正类苦役犯,然而此规定却因其缺乏可行性而走样,住进民宅的不光是改正类苦役犯,还有考验类、长期和无期徒刑的苦役犯,更不用说文书、绘图员、和好工匠,这些人干的活也使他们不必住在监狱里,萨哈林有不少携家带口的苦役犯,将这些男人们和丈夫们关在监狱,与他们的家人分开似乎也不可行,这可能会给移民生活招致混乱,那样就得让家属们都待在监狱里,由官方提供他们住房和食品,要么在家长服刑期间家属只待在老家。

考验类苦役犯住在民宅里往往因此刑罚比改正类的轻,这生硬粗暴地破坏了刑罚均等的观念,但此中的无序是由移民生活衍生的情况造成的,故而

---

① 1880年代初期,萨哈林岛开始给居民开办平价商铺,而且贸易的所有利润都得给岛屿移民区提成。但是萨哈林岛的官员们把这笔钱贪污了。后来1890年代移民区基金会的检查委员会指出,"存在于萨哈林岛的移民区基金会没有做好移民区的本职工作,因此没有任何理由继续称该部门为移民区基金会。"1891年8月18日,契诃夫致信苏沃林:"科诺诺维奇被召往彼得堡解释40万的亏空。"(П.叶廖明注)

也很容易纠正，只需让其余的囚犯都出监狱改住民宅即可。但是，说到带家属的苦役犯，无法容忍的另一种混乱是，由于疏忽，政府批准几十户家庭居住到既没有宅地，没有耕地，也没有草场的地方，而当时其他区用来安置的村落里条件要好得多。没田没地的人却得经营农业，安家也因为女人少而完全不成功。在年年有收成的南萨哈林，有的村落一个女人都没有。而在萨哈林的巴黎，仅自愿随夫从俄国过来的自由民妇女就有158人。

亚历山大罗夫斯克已经没有宅地了。过去地方空阔时，一处宅地有100、200，甚至500平方俄丈，现在只配给12，甚至9或8俄丈。我统计了161户人家，宅地内每户的房屋和菜园面积不超过20平方俄丈。其短板主要在亚历山大罗夫斯克河谷的自然条件上：往海滨发展不行，那里土质太差，哨所两边局限于山峦，现在可发展的只有一个方向，沿杜伊卡河溯流而上，沿着所谓的科尔萨科夫斯克驿路，这里的宅院排成一条，一座紧挨着一座。

根据户籍登记，使用耕地的只有36个户主，使用草场的只有9个。耕地的地块大小在300平方俄丈与1俄亩之间。几乎所有人都种土豆。只有16户养马，但有38户养奶牛，且养牲畜的农民和移民流放犯都不种地，而是做生意。从这一不大的数字得出结论，亚历山大罗夫斯克的产业不是种地。这里的土地绝少吸引力，这一点从这里几乎没有老户主就看出来了。1881年落户的，一个都没留下，1882年只剩6户，1883年的4户，1884年的13户，1885年有68户。也就是说，其余的207户是1885年以后落户的。依照农民极少，只有19户的情况看，可以认定，每个户主能在宅地待多久，取决于他多长时间获得农民权力，一旦获权就弃之奔大陆而去。

关于亚历山大罗夫斯克居民靠什么过活这个问题，迄今为止我仍然没完全搞清楚。假设户主跟妻儿像爱尔兰人那样只吃土豆，而且够他们吃整整一年，那么241个移民流放犯和358个苦役犯的男男女女吃什么呢？他们在这些房子里合住，或是房客、帮工。不错，差不多一半居民可以从官方领取囚犯口粮和儿童伙食的补助，还有工钱。超过1百人在公家作坊和办事处里干活。我登记过不少手艺人，没他们城市就不转了：有木匠、糊裱匠、首饰匠、钟表匠、裁缝师傅等等。在亚历山大罗夫斯克木制品和金属器皿很贵,给"小费"都不少于1卢布。然而要日复一日维持城市的生活,少得可怜的囚犯口粮和微薄的工钱够吗?手艺人的供给大过需求,体力活,譬如粗木工,干一天10戈比,吃自己的。这里的居民日子过得勉勉强强,可却仍然每天茶喝喝,土耳其烟草抽抽,不穿囚服,租公寓住,从回大陆的农民手里买房子,盖新房子。商铺生意繁忙,养就成千上万、形形色色囚犯出身的有钱人。

这里面很多现象说不清,我也只好猜,在亚历山大罗夫斯克住下的大部分人从俄国来这里时都带着钱,以便住下来做些非法生意贴补生活。收购囚犯的东西,趸多了运往尼古拉耶夫斯克卖,盘剥异族人和新来的囚犯,偷偷贩酒,放高利贷,豪赌,这些都是男人干的。女人们,流放犯和自由随丈夫来的自由民,都以卖淫为生。每每一个自由民妇女被审问到,她的钱从何而来时,她都回答:"用自己身体赚的。"

家庭总共332户:其中合法的185户,自由组合的147户。家庭数量相当大,并非产业的某些特点适宜于家庭的、居家的生活,而是因为偶然性:地方机关轻率地将这些家庭都安置在亚历山大罗夫斯克,而不是找更合适的地方;这里的流放犯因靠近长官所在地和监狱,所以更容易找到女人。如果生活不是自然而然地过,而是人为地调派;如果生活的发展不取决于自然和经济条件,而取决于个人的空谈和独断专行,那么类似的偶然性就极端地、不可避免地禁锢生活,成为这一人工生活的法则。

V

亚历山大罗夫斯克流放苦役监狱——集体牢房——镣铐室——金小手——
厕所——秘密赌场——亚历山大罗夫斯克的苦役——女仆——作坊。

抵达不久，我就去了亚历山大罗夫斯克流放苦役监狱。这是个四方形大
院子，周围有六幢营房式的木头房子，彼此之间有围墙。大门永远开着，卫兵
在旁边逡巡。院子打扫得干干净净，哪儿都看不到石子、垃圾、废弃物、脏水
洼。这种非同一般的干净给人留下了好印象。

每幢监牢的门都是敞开的。我走进其中一扇门，走廊不大，左右都有门通
集体牢房。门上挂着黑色小木牌，写着白色的字："几号牢房。室内空间多少多
少。关押苦役犯多少多少。"笔直到走廊尽头又有门，通一间斗室：里面有两
个政治犯，敞着背心，光脚穿着皮鞋，急头白脸地搓着草垫子，窗台上放着一
本小册子和一块黑面包。陪我的区长给我解释，这两名囚犯被准许住在监狱
外，但他们不希望有别于其他苦役犯，没执行这一许可。

"安静！起立！"看守喊。

我们走进去。牢房看起来很宽敞，容积将近200立方俄丈。光线足，窗户
大开。墙壁没粉刷，凹凸不平，原木间塞着麻屑，黑乎乎的，发白的只有荷兰式
炉灶。地板是木头的，没涂油漆，很干燥。长长的木板通铺贯穿整个牢房正中
央，从中间往两边略斜，这样苦役犯分两排睡时就头对头了。苦役犯的床位没
有编号，彼此之间一点间隔没有，因此通铺可以睡下70人，也可以是170人。根
本没有铺盖。都是睡硬板或给自己垫点破口袋、旧衣服和各种各样难看极了的
破烂。铺上摊放着帽子、鞋子、面包块、用纸头或小抹布塞着的空牛奶瓶、鞋

榰子，铺下面是箱子、脏袋子、包裹、工具和各种旧物。一只吃饱的猫在通铺边溜达。墙上挂着衣服、小锅子、工具，架子上放着茶壶、面包、装东西的小盒子。

在萨哈林，自由民进牢房时不用脱帽。这个礼貌唯流放犯必须遵守。我们戴着帽子在铺前走过，囚犯们双手贴裤缝立正，默默地打量着我们。我们也默默地打量着他们，好像我们是来买他们似的。我们往前走，去别的牢房，同样是骇人的赤贫，犹如放大镜下的苍蝇，在一样的褴褛之下难以躲藏。这是绝对意义的虚无主义生活，否定私有财产、个人空间、舒适的条件、安稳的睡眠。

住在亚历山大罗夫斯克监狱里的囚犯享有相对自由，他们不带镣铐，一天内可以离开监狱想去哪里去哪里，无人押解，不必统一着装，穿什么视天气和干什么活而定。候审的、不久前逃跑被抓回来的和因为某种缘由临时羁押的犯人，囚禁在特殊牢房，叫"镣铐室"。在萨哈林最常用的威胁是："我把你关镣铐室。"这个可怕地方的入口有几个看守把着，其中一人向我们报告，镣铐室一切正常。

门上的挂锁哗啦啦响，那玩意儿又大又笨，一定是从古董商那里买来的，我们走进一间不大的牢房，这回那里面关了20人，逃跑刚抓回来的。这些人衣衫不整，脸也没洗，戴着镣铐，脚上的破靴子裹着布缠着绳，脑袋一半头发蓬乱，剃光头的另一半已经又长出头发了。他们全都精瘦得像脱了形，但看上去蛮精神的。没有铺盖，睡在光铺板上。角落里放着"马桶"，没别的办法，每个人方便都得当着20个人的面。有一个人请求放他出去，发誓再不逃跑；另一个请求除去镣铐；第三个抱怨他的面包给少了。

有关两人和三人的牢房，有单人牢房。在这里碰到不少有趣的人。

单人牢房里特别引人注意的是有名的索菲亚·布洛夫施泰因，绰号"金小手"，[1]因为从西伯利亚逃跑被判三年苦役。这女人瘦小，头发已经花白，脸上布满皱纹，像个老太婆。手上戴着镣铐。铺位上只有一件灰羊皮短袄，让她既

---

[1] 布洛夫施泰因，惯偷。契诃夫离开后，她第二次逃跑，被抓回获15下鞭刑。1890年代末她转为流放犯出身的农民，但她仍旧被怀疑，也不是毫无根据的，她狡猾地隐瞒了罪行。（П.叶廖明注）

当被又当床。她在牢房里从这个角落走到那个角落,她似乎一直在嗅着空气,像极鼠笼里的老鼠,她脸上的表情也是老鼠式的。看着她,无法相信不久前她还那么漂亮到可以魅惑狱吏,就像在斯摩棱斯克,那里的一个看守帮她逃跑,他本人也跟她一道跑了。在萨哈林,起初她跟所有押送此地妇女一样,没住监狱,住在民宅里,她企图逃跑,为此还化装成士兵,但被抓住了。在她行动自由期间,亚历山大罗夫斯克哨所发生了几起犯罪事件:商铺主尼基塔被杀;移民流放犯犹太人尤罗夫斯基被盗56000卢布。所有这些犯罪都怀疑与金小手有关,她被指控直接参与或共同作案。当地侦查机关搞出的一大堆荒诞谬误,说法混乱如麻,于她案情的侦破一事无补。反正,56000卢布还是没找到,不过是被当做成各式各样幻想故事的情节罢了。

我将用专门的章节谈谈我看到的,给900人做饭的厨房,伙食和犯人怎么吃饭。现在关于厕所我要谈几句。众所周知,大部分俄国人完全不把这个设施当回事。农村里压根没厕所。在修道院、市场、旅店和所有尚未设立卫生监督的场合,其情形最为恶劣。轻视厕所也被俄国人带到西伯利亚。从苦役场的历史看,大小便的地方是监狱里散发恶臭和传染疾病的地方,而囚犯和管理机构对此不大介意。正如弗拉索夫在他的报告中所写,1872年在喀拉的一所监狱里根本没有厕所,罪犯到空地上方便,不是每个人都愿意这么做,只不过同时方便的人没几个。这样的例子我还可以举出上百个。在亚历山大罗夫斯克监狱,厕所,通常单独建在监狱院内监牢之间,里面挖个坑。显然,造厕所首先是尽量省钱,但无论如何与过去相比明显进步了。至少它不让人犯恶心了。厕所里很冷,装了木制通风管道,方便台沿着墙,上面不能站,只能坐,这主要是为保持厕所干净和干燥。难闻的气味有,但不重,混着柏油和石灰味。不单白天,夜里也可以上厕所,这一简单的措施可以不用马桶了,马桶现在只放在镣铐室里。

监狱周围有井,根据它可以判断地下水位的高低。由于这里土壤的特殊构造,即使位于海滨的山上墓地的地下水位都很高,我看到,天干气燥的时候,墓穴还被水没掉一半。监狱周围和整个哨所的地上都挖了水沟排水,但水沟不够深,所以监狱里仍免不了潮湿。

好天气和暖和的时候,这里不常见,监狱就大举通风:门窗大开,囚犯白天大部分时间待在院子里,或根本不在监狱。冬季,平均每年长达10个月,天气差,就只得靠小通风窗和炉灶了。用来盖监狱的落叶松和枞树的木质天然透气性能不错,但无济于事,由于萨哈林空气的湿度大,雨水多,还有木头本身蒸发出的水汽,原木之间往往积水,冬天就结冰。监狱里通风差,况且里面每个人的空间都不大,我在日记中记着:"9号牢房187立方俄丈,苦役犯65人。"这是夏天,在监狱里过夜的苦役犯只有一半。1888年的卫生报告里的数字则是:"亚历山大罗夫斯克监狱的囚室有效空间为970立方俄丈,囚犯数量为:最多时1950人,最少时1623人,年平均为1785人;夜宿者740人;每人占有空间1.31立方俄丈。"夏季监狱里苦役犯最少,那时他们都外出修路和种地;秋季最多,干活的回来了,还有志愿商船队带来的新犯人达四五百人之多,在将他们分发去别的监狱之前,他们都关押在亚历山大罗夫斯克监狱。这就是说,每个犯人所占空间最少的时候,监狱里的通风状况刚好最差。

大多是下雨天,苦役犯收工回监狱过夜,衣服湿透,鞋子沾满泥,也没地方烘干;衣服有的搭在通铺前,有的没等干就铺起来当褥子。皮袄散发着羊膻味,皮鞋有股皮革和柏油味,湿透的贴身内衣还不干,也好久没洗了,跟旧口袋和发霉的破衣服扔在一起,包脚布汗臭呛人;他本人呢,很久没洗澡了,全身长虱子,抽着廉价烟草,老是胀肚;他吃的面包,肉,在监狱里晾干的咸鱼,食物的碎渣,骨头,锅里的剩汤,通铺上他用手捏死的臭虫,这一切搞得牢房里的空气又酸又臭,霉气冲天,加上不能再浓的水蒸气,极寒天气的早晨,窗户里面结了一层冰,牢房里昏昏暗暗的,硫化氢、氨和其他所有化合物跟空气中的水蒸气混作一团,用看守的话说,"熏得死人"。

要集体牢房里保持清洁,在监狱里是不可能的,限于萨哈林的气候和苦役犯的劳动环境,这里永远卫生不了,无论行政当局抱有什么样的良好愿望,都无济于事,始终避免不了责难。或许应该承认集体牢房已经过时,用别的居住类型把它换掉,且已经部分地实施了,所以很多苦役犯不住监狱,住民宅了。要不就与不清洁妥协，当它是不可避免、必定存在的恶，留着恶劣的空气，让那些只是空讲卫生的人用立方俄丈去量。

赞成集体牢房的，我想，未必说得出什么好来。人们住的监狱集体牢房，不是村社，不是搭伙，每个成员都担负着义务，而是乌合之众，不对铺位、邻居、物品承担任何义务。命令苦役犯不许将脚上的污泥粪便带入室内，不许随地吐痰和身上不许长臭虫，都是不可能的事情。如果牢房里发臭，人人丢东西，有人唱下流小调，那么错的是大家，而不是某个谁。我问一个过去是有地位的公民的苦役犯："为什么您邋里邋遢的？"他回答我："因为整洁在这里对我没好处。"确实，对苦役犯而言，既然明天就会新来一伙人，跟他背靠背的邻居身上寄生虫四处乱爬，臭气让人窒息，那他个人的清洁能有什么意义呢？

集体牢房不让罪犯独处，即便他祈祷、思索和自我反省时必须独处，且所有赞成以改造为目的的人也认为独处对罪犯必不可少。买通看守后的狂赌、打骂、乱笑、瞎扯、啪啪的摔门声、镣铐室里的镣铐声，整夜不歇，妨碍干活干得筋疲力尽的人睡觉，惹他发火，当然也影响到他的饮食和心理。简陋的群居生活，其粗俗的娱乐、早就公认的好人被坏人带坏，都在腐蚀着罪犯的道德观念。它慢慢消磨罪犯的家庭观念，这是苦役犯最应该珍惜的品质，因为出了监狱他就是移民区独立的一员，在那里从第一天起，法律和刑罚的威胁都要求他成为一个好业主和善良的家长。

集体牢房里至今存在着乌七八糟的现象，例如诽谤、告密、私设公堂、倒买倒卖。这里的买卖在所谓的"卖堂"进行，这是从西伯利亚传过来的。有钱的、爱钱的，和因此服苦役的犯人、二道贩子、守财奴、骗子鬼等，从苦役犯同伙那里承包牢房里的专卖权，如果卖堂里买卖兴旺，人头多，作为好处付给犯人的租金，一年甚至多到几百卢布。卖堂堂主，官方称呼倒马桶的人，因为他负责清倒牢房的马桶（如果有的话），和检查清洁卫生。在他的铺位上通常放着1.5俄尺高，绿色或褐色的小箱子，边上摆着糖块、拳头大的小白面包、香烟、瓶装牛奶和其他一些用纸或小块脏布包着的商品。①

---

① 一包有9或者10支的香烟1戈比，小白面包2戈比，一瓶牛奶8-10戈比，（转下页）

不起眼的糖块和小面包底下隐藏着罪恶，其影响远在监狱之外。卖堂，那是赌场，小蒙的卡罗，让囚犯染上赌瘾。有卖堂和赌博的地方随时备有铁面无情的高利贷。监狱里的高利贷者每天，甚至每小时收10%的利息，一天之内无法赎回的抵押物归高利贷者所有。服满刑期，卖堂堂主和高利贷者定居后也不放弃自己这个有利可图的营生，所以在萨哈林有移民流放犯被窃56000卢布，也就毫不奇怪了。

1890年夏天，我在萨哈林逗留期间，亚历山大罗夫斯克监狱在册的苦役犯超过2千人，但在监狱住的仅900人左右。随便拿几个数字看：初夏，1890年5月3日，监狱里吃饭住宿的1279人，夏末，9月29日，675人。至于亚历山大罗夫斯克当地的苦役劳动，主要是从事建筑和修建所有公共设施，盖新房修旧房，维护街道、广场及其他地方的城市设施。最重的是木工活儿。原来在老家是木工的犯人干着这里真正的苦役劳动，在这一点上他比油漆工和屋面工倒霉多了。累人的不在修建本身，而是在干活用的每根木头，苦役犯必须到森林里拖回来，伐木点现在离哨所8俄里开外。夏天，人们拖着半俄尺粗，几俄丈长的木头，他们脸上痛苦的表情，尤其如果他们是高加索人，一如我看到的，给人感觉无比沉重。冬天，据说他们冻坏了手脚，甚至还没把木头拖到哨所，自己就冻僵了。对行政当局而言，木工活也不容易安排，因为能连着干重活的人在萨哈林原本就少，很缺劳动力，这种现象在此地很常见，尽管有数千名苦役犯。科诺诺维奇将军告诉我，在这里着手建新房非常困难，没人，木工够，就没人拖木头，如果派人去拖木头，那木工又不够了。烧火工的工作也不轻松，他每天要劈柴，天亮之前，大家都还睡觉时，就得备好劈柴，生上炉子。要判断劳动的紧张度和强度，不仅需要注意它消耗的体力，还应注意劳动地点的条件和因此产生的劳动特点。亚历山大罗夫斯克的冬季极寒和全年潮湿，让做苦力的人受不了，而他干的活儿，譬如很平常的劈木柴，在俄国根本不算什

（接上页）一块糖2戈比。买卖可以是现金、赊账和易货。卖堂也卖伏特加、扑克、夜里赌牌点的蜡烛，这是秘密的。扑克也可出租。

么。条例根据"建筑工程法规大全"限制苦役犯的劳动，应接近于农民和工厂工人的普通劳动，①它还给改正类苦役犯提供各种优待，但实践起来却不得不违反条例，这就是因工作地点的条件和劳动特点所致。须知无法规定苦役犯冒着暴风雪必须拖几个小时的木头；不能在亟需时不让苦役犯上夜班；也不能根据条例让改正类苦役犯节日休息，假如他正跟考验类苦役犯一道在煤矿里干活，那就得两个人都放，把工作停下来。经常是由于管事的人不懂行、不能干和不灵光，搞得事倍功半。譬如装卸轮船，在俄国不需要工人花特别大的力气，在亚历山大罗夫斯克往往是人们真正的苦难。没有经过准备和专业培训在海上作业的专门队伍，每次干活的总是新手，因此一起风浪往往引起大混乱，轮船上骂声一片，人人怒不可遏，下面的驳船磕碰着轮船，驳船上的人有站着的，有躺着的，被晕船折磨得脸色发绿，面孔狰狞，驳船四周浮着丢弃的船桨。就为这个工作被拖延，时间白白地浪费，人们忍受着不必要的苦难。有一次卸船时我听到典狱长说："我的人整整一天没吃饭了。"

　　不少苦役劳动用来满足监狱的需要。在监狱里每天干活的有烧饭的、烤面包的、裁缝、鞋匠、挑水的、打扫卫生的、值日的、喂牲口的等等。军事部门和邮电所、土地测量也要用到苦役劳动，近50人被发派监狱医院，不清楚是去做什么，也数不清有多少人在服侍官员，每个官员，哪怕是个没官衔的办事员，据我了解到的，都能不限数量地用仆人。我的那个医生房东，就自己带着儿子住，却有厨师、园丁、厨娘和使唤丫头，对一个低级别的狱医而言非常奢侈了。一个典狱长规定的仆役是8个：裁缝、鞋匠、侍女、听差兼信使、保姆、洗衣妇、厨师和打扫卫生的。在萨哈林仆役问题是个让人气愤、糟糕的问题，显然，跟所有的苦役场一样，不是新问题。弗拉索夫在其《苦役场存在的混乱情形简况》中写道，1871年，他上岛时，他首先就被前总督准许官员和军官役使苦役犯的情况震惊了。据他说，妇女被派去服侍管理人员，包括单身看守。

---

　　① 该大全于1869年4月17日获批准。依照法规，各工种的算法要根据工人的体力和工作的技能，法规还根据不同季节和俄国不同地带确定每日工作的时间。萨哈林岛属俄国中部，最大工作时间一昼夜12小时，是在5、6、7月，最少7小时，在12、1月。

1872年东西伯利亚总督西涅利尼科夫曾禁止罪犯做仆役,但这项至今仍具有法律效应的禁令却被毫不客气地绕开了。一个十四等文官在自己名下有半打仆役,外出郊游时,就派上10个苦役犯带上食物打前站。岛长官金采和科诺诺维奇曾经与这一罪恶斗争,但能量不够,充其量我只找到关于仆役问题的三条命令,而被牵扯到的人为自己的利益可以任意解释它们。好像要撤销总督的命令似的,1885年(第95号令)金采将军准许官员为自己雇佣女苦役流放犯做仆役,每月2卢布,所得钱款归公。1888年科诺诺维奇将军撤销自己前任的命令,规定:"苦役流放犯,无论男女,均不得派给官员做仆役,不许征收雇佣妇女的任何费用。但鉴于官员们的官邸和办公地点不能无人守护和打理,故准许给予此类场所每处分派适量男女,充当看门人、烧炉工、打扫卫生的,及其他所需。"(第276号令)。然而因官员的官邸和办公地点大多不是别处,就是官员的住处,所以此命令被理解成准许拥有苦役犯仆役,而且是免费的。至少1890年我在萨哈林时,所有的官员,甚至与监狱部门毫不搭界的官员(如邮电所所长),全都大量地在用苦役犯做家务,且不付仆役工钱,让公家养活他。

将苦役犯分给私人当仆役的做法,与刑罚的立法观点截然相反:这不是苦役制,而是农奴制,因为苦役犯效力的不是国家,而是个人,与改造目的或处罚平等的理念毫不搭界的个人。犯人也不是苦役流放犯,而是奴隶,受制于老爷及其家人的意志,满足他们刁钻古怪的要求,掺和他们庸俗的无聊吵闹。成为移民流放犯后,他是移民区的家奴副本,会擦鞋,会煎肉饼,但不会干农活,因此只能饿肚子,听天由命。派去做仆役的女苦役犯除了上述情况外,还有她特别难堪的事情。且不说在不自由的环境里,情夫情妇招致的总是下流风气,最大程度地贬损人的尊严,尤其是他们完全摧毁纪律。一个神父告诉我,在萨哈林有过这样的事,即在已有女苦役犯做家务和生孩子的情况下,仍必须

---

① 弗拉索夫在报告中写道:"很奇怪的人际关系:军官,做他情妇的女苦役犯和给情妇当车夫的士兵。不能不令人惊讶和遗憾。"据说,这一恶习都是由没有自由民佣人引起的。但此言不确。首先,可以限制佣人的数量,要知道一个军官只能有一个勤务兵。第二,官员在萨哈林岛这里的薪ерб颇高,可以给自己雇到移民流放犯、流放犯出身的农民和自由民妇女做佣人,这些人大都生活贫困,一般不会拒绝工钱。显然长官们也有此想法,因为在一条命令里准许不会干农活的女移民流放犯"受雇于官员,以此谋生。"(1889年第44号令)

雇一个自由民妇女或士兵帮佣。①

在亚历山大罗夫斯克十分推重的"工厂业"，表面上看光鲜亮丽，名噪一时，但目前不具有实际意义。在由自学成才的技师领导的铸造厂里，我看到有钟铃、火车和独轮手推车的轮子、手磨、抽纱机、龙头开关、炉具等等，不过这些都让人感觉像玩具。东西挺漂亮，却无人问津，对本地人来说到作坊或敖德萨去买这些必需品更来得合算，因为得有自己的锅驼机和雇一大批工人。当然，假如作坊在此地能成为教会苦役犯手艺的学校，花钱就不遗憾了。事实是，在铸造和钳工场里工作的不是苦役犯，而是有经验的移民流放犯工匠，地位相当于最低一级办事员，月薪18卢布。这里过于看重物品，机轮和马达轰响，锅驼机嘶鸣，只为产品质量和销路，商业的和工艺的考量与刑罚毫无关系，其实，在萨哈林，与其他苦役场一样，所有企业都应该仅仅以改造罪犯为自己当前的和长远的目的，这里的作坊应该追求的是，送往大陆的首先不是炉门和龙头开关，而是有用的人和培养成才的工匠。

蒸汽磨、木材厂和锻工场状况极好。人们工作愉快，显然是因为认识到劳动的生产效率。然而在这里工作的主要是熟手，他们在老家就是磨工、铁匠和其他方面的工匠，而非那些在老家就什么都不会干，什么都不知道的人，现在他们比谁都更需要去磨坊和锻工场，能够在那里学到一技之长，并自食其力。①

---

① 磨坊和钳工场在同一座楼里，靠两台锅轮机驱动。磨坊里有4台磨，每天磨面1500普特。木材厂有一台烧锯末的老锅轮机，那是沙霍夫斯基公爵运来的。（他于1878-1882年期间负责滨海省流放苦役事务。契诃夫称他是"聪明和诚实的人"，"优秀的行政干部"，契诃夫高度称赞他的劳动，"建设萨哈林岛的事业"。П.叶廖明注。）锻工场分两班日夜开工，有6座锻冶炉，105个工人。在亚历山大罗夫斯克苦役犯还挖煤，但这项事业未必会有什么成效。此地煤矿出产的煤远比杜埃的差：更脏，掺杂着页岩。它的成本也不便宜，因为有一大批固定的工人在矿井里工作，由一个专门的矿业工程师督工。本地煤矿没有存在的必要，因为离杜埃不远，而且从那里任何时候都能搞到优质的煤。不过，开办它们的目的良好，可以让未来的移民流放犯挣工钱。

VI

叶戈尔的故事。

　　我的医生房东在被解除职务后不久就回大陆了,于是我住到一个年轻的官员家里,他这人很好,只有一个仆役,一个乌克兰老太婆,苦役犯,间或,一天一次,苦役犯叶戈尔也来他这儿。他是个烧火工,不算是他的仆役,而是"出于尊敬"送劈柴、倒厨房的泔水,还把老太婆干不了的事情都做完。常常是你坐那儿读读写写时,突然听到一阵窸窸窣窣声和呼呼喘气声,什么东西在桌底下你脚边挪来挪去,一看,原来是叶戈尔,打着赤脚,在捡桌子下面的纸片和擦灰尘。他四十开外,笨手笨脚,就是所谓的"笨蛋",心思简单,乍一看脸蠢蠢的,生着一张鲶鱼嘴。他红头发,胡子稀稀拉拉,小眼睛。问他话不马上回答,而是先斜你一眼,问:"啥?"或"你说谁?"他老是恭恭敬敬地叫我"大人",但说话时却"你、你的"。他一分钟都闲不下来,走到哪儿眼里都是活儿。跟你说着话,眼睛却搜寻着有没有哪里要打扫或修理。他一昼夜睡两三个小时,因为他没时间睡觉。每逢节日,他常常站在哪个十字路口,上衣里面穿着红衬衫,挺着肚子,叉开两腿。他管这叫作"溜达"。

　　在这里,在苦役场,他自己盖了一座木屋,做了木桶、桌子、简陋的柜子。他会做任何家具,但只是给"自己"做,即给自己用的。他本人从未打过架,也没挨过打,唯一一次是小时候挨了父亲的鞭子,因为他在看豌豆时把公鸡放进去了。

　　有一回我跟他聊了聊:

　　"你为什么到这儿的?"我问。

"你说啥,大人?"

"为什么送你来萨哈林?"

"因为杀人。"

"你给我从头说说,怎么回事。"

叶戈尔倚着门框,背起双手,说起来:

"我们去老爷弗拉基米尔·米哈伊雷奇那儿,雇我们去伐木头,锯木头,运到车站。挺好的。都干完了,回家。走出村子不远,大家伙让我带上合同去账房,核对一下。我骑马去的。在去账房路上安德留哈拦下我:发大水,过不去了。'明天,'他说,'我去账房谈租地的事儿,再把合同核对一下。'那好吧。我们一起往回走,我骑马,伙伴步行。我们到了巴拉辛诺。庄稼汉们都到酒馆去抽一口,我跟安德留哈落在后面,在饭馆旁边的人行道上停下来。他说:'你有5戈比吗?老兄,想喝点酒。'我跟他说:'你呵,老弟,我说呵,你这种人,进去喝上个5戈比,就该醉了。'可他说:'不会,不会的,喝一点儿,就回家。'我们追上那些庄稼汉,讲好凑25戈比,凑够了,就进了酒馆,买了25戈比的伏特加。坐到桌子那儿喝起来。"

"你简短点儿。"我提醒。

"等等,别打断我,大人。我们把伏特加喝光了,可他,就是安德留哈,又弄来一瓶胡椒酒。给他自己和我各倒了一杯。我和他把杯子喝干了。于是大伙儿都出了酒馆回家,我跟他还是走在他们后面。我不再骑马,下来,一下子坐在河沿上。我唱歌,开玩笑。没说什么不好听的。然后站起来走了。"

"你给我讲杀人的事儿。"我打断他。

"等会儿。到家我躺下,睡到天亮,有人叫醒我,'起来,你们谁打的安德留哈?'这时候安德留哈已经被抬来了,警官也来了。警官开始审问我们,我们谁都不承认跟这件事有关。可安德留哈还活着,说:'你,谢尔古哈,用杆子打我,其他我什么都不记得了。'谢尔古哈不承认。我们大家都以为,是谢尔古哈,把他看起来,免得他对自己做什么。过了一天一夜安德留哈死了。谢尔盖①

---

① 即谢尔古哈。——译者

的姐姐还有老丈人教他：'你，谢尔盖，别松口，你反正都一样。你要是承认，家里人也会被抓，你就遭殃了。'安德烈①一死，我们大伙儿就去找村长，告谢尔盖的状。我们审了谢尔盖，可他不承认。然后就放他回自己家过夜。有人看着他，免得他出点子事。他有一杆枪。危险呢。早上去抓，他没了，赶紧在他家搜，满村地找，在地里跑来跑去找他。然后警察局来人说谢尔盖在他们那儿，说着就动手抓我们。原来谢尔盖，你晓得，直接跑到警察局，跪在警官那儿，告了我们，说叶夫列莫夫家的孩子三年前就雇人打了安德留哈。他说：'我们仨，说起来呢，走在路上，伊万、叶戈尔和我，说好了一起去打。我，说起来呢，用树根打了安德留哈，伊万和叶戈尔开始猛打他，我吓坏了，说起来呢，转身就跑了，朝后面的庄稼汉跑过去。'之后我们，伊万、基尔沙、我和谢尔盖，被丢进在城里的监狱。"

"伊万和基尔沙是谁呀？"

"我的亲兄弟。商人彼得·米哈伊雷奇来监狱保我们出来。在他家保释到圣母节。我们过得很好，平安无事。节后第二天在城里审我们。基尔沙有证人，后面的庄稼汉作的证，我，老弟，可就倒霉了。我在法庭上说的就是我跟你说的这些，可法庭不信：'所有人都这么说，赌咒发誓的，可都是撒谎。'就判了，进了班房。在牢里给我们枷上锁，不过我要倒马桶、打扫牢房和送饭。为这个每月给我一份面包，一人出3俄磅。一听说要走，就给家里拍了电报。尼古拉节前的事儿。妻子和兄弟基尔沙来送我们，带了点衣服来，还有些乱七八糟的……妻子号啕大哭，真没办法。她走时，我给了她两份面包带回家送礼。我们大哭一场，让给孩子们和所有的乡亲们带好。在路上我们被戴上犯人的镣铐。两人一组走路。我是跟伊万。到诺夫哥罗德给我们摘了手铐，戴上枷锁。然后押解到莫斯科。在莫斯科羁押时，我们递呈子请求宽恕。怎么到的敖德萨，不记得了。还顺利。在敖德萨医生给我们检查，让我们脱个精光，看来看去。然后把我们集中起来赶上轮船。哥萨克和士兵们让我们排着队上梯子，把我们装进船舱。我们坐在大通铺上，没事了。人人都有铺位。上铺坐我

① 即安德留哈。——译者

们五个。起先我们没明白，后来有人喊：'开了，开了！'开啊，开啊，后来开始摇晃。热极了，大家都脱光了。有人吐，有人没事儿。当然，大部分人都躺着。风特大，四面八方地吹。开啊，开啊，然后就触礁了。我们被猛地撞了一下。是个大雾天，乌漆麻黑的。撞了一下，就停住了，不住地摇晃，你晓得，在礁石上啊。我们以为是大鱼在底下摇得轮船转来转去呢。①往前开，开不动，就往后退。退了不一会儿，船底撞破了。就用船帆堵窟窿，堵啊，堵啊，一点用也没有。水漫到大伙儿坐的铺位下的地板上，在大伙儿脚底下的地板上到处流。大伙儿哀求：'救救我们吧，大人！'他起先说：'别挤，别吵吵，我保证谁都没事。'后来水漫到下铺。难友们开始哀求、推挤，老爷就说：'兄弟们，我放你们出去，只是别乱来，不然，就都枪毙喽。'然后就放人了。大家就祷告，求上帝保佑平安无事。都跪着祷告。祷告完给了我们干饼和糖，大海也平静下来了。第二天开始用驳船把大伙运上岸。在岸上做了祷告。后来把我们装上另一条船，是土耳其的船，②就运到了这儿，亚历山大罗夫斯克。天亮时把我们放到码头，在那里耽误了好久，天黑才离开码头。难友们被拴成排走，还有得夜盲症的，一个牵着一个，有的看得见，有的看不见，好在锁到一起的。我领着十来个难友。带到监狱的院子里后就开始分牢房，谁进哪个。睡觉前吃点自己带的东西，早晨才给我们正式开饭。歇了两天，第三天洗了澡，第四天就被押去干活儿了。开头是挖地基上的排水沟，那儿现在是区医院。刨树根，平地和别的活儿，这么干了两三个礼拜，也许是1个月。之后我们到米哈伊洛夫斯克运木头，要拖3俄里路堆到桥边。后来在菜园里挖蓄水坑。到了刈草季节，就把难友们集中起来，询问谁会刈草，把会的人登记下来，给了我们整整一堆面包、米、肉，让一个看守押着去阿尔穆丹的草场。我过得不错，上帝给了我好身体，我刈草刈得好。别人都挨看守打，可我连骂也没挨过。大伙就骂我，干吗那么起

---

① 指1887年萨哈林岛西岸科斯特罗姆号失事事件。
② 志愿船队的"符拉迪沃斯托克号"。

劲，我倒无所谓。闲着或下雨的时候，我就给自己编草鞋，人家下了工就睡觉，我还是编草鞋。编了就卖，一双卖两份牛肉，值4戈比呢。刈完草回家了。一到家就关进监狱。后来差我去米哈伊洛夫斯克给移民流放犯萨什卡做帮工。在萨什卡家我什么农活都干：收割、收拾、磨面、挖土豆，萨什卡替我去给公家拉木头。我吃自己的，从公家那里领来的。我干了两个月零四天。萨什卡答应给钱，可一个子儿也没给，就给了一普特土豆。萨什卡载我到监狱，把我还了。又给了我斧头和绳索，让我背柴，负责烧7个炉灶。我住窝棚，给一个狱吏打水擦地板，给一个鞑靼蛮子守卖堂。我一下工，他就把卖堂托给我，让我卖，一天一宿给我15戈比。春季白天长时，我就编树皮鞋，一双卖10戈比。夏天去河里捞木头，攒够一大堆就卖给开澡堂的犹太鬼。我还存了60根当料用的原木，每根15戈比卖了。所以小日子过得不错，上帝赐的。只不过，大人，我没时间跟你说了，该打水去了。"

"快转成移民流放犯了吧？"

"过5年。"

"想家吗？"

"不想。就是舍不得孩子。全都傻乎乎的。"

"你说说看，叶戈尔，当时在敖德萨把你带上轮船，你想什么了？"

"祷告上帝。"

"祷告什么？"

"祈求让孩子们聪明点。"

"你为什么不把妻子和孩子们接到萨哈林来？"

"他们在家也不错。"

VII

灯塔——科尔萨科夫卡村——苏普鲁年科医生的收藏。气象站——亚历山大罗夫斯克地区的气候——新米哈伊洛夫卡——波将金——前刽子手捷尔斯基——红河谷——布塔科沃。

跟邮电所官员,《萨哈林诺》的作者一道漫步亚历山大罗夫斯克及郊区,给我留下了愉快的印象。我们经常去灯塔,它高高伫立在河谷之上的容基耶尔角,白天,抬头仰望,灯塔只是一座不起眼的白色小屋,房子的旗杆上挂着灯笼;夜晚,它在黑暗中闪亮耀眼,仿佛苦役场在用自己红色的眼睛注视着世界。上小屋的路很陡,绕着山盘旋,两边生着落叶松和枞树,登得越高,呼吸越舒畅,大海慢慢呈现于目前,思想渐渐脱离监狱、苦役场、移民区,此时此刻你只意识到,下面的生活是多么枯燥而艰难。苦役犯和移民流放犯日复一日背负着刑罚,而自由民从早到晚谈的只是谁挨打了,谁逃跑了,谁被抓住又要挨打了。而且奇怪的是,对这样的谈话和兴趣你只消一个礼拜就会习惯,早上醒来做的第一件事就是看当地日报上的总督令,之后一整天听的说的都是谁跑了,谁被开枪打死了等等。站在山上,面对大海和美丽的峡谷,那些是是非非变得无以复加的鄙俗和粗暴,呈现出它本来的面目。

听说,在去灯塔的路上曾经安放过长椅,但又不得不撤掉了,因为苦役犯和移民流放犯散步时就在上面用笔写、用小刀刻脏话和下流话。所谓的厕所文学,其爱好者在平常人中也不少,可是在苦役场,这种无耻越过所有的界限,无与伦比。在这里,不仅长椅和僻静地方的墙难看,就连情书也不堪入目。特别引人注意的是,一个人在长椅上涂写和刻着各种下流话,尽管此时他感觉到自己失落、被遗弃、深深的不幸。有的人已经垂垂老矣，老是说什么活腻了该死了，风湿病重，眼睛看不清，但却津津有味气也不喘地骂—长串粗鲁的下流话，用尽别出心裁的污言秽语，像骂人狂似的。如果他识文断字，到了背静地方就很难克制自己的冲动，挡不住诱惑，哪怕用指甲在墙上划些不许说的话来。

小屋旁边用链条锁着一只恶狗，看守大炮和大钟。听说马上就要运警报器来放在这儿，雾天报警用，这也会勾起亚历山大罗夫斯克居民的痛苦和忧愁。如果站在灯塔的悬楼上俯瞰大海和四周海浪翻涌的"三兄弟"礁岩，就会头晕目眩，心惊肉跳。隐约看得见鞑靼海岸，甚至德卡斯特里湾的入口，灯塔守卫说，他时不时能看到船只进出德卡斯特里。太阳下闪闪发光的辽阔的大海在脚下低沉地拍击着，远处的海岸诱人神往，油然而起的是忧伤，仿佛永远也离不开萨哈林了。望着那海岸，就觉着，假如我是苦役犯，那一定得从这里逃走，无论如何。

出了亚历山大罗夫斯克，沿杜伊卡河逆流而上，就到了科尔萨科夫卡村。它建于1881年，为纪念前东西伯利亚总督M.C.科尔萨科夫而命名。有意思的是，在萨哈林常以村落的命名纪念西伯利亚总督、典狱长，甚至医生们，却将像涅韦尔斯科伊、水手科尔萨科夫①、博什尼亚克、波利亚科夫等其他许多考察者全然遗忘，我认为，比起那个因残忍而被杀的什么典狱长杰尔宾，对他们的纪念更值得尊敬和关注。②

---

① 是指沃英·安德列耶维奇·里姆斯基-科尔萨科夫（1820-1871），海军上将，滨海和远东最积极的探险者之一，他指挥机帆纵桅船"远东号"，完成了萨哈林岛西部的地图测绘，寻找海湾，勘探煤矿床。（Π.叶廖明注）

② 对于移民区，迄今为止，为它建立做得最多和对它最负责的人有两个：M.C.米楚利和M.H.加尔金-弗拉斯科伊（1834-1916），（他是内务部1879-1896年间的监狱总局局长，曾于1881-1882年和1894年两次到过萨哈林岛，赞成以流放苦役犯之力建立农业移民区，他在1885年罗马召开的刑事侦查学者代表大会上支持此观点。就是加尔金-弗拉斯科伊在报告中建议：第一，将"政治上不可靠的人由之前判决去西伯利亚各城市"改为流放萨哈林岛；第二，进一步发展岛屿的农业移民区；第三，押送"改正级"苦役犯上岛。Π.叶廖明注。）为纪念前者，一个年头不长，只有十户的贫穷小村被命名，为纪念后者命名的村落原本有老地名西杨采，只有在不是所有人都有的文件中，它才叫加尔金诺-弗拉斯科耶村。其实，在萨哈林岛一个村落和哨所用科尔萨科夫斯克命名并非因为他有什么特别功绩和贡献，只不过因为他是总督，能引起恐怖。

科尔萨科夫卡村有居民272人：男性153人，女性119人。业主58人，其中26人有农民身份，只有9人是苦役犯，就女性、草场、牲畜的数量看，科尔萨科夫卡与富裕的亚历山大罗夫斯克的郊区差别较小，8个业主有两幢房屋，每9幢房屋有一个澡堂。45个业主有马，49个业主有奶牛。其中很多人有两匹马和三到四头奶牛。以老住户的数量而言，科尔萨科夫卡在北萨哈林几乎占第一位——43个业主在村落建立之初就拥有自己的宅地。登记居民时，我遇到8人是在1870年前到萨哈林的，其中一人被送来的时间甚至是1866年。而移民区老居民比例高是一个好兆头。

科尔萨科夫卡外观上非常像俄国的小乡村，蛮不错的，虽然落后，远离文明。我第一次到这里是礼拜天的下午。静悄悄的，天气温暖，感觉是在过节。农夫们或在树荫下睡觉，或在喝茶，门前窗下女人们在互相捉虱子。院子和菜园里鲜花朵朵，窗台上摆着天竺葵。很多孩子，都在街上玩官兵或骑马的游戏，跟吃饱了昏昏欲睡的狗逗着玩。然而当牧人，一个老流浪汉，赶着超过150头的一大堆牛过来时，空中响起夏天的声音：牛儿哞哞，鞭子啪啪，赶牛犊的农妇嚷嚷，孩子叫，赤脚和蹄子噗嗤噗嗤踩踏着满是浮土粪便的道路，而当牛奶飘香，一切都完美了，甚至杜伊卡河也迷人了。她流过别人家的后院，傍着菜园，在这里她的两岸是绿色的，柳枝依依，苔痕点点，我看着她，黄昏的暗影覆着她平滑无皱的水面，她静静的，仿佛睡去了。

与在富庶的亚历山大罗夫斯克的郊区一样，我们发现，这里的老住户、女人和有文化的人比例很高，自由民妇女数量大，几乎有着同样的"过往史"，譬如偷偷卖酒、放高利贷等等，据说，过去安家立业时长官的偏爱也起到过显著的作用，当时长官随随便便地贷给人牲畜、种子乃至酒，而且科尔萨科夫卡人好像从来就是政客，即便对最低级别的官员也称大人。但是，与亚历山大罗夫斯克郊区不同的是，这里之所以富庶的主要原因压根不靠卖酒，不是长官偏爱或离萨哈林的巴黎近，而是在农耕业方面取得的显赫成绩。当时在斯洛博德卡1/4的业主没有耕地，另外的1/4耕地极少，在科尔萨科夫卡这里，所有业主都耕地种粮食；在斯洛博德卡半数业主没有牲畜仍丰衣足食，在这里几乎所有业主认为必须养牲畜。以很多情况看，萨哈林的农业很令人怀疑，但必须承认，科尔萨科夫卡的农业却搞得像模像样，取得相当好的成果。这绝不能说科尔萨科夫卡每年往地里撒下2千普特的种子仅仅是由于固执，或是出于长官意志。我没有有关收成的确切数字，科尔萨科夫卡自己提供的又不可信，但是根据某些迹象，例如，牲畜数量很多、生活的表面情形，以及这里的农民尽管早已有权，却不急于离开去大陆等，便可以认定，这里的收成不仅够吃，而且有些盈余，有利于移民流放犯的定居生活。

为什么科尔萨科夫卡人搞农业就成功，与此同时附近村落的居民却因为一连串的失利忍饥挨饿，已经不再指望能有时候自己养活自己，要解释并不难。科尔萨科夫卡坐落在杜伊卡河谷最宽阔的地段，科尔萨科夫卡人在落户之初就占有大量土地，他们不仅能够得到土地，而且还有挑选的余地。目前有20个业主有耕地3-6俄亩，很少有人少于2俄亩。如果读者们想要比较这里的宅地和我们农民的份地，那他一定看到，这里的土地不休耕，每年都是有多少种多少，因此这里的2俄亩相当于我们的3俄亩。大量使用土地就是科尔萨科夫卡人成功的秘密。鉴于萨哈林的收成介乎于种子的两到三倍之间，能让土地产出足够的粮食只有一个条件：就是土地多。土地很多，便宜种子很多，就什么困难都没有。每逢粮食绝收之年，科尔萨科夫卡人就种菜和土豆，种菜和土豆的面积也很可观，达33俄亩。

兴建不久的流放移民区因其居民增加缓慢，对统计学而言尚不成熟，故迄今为止它提供的数字材料极其有限，不管你愿意不愿意，要得出自己的结论就只得靠在一切适当的场合观察和猜测。如果不怕被指责结论草率，而以科尔萨科夫卡的数字推及整个移民区，那么也许可以说，由于萨哈林的收成低，要不歉收和吃饱，每个业主必须拥有2俄亩以上的耕地，且不包括草场和种菜、种土豆的土地。制定更准确的标准目前是不可能的，不过，这个标准大概是4俄亩左右。可是据《1889年农业状况报告》，萨哈林的每个业主所有的耕地平均只有半俄亩（1555平方俄丈）。

在科尔萨科夫卡有座房子，很大，有红色的屋顶和怡人的花园，很像是比上不足比下有余的地主庄园。这幢房子的主人是医疗部门的负责人苏普鲁年科医生，春天时他动身前往参加监狱展览会，会后永远留在俄国，在他空出来的房间里，我看到只剩下一些精美的动物标本，都是医生收藏的。我不知道，现在这些藏品在哪里，有谁根据它研究萨哈林的动物区系，不过按所剩不多却至为精美的藏品和别人述说的看，我能判断出藏品之丰富，还有苏普鲁年科医生在这项有益的事业上花费了多少的知识、劳动和爱。他开始收藏是在1881年，10年内收藏到几乎所有碰到的萨哈林脊椎动物标本，以及很多人类学和民俗学资料。他的收藏，若是留在岛上的话，尽够给一个棒极了的博物馆打底了。

房子旁边建的是气象站，它一直由苏普鲁年科医生主管，现在负责的是个农业视察官。我去参观时，管事的是文书，流放苦役犯戈洛瓦茨基，一个精明能干和责任心强的人，给我提供了气象统计表。9年间的观测已经可以得出结论，所以我会尽量对亚历山大罗夫斯克地区气候做些了解。符拉迪沃斯托克的市长有一次告诉我，在他们符拉迪沃斯托克及整个东部沿海压根就"什么气候都没有"，至于萨哈林也有人说，气候在那里是没有的，有的是坏天气，这个岛屿是俄国阴雨天最多的地方。我不知道后一种说法有多少可信度，我在的时候是非常明媚的夏天，然而气象站的统计表和其他人写的简短工作报告给出的是一幅非同寻常的阴雨天图景。亚历山大罗夫斯克地区的气候是海洋性的，具有不稳定的特点，即年平均温度、降水天数等等波动极大，[1]年平均温度低、雨雪量大和阴天多是它的主要特点。作为比较，我拿来亚历山大罗夫斯克地区的月平均温度和"气候寒冷、潮湿、变化多端和不利于健康"[2]的地方诺夫哥罗德省的切列波韦茨县的数据：

---

[1] 年平均温度在+1.2℃ 和-1.2℃之间波动，雨雪天数在102和209之间波动，无风天在1881年只有35天，1884年多了4倍，达112天。

[2] 格里亚兹诺夫：《农民生活卫生条件的比较研究经验和切列波韦茨县的医疗地形学》，1880年。我将格里亚兹诺夫先生用的华氏温度换成摄氏。

月　份	亚历山大罗夫斯克地区月平均气温（℃）	切列波韦茨县月平均气温（℃）
1月	−18.9	−11.0
2月	−15.1	−8.2
3月	−10.1	−1.8
4月	+0.1	+2.8
5月	+5.9	+12.7
6月	+11.0	+17.5
7月	+16.3	+18.5
8月	+17.0	+13.5
9月	+11.4	+6.8
10月	+3.7	+1.8
11月	−5.5	−5.7
12月	−13.8	−12.8

　　亚历山大罗夫斯克年平均温度+0.1℃，即差不多0℃，而切列波韦茨县为+2.7℃。冬季亚历山大罗夫斯克地区比阿尔汉格尔斯克更寒冷，春季和夏季与芬兰相似，秋季与彼得堡相似，年平均温度与索洛韦茨基群岛相似，那里也是0℃。

　　在杜伊卡河谷看得到永冻层。波利亚科夫是在地下3/4俄尺深处找到它的，时间是6月20日。他于7月14日在垃圾堆底下和山边凹地处发现了雪，这些雪到7月底才融化。1889年7月24日，在并不高的山上下了雪，大家都穿上了裘皮大衣和皮袄。9年里观测到的杜伊卡开河日期为：最早是4月23日，最晚是5月6日。9个冬季无一次不上冻。一年中有181天严寒和151天刮寒风。这些都具有实际意义。在切列波韦茨县夏季更温暖，也更长久，据格里亚兹诺夫说，荞麦、黄瓜和小麦仍长不好，而在亚历山大罗夫斯克地区，根据当地农业视察官的记载，观测到的温度没有一年能让燕麦和小麦完全成熟。

　　这里过度的潮湿引起农学家和卫生学家高度重视。一年中有189个雨雪天：107天下雪，82天降雨（在切列波韦茨县81天下雨，82天下雪）。天空时常一连数周阴云密布，阴郁的天气一天又一天，让人觉得漫漫无尽头。这样的天气使人难受，只好借酒浇愁。或许，被它影响，很多冷漠的人变得更加冷酷，很多善良的人变得脆弱，一连数周甚至整月看不到太阳，几乎永远失去过好日子的希望。波利亚科夫笔下1881年的6月，一个月里没有一个晴天，而从农业视察官的工作报告里得知，有4个夏季自5月18日至9月1日晴天平均不超过8天。雾在这里是极常见的现象，特别是在海上，它是水手们真正的噩梦，含盐的海雾，据说对沿岸的植物，树木也好，草地也好，都有害。下面我将谈到村落的居民，主要就是被雾水搞得已经不再种小麦，在自己的耕地上改种土豆。有一次，就在一个阳光灿烂的晴天里，我看到一堵纯奶白色的雾墙从海上逼来，仿佛一幅白色的窗帘从天而降。

气象站安装的仪器都是由彼得堡物理天文总台检测和提供的。气象站没有藏书。除了前面提过的文书戈洛瓦茨基和他的妻子，在气象站我还登记到6个男帮工和1个女帮工。他们在这里做什么，我不知道。

在科尔萨科夫卡有一个学校和一座小礼拜堂。还有过一个军队医疗站，收住过14个梅毒病人和3个精神病患者，有一个精神病患者染上了梅毒。还听说梅毒病人给外科准备绑带和棉线团。但是我不可能造访这个中世纪的机构了，因为就在9月它被一个临时充当狱医的年轻军医关闭了。假如这里的疯子被狱医们下令架到麻杆上都烧死了，那也没什么可大惊小怪的，因为当地的医疗制度落后于文明世界至少两百多年。

傍晚，在一所小房子里我碰到一个40岁左右的人，他穿着西装上衣和散腿裤子，下巴刮得溜光，脏兮兮、没浆过的衬衫上打着类似领带的东西，看来他是特权阶层出身。他坐在矮椅子上，正用陶碗吃咸肉烧土豆。他自报的姓氏结尾念"根"，我不知为什么觉得，我眼前的这个人，就是过去那个姓氏结尾也是"根"，因为违反军纪罪被遣送服苦役的军官。

"您原来是军官吧？"我问。

"根本不是，大人，我是神甫。"

我不知道他为何被遣送到萨哈林来，我连问都没问。一个人，就在不久前还被人称约翰神甫，被人吻手，此刻却毕恭毕敬站在你面前，穿着破旧不堪的西装上衣，那你就不会去想犯罪什么的了。在另外一座小屋里，我看到了这样的场面。一个年轻的苦役犯，黑发男子，脸色特别阴沉，穿着极讲究的短上衣，坐在桌边，两手托腮，同为苦役犯的女主人收拾着桌上的茶炊和碗碟。关于我的问题，他结婚与否，年轻人回答道，他妻子带着女儿自愿跟随他来萨哈林，但她带着婴儿去尼古拉耶夫斯克已经两个月了，还不回来，即便他给她拍过好几封电报。"而且不会回来了，"女主人说道，有点幸灾乐祸，"她在这里干吗呢？没见过你的萨哈林，还是怎么的？事情容易吗！"他默不作声，她又说："不会回来的。她这娘儿们又年轻，又自由，能怎么着她？飞走啦，像鸟儿一样，有过这样的，一去不复返。不是我跟你这样的。假如我没杀夫，你也没放火，我们现在也是自由自在的呀，可现在你就坐着等你永远也等不到的老婆吧，就让你的心流血吧……"他难受极了，看得出来，他的心情像铅一样沉重，可她朝他唠叨了又唠叨，我走出小屋，她的声音还是听得一清二楚。

在科尔萨科夫卡陪我走家串户的是苦役犯基斯利亚科夫，很奇怪的一个人。法制记者们大概还没有忘记他。他就是那个基斯利亚科夫，军队文书，在彼得堡尼古拉耶夫斯基街杀死妻子并自己去市长那里自首。据他讲述，他妻子是个美人，他非常爱她，开始有一次跟她吵架后，他在圣像前发誓要杀了她，于是从这一刻起直到杀人前，都好像有个看不见的力量在他的耳边说："杀死她，杀死她！"审判前他关在圣尼古拉医院，大概他因此以为自己是心理变态，所以他不止一次请求我设法鉴定他是疯子，把他关到修道院去。他全部的苦役就是在监狱里做分配口粮的标签，这个活儿似乎并不难，可他却雇了别人代做，他自己则去"教课"，即什么都不做。他穿着帆布短西服，外表蛮像样的。小伙子不大聪明，但话多，好高谈阔论。"哪里有跳蚤，哪里就有孩子。"每次看到孩子，他就用甜美的男中音这样说。每每他在场时碰到人家问，我为什么登记，他总说："为了把我们大家派到月亮上去。你知道月亮在哪儿吗？"而当我们很晚才步行返回亚历山大罗夫斯克时，他像人家说的，牛头不对马嘴翻来覆去地说："复仇是最高尚的情感。"

沿杜伊卡河再往上走是新米哈伊洛夫卡村，它建于1872年，之所以这样叫它是因为米楚利的名字叫米哈伊尔。许多作者称它上乌罗奇齐，而当地的移民流放犯却叫它帕什尼亚。村里有居民520人：男287人，女233人。业主133人，其中2人有合伙业主。户籍登记上所有业主都有耕地，84户有牲畜，但是除少数外，家家户户都惊人地贫困，居民们异口同声地说，在萨哈林没有"活路"。人们都说，往年新米哈伊洛夫卡村一贫如洗的时候，村里有条去杜埃的小路，那是女苦役犯和自由民妇女踩出来的，为了几个小钱，她们去杜埃和沃耶沃达监狱把自己卖给囚犯。我能证明，这条小路至今仍未长草。居民中有些人像科尔萨科夫卡人一样，拥有大块的耕地，面积从3俄亩到6俄亩，甚至8俄亩不等，倒不受穷，然而这种大块耕地不多，且正逐年减少，目前一大半业主占有的地块也就从0.125到1.5俄亩，这就意味着，种庄稼只能让他们亏本。富有经验的老业主们只种大麦，在自家的耕地上种土豆。

这里的土地没有诱惑力，不利于人定居。村落建立头四年落户的业主一个都没留下，1876年的剩9户，1877年的7户，1878年的2户，1879年的4户，其余的全是新来的。

新米哈伊洛夫卡有电报站，学校，养老院宿舍和一个没造好的木教堂。有个面包房，为在新米哈伊洛夫卡地区修路的苦役犯烤面包，一定是当局没有任何监督，所以这里烤出来的面包极难吃。

每个路过新米哈伊洛夫卡村的人肯定认识住在这里的流放犯出身的农民波将金。每逢萨哈林来什么重要人物，总是波将金给他献面包和盐，每每要证明农业移民区的成功，往往就是用波将金做例子。户籍登记上他有20匹马和9只牛和羊，但听说他实际拥有的马要多一倍。他有个商店，在杜埃还有一个店，由他儿子经营。他给人的印象是个能干、聪明和富裕的分裂派教徒。他所有的房间都蛮干净，墙上贴了壁纸，挂着一幅画：《马里延巴德，利巴瓦附近的海滨浴场》，他本人和他的老伴言谈举止不卑不亢、谨慎得体。我在他家喝茶时，他和他妻子对我说，在萨哈林可以生活，地也种得好，但可悲的是，现在的人们懒惯了，娇气了，不卖力了。我问他：人家说的是不是真的，他用自己菜园里长的西瓜和甜瓜招待一位要人？他眼睛眨也不眨就回答："确实是，在这里甜瓜有时也种得熟的。"①

---

① 波将金来萨哈林时就已经富有了。奥古斯丁诺维奇医生在他到萨哈林三年后见到他，医生写道：流放犯波将金的房子最好。"如果苦役犯波将金在三年内就给自己盖起不错的房子，养了马，把女儿嫁给萨哈林的官员，那么我认为，这里面的事跟农业根本不搭界"。

在新米哈伊洛夫卡村还有一个萨哈林名人,移民流放犯捷尔斯基,以前是刽子手。他一边咳嗽,一边将两只苍白、瘦骨嶙峋的手捂在胸口,抱怨他的肚子痛得不行,因为犯了什么过错,长官命令亚历山大罗夫斯克的现任刽子手科梅列夫惩罚了他,自打那天起他就蔫了。科梅列夫那么卖力,"差点没把他打死"。可没过多久科梅列夫也犯了什么错,于是捷尔斯基的节日来临了。这一回他由着性子报复同行,狠狠打他,听人说,残忍到把同行打得至今身上还烂着。据说,如果把两只毒蜘蛛放在一个罐子里,它们会互相咬到死。

到1888年为止,新米哈伊洛夫卡是杜伊卡河边最后建的一个村落,现在又有了红河谷村和布塔科沃村,正在修从新米哈伊洛夫卡通往这些村落的公路。去红河谷的前半段路有3俄里,我乘车走在崭新、平坦,直得像根线一样的路上,后半段经过的是在风景如画的原始森林里开辟的林间通道,路上的树根已经都挖干净了,行驶起来轻松愉快,如同走在乡间土路上。沿途大的建材树几乎已经被砍伐殆尽,但原始森林依然雄伟壮丽。有白桦、白杨、杨树、柳树、白蜡树、接骨木、稠李、绣线菊、山楂等,林木之间的青草有一人多高,巨型的蕨菜和叶子直径1俄尺多的牛蒡,跟灌木和乔木混成茂密得无法通行的丛林,成为熊、紫貂和鹿的栖身之所。狭窄的河谷尽头两侧山峦迭起,长满冷杉、枞树和落叶松的针叶林,如同绿色的围墙壁立,针叶林上面又长着落叶松,山顶却光秃秃的,或覆着些灌木。像这里如此巨大的牛蒡,我在俄国哪儿都没见过,牛蒡赋予这里的林间空地和草地独有的风貌。我已经写到过,夜晚,尤其是在月光下,它们是那么的奇幻。在这个场景里还有一个伞形科里的大型植物,它好像没有俄语名称:笔直的主干,高达10英尺,底部粗3英寸,顶部紫红色,撑着一个直径1英尺的伞状花冠,主冠周围生着4-6个略小一点的花冠,使它看起来像枝型烛台。这植物的拉丁文名字叫angelophyllum ursinum,"熊根"。

红河谷村建立刚刚第二年,村里有一条宽宽的街,但还没有修好,从这家到那家走的是土堆、草墩和刨花木屑,得跨过一根根木头、树桩和流着褐色污水的排水沟。木屋也大都没造好,有的业主在制砖,有的在砌炉灶,还有的在街上拖木头。业主一共51个,有3户,其中有一个是中国人彭吉超,扔下正在造的房子走了,没人知道他现在何处。这里的7个高加索人也不干活了,全都挤在一个小屋里,虽然才刚刚8月2日,冷得缩作一堆。村落还年轻,差不多刚刚开始自己的生活,从数字上也看得出来。居民有90人,男女比例2:1,合法家庭3个,自由组合家庭20个,满5岁的儿童只有9个。3个业主有马,9个业主有奶牛。目前所有业主都领取囚犯口粮,可往后他们吃什么,眼下不清楚,靠种庄稼,反正指望不上。到现在为止仅仅找到24.25俄亩可耕种的土地,种上了土豆,这就是说,平均每户不到0.5俄亩。草场一点没有。因为这里的河谷狭窄,两侧紧挨着山,山上寸草不生,行政当局却想都不想就选个地方把人打发了,而且大约每年还会往这个地段塞上几十个新业主,可耕地只有现在这么多,也就是每户就只能有0.125、0.25和0.5俄亩,也许更少。我不晓得,是谁选的红河谷这块地,但从一切方面来看,担负此任的人是个外行,从未去过农村,而且主要是很少为农业移民区着想。这里连像样的水源都没有。当我问起到哪里引水灌溉,指给我看的是排水沟。

这里所有的小屋都是一个模样,两个窗户,用的木料又差又潮,建造时的打算只是胡乱把移民流放期混过去,然后离开去大陆。行政当局一方没有督工,也许是因为官员中间没有一个知道该怎么盖房子和砌炉灶。而按编制萨哈林应该有建筑师,但在我逗留期间没有,有的话可能只负责官方的建筑。看上去最顺眼、最像样的是公房,里面住着看守乌布延内①一家,乌布延内是个瘦小枯干的小兵拉子,脸上的表情完全符合他的姓,真的有种被杀死的、说不出的痛苦的味道。这大概是因为跟他同住一个房间的是又高又壮的女移民流放犯,他的同居女伴,送给他一个人口众多的家庭。他已经领看守长的薪水,他的全部职责只是报告来访者,此地一切顺利。但是连他也不喜欢红河谷村,总想着远离萨哈林。他问我,等他转成预备役去大陆时,会不会让他的同

---

① 乌布延内,俄语意为:被杀死的人。——译者

居女伴跟他一起走。这个问题让他很揪心。

布塔科沃村①我没去。根据户籍登记，我还对照神甫的忏悔名册检查和补充了其中一部分，那里的居民有39人。成年妇女只有4人。业主22人。盖好的房子目前有4座，其余的还只是搭了个架子。种庄稼和土豆的地一共只有4.5俄亩。养牲畜和家禽的目前一户都没有。

走完杜伊卡河谷，转向不大的阿尔卡伊小河，那里有3个村落。选阿尔卡伊河谷做移民点，不是因为它优于其他考察点，或更能满足移民区的需求，而纯属偶然，只为得它离亚历山大罗夫斯克比其他河谷近。

---

① 村落的命名是为纪念特姆斯克地区长官 A.M.布塔科夫。

VIII

阿尔卡伊河——阿尔科沃哨所——阿尔科沃一村、二村、三村——阿尔卡伊河谷——西岸的村落：姆加奇、坦吉、霍埃、特拉姆包斯、维阿赫特和万吉——隧道——电缆房——杜埃——家属宿舍——杜埃监狱——煤矿——沃耶沃达监狱——镣铐犯。

杜伊卡河以北8-10俄里，阿尔卡伊河流入鞑靼海峡。就在不久前它还是条名副其实的河流，可以捕大马哈鱼，现在呢，由于森林火灾和滥伐，它变浅了，夏季完全断流。不过，暴雨时节它就像春汛来临恣意泛滥，湍急喧腾，真相毕露。已经不止一次它淹没岸边的菜园，将干草和庄稼卷入大海。要躲避这样的灾难是不可能的，因为河谷狭窄，要躲开河就只有上山。①

阿尔卡伊河口向河谷转弯的地方坐落着吉利亚克人的小村庄阿尔卡伊–沃，阿尔科沃哨卡和3个村落：阿尔科沃一村、阿尔科沃二村、阿尔科沃三村因此得名。从亚历山大罗夫斯克到阿尔卡伊河谷有两条路：一条是山路，我没走过，因为森林大火把路上的桥都烧毁了；另一条路沿海岸，只有在落潮时才能通行。我第一次乘马车去阿尔卡伊是7月31日早上8点。开始退潮了。一阵雨袭来。天昏地暗，海上看不到一片船帆，陡峭的黏土海岸寒气逼人，海浪翻腾，低沉而哀伤。蔫巴巴病快快的树木在高高的海岸上俯视着下面，在这旷野

---

① 5年前一位要人在与移民流放犯讨论农业问题，给他们出主意时说，芬兰都是在山坡上种粮食的。但是萨哈林不是芬兰，气候条件，主要是土壤条件使这里的山上不可能栽种任何农作物。农业视察官在报告中建议放羊，或许羊"可以很好地利用这些贫瘠的山坡，那里有大量的放牧场地，而大牲口又上不去"。但是建议不具有实际意义，因为羊使用牧场只能够在短暂的夏季，而在漫长的冬季它们会饿死的。

上，每棵树都独自在与严寒和冷风作战，在秋冬骇人的漫漫长夜，每一棵树都得不停地四面摇晃，匍匐倒地，哀怨地嘎吱响——这哀怨无人听到。

阿尔科沃哨卡在吉利亚克人小村庄旁边。起先它就是一个警戒点，驻扎抓逃犯的士兵，现在这里住着看守，其职责似乎是看管移民流放犯。哨卡2俄里开外是阿尔科沃一村。村里只有一条街，因条件限制，村庄布局只能狭长地延伸，而不能横向分布。随着时间的推移，3个阿尔科沃村将连成一片，到时候萨哈林将拥有一个非常大，却只有一条街的村子。阿尔科沃一村建于1883年，居民136人：男83人，女53人。业主28人，都有家室，除了女苦役犯帕夫洛夫斯卡娅，她是天主教徒，前不久同居男人死了，他是真正的房主，她恳求我："给我派一个业主来吧！"有3户人家各拥有2幢房子。阿尔科沃二村建于1884年，居民92人：男46人，女46人。业主24人，都有家室，其中有2户各拥有2幢房子。阿尔科沃三村与二村建于同一年，透过它可以见出阿尔卡伊河谷的安置事宜是多么仓促。居民41人，男19人，女22人。业主10人，其中有一个是合伙业主，9人有家室。

3个阿尔科沃村的业主都有耕地，地块大小介于0.5–2俄亩之间。1户业主有3俄亩地，种了不少小麦、燕麦和大麦，还有土豆。大部分人家有牲畜和家禽，若根据移民流放犯管理员收集的户籍登记判断，可以得出结论，3个阿尔科沃村在建成的短时间内，都在农业方面取得了不起的成就，难怪一个无名作者这样描写当地的农耕业："这一劳动之所以得到丰厚的回报，全靠这块土地的土壤条件完全利于农耕，森林和草的长势说明了这一点。"事实并非如此。3个村子属于北萨哈林最贫困的村落，这里是有耕地，有牲畜，但没丰收过一次。不算整个萨哈林共有的不利条件，此地的业主还碰上阿尔卡伊河谷独有的劲敌，即之前我引用过的作者夸耀的土壤。这里的土壤表面有一层腐殖质，土下面却是砾石，炎热天气时会发烫，烤干植物的根，雨天又不渗水，因为下面是黏土，导致根部腐烂。在这样的土壤里，能够无恙生长的显然唯有那些根系粗壮、扎得深的植物，譬如牛蒡，而农作物里只有肉质直根类的大头菜和土豆，在这样的土壤上种这些东西要比种粮食作物犁耕得更深。关于河流造成的灾害我已经谈过了。草场一点没有，都是到原始森林的林间草地上刈草，或有零星的就用镰刀割，而富裕点的人都到特姆斯克区去买草。人们说这些家庭一冬天都吃不上一块面包，能吃的只有大头菜。我去之前没多久，二村的移民流放犯斯科林就饿死了。据邻居们说，3天里他只吃了1磅面包，而且这样已经很久了。"我们大家的下场都这样"，被他的死吓到的邻居对我说。我记得，说到自己过的日子时，有三个女人哭了。有一所房子，里面没有家具，一个黑乎乎的炉灶占了半个房间，孩子围着女主人哭，小鸡绕着她唧唧叫，她走到街上，孩子和小鸡都跟着她。她看着他们，笑笑哭哭，她为孩子和小鸡的哭闹向我道歉，说都是饿的，她等不及丈夫回来，他去城里卖浆果，好买些面包。她剁了些包心菜叶喂小鸡，小鸡贪婪地扑上来，上当受骗后吵闹得更厉害了。一所房子里住着一个农夫，毛烘烘地像个蜘蛛，眉毛倒挂，是个苦役犯，脏兮兮的，跟他一道的另外那个人也是毛烘烘、脏兮兮的，两人都有一大堆家人，可小屋里，就像人说的，家徒四壁，除了哭闹唧唧叫和斯科林之死这样的事情，贫困与饥饿无处不在！三村的移民流放犯彼得罗夫家屋门紧锁，他本人"因懒怠持家，擅自宰杀牛犊，被解送沃耶沃达监狱关押"。显然，宰杀牛犊卖到亚历山大罗夫斯克是因为贫困。从公家那里贷来的种子理当播种，户籍登记上也注明播种了，可其实种子一半被吃掉了，移民流放犯说起来也毫不隐讳。牲畜是从公家贷来的，喂的饲料也是公家的。林子越深劈柴越多：所有阿尔科沃人都欠债，每播种一次、每添一头牲口，他们的债务便与之俱增，有些人的债务已达到还不了的数目，每人两三百卢布。

二村和三村之间是阿尔科沃驿站，在特姆斯克地区行驶时都在那里换马。这里是驿站兼旅店，假如按我们俄国的标准估算，以当地如此稀少的车流量，驿站里只需一个看守带两三个帮工就够了，但萨哈林好排场，除了看守，驿站还有文书、跑腿的、马夫、两个面包工、三个劈柴工，再有四个帮工，问他们在这里干什么，回答我说："运干草。"

倘若风景画家有机会来萨哈林，我建议他关注一下阿尔卡伊河谷。这个地方不仅环境优美，色彩亦极其丰富，除了五彩斑斓的地毯或万花筒之类老套的比喻还真难以形容。一片郁郁葱葱的高大牛蒡,新雨之后晶莹闪亮,旁边是一块不大的约3平方俄丈的绿油油的黑麦地,过去是一小块大麦田,那里又有一棵牛蒡,它后面是小块的燕麦,再过去是土豆垄,两棵没长大的向日葵低垂着头,然后是一块茂盛的绿色麻地,到处高昂着伞形科植物,好似一座枝型烛台,这一片色彩斑斓中缀满罂粟花的点点玫红、鲜红和大红。路上迎面而来的女人们头顶牛蒡的大叶子当三角巾遮雨,像是一只只绿甲虫。而两侧是群山,虽不是高加索那样的崇山峻岭,总归是山嘛。

阿尔卡伊河口上游西岸,有6个不起眼的村落,我一个都没去过,它们的统计数字是我从户籍登记和忏悔名册得到的。村落都坐落在伸入大海的海角或小河的河口上,并因此而得名。起先它们都是只有四五人的监察前哨,随着时间的推移,等这些哨卡不够用时,便决定(1882年)在杜埃和波戈比角之间最大的那些海角安置可靠的、有家室的移民流放犯。建立这些村落和哨卡的目的是:"使来自尼古拉耶夫斯克的信差、旅客和赶橇的人赶路时能有安全休息的地方,在海岸全线设立警察监守,该海岸线是囚犯逃跑唯一可走的路,也是违禁私贩烧酒的通道。"通往海岸线上的村落的道路还没有,要去只能在退潮时沿海岸步行,冬天乘狗拉橇。也可以划小船和汽艇,但只能是天气极好的时候。这些村落自南向北依次为:

姆加奇村。居民38人:男20人,女18人。业主14人,有家室的13人,但合法家庭仅2户。耕地总共只有12俄亩,但已有3年未种植粮食,种的都是土豆。11个业主住在最早建村时的宅地,其中5人已有农民身份,收入不错,这也说明为什么农民不急于去大陆。7人赶橇,即养狗,冬季用它们运送信差和旅客。有一人以狩猎为业。至于捕鱼业,1890年监狱总局的报告中曾经提到过,不过这里压根没有。

坦吉村。居民19人:男11人,女8人,业主6人。耕地约3俄亩,但与姆加奇相同,由于经常性的海雾妨碍粮食作物的生长,地里种的都是土豆。两个业主有小船,捕鱼为生。

霍埃村。坐落在同名海角上,海角直插大海,从亚历山大罗夫斯克都能看到。居民34人：男19人，女15人，业主13人。这里尚未完全绝望，继续播种小麦和大麦。3人狩猎为生。

特拉姆包斯村。居民8人：男3人，女5人。幸福的村落，女人比男人多。业主3人。

维阿赫特村，在维阿赫特河畔，连接湖泊与大海，并因此令人想起涅瓦河，据说湖里能捕到白鲑鱼和鲟鱼。居民17人：男9人，女8人。

万吉村，最北边的村落。居民13人：男9人，女4人。业主8人。

有学者和旅行者描写，越往北景观越荒凉。自特拉姆包斯起，岛屿的北三分之一全部是冻土平原，贯穿整个萨哈林岛的主分水岭在这里起伏不大，有些作者认为那是阿穆尔河的冲积层。在红褐色的沼泽平原上，到处绵延着一条条树木歪斜的针叶林带，落叶松的树干高不过一英尺，树冠匍匐在地上，像个绿枕头。雪松丛的树干紧贴地面，萧索的林带之间长着地衣和青苔，与俄国冻土地带相同，在这里找到的都是又酸又涩的浆果，唯有在平原最北部又现低矮的丘陵绵延，紧挨着永远寒冷的大海，克鲁森施滕地图上那块不大的地方，大自然像是要微笑着告别，生长着挺拔的落叶松林。

然而无论大自然如何严酷，如何贫瘠，海岸边村落的居民，据知情人证实，日子过得终究比阿尔科夫人或亚历山大罗夫斯克人要好很多。

对此的解释是这里居民少，而他们拥有的那些财富参与分配的人却不多。对于他们，耕地和收成不是必需，他们各行其是，自己选择谋生之道。有一条从亚历山大罗夫斯克到尼古拉耶夫斯克的冬季道路穿村而过，冬天吉利亚克人和雅库特的手艺人来这里做生意，移民流放犯把东西卖或换给他们，不经商人的手。这里没有商店主、卖堂主、犹太商贩，也没有小职员用烧酒换漂亮的狐狸皮，之后再拿给客人显摆。

往南未建新村落。亚历山大罗夫斯克以南的西海岸只有一个居住点——杜埃，一个可怕、混乱、一无是处的地方，甘愿在这里生活的唯有圣人，要么就是彻底自暴自弃的人。这是一个哨所，居民们叫它港口，建于1857年，称杜埃或杜伊，名字以前就有，泛指现在的杜埃煤矿所在的海岸一带。它所在的狭窄河谷流过小河霍茵吉。出亚历山大罗夫斯克到杜埃有两条路：一条是山路，另一条沿着海岸线。庞大的容基耶尔角横卧岸边浅滩，若非挖隧道，根本无法通行。开工时没有与工程师商议，随随便便一挖，结果搞得隧道又昏暗又歪斜，肮脏不堪。隧道造价高昂，但是派不上用场，因为有蛮好的公路在，没必要走海边，况且还要受涨潮落潮的条件限制。该隧道反映出，俄国人就爱花大钱玩花样，从不管是否满足最迫切的需要。挖隧道时，负责工程的人坐着印有"亚历山大罗夫斯克码头"字样的车厢在轨道上来来去去，而苦役犯们此刻却住在又脏又潮的窝棚里，因为盖牢房的人手不够了。

　　一出隧道，岸边的道路旁就有一个盐场和一座小电缆房，电讯电缆从这里经沙滩伸入大海。小房子里住着做木工的苦役犯，是个波兰人，还有他的同居女伴，听说她12岁时在押解途中被一个囚犯强奸，生了孩子。去杜埃的一路上，海岸陡峭，断断续续拥成一个个岩堆，上面布满黑色的斑点和条纹，宽度从1俄尺到1俄丈不等。那是煤。据专家描述，这里的煤层上覆盖着砂岩、黏土质页岩、页岩质黏土和黏土质沙石，它们高低起伏，凹进凸出，许多地方还夹杂着大量的玄武岩、闪绿岩和斑岩。当然这是一种独特的美，然而对一个地方所持有的偏见是如此之深，以至于不仅看人，连看植物都充满惋惜，就为它们生在此地，而非别处。走出7俄里，海岸被一条峡谷截断，那就是沃耶沃达沟。这里孤零零地坐落着阴森恐怖的沃耶沃达监狱，里面关押重犯，其中还有连车重镣犯！卫兵在监狱周围来回走动，除了他们，四周看不到一个生物，仿佛他们在看守沙漠中的奇珍异宝。

　　再走1俄里，便是采煤场，1俄里开外是光秃秃无人的海岸，最后面的是另一条峡谷，里面就是杜埃，萨哈林苦役场的前首府。走到街上的最初一刻，杜埃给人的印象是一座古要塞：平滑的街道像是练兵场，一座座白色整洁的小房子，一个个条纹的岗亭，一根根条纹的木桩，完整的古堡印象里就差隆隆鼓声了。小房子里住的都是驻军指挥官、杜埃的典狱长、神甫、军官等等。短短的街道尽头立着一座灰兮兮的木教堂，将哨所的非官方区域挡住了。到这里峡谷往左右分成Y形的两条沟，左边是郊区村庄，过去叫日德科夫，右边整个是监狱用房和没名字的郊区村庄。两边，尤其是左边，拥挤、肮脏、别扭，没有了白色整洁的小房子，那些破旧的小木屋，没有椅子，没有草木，没有台阶，杂乱无章地挤满道路两边、山坡和山上。宅地的面积非常小，假如在杜埃这就能叫作宅地的话：户籍登记上有4个业主的宅地仅4平方俄丈。拥挤得无立锥之地，但就是在这般的拥挤和浑浊中，杜埃的刽子手托尔斯特赫仍然觅得一弹丸之地，给自己盖了房子。不算驻军、自由民人口和监狱，杜埃有居民291人：男167人，女124人，业主46人，其中有6个是合伙业主。大部分业主是苦役犯。是什么促使行政当局将他们及其家人安置在这里，在这峡谷里，而不是别的地方，不得而知。户籍登记上杜埃的全部耕地仅0.125俄亩，完全没有草场。设若男人们都做苦役，那80名成年妇女干什么呢？如何打发时间呢？由于贫困、恶劣的天气、不绝于耳的镣铐声、永无休止的大海咆哮、望不尽的童山濯濯；还有时不时从看守室传出的犯人挨鞭笞的呻吟和哭号，比起在俄国，时间在这里是何其漫长和折磨人啊。在通常只有一个房间的木屋里，您能见到苦役犯全家，跟他们在一起的士兵一家，两三个苦役犯住客或房客，还有几个半大孩子，几个角落放着两三个摇篮，几只鸡，一条狗，街上木屋旁边是垃圾、脏水洼。无事可做，没东西可吃，说话啊吵架啊都厌烦了，上街也无聊，到处都是一样的又臭又脏，烦死人了！晚上苦役犯丈夫收工回到家，他想吃饭睡觉，可妻子却开始哭诉："你把我们都毁了，该死的！我完了，孩子们完了！""喏，开嚷了！"士兵在炉灶上嘟囔。等大家都入睡了，孩子们不再哭号，安静下来好一会儿了，女人却怎么都睡不着，她想着，听着大海的咆哮，这时愁烦在折磨着她，心疼丈夫，埋怨自己老是忍不住责骂丈夫。可是到第二天一切又周而复始。

如果仅凭杜埃一地判断，那么萨哈林的农业移民区是因妇女和苦役犯家属过多而负担较重。由于建房土地不足，有27个家庭居住在破旧得早就应该拆除，极其肮脏杂乱不堪的所谓"家属营房"里。这里没有什么房间，有的只是跟监狱里一样搭通铺放马桶的牢房。号子里的居民三教九流什么人都有，一间打破了窗玻璃，臭味熏死人的号子里住了5家：两对苦役犯和自由民妻子；苦役犯、自由民妻子和一个女儿；苦役犯、移民流放犯妻子和一个女儿；移民流放犯，是波兰人，和他的女苦役犯同居者。他们全带着自己的家当同处一室，并排睡在一条通铺上。

另一间住了10家：两家都是苦役犯、自由民妻子带一个儿子；女鞑靼苦役犯和一个女儿；鞑靼苦役犯、自由民妻子和两个带无檐布帽的鞑靼小孩；移民流放犯，在苦役场待了35年，但依然雄赳赳气昂昂的，留着黑胡子，没鞋就打着赤脚，不过他是狂热的赌徒，①睡在他旁边的是他的苦役犯情人，一副无精打采、瞌睡懵懂、可怜兮兮的样子；再就是苦役犯、自由民妻子和三个孩子；只身一人的苦役犯；苦役犯、自由民妻子和两个女儿；移民流放犯；脸刮得干干净净的苦役犯老头。号子里还有只小猪跑来跑去找食，地板上满是泥，有股臭虫的臭味和不知什么的酸味，听说臭虫咬得人无法安生。

第三间里6家：苦役犯、自由民妻子和两个孩子；苦役犯、自由民妻子和一个女儿；苦役犯、自由民妻子和七个孩子：一个女儿16岁，另一个15岁；苦役犯、自由民妻子和一个儿子；苦役犯、自由民妻子和四个孩子。

第四间4家：下士军衔的看守，妻子18岁，带一个女儿；苦役犯和自由民妻子；移民流放犯；苦役犯等等。根据这种野蛮的住宿条件及其环境，十五六岁的小姑娘不得不跟苦役犯睡在一起，读者们可想而知，妇女和儿童在这里置身于何等不被尊重和轻蔑的处境，她们自愿随父从夫发配苦役场，而这里却是如此不爱惜她们，如此漠不关心农业移民区。

杜埃监狱比亚历山大罗夫斯克的监狱要小，年头更久，脏太多。这里也是集体牢房和通铺，但设施更简陋，秩序更糟。墙壁和地板一样肮脏，因为年头久和潮湿都已经发黑了，即便擦抹也未必干净得了。据1889年的医务报告说，这里的每个囚犯人均占有1.12立方俄丈空间。如果夏天门窗一开，就闻得到阴

---

① 他跟我说，赌牌时他的"血管充电"，激动得两手发麻。他最开心的记忆之一，是年轻时有一次偷了警察局长的表。一说到赌牌他很亢奋。我记得有一句是："下得不是地方！"他说这话时像打了空枪的猎人那么失落。我为有此爱好的人记下了他的一些表达法：断了后路！一只角（俗指25卢布一张的钞票，译者注。）！一卢布加一个点！炮轰同花！

沟和厕所的臭味，那么可想而知，冬季监狱里每天早晨结满冰霜和冰柱，这里会是什么样的人间地狱啊。这里的典狱长是波兰人，过去是下级军官，现在的级别是科员。除了杜埃，他还负责沃耶沃达监狱、煤矿和杜埃哨所。职权完全不符合级别。

杜埃的镣铐室关押的重犯大部分是惯犯和犯罪嫌疑人。看上去这是些最平常不过的人，相貌厚道愚钝，回答我的问题时只表现出好奇，和尽可能地想要表示尊敬。他们大部分人所犯的罪行也不比他们的相貌更聪明更狡猾。一般都是因为斗殴致死人命被判5－10年，然后越狱，被抓，再逃，直至判无期徒刑和不减刑。几乎所有人的罪行都寡淡无奇，至少表面上平平常常，我前面特意讲了叶戈尔的故事，就是要让读者可以断定，我从囚犯与接近苦役场的人那里听来的上百个故事、亲身经历和趣闻统统枯燥乏味。不过，有个关在昏暗的镣铐室里，姓捷列霍夫的60－65岁头发花白的老头，给我的印象倒是个不折不扣的恶棍。我抵达的前一个晚上他被罚鞭刑，当我们聊到此事时，他让我看了他屁股上的乌青。据犯人们的讲述，这老头一辈子杀了60个人，他好像有这么个习惯：给新来的犯人相面，凡有钱的，就挑唆他们跟他一起逃跑，之后在原始森林里杀掉他们，抢他们的钱，为掩藏犯罪痕迹，将他们分尸抛到河里。最近这次抓捕他时，他挥动木棒抵抗看守。望着他那浑浊呆板的眼睛和剃着阴阳头的硕大方正、像鹅卵石似的脑袋，我也就快要相信所有这些故事了。一个也蹲镣铐室的霍霍尔，①他的率直触动了我，他请求典狱长还给他搜捕时被抢走的195卢布。"那你哪儿来的这些钱？"典狱长问。"赌牌赢的。"他回答，还赌誓，他又转过来要我相信，这一点都不奇怪，因为整个监狱都赌牌，而且在服苦役的囚犯中间不少人有两三千卢布。在禁闭室里我见到一个逃犯，他剁掉了自己的两根手指头，伤口裹着脏布。另一个逃犯受的是贯通伤：子弹幸运地从第七根肋骨边穿过。他的伤口缠的也是脏布。②

---

① 霍霍尔，小俄罗斯人，都是俄罗斯人对乌克兰人的蔑称。——译者
② 我遇到过不少伤口溃烂的人，但一次都没闻到过碘仿味，虽然萨哈林每年消耗超过半普特的碘仿。

杜埃永远静悄悄的。有节奏的镣铐声，拍岸的海涛和电报缆的鸣咽，很快耳朵就听习惯了，而这些声响令死寂愈发强烈。冷酷的烙印不仅敲在条纹木桩上。假如有谁在街上无意中大笑，那这笑声听起来会格外生硬和不自然。自杜埃建成，此地的生活方式，就只能由凄厉绝望的声音转达，唯有冬夜从海上刮进峡谷的凛冽寒风，才是该唱的歌。故而每每沉寂中蓦地响起杜埃怪人施康德巴的歌声，总是怪怪的。这个苦役犯老头，来萨哈林第一天就拒绝干活，在他打不倒，纯属野兽的固执面前，一切强制手段都甘拜下风：关黑牢，一次次拷打，可他顽强地挺过惩罚，每次行刑后都高喊："反正我不干活！"跟他折腾了一大通，最后随他去了。如今他就在杜埃漫游和歌唱。①

① 杜埃的恶名在社会上被夸大了。在"贝加尔号"上我听说，有个乘客，已届中年，还是官员，当轮船停在杜埃锚地时，他朝岸上看了很久，终于开口问道："请告诉我，岸上的木桩在哪里，不是说用它绞死苦役犯，再把他们扔到水里吗？"

杜埃是萨哈林苦役场的摇篮。有一种说法，最早想要这个地方成为流放移民区的是苦役犯自己：好像是某个伊凡·拉普申，因弑父被判刑，在尼古拉耶夫斯克服苦役，他请求地方政府准许他转到萨哈林，并于1858年9月到达这里。在离杜埃哨所不远的地方住下后，他开始种菜和种庄稼，用弗拉索夫先生的话说，是在修苦役课。显然，并非他一人被送来岛上，因为1858年时，已有苦役犯在杜埃附近采煤。维舍斯拉夫采夫在其《特写集》里写道，1859年4月，他在杜埃碰到过40个人，看管他们的有两个军官，还有一个军官工程师是管理他们干活的。他赞叹，"好漂亮的菜园，周围都是舒适整洁的小房子！一个夏天收获两茬蔬菜"。

萨哈林真正成为苦役场的时间是在1860年代，当时我国的行政体制最为混乱。就是在那时，执行警察司长、六品文官弗拉索夫对他在苦役场的遭遇大为惊愕，直言我国的惩罚制度和体制加重了刑事犯罪，降低公民道德。对苦役劳动的深入考察使他断言，在俄国几乎不存在苦役劳动。监狱管理总局在其10年报告中对苦役做出批判性的总结，指出，在报告提及的时间里，苦役已不再是最高的惩罚方式。的确，正是极端混乱造成愚昧、冷漠和残忍。过去混乱的主要原因有：1.无论流放法的制定者，还有执行者均不明了苦役为何物，为什么设立及为什么需要。尽管已经过一段时间的实践，却没有建立体制，甚至连法律界定苦役的材料都没有。2.惩罚的改造和刑事目的成为各种各样经济和财政考虑的牺牲品。苦役犯被当作劳动力，必须为国库增加收入。如果其劳动不盈利反而亏损，那就将其关押在监狱内什么都不干。什么都不干的亏损被认为好过干活带来的亏损。对移民区目的的看法亦如是。3.对当地的条件一无所知，因此对劳动的特点和性质缺乏明确的认识，不久前被废除的做法是将劳动分成矿场劳动、工厂劳动和农奴式劳动。实际情况是，无期的、被判在矿场劳动的人在监狱里什么都不做，判4年工厂苦役的人则在矿场干活，而托博尔斯克苦役监狱的囚犯就是把铁球从这边搬到那边，铺铺沙子等等。社会上和文学作品里认为真正的、最繁重和最屈辱的苦役可能只在矿井下，倘若涅克拉索夫《俄罗斯妇女》中的男主人公不是在矿井下干活，而是给监狱捕鱼或伐树，那么许多读者就会不满意了。4.我国的流放犯管理条例落后。它根本回答不了实践中每天产生的大量问题，由此给随意解释和不法行为留下很大的空间，（转下页）

我说过,采煤点距哨所1俄里。我下过矿井,我被领着走过阴暗潮湿的坑道,事先给我介绍过情况,但是很难描述一切,因为不是专家。我不谈技术上的细节,对此有兴趣的人去读读矿业工程师克片的专业著述吧,他曾经管理过这里的矿场。

现在杜埃矿场的开采权归私人公司"萨哈林"所有,公司代表都住在彼得堡。根据1875年签订的为期24年的合约,公司用地长为萨哈林西海岸沿岸2俄里,宽为深入岛屿1俄里;公司可以在滨海省及其附属岛屿的合适地点无偿地自由堆放煤;公司可以无偿获得所需的建筑材料;技术的、经营的和矿井的一切设备免税;海军部购买的每普特煤,公司可得15–30戈比;每天向公司劳务输送不少于4百名苦役犯;如果务工数量不足,则由官方给付公司罚金每人每天1卢布;公司所需数量的人员亦可在夜间使用。

为履行自己承担的义务和保护公司的利益,官方在矿井附近设立了两个监狱,杜埃和沃耶沃达监狱,派出340人的驻军,为此每年耗资15万卢布。如前所述,住在彼得堡的公司代表仅5人,而为维护他们每个人的收益,官方每年支付3万卢布,且不说为了这些收益,就得背弃农业移民区的任务,完全不顾卫

(接上页)在极度的困境中它经常是一纸空文,大概是部分地由于这个原因,弗拉索夫先生在某些苦役监狱管理部门根本找不到条例。5.缺少对苦役场的统一管理。6.苦役劳动远离彼得堡,完全不公开。监狱总局成立后,官方报告才在不久前发表。7.我们的社会情绪也是对流放和苦役制度化的不小的干扰。每当社会上对某事物没有确定的认识时,就会情绪化地看待它。社会上对监狱永远愤怒,因此改善囚犯环境的每一步都会遭到反对,譬如,类似这样的观点:"如果庄稼汉在监狱或在苦役场过得比在家里还好,那是不对的"。如果庄稼汉在家里生活得常常比在苦役场差,那么按照这个观点的逻辑,苦役场就应该是地狱。当囚犯们在闷罐车厢里喝到的不是水,而是克瓦斯时,会被说成是"保姆式地照料杀人犯和纵火犯"等等。不过,仿佛要与这种情绪做对似的,优秀的俄国作家们却在致力于将苦役犯、流窜犯和逃犯理想化。

1868年,奉旨成立了一个委员会,其目的是要寻找和制定方式方法,以便较为合理地组织苦役劳动。委员会承认,必须"将重刑犯流放到遥远的移民区,强制劳动,以达到令其在流放地定居的目的"。在一些遥远的移民区中,委员会选中了萨哈林,并臆想出萨哈林如下优点:1.地理位置阻止逃犯逃回大陆;2.惩罚获得应有的威慑力,因为流放萨哈林会被认为一去不复返;3.对决心开始新的劳动生活的罪犯天地广阔;4.从国家利益出发,将苦役犯集中在萨哈林有利于巩固我国对岛屿的占领;5.可以开发蕴藏的煤矿以满足对煤炭的大量需求。还推断将所有流放苦役犯集中到岛上,可以减少费用。

生要求，让7百名苦役犯、他们的家人、士兵和职员住进像沃耶沃达沟和杜埃沟如此恐怖的地坑里；且不说为钱将苦役犯交给私人公司使用，行政当局因为顾虑工业而牺牲掉惩罚的改造目的，它这是在重复自己斥责过的错误。

在此公司一方负有三项重大义务。它必须合理开采杜埃煤场，给杜埃矿山配置一名工程师以督促合理开采；每年两次按时支付煤矿租金和苦役犯的劳动报酬；开采煤矿的一应工作均须使用苦役犯的劳动。三项义务只是纸上谈兵，大概早已无人提及。对煤矿的开采是昧心的、掠夺性的。"未采取如何使生产技术改良或保证生产有持久前途的勘察，"我们在一位专业人员的报告中读到，"经营管理具有掠夺的一切特征，这一点在区工程师最近一份报告中得以证实。"根据合同公司必须配备的矿业工程师，实际却没有，煤场交给一个普通采矿技师管理。至于报酬，正如刚刚提及的那位官方人士在自己的报告所言，只能说是"掠夺的证据"。无论是煤矿，还是苦役犯的劳动，公司都在无偿使用。它应该付钱，可不知为什么却没付：另一方的代表眼见如此明目张胆的毁约，早就应该行使权力，可不知为什么却一直延宕，此外，每年还继续耗费15万卢布维护公司的收益，而且双方的姿态表明，很难说这种不正常的关系何时到头。公司扎根萨哈林如此之深，犹如福马在斯捷潘奇科沃村，①其铁面无情也像福马。截至1890年1月1日，它欠下官方的债务达194337卢布15戈比，其中十分之一作为劳动报酬是苦役犯的合法所得。何时、如何与杜埃的苦役犯结算，谁来给付他们，他们是否能拿到什么，我不得而知。

每天，杜埃和沃耶沃达监狱的350-400名苦役犯被派去干活，其余的350-400人备用。没有备用不行，因为合同约定的是每天"能干活"的苦役犯。早上5点，在所谓的派遣处分派人下井干活，主持此事的是矿山管理局，即几个私方人员小组充当的"办事处"，每个苦役犯每天的劳动数量和强度由小组酌定，如此安排，囚犯们是否得到公平的惩罚就全凭小组监督了，监狱管理

---

① 这里指的是陀思妥耶夫斯基中篇小说《斯捷潘奇科沃村和它的居民们》中的人物福马，他是寄住者，却成了房子实际的主人，是个厚颜无耻的恣意妄为的人和横行霸道的人。（П.叶廖明注）

机构只负责监视囚犯的行为和防止他们逃跑，其他的，出于需要，推个一干二净。

矿井有两个：一老一新。苦役犯在新井干活，这里的煤层约2俄尺厚，宽度与此差不多，从井口到作业点距离150俄丈。工人拖着1普特重的橇筐沿着黑暗潮湿的坑道爬上来，这是最重的活儿，然后把煤装满橇筐拖回来，到井口将煤装进小罐车，用轨道运往堆场。每个苦役犯每天拖橇筐的次数必须上下往返不少于13次，这是定额。1889–1890年度每个苦役犯平均每天采煤10.8普特，比矿井管理方规定的少4.2普特。总体上说，矿井和井下苦役犯的劳动生产率并不高：每天介乎于1500–3000普特之间。

在杜埃煤矿干活的还有自由雇佣的移民流放犯，他们的劳动条件比苦役犯更艰苦，在他们干活的老矿井里，煤层厚度不超过1俄尺，作业点距井口230俄丈，煤层上面的岩层严重漏水，因此不得不一直在潮湿中工作，他们吃自己的，住宿的地方比监狱还要差很多，但尽管如此，他们的劳动效率还是比苦役犯高出许多，达70%乃至100%。这说明自主劳动优于强制劳动。对公司而言，雇佣的劳动力，比按合同必须使用的苦役犯更合算，所以，一如这里的做法，苦役犯若雇移民流放犯或别的苦役犯代替自己，矿井管理方则乐于姑息这种混乱。第三项义务亦早已名存实亡。自杜埃建成起，就作兴穷人和没花头的人去替别人干活，而骗子和高利贷者这时却在喝茶、赌牌或戴着镣铐在码头闲逛，跟买通的看守聊天。在这片土地上总有气人的事发生。譬如我来的前一个星期，一个有钱的犯人，过去是彼得堡的商人，因纵火罪流放此地，好像为不愿干活挨了鞭笞。这人笨得很，不会掩饰有钱，一味行贿，最后，不耐烦一会儿给看守5卢布，一会儿给刽子手3卢布，被鬼掐着似的拒绝给那两人钱了。看守向典狱长嘀咕，说某某怎么都不愿干活，典狱长就命令用树条抽他30下，刽子手当然也很用力。上刑时商人嚷嚷："我还从来没挨过打呢！"受完刑他老实了，给了看守和刽子手钱，若无其事地继续雇移民流放犯替自己干活。

在地下黑暗潮湿的坑道里干活，一会儿爬，一会儿弯腰的，这还不算矿井最苦的活儿，在风雨中建房和筑路要求工人的体力极强。了解我们顿涅茨克矿山的人，对杜埃矿井就不会惊讶。所有不同寻常的艰苦不在劳动本身，而在环境，在所有下级职员的麻木不仁，每行一步都不得不忍受其厚颜无耻、不公道和蛮横霸道。有钱人喝茶，穷人干活，看守明目张胆地蒙骗自己的上司，矿场和监狱管理机构之间不可避免的冲突给生活带来大量的争吵、流言蜚语和各种各样的大小混乱，这一切全都重重地压在身陷囹圄之人的身上，正如常言所道：城门失火，池鱼遭殃。其实无论苦役犯如何堕落和不正义，他都最爱公正，设若在比他地位高的人身上没有公正，那他会年复一年凶狠、极端地不信任。因此，在苦役场太多悲观主义者、阴郁的讽刺者，他们沉着恶狠狠的脸，滔滔不绝地谈论人、长官、美好的生活，然而监狱听着，哈哈大笑，因为确实可笑。杜埃矿场的工作之所以沉重，是因为苦役犯那么多年里在这儿只看到矿井、去监狱和大海的道路。他的一生似乎就在这黏土海岸和大海之间逼仄的滩涂上销蚀殆尽了。

矿场办事处近旁有一座简易房，一个不大的旧棚子而已，让在煤矿干活的移民流放犯对付着过夜。我到这里时是早晨5点，移民流放犯们刚起床。真臭，真黑，真挤！这些人一个个脑袋乱蓬蓬的，好像整夜都在打架，黄里透灰的脸懵懵懂懂的，神情像病人或者疯子。看得出来他们是和衣而卧，一个挤一个，有的睡通铺，有的则直接睡在通铺底下的脏泥土地坪上。据那天早上与我同行的医生说，在这里1立方俄丈的空间里有三四人，而此时正是萨哈林霍乱流行期，往来船只都在检疫。

当天早晨我还去了沃耶沃达监狱。它建于1870年代，为了建广场，削平的山崖海岸达480平方俄丈，现在它是萨哈林所有监狱中最不像样的一个，完全没有改革，故而可以充当旧秩序和老监狱描写准确无误的插图，激发观众的极度厌恶和恐惧。沃耶沃达监狱由3幢主牢房和一幢小禁闭室用房组成。当然，谈不上什么有效空间或通不通风，当我走进监狱时，那里刚刚擦完地板，潮沮沮霉烘烘的空气一夜之后还没来得及散干净，让人难受，地板还湿着，看着不舒服。我在这里最先听到的是骂臭虫多。臭虫咬得人没法活了。以前是用漂白粉毒它们，严寒时冻它们，可是现在这不管用了。看守们住的地方也有厕所难闻的气味和酸味，也骂臭虫多。

沃耶沃达监狱里关押着连车重镣犯，一共8人。他们与其他犯人同住集体牢房，什么都不做地打发时间。因为《流放苦役犯分工一览表》里连车重镣犯在不干活之列。他们每人戴着手铐脚镣，①手铐中间连着一条三四俄尺长的铁链子，铁链的另一头拴在一辆不大的独轮车上。铁链和独轮车拘着犯人，他尽可能少地运动，这无疑影响到他的肌肉组织，双手习惯了哪怕稍微动动，就会感觉沉重不堪，因而犯人终于从独轮车上解下来，除去手铐之后很长时间，仍然会觉得双手不便，非不得已不做大幅度和剧烈的动作，譬如拿杯子时会倒翻茶水，好像得了痉挛症。夜里睡觉时，犯人将独轮车放在通铺下面，为了这样做起来方便和容易些，通常让他睡通铺的一头。

这8个人都是惯犯，这辈子已经几"进宫"了。有一个老头，60岁，被铐起来是因为越狱，或像他自己说的，"因为愚蠢"。他有病，看上去像肺结核，监狱的前典狱长因为可怜他，安排他靠近炉灶睡。另一个曾经是铁路办事处职员，因盗窃圣品被流放，在萨哈林又因伪造票面25卢布的假币被捕。当一个跟我一道走访牢房的人斥责他偷教堂时，他却说："怎么啦？上帝又不用钱。"待发觉犯人们都没笑，而且这句话犯了众怒，他又说："不过我可没杀过人。"第三个，过去是水兵，因违反军纪罪流放萨哈林：挥拳扑打军官。在苦役场他又故伎重施，这回扑的是典狱长，那人正下令用树条抽打他。在军事法庭上，他的辩护人解释说，他这个扑人的动作是一种病态，法庭判他死刑，但科尔夫男爵将刑罚减为终身苦役，再施以鞭刑和连车重镣。其余的都是杀人犯。

早晨潮湿、晦暗、很凉。大海不安地喧嚣。记得在从老矿井去新矿井的路上，我们在一个高加索老头身边停了一下，他躺在沙滩上，深度昏迷，两个老乡抓着他的双手，无助又无措地四下张望。老头脸色煞白，双手冰凉，脉搏很弱。我们说了会儿话，就走了，没给他治疗。我对陪我的医生说，应该给老头一点草酊，他说，沃耶沃达监狱的医士手里什么药都没有。

---

① 当时萨哈林的手铐脚镣的重量一般是5-5.5磅（2-2.25公斤）。（П.叶廖明注）

IX

特姆河——中尉博什尼亚克——波利亚科夫——上阿尔穆丹——下阿尔穆丹——杰尔宾村——漫步特姆河——乌斯科沃——茨冈人——漫步原始森林——沃斯克列先斯基村。

北萨哈林的第二个行政区位于分水岭的东麓，名为特姆斯克区，因为其大部分村落分布在流入鄂霍次克海的特姆河流域。从亚历山大罗夫斯克去新米哈伊洛夫卡时，前方隆起一道山脉，挡住地平线，而从此处看得到的那段山脉，就叫皮林加。登高下望，皮林加山前呈现的是一幅绚丽的全景图，一边是杜伊卡河谷与大海，另一边是宽阔的平原，分布着200多俄里长，流向东北的特姆河及其支流，这片平原比亚历山大罗夫斯克大好几倍，有意思多了。这里水量丰富，森林的树木多样挺拔，青草没人，鱼和煤神话般无穷无尽，能保证千百万人温饱无虞。然而天公不作美，鄂霍次克海的寒流，以及甚至6月里仍然漂流东海岸的浮冰，不容置疑地证明，大自然创造萨哈林时，绝少顾虑到人的利益。假如没有山脉，这个平原就会成为冻土地带，会比维阿赫图更寒冷更无指望。

第一个到达特姆河并描述它的是中尉博什尼亚克。1852年涅韦尔斯科伊派他来这里，查验吉利亚克人说这里有煤的情报，再横穿岛屿，前往鄂霍次克海岸人们所说的美丽港湾。他得到一副狗拉橇，够吃35天的面包干、茶和糖，一只袖珍罗盘和涅韦尔斯科伊划过十字的鼓励："如果吃面包干可以充饥，喝水可以解渴，那么有了上帝的帮助，就能够事业有成。"沿特姆河抵达东海岸再折返，待挣扎着回到西海岸时，他衣衫褴褛、饥饿难耐、双脚脓肿。狗都饿得不肯再走了。就在复活节那天他一动不动躺在吉利亚克人的窝棚里，筋疲力尽。面包干告罄，没东西取暖，脚痛得厉害。博什尼亚克的考察中最有意思的，当然是考察者本人及他的年轻，那时他不到21岁，还有他对事业英勇忘我的献身精神。特姆河当时覆盖着厚雪，正值3月，但这次旅行仍然为他的札记提供了最有意义的材料。①

动物学家波利亚科夫②于1881年对特姆河所做的认真细致的考察，具有科学和实践目的。从亚历山大罗夫斯克出发，他于7月24日坐着牛车，困难重重地翻越皮林加山。这里只有步行的小路，当时苦役犯们沿这条小路上下，从亚历山大罗夫斯克往特姆斯克区背给养。山脉此处的高度2千英尺，距皮林加山最近的特姆河支流阿德姆沃河上，有个韦杰尔尼科夫斯基驿站，现仅存驿站长一个职位。③特姆河众支流湍急，弯曲，水浅，滩多，无法通航，波利亚科夫因此只得坐牛车到特姆斯克，在杰尔宾村他才与旅伴一道乘船顺流而下。

阅读他此次旅行札记令人生厌，因为他好心地将一路上遇到的所有急流浅滩都罗列出来。起自杰尔宾村的272俄里的航程中，他要越过110处障碍：11处急流、89个浅滩，还有10处航道被水冲来的木头和树根拥塞。也就是说，这条河平均每2俄里就有一处浅滩或堵塞。在杰尔宾村附近它有20-25俄丈宽，河道越宽水越浅，时不时地弯曲折转，湍急的水流和浅浅的水量，不能指望它有朝一日会成为名副其实的航道。以波利亚科夫之见，河上只能放排。仅有距河口70-100俄里，尚未考虑开辟移民区的最后一段，河道变深变直些，水流平稳，急流和浅滩了无踪迹，这里可以通汽艇，乃至吃水不深的拖轮。

一旦当地丰富的渔业资源落入资本家之手，想必会大张旗鼓地尝试疏浚

① 4年之后施伦克沿特姆河下行到东海岸，并原路返回。不过当时亦值冬季，河面覆盖着冰雪。
② 他已过世，死于萨哈林旅行之后不久。从他草草写就的札记看，这是一个有才华和修养全面的人。他的文章有：1.《1881-1882年的萨哈林之旅》（致学会秘书的信），载《俄国皇家地理学会通报》第19卷附录，1883年；2.《萨哈林岛和南乌苏里地区探险报告》，载《皇家科学院院报》第48卷附录6，1884年；3.《在萨哈林》，载《处女地》，1886年第1期。
③ 该驿站长目前与驿站的关系有点像前国王与王国的关系，与驿站则毫不搭界。

航道，甚至还有可能沿河岸到河口通铁路，毫无疑问，这条河流会大大补偿所有的花销。但这遥遥无期。当下，以现有的条件，只能考虑眼前利益，特姆河的财富差不多只是想象而已。它给予流放者、移民的东西少得可怜。至少特姆斯克的移民流放犯也跟亚历山大罗夫斯克人一样，饥肠辘辘地过日子。

按波利亚科夫的描述，特姆河谷，湖泊、旧河床、沟沟壑壑星罗棋布，没有平坦的原野，不长草料，亦没有长草的河湾，偶尔有生苔草的小片草地，那是草湖。山岸斜坡上生长着茂密的针叶林，河岸平缓的地方长着白桦、柳树、榆树、山杨和一片片的白杨林。白杨很高，紧挨着河岸，扑倒在水里，堵塞了水流。这里的灌木有稠李、柳林蔷薇、山楂……蚊子乌央乌央的。8月1日早晨就有霜了。

愈是近海，植物愈发稀少。白杨一点点地消失了，柳树成了灌木丛，沙石和泥炭的河岸上已经满目是水越橘、云莓和苔藓。渐渐地河面宽度达到75—100俄丈，周围已是冻土，河岸低矮，处处沼泽……海上吹来阵阵冷风。

特姆河注入内斯基湾，又名特罗湾，水域不大，是进入鄂霍次克海，或者说是太平洋的门户。波利亚科夫在这个海湾岸边度过的第一个夜晚，晴朗、凉爽，天空中闪过一颗拖着两条尾巴的小彗星，波利亚科夫没写，当他观赏彗星，聆听黑夜的声音时，作何感想。瞌睡"征服"了他。第二天早晨，命运奖给他一个意外的景观：海湾入口处泊着一艘黑色的船，它船舷洁白，索具漂亮，有个舵楼，船头拴着一只活鹰。①

海湾沿岸给波利亚科夫凄凉之感，他称其为典型的极地景观。树木稀少，弯弯曲曲。海湾和大海之间隔着一块狭长的冲积沙滩，沙滩那边就是无边无际，千里万里，阴沉凶险的大海。小时候读迈因—里德入了迷，夜里被子掉了，冻僵的他，当时梦见的就是这样的大海。这是一个噩梦。铅灰色的大海上，"笼罩着一样灰色的天空"。海浪无情地拍打着一棵树都不长的光裸海岸，

---

① 在河口用2俄丈长的杆子也探不到底。海湾可以停泊很大的轮船。假如在鄂霍次克海沿萨哈林发展航运，轮船可以在海湾这里为自己觅得风平浪静，绝对安全的锚地。

咆哮着，很难得有鲸鱼和海豹的黑影掠过。①

如今，要去特姆斯克区不必走崎岖险峻的小路翻越皮林加山，我已经说过，现在从亚历山大罗夫斯克去特姆斯克区，可以乘马车穿过阿尔卡伊河谷，在阿尔科沃驿站换马，这里的道路极好，马儿跑得快。阿尔科沃驿站过去16俄里，就是大道上特姆斯克区第一个村落，名字很像是东方童话里的——上阿尔穆丹。它建于1884年，坐落在特姆河支流阿尔穆丹河旁边的山坡上，分成两块。这里有居民178人：男123人，女55人，业主75人，其中合伙业主28人。移民流放犯瓦西里耶夫甚至有两个合伙业主。与亚历山大罗夫斯克区相比，在特姆斯克区大多数村落里，读者将看到，有非常多合伙业主或对半分合伙业主，妇女很少，且很少合法家庭。在上阿尔穆丹42个家庭中仅有9个是合法的，随夫而来的自由民妻子仅3人，即与红河谷村和或布塔科沃村的人数一样多，而那两个村建成还不到一年。特姆斯克区各村落妇女和家庭的不足，往往令人吃惊，与萨哈林的妇女和家庭总数不符，这不关地域和经济条件的事，而是因为所有新来的人都在亚历山大罗夫斯克分遣，地方官员都是俗话说的，"近水楼台先得月"，把大部分妇女留在自己区里，而且正如特姆斯克的官员所说，"好的留给自己，孬的给我们"。

上阿尔穆丹的木屋用草或树皮苫顶，有的没安窗户，或索性堵上。穷得实在是触目惊心。20人不在家，外出打工去了。75个业主和28个合伙业主总共只有60俄亩耕地，播种小麦183普特，即平均每户不到2普特，其实不管种多少，收成都不会好。村落海拔很高，北风没遮没拦，融雪的时间比邻近的小特姆村晚两个星期，夏季捕鱼要步行去20—25俄里开外的特姆河，狩猎皮毛兽是娱乐性的，很少给移民流放犯带来经济效益，根本不值一提。

我走访时，业主和家属都在家，尽管不过节，大家什么都不做，本来在8月的繁忙季节，所有的人，从小孩到大人，都应该在田里或特姆河上给自己找到活儿干，已经到捕鱼的季节了。业主和同居女人显然很无聊，随时都愿意坐下

___
① 矿业工程师洛帕京6月中旬看到这里冰覆盖着海面，至7月才融化。彼得节（俄历6月底）那天茶壶里的水结了冰。

来，随便聊聊。他们无聊地笑着，只是为了掉个花样又哭上了，这是一群倒霉的人，大部分神经兮兮的，无病呻吟，"多余的人"，为了搞到一块面包，无所不用其极，搞到筋疲力尽，最后把手一摆，因为"没办法"，"没活路"了。迫不得已的无所事事慢慢成为习惯，现在他们就像是在守株待兔，懒洋洋的，浑浑噩噩，游手好闲，大概已经没有能力做任何事情了，除了打打牌。所以也就不奇怪，在上阿尔穆丹赌牌成风，而且这里的赌徒名扬整个萨哈林。因为很差钱，阿尔穆丹人都赌得很小，但却从不间断，跟《30年，或曰一个赌徒的一生》戏里演的一样。我跟最狂热、永不疲倦的赌徒之一，移民流放犯西佐夫有过这样的谈话：

"为什么，大人，不放我们回大陆？"他问。

"你去那儿干吗？"我逗他，"那儿可没人跟你赌牌。"

"喏，那里才真叫赌。"

"你们赌纸牌啊？"沉默一会儿，我问道。

"没错，大人，赌纸牌。"

后来离开上阿尔穆丹时，我问苦役犯马车夫："他们是赌钱的吗？"

"当然赌钱喽。"

"那他们有东西输吗？"

"怎么没有？公家发的口粮，面包或者鱼干。吃的穿的输光了，就待着挨饿受冻呗。"

"那他吃什么？"

"吃什么？喏，赢了，就猛吃一顿，赢不了，就大睡，空着肚子。"

那条支流的下游，还有个略小些的村落——下阿尔穆丹。我到达这里时已是深夜，宿在监管官家的阁楼上，挨着炉灶的烟囱，因为监管官不放我进房间，"不能在这里过夜，大人，到处都是臭虫和蟑螂，厉害着呢！"他说，无奈地两手一摊。"请住阁楼。"我只得摸黑爬着被雨淋得又湿又滑的破楼梯上了阁楼，等我往烟叶底下一张望，果然见识到了惊人的，大概唯萨哈林独有的"厉害"，墙壁上和天花板上好像蒙着一层随风抖动的黑纱，一个个斑点在黑纱上飞快地乱爬，猜得出这沸腾的、源源不断的一大堆是什么东西，听得到窸窸窣窣声和沙沙声，好像蟑螂和臭虫赶着去哪里聚会似的。[①]

下阿尔穆丹有居民101人：男76人，女25人，业主47人，其中23人是合伙业主。合法家庭4个，不合法的15个，自由民妇女仅2人，没有一个居民的年龄在15–20岁之间。人们都穷。只有6座房子的屋顶是木板，其余的苫的都是树皮，跟上阿尔穆丹一样，有的房子没安窗户或堵死了。我没有登记到一个帮工，明摆着业主自己都无事可做。21人外出打工。自1884年建村以来，耕地和菜园仅37俄亩，也就是说，平均每户半俄亩。冬播和春播种子183普特。村落一点不像种地的农村，这里的居民是俄罗斯人、吉利亚克人、芬兰人、格鲁吉亚人的大杂烩，挨饿的、受冻的，简直是沉船之后不由自主、偶然凑在一起的乌合之众。

驿路上的下一个村落就在特姆河边。1880年建成，为纪念典狱长杰尔宾命名为杰尔宾村，他因残暴遭囚犯杀害。这是一个还很年轻，却暴躁、强硬、无情的人，据认识他的人回忆，他在监狱转悠和走在街上，永远随身带着棍子，打人用的。他被杀死在面包房里，他搏斗，倒在面桶里，血染发面团。他的死让犯人们弹冠相庆，他们还一个硬币一个硬币地为凶手募集了60卢布。

杰尔宾村的过往一点不可乐。它今天所在的这部分平原，狭窄，曾经覆盖着茂密的白桦和山杨林，而另外那部分，宽阔，但低洼，满是沼泽，极不宜居，生满枞树和落叶松林。刚伐完林木，平整完建木屋、监狱和公家仓库的地坪，本来土地也疏浚干了，却突发灾难，令移民区管理方始料不及：春汛来临的阿姆加小河淹了整个村落，需要给它另挖一条河道，让它往新的方向流。现在，杰尔宾村占地面积超过1平方俄里，样子像个真正的俄国农村。进村要通过一座特大的木桥，欢快的河流，两岸绿柳成荫，街道宽阔，木板苫顶的木屋都有院子。崭新的监狱建筑，各类仓库和粮仓，典狱长的宅邸在村落中央。这里不像是监狱，反倒像是地主的庄园。典狱长总是从这个粮仓走到另一个粮仓，

① 顺便说说，萨哈林人有一种看法，似乎臭虫和蟑螂是森林里的苔藓带来的，这里用它来填塞建筑物的缝隙。之所以这样看，是认为墙壁还未填塞好，臭虫和蟑螂就从缝隙里爬出来了。很明白，这跟苔藓不搭界，这些寄生虫都是由住在监狱里或移民流放犯的木屋里的木工带来的。

钥匙哗啦啦响,像极了古时候的地主,夜以继日地积攒家底。他妻子坐在房前的露台上,端庄大方,像个侯爵夫人,照应着秩序。她看得到房前露天温室已经成熟的西瓜,和一脸忠诚表情,毕恭毕敬绕着西瓜走来走去的苦役犯园丁喀拉塔耶夫;她看得到囚犯从捕鱼的河里拎来挑好的鲜美的大马哈鱼,它名叫"银鲑",监狱可没份,是给长官做咸鱼肉干的。小姐们在露台周围散步,穿的是英国式服装,都是苦役犯女裁缝做的,她因纵火罪被流放。[1]四周静悄悄的,令人欣慰的富足,大家都像猫咪那样轻手轻脚的,说话也嗲嗲的:小鱼儿,咸鱼肉干儿,给公家吃的……

　　杰尔宾村的居民有739人:男422人,女297人,加上监狱里的关押人员则近千人,业主250人,其中合伙业主58人。无论从表面上看,还是从家庭和妇女的数量、居民的年龄以及各方面的数字看,它都是在萨哈林少有的村落之一,真正称得上是村落,而非偶然碰到的乌合之众。它有合法家庭121个,自由组合家庭14个,合法妻子中自由民妇女占绝大多数,有103个,儿童占人口的1/3。然而在试图了解杰尔宾村人的经济状况时,一上来就又碰上各种各样的偶然。偶然在这里,与在萨哈林其他村落里一样,起到相当重大和有影响力的作用,自然和经济法则反倒退居其后,将自己的首要性让给这些个偶然。例如,丧失劳动力的人、病人、小偷和在这里被迫务农的原城里人数量的多或少,老住户的数量、监狱的远近、区长的个性等等,所有这些条件,每隔5年甚至更频繁,就会有变化。那些到1880年服完苦役,第一批居住此地的杰尔宾人,肩负着村落艰难的过去,熬了过来,逐步逐步地提高地位,扩大土地,而带着钱和家属从俄国过来的那些人,也过得蛮不错。报告中提到的220俄亩土地和每年3千普特的捕鱼总量,显然表明的只是这些业主的经济状况,其余的居民,即一大半的杰尔宾人吃不饱穿不暖,给人感觉都是无用、多余的,自己活不了,还妨碍别人生活的人。在我国农村,即使是在火灾之后也看不到如此

---

　　[1] 契诃夫说的是男爵夫人盖姆布鲁克,她为了1500卢布的保险费放火烧了自己的房产,侦查过程中发现她的情人兹拉托戈尔斯基少校犯有教唆罪。罪犯被褫夺身份、公权力,判服苦役:盖姆布鲁克5年,兹拉托戈尔斯基6年。(Π.叶廖明注)

触目的差别。

我在杰尔宾村做家访，时值天雨，又冷又脏。典狱长因为自己的住房逼仄，没有地方，安排我住不久前刚造好的粮仓，那里面堆着维也纳式的家具。给我摆了张床和桌子，门上装了插销，这样可以从里面把门插上。从傍晚到夜里两点我看材料和摘录户籍登记和花名册。雨一刻不停地敲打着屋顶，偶尔晚归的犯人或士兵啪嗒着泥泞走过去。粮仓里和我心里都安静极了。可等我刚刚熄灭蜡烛，躺到床上，就听到一阵阵沙沙声、窃窃私语、敲打声、淅淅沥沥的水声、长长的叹息声……水滴从天花板掉到维也纳式椅子的靠背上，发出很响的嘀嗒声，每一声后面都有谁绝望地悄声说："啊呀，上帝呀，啊呀，上帝呀！"粮仓旁边是监狱，莫非是苦役犯从地道里爬到我这里来了？可是一阵风吹过，雨敲打得更强烈了，远处的树木沙沙地响，于是深沉的、绝望的叹息又起："啊呀，上帝呀，啊呀，上帝呀！"

早上我走到台阶上。天空灰蒙蒙阴沉沉的，下着雨，脏兮兮的。典狱长拎着钥匙急急忙忙地向着这个门冲着那个门走来走去。

"我给你们开假条，让你们养上一个礼拜！"他喊着，"我让你们尝尝假条的厉害！"

他这话是说给那堆人听的，根据我听到的只字片语判断，这20来个苦役犯请求去医院。他们衣衫褴褛，被雨淋得透湿，溅满了泥点子，都在瑟瑟发抖；他们想让面部表情显示他们是真病了，可他们冻得木呆呆的脸上分明有种假惺惺装出来的味道，尽管他们可能根本没撒谎。"啊呀，上帝呀，上帝呀！"他们中间有人叹气，我直觉得，我的午夜噩梦仍在继续。脑子里出现"贱民"两个字，这个词惯于用来形容一个人低得不能再低的社会地位。我在萨哈林逗留期间，只是在矿井旁边的移民流放犯的简易棚里，还有在这里，在杰尔宾村，在这个阴雨泥泞的早晨，就是这两次，让我觉得我看到的是对人最极端的侮辱，不可能再有过之而无不及了。

住在杰尔宾村的女苦役犯，原男爵夫人，被这里的女人们叫作"干活的太太"。她的劳动生活很简朴，据说她也满意自己的处境。一个过去的莫斯科商人，曾经在特维尔-雅玛大街做过生意，对我慨叹说："现在莫斯科正赛马呢！"然后对着移民流放犯，开始给他们讲赛马是怎么回事，一到礼拜天有多少人沿着特维尔-雅玛大街涌向城门。"您信不信，大人，"他跟我说，被自己的话激动了，"不要说看俄国，看莫斯科，哪怕只看特维尔大街一眼，我也愿意付出所有，献出自己的生命。"另外，杰尔宾村有两个叶梅利扬·萨莫赫瓦洛夫，同名同姓，记得我在一个叶梅利扬家的院子里，看到过拴住脚的公鸡。所有杰尔宾人，包括两个叶梅利扬·萨莫赫瓦洛夫，都为这一奇特的、极其来之不易的巧遇感到开心，在俄国远隔千山万水的两个同名同姓的人，最后在这里碰头了，在杰尔宾村。

8月27日，科诺诺维奇将军，特姆斯克区长布塔科夫，还有一个年轻官员莅临杰尔宾村，三位都是有知识有趣的人。他们和我，四人一道搞了一次小野游，不过这次野游由始至终都非常不顺，弄得我们好像不是在野游，而是在模拟探险似的。一开始下起暴雨，道路泥泞，到处湿淋淋的。雨水顺着淋湿的后脑勺流进衣领，靴子里又冷又潮，抽根香烟成了复杂而艰巨的任务，得大家通力完成。我们在杰尔宾村旁边坐上小船，沿特姆河顺流而下。一路上我们走走停停，以便视察捕鱼作业、水磨坊，监狱的耕地。捕鱼作业我会另行描述，我们一致认为磨坊很出色，耕地乏善可陈，能让人注意的只是它小得可怜的面积：认真的业主会当它们是胡闹。河流湍急，四名划手和舵手配合默契，由于船行得飞快，加上河道弯曲，我们眼前的景色分分钟钟都在变换。我们穿行在群山和原始森林中的河流上，然而它全部的野性美、绿岸、峭壁、独自伫立的打鱼人身影，加上景观一成不变，在我看来毫无新鲜感，而且主要是一切都笼罩在灰蒙蒙的雨雾里，我倒情愿拿这些换一个温暖的房间、一张干爽的床铺。船头坐着布塔科夫，他用枪射击被我们的出现惊动的野鸭子。

沿特姆河往东北到杰尔宾村为止，暂时只建了2个村落：沃斯克列先斯基村和乌斯科沃村。为了让整条河一直到河口都能安置人口，这些村落间隔10到将近30俄里不等。行政当局打算每年建一到两个村落，村村通路，指望随着时间的推移，在杰尔宾村和内斯基湾之间铺设驿路，沿线的村落使它繁忙，给它做养护。我们经过沃斯克列先斯基村时,岸上肃立着监管官,看得出是在等候我们。布塔科夫大喊着告诉他,我们从乌斯科沃村返回时,要在他这里过夜,让他多备些干草。

刚过这个村就闻到一股强烈的臭鱼味。我们靠近吉利亚克人的小村庄乌斯克沃,现在的名字为乌斯科沃。吉利亚克人在岸上迎接我们,还有他们的妻子、孩子和几只短尾巴狗,已故的波利亚科夫当年的到来在这里曾经引起过的莫大惊慌,我们倒没见到,甚至孩子们和狗看我们也很淡定。俄罗斯村落在离河岸2俄里以外,在这里,在乌斯科沃,也还是红河谷村的那副光景。宽阔的街道上,树根和草墩没挖干净,长满林草,两侧是没造好的木屋、横七竖八的木头和一堆堆的垃圾。所有萨哈林新建的村落都同样给人一种被敌人摧毁或废弃已久的印象,仅仅从房架和木屑的新鲜和干净的颜色上,才能看出这里与摧毁完全相反的进程。乌斯科沃村有77个居民:男59人,女18人,业主33人,其中多余的人,或换一种说法,合伙业主20人,家庭仅9个。当乌斯科沃人带着家人聚集到我们喝茶的监管所,当好奇心更强的女人们和孩子们都出现在我们前面时,这群人很像流浪的茨冈人。女人之间确实有几个皮肤黧黑的茨冈女人,神情狡黠,假装伤心,而小孩几乎全是茨冈孩子。在乌斯科沃落户的,有几个茨冈人苦役犯,他们的家人自愿跟随他们而来,分担苦命。有两三个茨冈人我之前已经有点认识了:来乌斯科沃的前一周,我在雷科夫斯科耶村看到过,他们肩上背着袋子,在窗下走来走去算命。①

乌斯科沃人生活非常贫困。耕地和菜园暂时仅11俄亩,即每个业主平均只有约0.2俄亩。所有人靠领取官方的囚犯口粮过活,只不过拿到它也很不易,因为他们要穿过没路的原始森林,从杰尔宾村背回来。

休息了一会儿,下午5点钟,我们步行返回沃斯克列先斯基村。距离不远,总共6俄里,但因为不习惯在原始森林里行走,走出1俄里路我就感到累了。天仍旧下着大雨,一出乌斯科沃村就遇上一条1俄丈宽的小河沟,上面横着3根

① 在我之后两三年去萨哈林的一位作者,就在乌斯科沃附近看到整群马匹。

细而不直的原木，别人都过得很顺利，我却一只脚踏空，靴子里灌进了水。我们面前出现一条长长的笔直的林间空地，是伐出来修路用的，可它连一块好走的地方都没有，一路走来摇摇晃晃、踉踉跄跄。草墩、水坑、硬得像铁丝的灌木丛，还有没在水里、像门槛一样绊脚的树桩，最让人难受的还是枯树枝和一堆堆在这里开辟林间通道时伐倒的树木，跨过一堆，浑身冒汗，继续在泥沼里走，又是新的一堆，绕不过去，又得爬，同伴却朝我喊，我走错了，应该走木堆的左边或右边，等等。起先我竭力不让另一只靴子进水，但不一会儿把手一摆，随波逐流了。三个移民流放犯跟在后面，背着我们的行李，喘着粗气……闷得难受，喘不过气，口干舌燥……我们摘掉帽子走路，这样轻松些。

将军坐在粗大的原木上休息，我们也坐下了。我们给犯人们一人一支香烟，他们不敢坐下。

"哦哟，真累！"

"到沃斯克列先斯基村还有几俄里？"

"还剩3俄里。"

布塔科夫走得最有精神，他以前在原始森林和冻土地带长途跋涉过，眼下这区区6俄里在他是小菜一碟。他给我讲他沿波罗奈河到捷尔佩尼海湾的往返旅行：第一天走得很辛苦，筋疲力尽，第二天全身疼痛，但走起来毕竟轻快些了，第三天和往后的日子感觉自己仿佛插上了翅膀，你不是在走，而是被一股看不见的力量带着，尽管两只脚仍旧在铁硬的喇叭茶丛里乱踏，陷进泥潭。

半路上天黑下来了，很快我们就被彻彻底底的黑暗围困了。我已经不再希望这次野游终将结束，摸摸索索地走着，一会儿掉进没过膝盖的水里，一会儿绊到木头。我和我的旅伴周围到处闪烁着一动不动的鬼火，磷火照亮了水洼和巨大的朽木，我的靴子上也沾满点点磷火，走起来闪闪发亮，像萤火虫似的。

终于，上帝保佑，远处灯火闪亮，不是磷火，而是真的灯火。有人在喊我们，我们答应着，监管官提着灯笼出现了，大步跨过他手里灯笼照到的一个个水洼，穿过黑暗中若隐若现的沃斯克列先斯基村，他把我们带到他的监管点。我的旅伴们随身都带着换洗的干衣服，一进门赶紧换上了，我什么也没带，只好湿着。我们喝了茶，聊了一会儿，就躺下睡了。监管点只有一张床，将军占领了，我们这些小民百姓，只有睡地板上的干草了。

沃斯克列先斯基村几乎比乌斯科沃村大一倍。居民183人：男175人，女8人。自由组合家庭7个，没有一对正式结婚的夫妻，村里孩子不多：只有两个小女孩。业主97人，其中合伙业主77个。

X

雷科夫斯科耶——当地的监狱——加尔金诺-弗拉斯科耶气象站——帕列沃——米克留科夫——瓦利济和隆加利——典狱长K先生——安德烈-伊万诺夫村。

在特姆河上游流域的最南端，我们看到的生活比较发达。这里不管怎么说要暖和一点，大自然的色调柔和一些，饥寒交迫的人能给自己找到比特姆河中下游更适意些的自然环境，甚至这里的地貌也颇像俄国，而特姆斯克区行政中心所在地，雷科夫斯科耶村尤甚，这种类似，对流放犯颇有诱惑力，令其心动。这里的平原有6平方俄里，东边沿特姆河有不高的丘陵做屏障，西边看得见蓝幽幽的大分水岭支脉，平原上没有山丘起伏，一马平川，犹如寻常的俄国原野，有耕地、草场、牧场和绿色丛林。波利亚科夫来的时候，河谷的地面上布满草墩、土坑、水沟、小湖和流入特姆河的小溪，骑的马一会儿被水没了腿，一会儿被淹到肚子，现在全都平整了，疏浚干了，从杰尔宾村到雷科夫斯科耶的14俄里，通了一条很棒的道路，特别平坦，一点不打弯。

雷科夫斯科耶，或叫雷科沃，建于1878年，地点选得相当成功，是由典狱长雷科夫下士指定的。村落的特点是发展极快，对萨哈林的村落而言甚至快得离奇，最近5年它的面积和人口增长了3倍，现在有3平方俄里和1368名居民：男831人，女537人；加上监狱在押人员和驻军超过2千人。它不像亚历山大罗夫斯克哨所，那是个小城市，小巴比伦，有赌场甚至犹太人开的家庭游泳池，雷科夫斯科耶是个地地道道、平平常常的俄国农村，没什么文化可炫耀。行驶或走在3俄里的街上，长而单调的街道很快就会令人生厌，这里的街道不像亚历山大罗夫斯克那样，按西伯利亚习惯叫什么街区，而是叫街道，大部分保留了移民流放犯自己起的名字。有一条街叫西佐夫斯卡亚，因为这条街尽头是女移民流放犯西佐娃的房子，有叫山脉街的，小俄罗斯街的。 雷科夫斯科耶有很多霍霍尔，所以，在别的任何一个村落里肯定碰不到像这里如此之多的这类姓氏，譬如，"黄色脚"，"肚皮"，有9个人姓"没良心的"，还有"挖呀"、"河"、"小白面包"、"灰褐马"、"木把"等等。村中央有个大广场，广场上有个木教堂，广场周边不像我们农村里那样有商铺，而是监狱、办公用房和官员住房。从广场走过，想象中描绘着：广场上集市熙熙攘攘，不断传出乌斯科沃村茨冈人卖马的吆喝声，空气中混合着柏油味、马粪味和熏鱼味，奶牛哞哞叫，刺耳的手风琴声伴着酒鬼的歌声，可是，猛听得讨厌的铁锁链声，穿过广场去监狱的犯人和狱警沉重的脚步声，这幅惬意的图画顿时烟消云散了。

　　雷科夫斯科耶的业主共335人，其中占一半产业、参与经营、视自己为业主的合伙业主有189个。合法家庭195个，自由组合家庭91个，大部分的合法妻子是随夫同来的自由民，共155人。这个数字很大，但是不必因此欢欣鼓舞，它们指望不上。凭这些对半分合伙业主，多出来的业主的数量可以见出，这里没条件和能力独立经营的多余人不少，而且这里已经人满为患，食物短缺。萨哈林行政当局安置人时随随便便，不考虑环境，也不关注未来，而用这种不过大脑的方法建立起来的新移民点和产业，村落，即便当地环境较好，如雷科夫斯科耶，最终仍然是一副穷相，达到上阿尔穆丹村的地步。就雷科夫斯科耶而言，以其可耕地数量，当地的收成水平，再加上可能有的收入，有两百个业主，像旁人说的，"到顶的嘞"，而实际上他们自己再加上多出来的业主已经超过五百，每年上面还会安置一批又一批新来的人。

　　雷科夫斯科耶的监狱是新的，按萨哈林所有监狱共同的模式修建：木制的牢营，里面的牢房具有属于群居生活的肮脏、简陋、不方便的特点，但不久前雷科夫斯科耶监狱凭借自己一些不容易注意到的特点，成为北萨哈林最佳监狱。它也让我看到了最佳。因为我每到区里的一所监狱，首先是利用官方资料核查，借用有文化的仆人，故而在整个特姆斯克地区，尤其在雷科夫斯科耶，一上来我不可能不发现一个情况，即这里的文书训练有素，遵守纪律，犹如上过专业学校，户籍登记和花名册他们整理得井井有条。接着我来到监狱内部，伙夫、面包工和其他人也都给我留下秩序井然、纪律严明的印象，甚至那些看守长也不像亚历山大罗夫斯克和杜埃的那样，脑满肠肥、愚蠢之极和粗暴无礼。

监狱里但凡能够保持清洁，要求整洁的地方，显然尽力而为了。例如，厨房里，面包房里，房屋本身、家具、炊具、空气、仆人的服装，都那么清清爽爽，即便最挑剔的卫生检查员也会满意的，看得出来，这种整洁在这里是常态，不在于有什么人视察。我去厨房时，锅里正煮着不利于健康的鲜鱼粥，因为每每吃河上游捕来的鱼，犯人就患严重的肠炎，然而，就算这样，整体情况说明，这里的犯人可以全额得到法律规定给他的口粮，这是因为监狱在管理和分配等事情上，任用特权阶层出身的流放犯，由他们负责犯人的食物数量和质量，我想，这样一来，像臭菜汤或面包掺土这类恶劣现象就不可能发生了。我从为犯人按一昼夜定量准备好的许多份面包里拿几个称了称，每个都够3磅，还略微有余。

这里的厕所用茅坑，但造法与别的监狱不一样。整洁要求在这里做到家了，恐怕已经拘束到犯人，厕所里暖和，完全没有难闻的味道，做到这一点是因为安装了埃里斯曼教授描写过的特殊的通风设备，大概叫循环通风。①

雷科夫斯科耶监狱典狱长利温先生颇有才干，经验丰富，积极主动，监狱里所有那些优点主要归功于他。遗憾的是他酷嗜鞭刑，而且这一点已经人尽皆知，一次有人要谋杀他，一个犯人拿着刀，像野兽似的朝他扑来，这次攻击给攻击者带来致命的后果。利温先生总是关心人，同时酷嗜鞭刑，忘情地体罚，残忍，随您怎么想，可这搭配就是如此荒谬，不通。看来，迦尔洵《列兵伊

---

① 雷科夫斯科耶监狱这种通风设备是这样安装的：在厕所茅坑上面烧炉灶，炉门密闭，燃烧时需要的气流从茅坑进入炉灶，因为两者有管子相连。这样所有带臭味的煤气就从茅坑流进炉灶，再通过烟囱冒出去。茅坑上面的房间被炉灶烧暖，空气从窟窿流坑里，再流进烟囱，划根火柴凑到窟窿那里，火苗明显被往下吸。

万诺夫的笔记》中的文采利上尉还真不是杜撰出来的。①

雷科夫斯科耶有学校、电报所、医院和以加尔金诺–弗拉斯科耶命名的气象站，它由一个特权阶层出身的流放犯，原海军少尉临时负责，这个人非常勤劳善良，他还担任教区长的职务，在气象站建成的4年中，收集到的资料虽然不多，但足以证明北部两个区的差异。如果亚历山大罗夫斯克区是海洋性气候，那么特姆斯克区的气候属大陆性，尽管两个区相距不超过70俄里。特姆斯克区的气温和降水天数的波动已不那么明显，夏季这里较暖，冬季更寒冷，年平均温度低于0℃，即比索洛韦茨基岛还低。特姆斯克区的海拔比亚历山大罗夫斯克高，但由于它四面环山，如同卧在盆地里，这里的年平均无风天数几乎超过60天，部分地方冷风天数少于20天，降水天数亦有差别：特姆斯克多一些——降雪116天和降雨76天，两个区的降水量差异更为显著，接近300毫米，不过亚历山大罗夫斯克的湿度更大。

1889年7月24日下了霜，杰尔宾村的土豆花冻坏了，8月18日，严寒冻死了全区的土豆。

雷科夫斯科耶往南，就是帕列沃村，这地方原来是吉利亚克人的一个小村庄，位于特姆河同名支流河畔。建于1886年，从雷科夫斯科耶到这里有一条不错的乡村土道，它通过的地方是一马平川，两边都是树丛和田野，也许我经过这里时天气极好，很让我想起俄国。两地距离14俄里。从雷科夫斯科耶往帕列沃方向，很快将修筑早已设计好、连接南北萨哈林的邮电驿路。这里的一段已经动工了。

帕列沃村居民396人：男345人，女51人，业主183人，其中占一半产权的合伙业主137个，尽管以当地的条件，50人就足够了。在萨哈林很难再找出一个这样的村落，各种各样对农业移民区的不利因素都聚拢了。土壤是砾石质的：据老住户讲述，在今天帕列沃村的这块地方，通古斯人养过鹿，甚至有移民流放犯议论，这里曾几何时是海底，而且吉利亚克人还找到过船上的东西。已开

---

① 迦尔洵中篇小说中的人物，他受过教育，对身边的人关爱和温柔，对士兵则残忍、毫不怜悯。（Π.叶廖明注）

垦的土地仅108俄亩，包括耕地、菜园和草场，业主却超过300个。成年妇女只有30人，每10人中一个女人，而且嘲讽似的，不久前死神光顾帕列沃，一下子就夺走了三个同居女人，使这悬殊愈发添加了悲哀之感。将近1/3的业主在流放前是城市居民，没有务过农，遗憾的是，不利因素的清单还不仅于此，常言道祸不单行，不知为什么，在萨哈林没有一个村落像这个多灾多难，被命运捉弄的帕列沃有这么多的小偷，夜夜闹贼，我到达的前一天晚上，就有3人被关进镣铐室，除那些为生计行窃的人以外，帕列沃村还有不少所谓的"害人精"，他们祸害乡里只是出于艺术爱好。无缘无故在夜里杀死牲口，把未成熟的土豆从土里拔出来，拆窗框等等，这一切都会造成损失，使可怜的业主雪上加霜，更严重的是使居民惶惶不可终日。

生活状况可诉说的唯有贫困，别无其他。木屋顶苫的是树皮和草，根本没有院子和其他附属设施，49座房子尚未完工，看来是被自己的主人抛弃了。17个房主外出打工。

我在帕列沃村走访时，移民流放犯出身的看守跟着我寸步不离，他是普斯科夫州人。记得我问他，今天是礼拜三还是礼拜四？他回答："我不记得了，大人。"

公家的房子里住着退役的军需官米克留科夫，萨哈林最早的看守之一，他来萨哈林是在1860年，当时刚开始建萨哈林苦役场，如今健在的萨哈林人中，也就只有他一人能将其全部历史写出来了。他好说，回答问题时显得很得意，老年人那样啰唆，记忆力已经不行了，记得清楚的唯有很久以前的事。他的境况相当好，衣食无忧，甚至还有两幅肖像油画：一幅是他本人的，另一幅是他故去的妻子的，胸前别着一朵鲜花。他是维亚茨卡亚州人，长相活脱脱像已故作家费特。他隐瞒了自己的真实年龄，说只有61岁，其实他已经70多了。第二次结婚娶的是移民流放犯的女儿，年轻女人，生了6个1到9岁的孩子，最小的还在吃奶。

我跟他的谈话一直到半夜，他给我讲的都是苦役场的人和事，譬如，典狱长谢利瓦诺夫，他火大起来用拳头砸门锁，最终因为对犯人太残忍而被杀。

米克留诺夫回到自己妻子和孩子们睡觉的房间后，我来到屋外。万籁俱寂，星空闪烁。更夫在打更，不远处溪流潺潺。我久久地站着，望望天空，再看看木屋，觉得是那么神奇，我竟然是在离家千里之外的帕列沃村，在地球的这一端，记不得礼拜几，也未必需要记得，因为在这里反正都一样，礼拜三抑或礼拜四……

再往南，沿着设计好的驿路，有个建于1889年的村落瓦利济，这里有40个男人，没有一个女人，我到达之前一个礼拜，从雷科夫斯科耶发派三个家庭去更南边的地方，在波罗奈河一条支流的河畔建隆加利村。这两个村落的生活才刚刚开始，我将责任留给道路修好后，能够到那里跟它们亲密接触的作者。

要结束对特姆斯克区村落的巡视，我还有两个村落要讲一讲：小特姆村和安德烈-伊万诺夫村，两个村都地处小特姆河畔，该河发源于皮林加山、在杰尔宾村附近流入特姆河。前一个是特姆斯克区最早的村落，建于1877年，从前翻皮林加山去特姆河的路就经过这个村。它现有居民190人：男111人，女79人，业主和对半分合伙业主67人。小特姆村曾经是今日特姆斯克区的重要村落和中心，现在它偏居一隅，了无生机，唯独这里的小监狱和典狱长的住房仍在述说着昔日的辉煌。现任小特姆村典狱长是K先生，一个有知识，善良的年轻人，一望便知，极度思念着俄国。高大空阔的官邸里，孤零零的脚步声沉闷闷的，漫长又寂寞的时间无以排遣，压抑得使他感觉自己就是囚徒。仿佛是故意的，年轻人每天都醒得很早，四五点钟起床、喝茶、去趟监狱……然后做什么呢？然后他在自己的迷宫里走来走去，打量用麻屑抹缝的木头墙壁，走啊走啊，然后又喝茶，研究研究植物，然后再走来走去，除了自己的脚步声和风声，他什么都听不到。小特姆村有不少老住户，我碰上他们中的一个鞑靼人富拉日耶夫，他曾与波利亚科夫一道去过内斯基湾，他兴高采烈地回忆起那次考察和波利亚科夫。有一个老头，移民流放犯波格丹诺夫，是分裂派教徒，还放高利贷，他的生活态度也许有点意思。他好长时间都不让我进门，放进去了，又长篇大论现在来来往往的什么人都有，你当好人让进来，却是来抢劫的等等。

安德烈–伊万诺夫村之所以叫这个名字, 是因为有人叫安德烈·伊万诺夫维奇。它于1885年建在沼泽上。居民382人, 男277人, 女105人。业主和对半分合伙业主共231人, 尽管这里跟帕列沃一样, 也是50人足够了。这里的居民成分也不能称之为恰当。帕列沃村的居民很多是从未种过地的市民和平民, 这里也一样, 在安德烈–伊万诺夫村, 很多人不是东正教徒, 他们占全部人口的1/4: 47个天主教徒, 同等数目的伊斯兰教徒和12个路德教徒, 而东正教徒中有不少异族人, 如格鲁吉亚人,[1]如此七零八落使得居民都是些偶然凑起来的乌合之众, 让他们很难做成务农伙伴。

---

[1] 此外, 这里住着原库泰贵族奇科瓦尼兄弟: 阿列克谢和泰穆拉斯, 原来还有老三, 但患肺结核死了。他们的木屋里没有任何家具, 只有地上铺着羽绒垫子。兄弟中有一个病着。

XI

规划中的行政区——石器时代——有过自由移民吗?——吉利亚克人——他们的人数、外貌、体型、食物、衣着、住房、卫生状况——他们的性格——俄国化的尝试——奥罗奇人。

北部二区,读者可以从刚刚巡视完毕的众村落得知,其面积仅相当于俄国一个小县。目前要精确其面积几无可能,因为二者的南北两边并未划出任何界限。两个区的行政中心,亚历山大罗夫斯克哨所和雷科夫斯科耶村之间,最短的路程是沿山隘翻越皮林加山,计60俄里,而走阿尔卡伊河谷是74俄里,按当地说来这不算近了,被视作边远的村落坦吉和万吉,乃至帕列沃尚未计算在内,而若在帕列沃村以南沿波罗奈河诸条支流建新的村落,成立新区的问题就摆到议事日程上来了。作为行政单位,这里的区相当于县,按西伯利亚的概念,称得上区的,须得有乘马车足足走一个月都绕不过来的地盘,譬如阿纳德尔区那样,对于独自掌管方圆二三百俄里的西伯利亚官员而言,像萨哈林这种小区分法,可能显得奢侈了。但萨哈林居民的生活环境特殊,这里的管理机制比阿纳德尔区复杂得多,将流放移民区划分成小行政区域,是实际情况自身要求的,除许多之后要提及的以外,它首先表明,流放移民区越小越好管理,其次,分区需要扩编和进人,而这毫无疑问,对流放移民区起到良好的作用。随着有知识人员数量的增多,品质也会显著提高。

在萨哈林我正赶上规划新区的讨论,人们谈到它,好像是在说迦南福地,因为在计划里,有条穿越全区沿波罗奈河往南的道路,还准备将现在杜埃和沃耶沃达监狱的苦役犯迁押到新区,动迁后这些恐怖之地就只留在记忆了,煤矿将脱离早已破坏合同的"萨哈林"公司,煤炭也不再用苦役犯,而是由移民流放犯合伙开采。[①]

在结束北萨哈林讲述之前,我认为有必要稍微谈谈一些人,在过去不同时期他们生活在这里,现在仍独立于流放区之外。在杜伊卡河谷,波利亚科夫找到过一块刀形黑曜石片,石箭头、磨制石器、石斧等等,这些东西使他断定,在杜伊卡河谷,远古时代居住过人类,他们不知道金属,是石器时代的人。在他们的遗址上发现的陶器碎片、熊和狗的骨头、大渔网的吊坠表明,他们懂制陶,会猎熊,用渔网捕鱼,和用狗狩猎。因为萨哈林没有燧石,这里的燧石制品显然是他们从大陆或附近岛屿上的邻居那里得到的,很有可能,狗在他们来来往往时的用途与现在一样,即拉橇。在特姆河谷波利亚科夫也发现了原始时代的建筑和粗陋的工具。他的结论是,"对处于智力发展相对低级阶段的部族",北萨哈林是可以生存的,"在这里明显居住过人类,他们世世代代摸索出抵抗寒冷饥渴的方法,有可能的是,古代居民住在这里都是比较小股的人群,并且没有人是完全定居的。"

此外,涅韦尔斯基派博什尼亚克去萨哈林时,也曾交给他一个任务,设法查实一下传言,据说赫沃斯托夫中尉曾经在萨哈林留下一些人,而且像吉利亚克人说的,这些人就住在特姆河畔。博什尼亚克查到了他们的踪迹,在特姆河畔的一个村子里,吉利亚克人用从祈祷书上撕下来的4页纸跟他换了3俄尺中国蓝绸,并给他解释,书是属于在这里生活过的俄国人的。其中一页是书的

----

① 科诺诺维奇将军的命令中有一条是较早提出希望撤销杜埃和沃耶沃达监狱的:"视察完沃耶沃达监狱,我个人确信,无论是其所在地的条件,还是其羁押罪犯(大部分是长期或有新罪行的囚犯)的意义,均不能证明其看守体制是正确的,或说得更明确些,监狱建立之时实际上完全未经考察,其现状是:监狱建在距杜埃哨所以北1.5俄里的狭窄山谷里,与哨所的交通仅凭海岸线,而且一昼夜因涨水中断两次,山路交通夏季困难,冬季不行,典狱长住在杜埃,副典狱长也是,既负责警卫,还承担与'萨哈林公司'合同中各种押解任务的当地驻军的驻地也在上文提到的杜埃,而监狱,及管理监狱的几个看守和每日执勤的警卫,都完全没有军事长官日常的、近距离的监督。综上所述,原因在于监狱建址不正确及完全无直接监督,在准予完全撤销杜埃和沃耶沃达监狱之前,我必须,哪怕是部分地纠正现存缺点"。(1888年第348号令)。

扉页，上面勉强看得出来的字迹写的是："我们，伊万、丹尼拉、彼得、谢尔盖和瓦西里，1805年8月17日奉赫沃斯托夫之命，在托马里-阿尼瓦登陆，于1810年日本人进托马里时转到特姆河。"检查了俄国人住过的地方，博什尼亚克断定，他们住了3个木屋，有菜园。原住民们告诉他，最后一个俄国人，瓦西里是不久前死的，他们都是好人，跟他们一起打过猎捕过鱼，穿着打扮也跟他们一样，但剪发。另外一个地方的原住民说起这样一个细节：两个俄国人跟原住民女人有过孩子。现在，赫沃斯托夫留下的这些俄国人在萨哈林已经被遗忘了，他们的孩子亦杳无音信。

博什尼亚克在自己的笔记中还写道，他经常打听岛上是否有什么地方有俄国人定居，他从坦吉村的原住民那里了解到，35或40年前，东海岸曾撞沉过一条船，船员们得救后，给他们自己盖了一座房子，过一段时间又造了一条船，这些不知道名字的人乘船越过拉彼鲁兹海峡，进入鞑靼海峡，在那里靠近姆加奇村的地方又遇难了，这一回只有一个人获救，他说自己叫凯姆茨。此后不久从阿穆尔来了两个俄国人，瓦西里和尼基塔，他们跟凯姆茨合起来在姆加奇造了一幢房子，他们以狩猎皮毛兽为生，跟满洲里人和日本人做交易，一个吉利亚克人给博什尼亚克看一面镜子，好像是凯姆茨送给他父亲的，吉利亚克人无论如何都不卖这面镜子，说是要保存它，当作是对父亲的朋友的珍贵纪念。瓦西里和尼基塔非常害怕俄国沙皇，由此看他们应该是逃兵，他们三人都死在萨哈林。

日本人间宫林藏1808年在萨哈林听说，岛屿的西海岸经常出现俄国船只，俄国人的抢劫最终逼得原住民把他们赶跑了一部分，打死了一部分。间宫林藏说出这些俄国人的名字：卡穆奇、西缅纳、莫穆和瓦西列。"最后三个，"施伦克说，"不难看出是俄国名字：谢苗、福马和瓦西里。而卡穆奇，他的意思是很像凯姆茨。"

8名萨哈林鲁滨逊这个简短的故事，就是北萨哈林自由移民的全部历史。如果赫沃斯托夫的5个水兵和凯姆茨，加上2个逃兵的奇遇算是自由移民的尝试的话，那么应该承认这个尝试是毫无价值的，至少是不成功的。它让我们学到, 这8个人在萨哈林生活了那么久, 直到生命的最后一天, 只不过他们赖以谋生的不是种地, 而是渔猎罢了。

现在, 为了完整起见, 还要谈谈原住民吉利亚克人。他们生活在北萨哈林的东西两岸和河边, 主要是特姆河畔, ①村庄都很古老, 它们的名字, 从前的作者们提到过的, 保留到了现在, 可是他们的生活毕竟不能称之为完全定居, 因为吉利亚克人并不眷恋自己的出生地和任何固定居所, 经常撇下自己的窝棚, 携家带狗在北萨哈林到处谋生。然而流浪归流浪, 甚至有时候长途跋涉去大陆, 他们依然忠于自己的岛屿, 而且萨哈林吉利亚克人的语言和习俗也与生活在大陆的吉利亚克人不一样, 也许不比小俄罗斯人和莫斯科人的差异小。由此我觉得, 统计萨哈林吉利亚克人的数量应该不会太难, 也不会把他们跟从鞑靼海岸到这里谋生的吉利亚克人搞混了。不妨每5-10年给他们搞一次统计, 不然流放移民区对他们人口数量的影响这一严重问题, 仍将长期被掩盖或随便对付过去。根据博什尼亚克收集的材料, 1856年萨哈林吉利亚克人总共3270人, 这之后大约过了15年, 米楚利就写道, 萨哈林吉利亚克人的总数将近1500人, 而根据我从官方的《异族人数统计表》得到的1889年新数据, 两个区的吉利亚克人总数仅320人。也就是说, 如果相信这些数字, 那么过5-10年萨哈林吉利亚克人就将一个不剩。我无法判断, 博什尼亚克和米楚利的数字可信度几何, 但官方的数字320人, 幸好因为一些原因不具有任何意义。异族人数的统计表是由办事员编制的, 他们未经任何科学的、实践的培训, 甚至没制定细则, 如果他们是在吉利亚克人的村子里当场收集的材料, 那么做事情时肯定是打官腔, 粗暴, 带侮辱性的, 然而吉利亚克人的礼貌, 他们的礼节不容许对人傲慢和颐指气使, 他们憎恶任何登记和注册, 跟他们打交道需要更讲艺术。此外, 行政当局收集材料时没有任何明确的目的, 只是走过场的,

---

① 吉利亚克人是人数不多的部族, 居住在阿穆尔河两岸至下游地区, 如索菲斯克、然后是利曼湖, 与之毗邻的鄂霍茨克海岸, 及萨哈林北部, 在该民族有历史记载 (2百多年) 以来, 其居住地未发生任何明显改变。有人说, 过去吉利亚克人的故乡只有萨哈林一处, 后来才从那里转到距离最近的大陆, 此举是因他们受到来自南方的虾夷人排挤, 而虾夷人受到的是日本人的排挤。

而况调查人员压根不研究民族分布图，只管任意而为。在亚历山大罗夫斯克区的统计表里，只登记了住在万吉村以南的吉利亚克人，而在特姆斯克区只统计住在雷科夫斯科耶村附近的吉利亚克人，可在那里他们一般只是路过而已。

　　毫无疑问，萨哈林吉利亚克人的数量在持续减少，可是要判断这一点只能大概估算一下。而减少有多厉害？是什么导致的？是因为吉利亚克人在灭绝，还是因为他们在往大陆或北方的岛屿迁徙？由于缺乏可靠的数字，我们关于俄国人入侵造成的毁灭性影响也只能是分析而已，极有可能，这种影响迄今为止尚属微乎其微，近乎于零，因为萨哈林吉利亚克人主要居住在特姆河沿岸和东海岸，那里还没有俄国人。①

　　吉利亚克人既不属于蒙古族，也不属于通古斯族，而是属于某个不知名的种族，②它可能曾经很强大，占领过整个亚洲，现在则在一块不大的区域生活，人数不多，但美丽依旧，精力充沛。凭着自己超凡的交往和迁居能力，吉利亚克人很早就已经与身边的部族通婚，因此现在想找出一个pur sang "纯种"的吉利亚克人，既没有蒙古人、也没有通古斯人和虾夷人血统，几乎没有可能。吉利亚克人生着一张满月般的扁平圆脸，脸色略黄，高颧骨，从来不洗漱，吊眼少须，头发直黑硬，在后脑勺梳成辫子。看面部表情不像野蛮人，老是一副沉思状，温顺，孩童般专注，它舒展时像微笑，沉痛起来像寡妇。而他下巴光滑，梳着辫子，表情女性般柔和的侧影，蛮可以画出一幅库捷伊金式的肖像画，这就多少可以理解，为什么某些旅行者以为吉利亚克人是高加索人种。

　　谁想要详细了解吉利亚克人，我推荐他去读民族志学专家的书，譬如施伦克。③而我则仅限于谈论，诸如当地自然环境的特点，这些特点能给新移民带来的直接或间接有益的切合实际的指教。

---

　　① 萨哈林有一个职务：吉利亚克语和虾夷语翻译。因为这个翻译既不懂吉利亚克语，也不懂虾夷语，吉利亚克人和虾夷人都懂俄语，所以这个不必要的职务就成为之前提到的，沃耶沃达子虚乌有的驿站长的最好补充。

　　② 吉利亚克人，或尼夫赫人，是自古以来生活在阿穆尔河下游和萨哈林岛的部族，尼夫赫人有可能是远东古代无法分辨的居民的直系后裔。（Ⅱ.叶廖明注）

　　③ 去读他出版的著作《阿穆尔地区的异族人》，其中附有民族分布图和德米特里-爱伦堡斯基绘制的两幅图表，其中一副画的是吉利亚克人。

吉利亚克人身体健硕敦实，个头中等偏矮，抑或是高个子不便在原始森林里活动。不过他生得壮，全身的器官突起部分、脊梁骨、小结特别发达，周围肌肉特别结实，可以推定，结实有力的肌肉是与大自然长期而紧张斗争的结果。他身体精瘦，没有赘肉，看不到肥胖和大腹便便的吉利亚克人，显然，为了补充抵御低温和过度潮湿的空气造成的损耗，萨哈林人身上的脂肪再多也都消耗殆尽了，可以理解，为什么吉利亚克人的食物中需要那么多脂肪，他们吃脂肪肥厚的海豹、鲑鱼，吃鲟鱼和鲸鱼的脂肪、带血的肉，这些食物大部分是生吃、弄成干儿吃，还经常冻着吃，因为吃的东西粗硬，他的嚼肌异常发达，所有的牙齿磨损得厉害，食品只有肉食，除了在家宴和聚餐时，平常极少有满洲里大蒜和浆果配肉和鱼。据涅韦尔斯基证实，吉利亚克人视种地为大罪：谁若挖地或种东西，他就必死无疑。可是俄国人让他们见识的面包，他们当作美食吃起来很对胃口，现在在亚历山大罗夫斯克或雷科夫斯科耶看到胳膊夹着个大圆面包的吉利亚克人一点都不稀奇。

吉利亚克人的服装适用于寒冷、潮湿和急剧变化的气候。夏季常穿中国蓝绸或粗布衬衫，以及一样料子的裤子，但总是背着海豹皮或狗皮短袄或夹克以防万一，脚上穿的都是毛皮靴子。冬天穿裘皮裤子，即使最保暖的服装也都缝制得不影响打猎、驾狗拉橇时灵活和快速地活动。有时候为了时髦派头他会穿囚服，85年前克鲁森施滕还看到过穿着"上面织满花朵"的华丽丝绸长衫的吉利亚克人，现在，在萨哈林穿着打扮如此之炫的人，真是打着灯笼也找不着了。

至于吉利亚克人的地窝棚，首要是适应潮湿寒冷的气候。分夏季窝棚和冬季窝棚两种。前者建在木桩上，后者建在地下，墙壁用细原木围，形状像四方的截棱锥体，原木墙外面糊着泥土。博什尼亚克宿过夜窝棚，是个挖地1俄尺深的土坑，盖上细木条做屋顶，全都培着泥土。这些窝棚的建材简便，遍地都是，随手可得，不需要弃之亦不可惜，它们暖和干燥，随便怎样都远远好过我国那些苦役犯修路和种地时住的潮湿寒冷的树皮窝棚，真应该把夏季窝棚推荐给那些干活时不住监狱和家里，外出种菜、挖煤、打鱼的苦役犯和移民流放犯们。

　　吉利亚克人从不洗脸，结果是连民族学家都难以说出他们面孔本来的颜色，而他们皮毛的衣服鞋子，活像是刚刚从死狗身上剥下来的，吉利亚克人身上有股很呛人的味道，有时扑面而来让人受不了的干鱼味和臭鱼肚肠味，就是告诉你他们住的地方近了。每个地窝棚旁边一般都立着架子，上面挂满了鱼，远远望过去，尤其是有太阳照到的时候，好像一根根珊瑚。克鲁森施滕在这些架子周围曾经看到过很多蛆虫，在地上铺了一英寸厚。冬天，地窝棚总是烟雾缭绕，烟不断从炉子里冒出来，再加上吉利亚克人，他们的妻子乃至孩子都抽烟，虽然对吉利亚克人的发病率和死亡率情况一无所知，但想必这种不健康不卫生的环境对于他们的健康不可能不产生不良影响，他们的矮小、脸部浮肿、萎靡不振有可能就是受此影响，吉利亚克人向来显得对传染病抵抗力弱，可能环境也是原因之一。例如，众所周知，天花致使萨哈林多地人口灭绝，在伊丽莎白和玛利亚角之间，克鲁森施滕曾经到过一个有27户的村落，参加过著名的西伯利亚探险的格连1860年到达此地时，只剩个空空如也的村落了，而且据他所言，在岛上其他过去曾经人口密集的地方，他看到的亦只是村落的废墟。吉利亚克人告诉他，最近10年间，即1850年之后，萨哈林的人口由于天花大大减少，在过去的岁月里，可怕的天花流行，差点使堪察加和千岛群岛人迹灭绝，萨哈林也未能躲过。当然，可怕的不是天花本身，而是抵抗力的虚弱，假如移民区被带进伤寒或白喉，并传进吉利亚克人的地窝棚，那么也会有天花那样的后果。我在萨哈林没听说过任何传染病，这说明最近20年那些传染病完全没发生过，除了现在仍有的传染性结膜炎。

　　科诺诺维奇将军批准区医院接受异族病人，给他们官费治疗（1890年第335号令）。我们没有对吉利亚克人患病率研究的直接结果，但是根据致病原因的分析可以得出若干认知，譬如不干不净、过度饮酒、长期与中国人和日本人来往，①经常接触狗、外伤等等。毫无疑问，他们经常患病，需要治疗，假如

---

① 我们阿穆尔地区的异族人和堪察加人是从中国人和日本人那里传染的梅毒，俄国人与此无关。有个中国商人，是瘾君子，他告诉我，他的一个老太婆，即妻子，跟他住在烟台，而另一个老太婆，是吉利亚克人，住在尼古拉耶夫斯克附近。在这种情况下，传染病传遍阿穆尔和萨哈林并不难。

条件允许他们享受官费治疗，那么当地的医生就能给他们检查得更清楚。医学虽然回天无力，但是，医生有可能得以研究，在什么条件下我们对这个民族生活的干预，能使它少遭危害。

关于吉利亚克人的性格，作者们众说纷纭，但有一点是大家的共识，即这个民族不好勇斗狠，与身边的人和平共处。对新来的人他们虽抱有怀疑的态度，为自己的将来忧心忡忡，但打起交道来他们每次都客客气气，一点不抖威风，最多不过编些瞎话，把萨哈林说得昏天暗地，指望这样就让外国人不再上岛。他们曾与克鲁森施滕的旅伴拥抱过，施伦克病倒时，消息迅速在吉利亚克人中间传开，引起真心实意的悲哀。他们只是在与可疑的人，在他们看来是危险的人做交易和谈话时才撒谎，可是在说谎话之前，会彼此使眼色，纯粹的小孩子做派。他们反对一切日常生活中空洞的谎言和夸大其词，记得有一回在雷科夫斯科耶，两个吉利亚克人认为我跟他们撒谎，非得要我承认不可。事情发生在傍晚时分，两个吉利亚克人，一个有胡须，另一个生着娘娘脸，躺在移民流放犯木屋前的草地上，我从那里路过，他们叫住我，求我到木屋里去拿他们的外衣来，早上他们把衣服落在移民流放犯家里了，他们自己不敢去拿。我说，主人不在时我也没有权利进别人家，他们沉默了一会儿。

"你是当官的？"娘娘脸问我。

"不是。"

"那你是写写的（即文书）？"他看到我手上的纸，问道。

"是，我写。"

"那你开多少饷？"

我一个月大约挣300卢布，我就把这数字说了，结果就看到我的回答产生多么大的不愉快，甚至难受的感觉。两个吉利亚克人突然捧住肚子，身子弓到地，摇晃起来，像是胃疼得厉害，他们的脸上表情绝望。

"哎哟，你哪能这么说呢？"我听到一个人说，"你为什么说话这么不好？哎哟，太不好了！不该这样！"

"我说什么坏话了？"我问。

"布塔科夫，区长，大人物，才挣200，你什么官都不是，咪咪小的写写，却给你开300！说得不好！不该这样！"

我就给他们解释，区长尽管是大人物，但只是一个地方的，所以只挣两百，我虽然只是个写写，但却是自远方来，超过两千俄里，我的花销比布塔科夫大很多，所以我需要更多的钱。这么说使吉利亚克人安静下来，他们对了一下眼，自己用吉利亚克话说了一通，不再痛苦了。看他们的脸，他们已经相信我了。

"对的，对的，"有胡须的吉利亚克人说，像活过来了一样，"好的。去吧。"

"对的，"另一个朝我点点头，"走吧。"

吉利亚克人认真完成托付给自己的任务，而且从未发生过吉利亚克人半路扔邮件或侵吞他人物品的事情。波利亚科夫曾经雇过吉利亚克人做船夫，他写道，他们准确履行自己的义务，在搬运官方货物时表现尤为突出。他们身手敏捷，头脑灵活，开心快乐，无拘无束，在权贵和富人面前落落大方，不承认任何权势，在他们那里甚至没有"上"和"下"的概念，菲舍尔在《西伯利亚史》中写道，名气很大的波利亚科夫曾去过吉利亚克人那里，他们当时"不受任何外人统治"，他们有个词——"占钦"意思是长官，可他们也一样这么叫将军和拥有许多中国蓝绸和烟草的富商。在涅韦尔斯基那里看到沙皇的画像时，他们说这肯定是个力气很大的人，他能给很多烟草和中国蓝绸。岛长官在萨哈林掌握极大乃至骇人的权力，然而有一次我跟他一道从上阿尔穆丹去阿尔科沃，遇到一个吉利亚克人朝我们大喝一声："站住！"接着就问我们，在路上有没有碰见他的白色狗。像人家说的和写的，吉利亚克人在家里也目无尊长，父亲不以为自己比儿子年长，儿子也不遵从父亲，爱怎么过就怎么过，年迈的母亲在地窝棚里的权利并不比一个十几岁的小女孩大。博什尼亚克写道，他不止一次看到过，儿子殴打亲生母亲，并把她赶出家门，却没人说他一个不字。男性家庭成员彼此平等，如果您请吉利亚克人喝伏特加，则必定先捧给最年轻的男子。女性成员则一律无权，无论是祖母、母亲，还是吃奶的婴孩，她们受歧视,跟家畜、物品一样,可以随便丢弃、买卖,像狗一样被踢来踢去。吉利亚克人一贯爱狗,对女人则从来不。婚礼被认为微不足道,其重要性不及一场宴饮,不举行任何宗教和迷信的仪式,吉利亚克人用一支矛、一条小船或一只狗换个姑娘,把她带回自己的地窝棚,跟她往熊皮褥子上一睡——就搞定了。容许多妻制,但并不普及,虽然妇女明显多于男人,轻视妇女,视之如低等生物或物品,在吉利亚克人那里达到如此地步,在公然地和粗暴地将女性当作奴隶这个问题上,他甚至并不以为可耻。经施伦克证实,吉利亚克人常常将虾夷人妇女当奴隶贩运,显然,妇女在他们眼里就是用来交易的东西,与烟草和中国布一样。瑞典作家斯特林堡,是出了名的仇女者,他希望女人只是奴隶,伺候刁钻古怪的男人,其实他是吉利亚克人的同道,①假如他来萨哈林,他们会久久拥抱他的。

科诺诺维奇将军告诉我,他想把萨哈林吉利亚克人俄国化。我不晓得,为什么要这样。不过,俄国化在将军到来之前早已开始了,起源于某些即便薪俸极低的官员手头开始有昂贵的狐皮和貂皮大衣,而在吉利亚克人的地窝棚里出现了俄罗斯式酒具,②之后吉利亚克人应邀参加抓捕逃犯,并且每打死或抓住一个逃犯都能获得酬金。科诺诺维奇将军命令聘吉利亚克人做看守,在他的一项命令里讲到,这样做是因为急需熟悉当地的人来缓和地方官与异族人的关系,他亲口告诉我,这一新举措的目的也是俄国化。起先是任命吉利亚克人瓦西卡、伊巴尔卡、奥尔昆和帕弗林卡为监狱看守(1889年第308号令),之后伊巴尔卡和奥尔昆"因玩忽职守"被除名,任用了索夫龙卡(第1889年426号令)。我见过这几个看守,他们都戴着号牌挎着左轮手枪,其中最出名和最多出头的是吉利亚克人瓦西卡,他是个机灵调皮,酒醉兮兮的人。一次,我去

---

① 斯特林堡作为《父亲》等剧本的作者于1880年代末在俄国知名,是妇女解放的反对者。(П.叶廖明注)

② 这是杜埃哨所长官尼古拉耶夫上校在1866年告诉一位记者的。"夏天我跟他们不来往,冬天常常跟他们买裘皮,而且很合算,往往是一瓶伏特加或一个大面包就能从他们那里得到一对极好的貂皮。"在上校那里看到那么多的裘皮,记者被惊呆了。这个传奇上校还会被提及。

移民区基金会商铺，在那里遇上一整群有知识的人，门口站着瓦西卡，有人指着货架上的一瓶瓶酒，说要是把这些喝光，肯定得醉，瓦西卡低三下四地嘿嘿笑，一副溜须拍马的样子。我来之前不久，吉利亚克看守尽职杀了一个苦役犯，当地的滑头们老是想弄明白，他是怎么开的枪——从前面还是后面，也就是说要不要将吉利亚克人送上法庭。

　　一旦与监狱沾边，无需证明，对吉利亚克人的俄国化最终就变成了腐化。他们离懂得我们的需要还远着呢，况且跟他们也未必能讲得清楚，抓捕苦役犯，剥夺其自由，打伤有时打死他们不是出于癖好，而是为了司法公正，他们于此看到的仅仅是暴力、兽性发作，可能就把自己当成雇来的杀手。[1]假如非得俄国化，而且没它不行，那么，我想，在方法的选择上，首先应该考虑的不是我们的，而是他们的需要。前面提到的命令区医院接收异族人，1886年吉利亚克人遭受饥荒时赈济他们面粉和米粮，下令不许强拿他们的财产抵债，以及减免债务（1890年第204号命令），诸如此类的举措，也许比发给他们号牌和左轮手枪更能达到目的。

　　除了吉利亚克人，在北萨哈林还生活着为数不多的通古斯人种的奥罗克，或者叫奥罗奇人，[2]但因为在移民区几乎没听人说起他们，他们所在的区域尚无俄国村落，所以我只是提一下而已。

---

　　[1] 他们没有法庭，他们也不知道，什么是司法公正。他们是那么难以理解我们，迄今为止他们仍然完全不明白道路的含义，由此可见一斑。甚至在已经修了路的地方，他们照旧走原始森林。经常可以看到，他们携家带狗、鹅在小路上穿行，而旁边就是公路。
　　[2] 奥罗克人属于人数不多的艾文和艾文克人血统的通古斯-蒙古部族。（П.叶廖明注）

XII

我出发去南部——爱笑的女士——西海岸——海流——毛卡——克里利翁
角——阿尼瓦角——科尔萨科夫斯克哨所——新相识——东北风——南萨哈林
的气候——科尔萨科夫斯克监狱——消防车队。

9月10日,我又上了读者已经熟知的"贝加尔号",这次是驶往南萨哈林。
我走得高高兴兴,因为北部我已经呆厌了,渴望新的感受。"贝加尔号"晚上
10点起锚,四周暮色沉沉,我独自站在船尾,望着后面,与这片昏暗的小天地
告别,在海上守卫着它的三兄弟,此刻隐约可见,黑暗中像是三个黑衣修士,
尽管轮船轰鸣,我听得到海浪拍打礁岩的声音,不过这会儿容基耶尔角和兄
弟们已经远远地被落在后面,消失在黑暗中,对于我来说它们永远地消失了。
海浪的拍击声中,听得出无力的、恨恨的忧伤,渐渐沉寂了……行驶了8俄里左
右,岸上灯火闪烁:那是恐怖的沃耶沃达监狱,再过去不远,又看到杜埃的灯
火,不过这些很快都看不见了,剩下的唯有黑暗和可怕的感觉,仿佛刚刚做了
场噩梦。

下到船舱里,我碰上一群快乐的人。除了船长和他的助手们,在统舱里还
有几位乘客:一个年轻的日本人,一位太太,一位军需官和伊拉克利修士祭
司,他是萨哈林传教士,跟我一道去南部,好从那里一起出发回俄国。我们的
女旅伴是海军军官的妻子,从符拉迪沃斯托克逃出来的,被霍乱吓坏了,现在
略微安定了些,正往回返。她性格外向,一点点小事,她就真心实意地开怀大
笑,笑得前仰后合,笑到泪水都流出来,她口齿不大不清楚,话说不久,就猛然
哈哈大笑,快乐如泉涌,看着这位太太,我也笑起来,跟着是伊拉克利,然后

是日本人。"诺!"终于船长挥挥手发话了,也被感染得哈哈大笑。在总是怒气冲冲的鞑靼海峡,恐怕从未听到过如此之多的哈哈大笑声。第二天早晨,修士祭司、太太、日本人和我聚到甲板上聊天,于是又大笑,就连从水里探出脸来看我们的鲸鱼,差点也要哈哈大笑了。

仿佛是有意的,天气暖和、安谧、怡人。左舷近傍绿色葱茏的萨哈林,就是苦役场尚未触动的蛮荒处女地;右舷透过清朗澄澈的空气,鞑靼海岸若隐若现。这里的海峡已如同大海一般,海水亦不像在杜埃附近那么喧腾,这里宽阔、透气多了。以其地理位置而言,萨哈林的南三分之一与法国平行,假如没有寒流的话,我们就拥有了一块美丽的土地,现在生活在这里的,当然就不仅仅是跛脚的和不信神的那类人了。来自夏末甚至尚有流冰的北部岛屿的寒流,冲刷着萨哈林岛两岸,尤以赤裸面对寒流和寒风的东海岸,经受的磨难更大,这里大自然不可理喻地严酷,植物区系具有不折不扣的极地特性。西海岸要幸运得多,寒流对这里的影响,由于以"黑潮"闻名的日本暖流减弱了许多,毋庸置疑,越往南就越暖和,而且在西海岸的南部看得到相对丰富的植物群,不过再怎么着,离法国或日本还远着呢。①

有意思的是,当时萨哈林的移民者已经在冻土地带种了35年小麦,蛮好的道路都是朝通往只有最低级软体动物蠕动的地方修建,岛上最暖和的部分,即西海岸南部却被完全置之不理,从轮船上,用望远镜和肉眼看得见良好的建材林和长满肥美青草的翠崖绿岸,然而却看不见一座住房,一个活物。倒是有过一次,那是在我们行驶到第三天,船长示意我看一小群木屋和棚户说:"这是毛卡。"毛卡这里早就在采捞中国人很爱买的海带,因为此事实打实地已经带给很多俄国人和外国人不错的收益,所以这地方在萨哈林很有名气。

---

① 有人提过一个方案,在海峡最狭窄的地方建一条堤坝,挡住寒流的去路。这个方案有其自然历史的依据:从前有地峡的时候,萨哈林的气候温和得多。但实现它在今天未必会带来什么益处,西海岸南部的植物区系或许会增加十数个新种类,但岛屿整个南部地区的气候未必会改善。因为整个南部地区靠近鄂霍次克海,那里夏季也有冰和冰原,如今的科尔萨科夫斯克区的主要部分仅以低矮的山脉相隔,山脉靠海的一边是遍布湖泊的低洼地,挡不住风。

它位于杜埃以南400俄里，北纬47°，气候相对较好。海带采捞业曾经被日本人把持，米楚利在毛卡时，有30多幢日本人的楼房，常住的有40个男女，春天还会从日本过来300人左右，跟当时是这里主要劳动力的虾夷人一起干活，现在海带采捞业属于俄国商人谢苗诺夫，他儿子常住毛卡，业务由苏格兰人坚比打理，此人已经不年轻了，看得出来是内行，他在日本长崎有自己的房子，跟他认识后，我告诉他大概秋天去日本，他客气地请我住他家。给谢苗诺夫干活的有蛮子、朝鲜人和俄国人。国内的移民流放犯自1886年起才开始到这里打工赚钱，显然是自发前往，因为典狱长们更感兴趣的始终是酸海带。最初的试工并不完全成功：俄国人不大懂这一行的技术，现在他们习惯了，虽然坚比对他们不像对中国人那样，还不怎么满意，可毕竟可以期待，随着时间的推移，成百的移民流放犯将在这里找到自己的生计。毛卡属科尔萨科夫斯克地区，现在这里有居民38人：男33人，女5人，33个男人都有产业。其中3人已经拥有农民身份。女人都是苦役犯，全都与人同居。没有孩子，没有教堂，日子过得肯定极其无聊，特别是冬天，那时候干活的人就都走了，这里的民政长官只有一个看守，军事长官——一名上等兵和三名列兵。①

　　将萨哈林比作鲟鱼，尤其贴合其南部，它活脱脱像条鱼尾巴。左边的尾鳍叫克里利翁角，右边的——阿尼瓦角，两者之间半圆形的海湾就是阿尼瓦湾。克里利翁角，轮船驶过它都要往东北方向打个大弯，在阳光的照耀下显得格

---

　　① 谢苗诺夫在毛卡有个商店，店里夏天生意相当不错，食品的价格很贵，因此一名流放犯赚的钱一半都留在这儿了。在"骑士号"快速机帆船船长1870年的报告中提到，快速机帆船打算靠近小地方毛卡，在那里放下10个士兵，让他们开掘菜园，因为夏季准备在这个地方修建新哨所。顺便提一下，当时在西海岸日俄之间正起些小争端。我还在1880年第112期《喀琅施塔得消息报》上找到一篇报道：《萨哈林岛。关于毛卡山洞几条有趣的情报》。里面说道，毛卡是公司的主要所在地，该公司从俄国政府获得10年采捞海洋植物的权力，其居民有3个欧洲人，7个俄国士兵和700个朝鲜、虾夷和中国工人。
　　谢苗诺夫和坚比在城市里已经有了仿效者，由此可见海带采捞业的有利可图和扩大。有个叫比利奇的移民流放犯，过去是教师，在谢苗诺夫那里做过掌柜，拿买卖往来的钱款在库苏奈附近开业，雇来移民流放犯，现在有近30人给他干活，此事属非官方的，这里甚至没有看守。毛卡以北100俄里，坐落在库苏奈河口的库苏奈哨所早已废弃，库苏奈河过去被视为俄国和日本占领者在萨哈林的分界线。

外迷人，孤零零站在上面的红色灯塔像座地主的别墅，这个探入海里的大海角，碧绿而平坦，犹如一片浸水草地。放眼原野布满柔软的青草，感伤主义的景色中就只差在林荫边溜达的羊群了。然而，听说青草在这里无关紧要，几乎长不了农作物，因为克里利翁角夏季大多时候都笼罩着咸海雾，它对植物是致命的。①

我们于9月12日中午前绕过克里利翁角，驶入阿尼瓦湾，虽然海湾直径将近80-90俄里，②但从这个海角到另一个海角的整个海岸都看得见。差不多在半圆形海岸的中点形成一个小凹口，人称鲑鱼小湾或鲑鱼嘴，就在嘴巴里，坐落着科尔萨科夫斯克哨所，南部地区的行政中心。一次开心的巧遇在等着我们的女旅伴，喜洋洋太太：在科尔萨科夫斯克锚地泊着志愿商船队的"符拉迪沃斯托克号"，它刚刚从堪察加过来，她的军官丈夫就在上面。这引来多少惊叹、多少憋不住的大笑、多么地手忙脚乱啊！

从海上看，哨所颇有舒适小城的样子，不是西伯利亚式的，而是某种我叫不出名的风格，大约建于40年前，当时沿南海岸到处散落着日本人的房子和棚屋，极有可能是邻近的日式建筑影响到它的外观，赋予它特殊的风格。科尔萨科夫斯克建成的年份被认为是1869年，然而这仅仅在将它当作流放移民区一个点的问题上是正确的，事实上鲑鱼湾海岸上，第一个俄国哨所建于1853-1854年间，那里地处山沟，现在仍叫日本名字"大沟"，在海上只能看到它的一条主要街道，从远处只觉得马路和两排房屋顺着海岸猛扎下去，但这不过是远景罢了，其实没那么陡。新建的木头房子在阳光下亮堂堂的，白晃晃

---

① 我在克里利翁角略北一点的地方看到了石头，几年前，"科斯特罗姆号"轮船就被这里的海雾所迷，撞上石头沉没。随船押送苦役犯的医生谢尔巴克出事时发射了信号火箭。他后来跟我说，当时他经历了精神上三个漫长阶段：第一个，最漫长最痛苦的阶段，相信必死无疑，苦役犯们惊慌失措，嚎成一片，孩子和妇女在军官的指挥下被送上小艇，朝可能是海岸的方向驶去，很快就消失在雾中；第二阶段，有点得救的希望：从克里利翁灯塔传来炮声，通报妇女和儿童顺利抵岸；第三阶段，完全有信心得救，当时雾中突然响起阀键短号声，吹的人是返回来的军官。

1885年10月逃跑的苦役犯们爬上克里利翁灯塔，将财务抢劫一空，杀死一个水兵，将他从悬崖上扔进深渊。

② 首先探险和描写阿尼瓦海岸的是俄国军官H.B.鲁达诺夫斯基，涅韦尔斯基的战友之一。

的老教堂是座简单而漂亮的建筑,所有的房顶上都有高高的木杆,大概是挂旗子用的,这让小城有一种不愉快的表情,好像它扎煞着毛发怒了。这里与北部的锚地一样,轮船泊在离岸一两俄里的海上,码头只能停靠汽艇和驳船,起先一只载着官员们的汽艇开到我们轮船,旋即响起快乐的声音:"伙计,来点啤酒!伙计,来杯白兰地!"接着过来一只快艇,划桨的苦役犯都穿着水手服,船舵旁坐着区长别雷,快艇靠近船舷时,他命令:"收桨!"

过了几分钟,我和别雷先生已经认识了,之后我们一起上了岸,我还在他那里吃了饭。从跟他的谈话中我得知,他也是乘"符拉迪沃斯托克号"刚刚从鄂霍次克海岸的塔赖卡回来,苦役犯现在那里筑路。

他的寓所不大,但蛮好,阔气。他喜欢舒适和美食,这一点在他的辖区也很明显,在区里转悠时,我在监管所和驿站里不仅看到刀叉、酒杯,甚至还有干净的餐巾和会煲汤的看门人,主要是这里的臭虫和蟑螂不像在北部,多到那么不像话的地步。据别雷说,在塔赖卡修路工地他住一个大帐篷,样样俱全,有自己的厨师,抽空看看法国小说。①按族系说他是小俄罗斯人,论受教育程度他是法律专业大学生,他年轻,不超过40岁,而这个年纪,捎带说一句,是萨哈林官员的中等年龄。时代变了,现在对俄国苦役场来说,年轻官员比年纪大的更常见,假设有画家画过鞭挞逃犯的场景,那么,在他画面中原来画着酒鬼上尉,一个鼻头紫红的老头的地方,就该换上一个穿着簇新的文官制服,有学问的年轻人了。

我们聊着聊着,天黑了,灯火初上。我告别了好客的别雷先生,去找警察局秘书,为我准备的寓所在他家里。夜黑城静,大海低吟,星空黯淡,仿佛看到大自然正酝酿着某种不祥的东西。当我走过整条主要街道快到海边时,轮船都还泊在锚地,等我拐到右边,传来阵阵说话声和大笑声,黑暗中透出一个

---

① 在南萨哈林任职的军官和官员们忍受贫困的那种时候,差不多已经被忘记了。1876年,买1普特白面粉他们付4卢布,1瓶伏特加3卢布,"鲜肉几乎谁都从来没见过",而在一般人那里谈都不要谈。那就是在受穷。不超过5年前,《符拉迪沃斯托克报》记者宣称,"谁都没有半杯伏特加,满洲里烟草(即相当于我们的马合烟)达2.5卢布1磅,作为烟草的替代品,移民流放犯和一些看守都抽廉价红茶和砖茶"。

个灯火通明的窗子，我像是置身于秋夜边城，正赶着去俱乐部。这是秘书的寓所。我踏着嘎吱作响的旧楼梯上了露台，走进房屋。厅里就像酒馆和潮湿的居室，烟熏火燎，几个军人和文职官员走来走去，好似腾云驾雾的神仙。他们中间的农业视察官Φ先生，我已经认识了，之前我们在亚历山大罗夫斯克见过，其余的我眼下是初次见面，他们大家对我的出现反倒乐呵呵的，仿佛早就跟我认识了。我被让到桌边，我也得喝伏特加，不过是兑了一半水的酒精，和极差的白兰地，还有很硬的肉，那是流放苦役犯霍缅科，一个留着黑胡子的霍霍尔煎好送上来的。除了我，晚宴上外来的还有伊尔库茨克地磁气象站站长施特林克，他在堪察加和鄂霍次克商议设立气象站，乘"符拉迪沃斯托克号"来到这里。在这里我还认识了科尔萨科夫斯克流放苦役监狱典狱长Ш少校，他以前在彼得堡警察局的格列谢尔手下任职，他是个又高又胖的男人，举止庄重威严，那种派头我至今只在区警察所长身上看到过。少校跟我聊到彼得堡许多与他有一面之缘的名作家，直呼他们米沙、瓦尼亚，还邀请我去他那里用早餐和午餐，无意间有一两次叫我"你"。①

两点钟客人走后，我躺到床上，听到呼啸声，刮东北风了。这就是说，傍晚起就阴天是有道理的。霍缅科从院外进来，报告轮船开走了，可是海上偏偏刮起强烈的风暴，"喏，怕是得回来呢！"他说完笑了。"他们哪能对付得了啊！"房间里变得寒冷潮湿，大概不高于六七摄氏度。可怜的警察局Φ秘书，这年轻人被伤风和咳嗽搞得怎么都睡不着，跟他住一个房间的K船长也没睡，他从自己那边敲墙对我说："我收到《周报》了，您想看吗？"

到早晨是床铺冷，房间冷，外面冷。我走到外面时，正下着冰冷的雨，劲风卷着树木，大海咆哮，风夹着雨滴，像细密的雪霰，一阵阵猛烈抽打着面孔，敲击着屋顶，"符拉迪沃斯托克号"和"贝加尔号"的确对付不了海上风暴，回

---

① 对Ш少校，应该还他一个公道，他对我的文学职业完全尊重，而且我在科尔萨科夫斯克逗留期间，他始终全力以赴不让我寂寞无聊。此前，在我到达南部的几个星期前，他亦是同样对待英国人戈瓦尔德，此人好冒险，也是个文学家，乘日本人的帆船在阿尼瓦湾遭遇沉船后，写了《生活在外西伯利亚野蛮人中间》一书，里面有许多关于虾夷人的无稽之谈。

来了，眼下泊在锚地，被雨幕笼罩着。我在街上，沿码头附近的海岸四处溜达，草都湿了，树木在淌水。

　　码头上的值勤室附近摆着一副小鲸鱼骨架，它曾经幸福欢快地徜徉在辽阔的北部海域，如今勇士的累累白骨却陷于泥污，任由风吹雨打……主要街道铺着石子，仍旧整洁，有人行道，路灯和树木，每天有个带烙印的老头打扫。这里都是行政机关所在地和官员寓所，没有一幢房子住的是流放犯。房屋大半是新的，式样赏心悦目，不像杜埃那种压抑的官衙，一般说来，科尔萨科夫斯克哨所的4条街道上，老房子比新房子多，20-30年前造的房子也不少，而且科尔萨科夫斯克的老房子和老公务员也比北部多，这或可能说明，南部这边较北部二区更适宜安居乐业。我注意到，这里更墨守成规，人们也更守旧，甚至恶习都更顽固。因此，与北部相比，这里更频繁地判罚鞭刑，常常是一次鞭笞50人，还有一个恶习唯独南部保留了下来，它是由一个早已被遗忘的上校以前弄出来的，即当您一个自由人在街上或岸上遇到一群囚犯时，相隔50步远，您就听到看守大喊："立——正! 脱帽! "而这些表情阴沉的人光着脑袋从您身边走过，皱起眉头打量您，好像假如他们不是离开50步，而是20-30步才摘掉帽子，您就会像Z先生或N先生那样，用手杖打他们似的。

　　我很遗憾，没碰上活着的萨哈林最老的军官希什马廖夫船长，其高龄和居住之久与帕列沃村的米克留科夫都有一拼。他在我来的几个月之前去世，我只看到了他住的独栋住宅。他在萨哈林定居时，还是在苦役场尚未开始的"史前时代"，甚至早到人们为此编了个神话"萨哈林的起源"的地步，神话将这个军官的名字与地质变迁紧密相连：曾几何时，在遥远的年代，根本就没有萨哈林，可是突然，火山爆发，从水底升起一座山崖，高出海面，上面坐着两个生物——北海狮和希什马廖夫船长。据说，他总是穿佩戴着肩章的大礼服，在公文里这样称呼异族人："森林野人"。他曾参加过几次探险，还跟波利亚科夫一同在特姆河上航行，从探险记述里可以看到，他们争吵过。

　　科尔萨科夫斯克哨所有居民163人，男93人，女70人，加上自由民、士兵、他们的妻儿，及在监狱住宿的囚犯，总数1千人多一点。

业主56人，但都是非农产业，都是城镇的、市民的产业，农业微不足道。耕地总共3俄亩，草场18俄亩，且与监狱共用。眼见宅院一个紧挨一个，密密匝匝布满山沟的斜坡和沟底，就会明白，为哨所选址的人根本没考虑到这里除了士兵，还将有务农的人居住。对做什么行当，靠什么生活的问题，业主们回答：干活，做生意……至于其他收入，读者之后会看到，南萨哈林人远没到像北边人那样走投无路的地步，只要愿意，起码在春夏几个月他能为自己赚到钱，然而这几乎与科尔萨科夫斯克人无关，因为他们极少外出挣钱，作为纯粹的城里人，他们的生活来源不固定，不固定的意思是来源的偶然性和非经常性。有些人靠他们从俄国带来的钱过活，这样的人占大多数，另外一部分去做文书，第三部分人做教堂执事，第四部分人开小商铺，虽然依法无权这么做，第五部分人拿犯人的旧衣服换日本酒来卖，等等。妇女，乃至自由民妇女，都从事卖淫业，甚至还有一个特权阶层出身的妇女，听说她是学院毕业的，也不例外。这里不似北部那么饥寒交迫，苦役犯都抽50戈比0.25磅的土耳其烟草，他们的妻子则出卖自己，所以这里的卖淫业比北部的更罪恶，尽管，还不是一样？

家庭41个，其中21对夫妻不是合法婚姻。自由民妇女仅10人，即约是雷科夫斯科耶的1/16，甚至只有同样坐落在山沟里的杜埃的1/4。

科尔萨科夫斯克的流放犯中间，颇有些有趣之人。例如无期徒刑的苦役犯皮希科夫，他的罪行给乌斯宾斯基的特写《一比一》提供了素材。这个皮希科夫用鞭子抽死了自己的妻子，她是个有学问的妇女，怀有8个月的身孕，折磨持续了6个小时，他这么做是因为嫉妒妻子婚前的生活：在最近一次战争期间，①她被一个土耳其俘虏迷住了，皮希科夫自己给这个土耳其人送过信，说服他去幽会，每每帮助双方。后来，土耳其人走了，姑娘因为皮希科夫的善良爱上了他，皮希科夫跟她结婚，生了4个孩子，却突然心里充满了难以忍受的嫉妒……

这个人身材高挑消瘦，相貌堂堂，留着大胡子。他在警察局做文书，故而是自由民装束。他勤谨，彬彬有礼，从表情上看内向、寡言。我到过他的住处，

----

① 即1877-1878年的俄土战争。——译者

但他不在家。他在一所木屋里有一个不大的房间,床干净整齐,铺着一条红色毛毯,床头的墙上挂着一位太太镶框的画像,大概是妻子的。

扎科明一家也有意思:父亲,曾经在黑海做商船船长,妻子和儿子。1878年,他们三人一起因谋杀被交尼古拉耶夫城军事法庭审判,照他们自己说是冤枉的。老太婆和儿子已经服满苦役,老头子尼古拉耶维奇,66岁,还是苦役犯。他们开了爿小商铺,他们家的房间非常不错,甚至好过新米哈伊洛夫斯克的富人波将金。扎科明老两口是走陆路穿过西伯利亚来萨哈林的,儿子走海路,早3年到达目的地。区别太大了。如果听听老头讲的,还要吓人。他受审、转监、之后在西伯利亚挣扎着走了3年,他女儿,自愿跟随父母服苦役的姑娘,活活累死在路上,载着他和老太婆来科尔萨科夫斯克的船在毛卡附近又遭遇海难,这期间碰上多少惨事,什么罪没受过啊。老头这边厢讲着,老太婆那边厢哭着。"嗐,说这干吗!"老头说,摆摆手。"这是上帝的安排。"

文化方面,科尔萨科夫斯克哨所明显落后于自己的北部同道。譬如它至今仍没有电报和气象站,[①]关于南萨哈林的气候我们暂时只能凭借不同作者零零散散的偶然观测判断,这些人或在这里供职,或像我这样,在这里待不长。根据上述观测,如果取科尔萨科夫斯克哨所的夏、秋、春三季的平均温度,则高于杜埃二三摄氏度,冬季却要高将近5℃。然而同在阿尼瓦,不过比科尔萨科夫斯克哨所再往东一点的穆拉维约夫哨所,其温度已明显低得多,更接近杜埃,而非科尔萨科夫斯克哨所。在科尔萨科夫斯克哨所以北88俄里的奈布奇,1870年5月11日早晨,"骑士号"指挥官记下的温度是零下2℃,有雪。正如读者看到的,这里的南方不大像国内南方:冬季这里与奥洛涅茨省一样寒冷,

---

[①] 在我逗留期间,施伦克正在张罗建站,在此事上大力帮助他的是一个军医,他是科尔萨科夫斯克的老住户,人很好。但是我觉得,气象站不应该建在东风肆虐的科尔萨科夫斯克哨所,而应在区里比较中心的什么地方,譬如弗拉基米罗夫卡村。再说,南萨哈林各地气候各异,比较正确的做法是同时在几个地方确定几个气象观测点:在布谢湾、科尔萨科夫斯克、克里利翁、毛卡、弗拉基米罗夫卡、奈布奇和塔赖卡。这当然不容易,但已不那么困难。以我所见,为此可以动用大量流放犯仆役,经验已经证明,他们很快就能学会独立观测,需要的只是承担指导他们这一劳动的人。

夏季却同阿尔罕格尔斯克一样热。克鲁森施滕于5月中旬在阿尼瓦的西海岸还看到雪。在科尔萨科夫斯克区的北部，即在采捞海带的库苏奈，观测到一年中有149个阴雨天，而在南部的穆拉维约夫哨所，是130个阴雨天。不过无论如何南部区域气候较北部二区更暖和，在这里生活因此肯定更容易些。在南部冬季也会有解冻的时候，在杜埃和雷科夫斯科耶则从未有过，河流开封更早，多云天气也更多些。

科尔萨科夫斯克监狱在哨所占的位置最高，大概也最好，主要街道直通监狱围墙大门的位置，大门的样子很平常，这可不是普通的，寻常人家的大门，那是监狱的入口，能让人看出这是监狱的，唯有挂着的牌子和每天晚上这里都聚着一群苦役犯，搜身后他们被挨个放进围墙门。监狱院子坐落在平缓的斜坡上，尽管四周有围墙和建筑物，从院子中间仍然看得到蔚蓝的大海和遥远的地平线，因此会感觉这里空间很大。环顾监狱，最引人注目的是当地行政当局竭力将苦役犯与移民流放犯彻底隔开。在亚历山大罗夫斯克，监狱的作坊和数百名苦役犯的住房散落于全哨所，这里的监狱大院内却安置了所有作坊乃至消防队，除了极少数的例外，苦役犯，哪怕是改正类的，都不允许住在监狱外面。在这里，哨所管哨所，监狱管监狱，有可能在哨所住了很久都没有发现，街道的那头是监狱。

这里的监牢都陈旧了，牢房里空气混浊，厕所比北部监狱的差多了，面包房昏沉沉的，单人牢房里又黑又冷，没有通风设备，我本人就几次看到，关在里面的人冻得瑟瑟发抖。这里唯有一点比北部好，就是镣铐室比较宽敞，镣铐犯少得多。监牢里的原水手们最干净，他们穿得也比较干净。①我去时监狱里时仅仅住了450人，其余的人都被派出去了，主要是去筑路。全区共有苦役犯

---

① 别雷先生成功地从他们中间组建了内行的全班船员在海上作业。他们中间领头的是小个子，穿背心的苦役犯戈利科夫。他喜欢奢谈，他掌舵时，就下令："下桅！"或："下桨！"做起来不无指挥官的严厉。尽管他一副不起的样子和有领导力，我在的时候，因为喝酒，好像还因为粗暴，吃过两三次鞭子。他以外，最内行的水手是苦役犯梅德韦杰夫，一个聪明勇敢的人。有一次日本领事库采先生从塔赖卡回来，掌舵的是梅特韦杰夫，此外小艇里还有一个看守。傍晚风大起来，天昏地暗……行驶到奈布奇时已经看不到奈巴（转下页）

1205人。

　　这里的典狱长最喜欢给来访者秀消防车队，车队的确壮观，在这一点上科尔萨科夫斯克可与许多大城市媲美。水桶、消防水泵、带套的斧头，这些玩具似的东西全都铮亮，真是准备好了作秀的。拉响警报，从所有的作坊里立马跑出苦役犯来，没戴帽子，没穿外衣，一句话，什么样的都有，一分钟就套好马，轰隆隆直奔海边而去，场面甚是骇人。而Ⅲ少校，这个模范车队的缔造者，非常之心满意得，一个劲儿地问我喜不喜欢。遗憾的只是，跟年轻人一起套马赶车的还有老头，哪怕是顾及他们年老体衰，也该放他们一马吧。

（接上页）河口，直接停在岸边很危险，梅特韦杰夫决定在海上过夜，尽管风暴剧烈，看守扇他耳光，领事厉声命令他靠岸，但是梅特韦杰夫拒不服从，把船往海上开得越来越远。整整一夜风暴肆虐，海水击打着小艇，分分钟钟都好像要进水了，要被淹没了。领事后来给我讲，这是他一生中最可怕的一夜。黎明时分梅特韦杰夫驾船驶向河口时，海浪仍然击打着船舷。从此，每次别雷先生让梅特韦杰夫送什么人时，总是说："可不要跟他吵吵，拜托，别出声，别抗议。"

　　监狱里还有两个亲兄弟引人注意，他们是原波斯王子，即便现在从波斯寄来的信件中仍尊称他们殿下。他们因在高加索谋杀被流放，尽管他们按照波斯风俗，戴着高高的裘皮帽子，脑门依然凸出。他们尚属考验级，所以无权在身边放钱，其中一个就抱怨他没钱买烟草，他觉得抽烟反而让他咳嗽得不那么厉害。他给办公室糊信封，实在是笨手笨脚的，看过他干活，我说："很好。"显而易见，这个表扬给原王子以莫大的满足。

　　监狱的文书是苦役犯海曼，胖胖的黑发美男子，曾在莫斯科警察局任警察分局长，因奸污幼女被判刑。在监狱里他陪了我5天，每次我回头看他，他都恭恭敬敬地脱帽。

　　这里的侩子手姓米纳耶夫，他是商人之子，年纪还轻。我见到他那天，照他说，他给8个人施行了鞭刑。

XIII

波罗–安–托马里——穆拉维约夫哨所——头道沟、二道沟和三道沟——索洛维约夫卡——柳托加——戈雷角——米楚利卡——落叶松村——霍姆托夫卡——大叶兰村——弗拉基米洛夫卡——农场或曰招牌——鲁戈沃耶——神甫窝棚村——白桦树村——十字架村——大小塔科埃——加尔金诺–弗拉斯科耶——杜布基——奈布奇——大海。

对科尔萨科夫斯克区居住地的巡访,我将从坐落在阿尼瓦湾沿岸的村落开始。第一个村落在哨所东南4俄里,日本名叫波罗–安–托马里。它建于1882年,从前此地是个虾夷人的小村庄。居民72人:男53人,女19人,业主47人,其中38人没有土地。尽管村落周围看起来很空阔,然而每个业主人均只有0.25俄亩耕地和不到0.5俄亩的草场,也就是说,土地已无处可扩或扩充困难,即便如此,假如波罗–安–托马里是在北部,那它这里早就安置上200个业主外加150个合伙业主了,毕竟南部行政当局在这个问题上比较有节制,宁愿建新村,也不扩旧。

在这里我登记到9个年龄在65–85岁的老年人,其中有一个叫杨·雷采博尔斯基,75岁,样貌蛮像奥恰科夫时代的士兵,他老到也许已经不记得自己是否有罪了,颇有点奇怪的是,所有这些无期的苦役犯,恶棍,只因科尔夫男爵注意到他们都已是风烛残年,便下令将他们转为移民流放犯了。

科斯京,一个被女同乡救起的移民流放犯,自己足不出户,也不放人进去,不停地祈祷。移民流放犯戈尔布诺夫,大家都管他叫"上帝的奴仆",因为他自由时是个游方教徒,他的职业是油漆匠,但却在三道沟放牧,也许是喜欢孤独和静观吧。

再往东40俄里是穆拉维约夫哨所，不过已经仅存在于地图上了。它建成较早，在1853年，位处鲑鱼湾岸边，1854年传言要打仗时被废弃，直到12年后方才在布谢湾岸边重建，这片浅湖又被叫作十二英尺港湾，它与大海相连的水道，唯有吃水很浅的船只进得去。米楚利来时这里驻扎近300名士兵，都得了严重的坏血病，建哨所的目的是要确立俄国在南萨哈林的势力，1875年条约签订后，哨所因不需要而被撤销，弃置的木屋据说被逃犯烧毁了。

去科尔萨科夫斯克以西的村落，都有滨海道路可通，右侧是黏土陡坡和绿幽幽的乱石，左侧是喧嚣的大海，海浪冲上沙滩，泛起白沫，倦了再滑回去，岸边铺满被大海扔出来的褐色宽海带，飘散着一股腐烂的海洋植物那种甜丝丝，倒不难闻的味道，在南部大海这种味道到处都闻得到，一如分分钟钟都在飞起的野海鸭，给岸边赶路人解闷。轮船和帆船是这里的稀客，四周和海平线上什么都看不见，大海一览无余，偶尔有只粗劣的干草划子慢慢腾腾地挪动着，有时候会挂着一片黑乎乎难看的帆，或者是一个苦役犯走在没膝的水里，身后用绳子拖着根原木，这就是全部的画面。

陡峭的海岸被一条又长又深的河谷截断，这里流过小河温塔奈，或叫温塔，周围以前是官办温塔农场，苦役犯管它叫"破烂农场"，顾其名自可得其义。现在这里是监狱菜园，仅有3幢移民流放犯的木屋，这就是头道沟。

然后依次是二道沟，有6个住户。这里有一个挺富裕的老头，他是移民流放犯出身的农民，跟他一道住的有老太婆、姑娘乌里扬娜。很久以前，姑娘曾经弄死自己的婴儿给埋了，在法庭上却说，婴儿她不是弄死的，而是活埋的，因为她以为这样更容易被原谅，法庭判了她20年。乌里扬娜一边给我讲，一边痛哭着，然后擦干了眼睛，问道："酸白菜您买不买？"

三道沟有17户。

3个村落共有居民46人，其中女17人，业主26人。这里的人全都是当初建村的人，都挺富裕，户户牛羊成群，有的甚至以此为生。应该承认，生活如此富足的主要原因大概得益于气候和土壤的条件，可是我心想，假如把亚历山大罗夫斯克和杜埃的官员请到这里来，由他们来安置，那么一年之后，3个村落的业主将不是26个，而会多达300个，还不算合伙业主，那他们就又全都"懒怠过日子和随心所欲"，吃不上饭了。 我认为，这3个小村落的例子足以说明，当此之时，移民区年头短且不巩固，业主越少越好，街道越长反倒越穷。

索洛维约夫卡离哨所4俄里，建于1882年，在萨哈林所有村落中它的地理位置最佳：濒临大海，而且离鱼类丰富的苏苏亚小河河口不远。居民们养奶牛卖牛奶，也务农。居民74人：男37人，女37人，业主26人，他们都有耕地和草场，人均1俄亩，海边陡岸一带的土地还不错，其余的就差了，长些枞树和冷杉。

阿尼瓦湾岸边还有一个村落远在另一头，离哨所25俄里，若走海路14海里，它叫柳托加，距离同名河口5俄里，建于1886年，与哨所的交通极不方便，或沿岸步行或乘快艇，移民流放犯则坐干草筏子。居民53人：男37人，女16人，业主33人。

说起经过索洛维约夫卡的那条沿岸道路，在苏苏亚河口猛然右转，直奔北而去了。在地图上，苏苏亚河的上游靠近注入鄂霍次克海的奈巴河，顺着这两条河，从阿尼瓦到东海岸，几乎呈一条直线排列着一串村落，由一条88俄里的道路彼此相连。这串村落构成南部区的主体，呈现其风貌，这条道路就是连接南北萨哈林的驿路主干线的起点。

我累了或变懒惰了，在南部工作起来已经不似在北部那么勤奋，我经常整天整天闲逛和野营，已不想走访木屋，而人们殷勤地给我提供便利时，我倒也不便拒绝。第一次往返鄂霍次克海我都与别雷先生同行，他很想让我看看他的地盘，之后我做调查时，次次都是移民流放犯管理官亚尔采夫陪同。①

南部区的村落都有自己的特点，刚刚来自北部的人不可能注意不到。首先

---

① 9月和10月初，除了刮北风的日子，天气都很好，像夏天似的。跟我一起走来走去时，别雷先生向我抱怨，他特别怀念小俄罗斯，他现在什么都不想，只希望看一眼挂在树上的樱桃。在监管所过夜时，他每每醒得很早，天亮你醒来时，他总是站在窗前，低声念："白色天光笼罩首都，年轻妻子睡意正浓……"（涅克拉索夫的诗歌《玛莎》中的诗句。П.叶廖明注）还有亚尔采夫先生，也老是背诵诗歌。若是在路上无聊，请他念点什么，他就会充满感情地朗读一首长诗，要么两首。

是这里的穷人明显比较少,没建完的、被丢弃的木屋和被钉死的窗户我压根就没见到过,木板屋顶在这里稀松平常,触目可及,犹如北部的干草和树皮。道路和桥梁比北部的差,尤其是小塔科埃村和锡亚人村庄之间,一发大水和下大雨后往往是一片泥泞无法通行。居民们看上去都比他们北部的同胞年轻、健康和精神,这也跟本地区比较富足的情况相似,可以解释为,南部的流放犯多数服的是短期徒刑,他们比较年轻,被苦役折磨得比较轻。常常碰到有些人刚20-25岁,却已经服完苦役,安家落户了,还有不少流放犯出身的农民,年龄在30-40岁之间。①对南部村落有益的还有一个情况,即这里的农民都不急于离开去大陆,譬如在刚刚写到的索洛维约夫卡,26个业主中有16人拥有农民身份,女人很少,有的村落没有一个妇女,同男人相比,她们大多数看上去病态和年老,这里的官员和移民流放犯都埋怨说每次从北部分给他们的女人都是"老弱病残",年轻体健的他们都留给自己了,此言不虚。这里的医生对我说,他做狱医时,有一次他给新来的一群妇女检查身体,发现她们都有妇女病。

在南部压根没有合伙业主或对半分合伙业主一说,因为这里每块宅地上只安置一个业主,但与北部一样,也有业主只是在村里注了册,却没有住房。无论哨所还是村落,都没有犹太人。在木屋的墙上看到过日本画,还看到过日本银币。

苏苏亚河畔的第一个村落是戈雷角村,去年刚刚建起来,木屋尚未造好。这里有24个男人,没有女人。村落建在以前叫秃角的土丘上,这里的小溪离住处不近,必须去那里打水,没有水井。

---

① 由于这个原因,科尔萨科夫斯克哨所的移民流放犯年龄在20-45岁之间的占全部居民的70%。过去有个做法,毋宁说是习惯,在往各区发配新来的囚犯时,常常将刑期短的分到比较暖和的南部,因为他们的罪行不那么重,恶习不那么深。然而根据名册确定刑期长短的工作往往做得粗枝大叶,譬如前岛长官金采将军,有一次在轮船上翻看名册,亲自挑选短期徒刑的囚犯分到南部,后来在这些幸运者中间居然有20个逃犯和来历不明者,那都是些恶习最深和最不可救药的人。现在这一做法显然已被废除,所以发配到南部的有长期的乃至无期的,而在沃耶沃达监狱和矿井里我也碰到过短期的。

第二个村落是米楚利卡村，为纪念米楚利①得名。尚未通路时，现在的村址是个驿站，为来往出公差的官员换马，马夫和差役被允许在刑期满之前安家，他们在驿站附近住下来，打理自己的产业，这里的住户仅10家，居民25人：男16人，女9人。1886年以后，区长已不再允许一人在米楚利卡落户，此举甚好，因为这里的土地不怎么样，草场仅够10户使用。目前村里有17户和13匹马，数目很少的牛羊不算，官方统计表中登记有64只鸡，如果住户的数量翻一番，这些数字则增加不了一倍。

在讲南部区村落的特点时，我忘记提一点：这里经常发生乌头草(Aconitum Napellus)致死事件。米楚利卡村移民流放犯塔卡沃伊家的猪就被乌头草毒死了，他舍不得扔，吃了猪内脏，差点没死掉。我去他家木屋时，他勉强站着，说话有气无力，可说起猪内脏却呵呵笑，看他仍然浮肿，从青紫的脸可以断定，他为猪内脏付出了多么昂贵的代价。他之前不久，孔科夫老头因乌头草中毒死了，他的房子现在空着，这所房子是米楚利卡村著名的文物之一。若干年前，过去的典狱长Л将某种藤捻植物当作葡萄，他向金采将军报告，南萨哈林有葡萄，可以成功种植。金采将军马上命令调查囚犯中是否有人曾经种过葡萄。这人很快就找到了，是移民流放犯拉耶夫斯基，据传他个子很高，他自称行家，人家也信了，一纸公文让他坐上第一班轮船从亚历山大罗夫斯克哨所来到科尔萨科夫斯克哨所。到了这里人家问他："干吗来?"他回答："种

① 农学家米楚利参加了1870年彼得堡派出的由弗拉索夫领导的探险队，他是一个少有的道德过硬的人，勤劳的人、乐天派和理想主义者，有煽动力，而且具有让人听从自己的能力。当时他大约35岁。对于委托给他的任务，他高度认真负责。在考察萨哈林的土壤、植物群和动物群时，他走遍现在的亚历山大罗夫斯克和特姆斯克区，西海岸及整个岛屿南部。当时岛上根本没有道路，只有些到原始森林和沼泽地就断了的小路，所有的交通道路，牲畜走的和人走的都是真正的磨难。农业移民区的想法使米楚利惊讶并着迷。他为之奉献出全部精神，爱上萨哈林，犹如母亲看不到心爱的孩子的缺点一样，在他视为自己的第二故乡的岛屿，他注意不到其冻透的土壤和大雾。他找到了一个鲜花盛开的小角落，它改变不了这里的气候，只不过当时也并没有什么过往年份的痛苦经验，当然即便有，他也不会相信。况且这里还有野葡萄、竹子、高大的草、日本人……岛屿后来的历史使他成为一个负责任的四等文官，依然故我的有魅力的人，不安分的劳动者。他在萨哈林死于严重的精神错乱，死时41岁。我看到了他的坟墓。他身后留下一部著作《论萨哈林岛的农业移民区》（1873年）。这是献给萨哈林繁殖力的一曲悠长的颂歌。

葡萄。"人家打量打量他，读了读公文，耸耸肩膀而已。葡萄园丁在区里到处转悠，鼻孔朝天，因为他是岛长官派来的，以为就不需要去移民流放犯管理官那里报到，从而引起了误会，在米楚利卡村他的高个子和言谈举止的傲慢，引起人们的怀疑，把他当作是逃犯，抓起来扭送哨所。他在这里的监狱被关押了很久，查清楚后才放出来。后来他定居米楚利卡村，死在这里，萨哈林因而也就没有了葡萄园。拉耶夫斯基的房子充公抵债，15卢布卖给孔科夫，孔科夫老头付掉房钱时，狡猾地挤挤眼，对区长说："那等我死了，您又要为这房子费心了。"果不其然，很快他就被乌头草毒死了，现在公家又得为这房子忙活了。①

米楚利卡村有一位萨哈林的甘泪卿，②她是移民流放犯尼科拉耶夫的女儿丹娘，出生在普斯科夫省，16岁，她浅色头发，身材纤细，面容也生得清秀、文弱又温柔，已经许配给一个看守。若是你路过米楚利卡，她总是坐在窗前沉思。可是美丽的年轻姑娘能想什么呢，身陷萨哈林，她在梦想什么，明摆着的，唯有上帝罢了。

离米楚利卡村4俄里有个新村落叶松村，这里的道路是条穿过落叶松林的林间通道，它还叫赫里斯托福罗夫卡，因为从前一个吉利亚克人赫里斯托福尔在这里下套捕过貂。这个村落地点选得不能说成功，因为这里的土壤不好，不适宜农作物栽培。居民15人，无妇女。

再过去不远是赫里斯托福罗夫卡小河畔，从前有过几个苦役犯制作各种各样的木制品，他们被允许在刑期期满之前安了家。然而有证据表明他们的住址不怎么好，1886年他们的4座木屋都迁到落叶松村以北大约4俄里的地方，后来这里就建成了霍姆托夫卡村。之所以叫这个名字，是因为自由移民，

---

① 一个流放苦役犯交给我一份类似申请书的东西，标题是"机密"："我们有些事情麻烦大驾光临不足挂齿的萨哈林岛的宽宏大量的、体恤关怀的文学家契诃夫先生。科尔萨科夫斯克哨所。"在这份申请书里，我发现一首题目为《乌头草》的诗：
高傲生长在河浜，在沼泽来在凹地，
叶子青青蛮好看，大名乌头可献医。
若论乌头草根块，是造物主亲手栽，
常把百姓来诱惑，送进坟墓上西天。
② 歌德著《浮士德》中的一个女主人公玛格丽特的爱称。——译者

农民霍姆托夫以前曾在这里狩猎为生。村里有居民38人：男25人，女13人，业主25人。这是最没意思的村落之一，即便它也有名胜古迹可夸口：村里住过移民流放犯布罗诺斯基，他就是那个名扬全南部不懈不倦的狂偷。

3俄里开外是大叶兰村，大约建于两年前。叶兰是广袤的荒原之意，在这里用来称呼那片河谷众多的地带，每条河谷里长着榆树、橡树、山楂、接骨木、白蜡树和白桦树，冷风一般刮不到这里，当此之时，邻近山上和泥沼地里的植物是那么稀少，与极地无异，在荒滩上则随处可见茂盛的灌木和两人多高的青草，夏季，据说天不阴时，这里土地的水分就会蒸发，潮湿的空气变得像澡堂里一样闷，滚烫的土壤使禾秸作物大量生长，譬如燕麦，一个月就差不多能长1俄丈高。这些河滩，令小俄罗斯人想起故乡青草高、灌木密的河滩林，最合适人居住 。[1]

大叶兰村居民40人：男32人，女8人，业主30人。当移民流放犯给自己的宅院平地时，命令让他们能保留就保留原有的树木，村落因此看上去不像是新建的，街道上和院子里到处是阔叶老榆树，犹如他们祖辈种下的。

这里的移民流放犯中间，最引人注意的是来自基辅省的巴比奇兄弟，一开始他们住一个木屋，后来吵架了，就请求长官把他们分开，其中一个巴比奇非常怨恨自己的亲兄弟，他这样说："我怕他像怕蛇。"

再走过去5俄里，是弗拉基米洛夫卡村，建于1881年，村名为纪念一个负责过苦役劳动，名叫弗拉基米尔的少校。移民流放犯又叫它小黑河村。它有居民91人：男55人，女36人，业主46人，其中19人孤身过活，自己挤牛奶，27个家庭中仅6户是合法的，作为农业移民区，它一个村落值两个北部区村落，可是自愿随夫来萨哈林，且没有被监狱毁掉，也是移民区最为宝贵的自由民妇女，这里仅一人，但是不久前还被关进监狱，怀疑她谋杀丈夫。在杜埃"家属营"被北部官员折磨的那些不幸的自由民妇女要是能来这里就好了，弗拉基米洛夫卡村仅牛就有1百多头，马有40匹，草场不错，却没有女主人，所以也就没有真

---

[1] 这里生长的植物有：黄柏和葡萄，可是它们的样子一点不像自己的同类，好比萨哈林竹苇像锡兰竹一样。

正的家业。①

弗拉基米洛夫卡村里，移民流放犯监管官Я先生和助产士妻子住的公房旁边有个农场，移民流放犯和士兵叫它招牌。Я先生喜爱自然科学，植物学尤甚，每每提及植物，总以拉丁文称之，譬如吃饭时给他上四季豆，他就会说，"这是faseolus"，他给自己的小黑狗取名Favus，②在萨哈林所有官员中间，他最精通农学，做事勤恳热忱，然而他的示范农场收成却往往比移民流放犯的差，这招来众人的不解甚至嘲笑。依我看，收成上的偶然差异在Я先生是必然的，对其他官员亦然。农场既没有气象站，也没有哪怕只是积粪肥的牲畜，没有像样的设备，没有从早到晚只经营农业的行家，这不是农场，实际上只是一块招牌而已，那就是打着示范农业幌子的无聊把戏。这个农场甚至连试验田都称不上，因为它只有5俄亩耕地，且像公文所说，故意挑土质中等以下的，"目的在于给移民做表率，只要精耕细作就能在这样的土地上收获到满意的成果。"

弗拉基米洛夫卡村出过一桩风流韵事。一个农民武科尔·波波夫撞上自己的妻子和父亲扒灰，一怒之下杀了老头，他被判服苦役，流放科尔萨科夫斯克区，被发派到农场，给Я先生做车夫。此人身材魁梧，尚且年轻英俊，生性温和专一，总是沉默寡言和若有所思，从一开始主人就蛮信任他，每次出门从不认为武科尔会偷拿斗柜里的钱，偷喝储藏室里的酒，他不能在萨哈林结婚，因为老家还有妻子，没跟他离婚。男主人公情况大致如此。女主人公是流放苦役犯叶连娜·捷尔特什娜雅，移民流放犯科舍廖夫的同居女伴，一个多嘴多舌、愚蠢难看的娘们，她跟自己的同居男人吵架，那人告了状，区长将她发配农场干活以为惩罚。在这里武科尔看到并爱上她，她也爱他。同居男人科舍廖夫大概有所觉察，便死乞白赖求她回到自己身边。

---

① 有一份科诺诺维奇将军的许可证，"一部分原因是其与世隔绝的状态和交通困难，一部分原因是出于各种各样个人的考虑和计划，在我前任眼里，是这些考虑和计划使事情不堪，所到之处带来的是破坏性的苟延残喘，科尔萨科夫斯克区经常被漏掉和漏分，其触目惊心的贫困丝毫不被关注、得不到补偿，或予以解决"（1889年第318号令）。

② 拉丁文，意为"宝贝"。——译者

"得了吧,我可知道您!"她说,"娶我,我就去。"

科舍廖夫递上申请,要求与捷尔特什娜雅结婚,长官准了他这桩婚姻,而此时,武科尔向叶连娜示爱,央求她跟自己生活,她亦海誓山盟,对他说:"你来好了,我可以的,可是跟你住,不行,你是结了婚的,我是女人,得为自己着想,嫁个好人。"

当武科尔得知她许配人,陷入绝望,服乌头草自尽。事后审问叶连娜时,她承认:"我跟他睡过4夜。"人们说,武科尔在死前两个礼拜,曾看着在擦地板的叶连娜说:"嗨,娘们啊,娘们!为了娘们我来到这里服苦役,肯定会为娘们送命!"

在弗拉基米洛夫卡村,我认识了因为制造伪币被流放的流放犯瓦西里·西米尔诺夫,他已经服满苦役定居了,现在以捕貂为生,看得出来,这行当给了他很大的享受,他告诉我,以前伪币让他一天就挣到3百卢布,犯事之后他就洗手不干了,从事诚实的劳动。聊到伪币他满是专家口吻,以他所见,现在的纸币即便是娘们都伪造得了,他平静地诉说着往事,不无嘲讽,并且因法庭上为他辩护的是普列瓦科先生而非常自豪。[1]

一过弗拉基米洛夫卡村,就是几百俄亩的大草场,它呈半圆形,直径4俄里,草场尽头的路边,是鲁戈沃耶村,又叫鲁日基,建于1888年,这里有69个男人,只有5名妇女。

再继续走上4俄里,我们进了神甫窝棚村,它建于1884年,曾经想叫它新亚历山大罗夫卡,不过这个名字没叫起来。西梅翁·卡赞斯基神甫,或简单点,谢苗神甫曾经乘狗拉橇去奈布奇村给士兵做"斋戒",返回途中遇上狂风暴雪,染上重病(也有人说他是从亚历山大罗夫斯克回来),幸亏有几个虾夷人打鱼用的破窝棚,他宿在一个窝棚里,派车夫去弗拉基米洛夫卡,那里当时有自由移民居住,他们赶到这里,将奄奄一息的他送到科尔萨科夫斯克哨所,这以后虾夷人的窝棚就被叫作神甫窝棚,这名字也就成了地名。

移民流放犯们还管自己的村落叫华沙村,因为村里有许多天主教徒。居民

---

[1] 普列瓦科(1843-1908),著名莫斯科律师,契诃夫的熟人。(Π.叶廖明注)

111人：男95人，女16人，42个业主中仅10人有家室。

神甫窝棚村刚好位于连接科尔萨科夫斯克哨所和奈布奇村的道路中间，苏苏亚河流域到此为止，走过一个不大明显的小弯，翻过分水岭下行就进入奈布奇河灌溉的河谷，这流域上的第一座村落位于距离窝棚8俄里处，名叫白桦树村，因为过去村落周围长满白桦树。在南部所有的村落中它最大，有居民159人：男142人，女17人，业主140人。村里已经有4条街道和一个广场，在广场上打算慢慢建起教堂、电报站和移民流放犯监管官住房，如果移民区成功，还打算在白桦树村设立乡公所。然而这个村看上去非常单调，村里人也都很无聊，他们思想的不是乡公所，而是怎么能尽快服满刑期离开去大陆。一个移民流放犯在被问结婚与否时，他烦闷地回答我："结过婚，又把妻子杀了。"另一个，被咯血症折磨得痛苦不堪，知道我是医生，老是追着我问，他是不是肺痨，边说还边试探地盯住我的眼睛，他被一个念头吓坏了，生怕活不到取得农民身份的时候，会死在萨哈林岛。

再走5俄里路就是十字架村，建于1885年。这里以前打死过两个逃犯，在他们的坟前竖着十字架，现在已经没了，另一种说法是，这里原来有个针叶林，早就砍光了，那时候河滩上有树交叉成十字架状。两种说法都颇有诗意，显然，十字架的名字是居民们自己取的。

十字架村坐落在塔科埃河畔，正好有一条支流在这里注入，土地是覆盖着薄薄一层肥沃淤泥的壤土，差不多年年都能收获，草场很多，人们很幸运，都是正儿八经的业主，但是头几年村落与上阿尔穆丹村没什么两样，差点就毁了，情况是这样的，这里的宅地上一下子被安置了30人，而且刚好赶上亚历山大罗夫斯克很久都没派发工具，移民流放犯赤手空拳就被发配过来。出于怜悯，离开监狱时给了他们一些旧斧头，好让他们能给自己砍上点木头，其后一连3年没给他们牲畜，其原因跟亚历山大罗夫斯克不派发工具一样。

十字架村居民90人：男63人，女27人，业主52人。这里有个小商铺，经营者是退役的陆军司务长，过去在特姆斯克监狱做看守，他卖的是食品，也有铜手镯和沙丁鱼，我去铺子时，那个陆军司务长显然是把我当要员了，因为他突然完全多余地向我报告，他过去曾经受过牵连，但被宣告无罪，他又急着给我看各种奖状，还有一封什么施奈德的信，记得信的结尾有这么一句话："时令转暖，便可动作。"然后陆军司务长想要向我证明，他已经不欠任何人的债，在一堆纸里翻来翻去找什么收条，没找到，我走出小商铺时，已经相信他完全是无辜的了，还要了一磅最差的糖果，为这他却敲走了我半卢布。

十字架村过去，有个村子坐落在注入奈布奇河、叫日本名字的塔科埃河畔，河谷也叫塔科埃，因从前住过自由移民而出名。大塔科埃村自1884年起成为正式村落，但它建村的时间要早得多，为纪念弗拉索夫，曾想让它叫弗拉索夫斯克村，可这个名字没保留下来。居民71人，男56人，女15人，业主47人，这里有位高级医士常住，移民流放犯称他一级医士，我来之前的一个礼拜，他那位年轻的妻子服乌头草自杀了。

村落附近，特别是去十字架村的路上，有上好的建材枞树林，总是绿绿的，还多汁鲜亮，像洗过一样。塔科埃河谷的植物比北部丰富太多，不过北部的风景更生动，常常令我想起俄国。没错，那边的大自然忧伤和萧索，可它的萧索是俄国式的，在这里它微笑和哀伤，却是虾夷人的，在俄国人的心里引起的是不确定感。①

在塔科埃河谷，离大塔科埃村4俄里，是坐落在一条流入塔科埃河的小溪畔的小塔科埃村，②村落建于1885年，居民52人，男37人，女15人，业主35人，其中有家室的仅9人，且无一对合法夫妻。

再往前走8俄里，在日本人和虾夷人叫作西扬恰、过去搭着日本人渔棚的地方，就是加尔金诺-弗拉斯科耶村，或西扬恰村，建于1884年，它坐落在塔科埃河和奈巴河的汇合处，景致美丽，却极其不便居住。春秋两季，包括夏季，

---

① 距离大塔科埃村1俄里的河上有个磨坊，是根据科诺诺维奇将军的命令，由德国人拉克斯，一个苦役犯造的。他还在杰尔宾村附近的特姆河上造过一座磨坊。塔科埃磨坊磨1普特面粉收1戈比，移民流放犯很满意，因为过去磨1普特面粉要付15戈比，要不就在家里用自己做的榆木盘手磨。为了建磨坊需要挖水渠和筑水坝。

② 我叫不出这些小支流的名字，那一带坐落着苏苏亚河和奈巴河流域的村落，每个村落都有念起来很费劲的虾夷和日本名字，譬如埃库列基或富夫卡萨马奈等。

逢天下雨，任性的奈巴河，与所有的山区河流一样，恣意泛滥，水淹西扬恰，湍急的水流冲向塔科埃河口，它亦跟着水漫河岸，源源不断地汇入塔科埃河的一条条小溪情况全是如此。加尔金诺–弗拉斯科耶村那时就成了威尼斯，出行都得乘虾夷人的小船，建在低处的木屋地板都进了水。村落的地址是由某个伊万诺夫选的，他的正式身份是翻译，他在这方面犹如对日语和虾夷话一样知之甚少，不过当时他是副典狱长，履行移民流放犯监管官职责。虾夷人和移民流放犯事先告诉过他，这块地方太低，但他没听他们的。谁要是发牢骚，就鞭子伺候。一次发大水，淹死一头公牛，还有一次淹死一匹马。

塔科埃河与奈巴河的汇合处是个半岛，有座高桥相通。这里非常漂亮，好一个闻莺歌处。监管所里窗明几净，甚至还有壁炉。露台上看得到河，院子里有个花坛。这里的看门人是苦役犯萨韦利耶夫老头，每逢有官员在这里过夜时，他既是佣人又是厨师。有一回他伺候我和一个官员吃饭时，他端上的东西全不对胃口，官员朝他厉声喝道："笨蛋！"我看了一眼逆来顺受的老头，现在依稀记得，当时想到的是，俄国知识分子至今只会用最低劣的手段，将苦役制硬搞成农奴制。

加尔金诺–弗拉斯科耶村居民74人：男50人，女24人，业主45人，其中29人有农民身份。

驿路上的最后一个村落是杜布基，建于1886年，该地原来是橡树林。西扬恰村和杜布基村两地相隔8俄里，一路上烧毁的树林里间杂着一小块一小块的草地，听说草地上长柳兰茶。乘车经过时，还看得见一条小河，移民流放犯马洛维奇金曾在河里捕过鱼，现在小河就叫他的名字。杜布基村有居民44人：男31人，女13人，业主30人。从理论上讲村落的位置不错，长橡树的地方土壤应该宜于小麦生长。大部分面积现在是耕地和草场，不久前这里还是沼泽，但是移民流放犯按照Я先生的吩咐，挖了条排水沟通奈巴河，有1俄尺深，于是现在变好了。

也许是因为这个小小的村落位置偏远，孤零零的，这里赌牌成风，成了贼窝。6月当地的移民流放犯利法诺夫赌输了，就服乌头草自杀了。

从杜布基村到奈巴河口仅4俄里，中间这片地什么都不能种，因为河口沼泽遍布，沿海岸一带都是沙滩，生长的都是海洋性沙地植物：果实很大的蔷薇，野麦等等。道路一直通到大海，但可以乘虾夷人小船走水路。

河口曾设有奈布奇哨所，建于1886年。米楚利来这里时有18幢住宅和其他用房，一个小礼拜堂和一个军需食品店。有个记者于1871年到过奈布奇，他写道，这里有20个士兵由一个士官生指挥，有个身材高挑、漂亮的士兵妻子在其中一个木屋里招待他吃新鲜鸡蛋和黑面包，她夸这里的日子好过，但是埋怨糖太贵。现在那些木屋已踪迹全无，环视着空空如也的四周，高挑漂亮的士兵妻子仿佛成了神话。这里正在建造一座新房，也就是监管所或驿站罢了。大海看上去又冷又浑浊，咆哮着，高高的、泛白的海浪拍打着沙滩，仿佛绝望地说："上帝啊，你为什么把我们造出来啊？"这里已是大洋，或者是太平洋了。在奈布奇的海岸，听得到建筑工地上苦役犯砍斧头的声音，而在遥远的、想象中的彼岸，就是美国。往左看到的是萨哈林一个个海角，往右也是一个个海角……可是周围没有一个生物，没有鸟儿，没有苍蝇，真让人弄不明白，海浪在这里为谁而咆哮，谁又会夜夜在这里倾听它们，倾听它们的需要，最终，待我走后，它们又将为谁而咆哮？在这里，在海岸边，攫住我的不是思想，而是令人难受的思绪，那一刻真想永远站在这儿，看海浪一成不变地奔涌，听它们怒吼。

XIV

塔赖卡——自由移民——他们的霉运——虾夷人,他们分布的范围、人数、外貌、食物、衣着、住房,他们的习俗——日本人——库松-科坦——日本领事馆。

　　波罗奈河注入忍耐湾,在它最南边的支流中有一条塔赖卡河,其流域也叫塔赖卡,那里有西斯卡村。整个塔赖卡隶属南部区,当然,这样划分太过牵强,因为从这里到科尔萨科夫斯克达4百俄里之遥,这里的气候糟糕透了,比杜埃还差。我在第11章中说过,规划设立的新区将取名塔赖卡,波罗奈河流域的所有村落都将划给它,其中也包括西斯卡村,这里暂时还属于南部区。在官方的统计表中居民仅7人:男6人,女1人。我没到过西斯卡村,但是我从别人的日记里摘录了一段:"作为村落,这个地方最为凄凉,首先没有饮用水,没有劈柴,居民使用的水井下雨时井水泛红,有股冻土味。村落所在的河岸是沙地,周围都是冻土地带……总之,整个地方给人的印象是难以忍受和压抑。"①

　　现在,在结束南萨哈林之前,我还要谈谈曾经在这里生活,目前独立于流放移民区仍然生活在这里的人们。这要从尝试建立自由移民区说起。1868年,东西伯利亚的一个办事机构决定在南萨哈林移民25户人家,对象是有自由身份的农民和已经定居阿穆尔省的移民,然而就那么不顺,一个作者称他们的

————————

　　① 村落地处十字路口,冬季从亚历山大罗夫斯克到科尔萨科夫斯克往来的人必须在这里逗留。1869年,当时是日本村,村里修建过驿站,居住的是士兵和他们的妻子们,晚些时候则是流放犯。冬春两季和夏末这里的集市格外热闹,冬天来这里的有通古斯人、雅库特人、阿穆尔的吉利亚克人,他们与南部异族人做生意,春天和夏末则有日本人坐中国帆船来捕鱼。驿站的名字季赫梅涅夫斯基哨所保留至今。

移民部署为哭哭啼啼，他们本人则是倒霉之人。那些人都是切尔尼戈夫省的霍霍尔，在到阿穆尔省之前，他们已经移居托博尔斯克省，但是也不成功。行政当局建议他们再迁居萨哈林，并做出最大诱惑力的承诺，答应两年内无偿提供米面，贷给每户农具、牲畜、种子和现金，偿还期长达5年，并且免除他们20年的赋税和兵役。申请人有10户阿穆尔省的家庭，还有11户来自伊尔库茨克省的巴拉甘斯克县，共101人。1869年8月，他们被送上"满族人号"运输船来到穆拉维约夫哨所，从这里换乘绕过鄂霍茨克海的阿尼瓦角去奈布奇哨所，再从那里到距离仅30俄里塔科埃河谷，那里被预定为自由移民区的起点。可是入秋了，船都不得闲，于是仍然由"满族号"连人带货运去科尔萨科夫斯克哨所，他们打算从那里走陆路去塔科埃河谷。当时压根没有路，陆军准尉季亚科诺夫，按米楚利的说法，带领15名列兵"勉强腾挪出"一条窄道，但是他的挪进显然极其缓慢，因为16户人家等不及通道挪成，就坐上老牛破车和四轮大马车穿原始森林径直奔塔科埃河谷而去，途中遭遇大雪，他们不得不丢弃一部分大车，给另一部分安上滑木。到达河谷时已是11月20日，他们赶紧给自己搭窝棚挖地窖御寒。离圣诞节一个礼拜时留下来的只剩6户，可是无处安身，现盖房已经晚了，于是他们出发去奈布奇找安顿之处，从那里再去库苏奈哨所，在那里的兵营过完冬，开春才返回塔科埃河谷。

"不过此事说明官僚制度的草率和无能"，一个作者写道。曾经承诺给每个业主1千卢布，每个家庭4头牲口，然而等移民们坐上"满族人号"从尼古拉耶夫斯克出发时，既没有磨盘、也没有耕牛，船上没地方运马，犁没有铧，直到冬天才用狗拉橇送来犁铧，却又只有9个，于是移民们接着找当局要铧子，而他们的请求"没有得到应有的注意"。1869年秋库苏奈运来一些公牛，但都是骨瘦如柴、半死不活的，而且库苏奈根本没预备草料，一个冬天下来41头公牛死掉25头。马匹留在尼古拉耶夫斯克过冬，但因为饲养起来太贵，便给拍卖了，所得钱款再去外贝加尔买新的，可是新马好像比原来的更差，有几匹农民拒绝接收。种子的发芽率低，春播的黑麦种被混到冬播的口袋里，因此业主们一下子就对种子失去了信任，哪怕是从官方领出来的，也拿来喂牲口或自己吃，因为没有磨盘磨不了粉，就煮成粥吃。

一连串的绝收之后，1875年发了一场大水，这一次彻底打消了移民们在萨哈林务农的愿望。重又开始迁移到阿尼瓦湾沿岸，差不多在科尔萨科夫斯克哨所到穆拉维约夫斯克的中途，一个叫奇比塞的地方，建了一个20户人家的移民新村。然后又申请迁到南乌苏里边区，他们像等待特赦一样巴望着许可，迫不及待，但一等就是10年，这期间只能以捕貂捕鱼为生。直到1886年才放他们去乌苏里边区。"抛弃了自己家园，"记者写道，"走的时候口袋空空，每户用一匹马拉着点家什"（《符拉迪沃斯托克》1886年第22期）。今天在大小塔科埃村之间，离驿路不远的地方，还有过火后的废墟，这里曾经是自由移民住的沃斯克列先斯基村，业主们不要的木屋被逃犯放火烧了。在奇比塞村至今仍有保留完好的木屋，小礼拜堂和校舍。我去过那里。

自由移民中留在岛上的仅3人：我曾提到过的霍穆托夫，和出生在奇比塞的两位妇女。人们说霍穆托夫"到处漂"，好像是住在穆拉维约夫哨所，但见不到他，他捕貂，在布谢湾捞鲟鱼。至于妇女们，一个叫索菲娅，嫁给流放犯出身的农民巴兰诺夫斯基，住在米楚利卡村，另一个叫阿尼西娅，嫁给移民流放犯列昂诺夫，住在三道沟村。霍穆托夫死期已近，索菲娅和阿尼西娅也将随丈夫去大陆，如此一来，关于自由移民很快也就只剩下记忆而已了。

故此，应该承认南萨哈林自由移民区失败了。在这个事情上错的是自然条件，它让农民们一上来遇到的就是严苛和不友好，抑或整件事毁于官僚制度的草率和无能，也难下定论，因为没有日积月累的经验，况且还得实际研究一下人，显然，那些移民在西伯利亚漂泊久了，养成游牧生活的习惯，全都好动吃不得苦，假如再来一次，很难说会得到什么样的经验。①

---

① 此经验只与萨哈林有关。塔尔贝格教授在谈到我国在移民事务方面的无能时，甚至得出如下结论："是否到我们该拒绝一切移民区尝试的时候了？"在给《欧洲通讯》编辑部的文章中他说："我们未必找出另一个例子证明移民事务方面的才能，凭借那些才能，俄国人们过去控制了整个东欧和西伯利亚"。

1869年，某个企业家从美国科迪亚克岛往南萨哈林运来20个阿留申男女狩猎。他们被安置住在穆拉维约夫哨所附近并给他们食物。然而他们似乎什么都没做，只是在吃（转下页）

对于移民区的失败经验，我个人以为得到两个教训：第一，自由移民务农时间不长久，离开去大陆前的10年里只是以渔猎为生，到现在霍穆托夫尽管年事已高，仍然干比较合适自己，收益更好的捕鲟鱼和猎貂的活儿，而不去种小麦和包心菜；第二，要把一个自由人留在南萨哈林，却有人日复一日跟他唠叨，离科尔萨科夫斯克只有两天路程的地方就是温暖富庶的南乌苏里边区，再加上他还健康，生龙活虎，要留住这样一个自由人，是不可能的。

南萨哈林的原住民，当地的异族人，被问到他们是谁时，他们既不言其部落，也不告诉其民族，只简单回答：艾诺。①意思是"人"。在施伦克的民族分布图上，艾诺或艾努人分布区以黄色标示，覆盖日本的北海道和萨哈林南部到忍耐湾为止的部分。他们也住在千岛群岛，所以俄国人称他们虾夷人，萨哈林虾夷人口的数量不准确，然而不容怀疑的是，这个部落正在消亡，而且速度极快。25年前施伦克在南萨哈林供职，②他说过去仅布谢湾一个地方就有8个虾夷人的大村庄，其中有个村的居民达200人，在奈巴附近他看到过很多的村庄遗址。当时他通过不同的来源，猜测了3个虾夷人口数字：2885，2418，2050，并认为最后一个数字最可靠。据一个他同时代的作者证明，科尔萨科夫斯克哨所沿岸两侧都是虾夷人村庄。而我在哨所周围已经看不到一座村庄，只是在大塔科埃村和西扬恰村看到过几个虾夷人的窝棚。在"1889年科尔萨科夫斯克区异族人数量统计表"中，虾夷人的数量确定为：男581人，女569人。

多布罗特沃尔斯基医生认为虾夷人消失的原因，或许是萨哈林发生过数次毁灭性的战争，或许是虾夷妇女不育造成的出生率低下，或许主要是疾病，

（接上页）吃喝喝，一年后企业家将他们全都迁到千岛群岛去了。大约就在同一时间，在科尔萨科夫斯克哨所住下两个被政治流放的中国人。因为他们表达了从事农业的愿望，东西伯利亚总督命令给他们每人6头公牛、一匹马和一头奶牛、种子及两年给养。但是他们什么都没做成，似乎由于没有多余的储备，终于又把他们遣送回大陆。至于自由移民事务，也不成功，以尼古拉耶夫斯克的地主谢苗诺夫为例，这个小个子、非常讨厌的人，40岁，现在走遍这个岛南部，拼命地找金子。

① 这里的名称是俄语音译。——译者

② 他身后留下两部重要的著作：《萨哈林岛的南部》（军医报告摘录）和《虾夷-俄语词典》。

常见的有梅毒、败血病,也许还有天花。①

然而所有这些原因通常只能使异族人慢慢消亡,而无法解释为什么虾夷人消失的速度如此之快,几乎是当着我们的面,须知在最近的25-30年间既没有战争,也没有大规模的传染病,与此同时这个部族的人口恰恰减少了一大半。我觉得,极有可能这种冰消雪融式的快速消失,不仅仅是因为死亡,也有可能是因为虾夷人迁居到邻近的岛屿所致。

到俄国人占领南萨哈林之前,虾夷人几乎是靠日本人生活的奴隶,奴役他们太过容易,因为他们温和、逆来顺受,主要是总挨饿,而且不吃大米就没法活。②

占领南萨哈林后,俄国人解放了他们,至今保卫他们的自由,使之免受欺辱,从不干涉他们的内务。1885年,逃跑的苦役犯杀死了几家虾夷人,也听人说,好像有过赶橇的虾夷人因为拒绝拉邮件而被鞭打,还有虾夷人妇女遭强奸,但是,类似的欺辱事件都是孤立的,很大程度上是偶然的。遗憾的是,俄国人在带来自由的同时,没有带来大米,随着日本人的离开,已经没人捕鱼,工钱没人付了,虾夷人开始挨饿了。像吉利亚克人那样仅以鱼和肉果腹,他们不行,得有大米啊,于是不顾对日本人的反感,迫于饥饿他们迁往北海道。在一篇报道中(《呼声》1876年第16期),我读到,好像是虾夷人派代表团前往科尔萨科夫斯克哨所请求给予工作,或至少给他们土豆种子并教他们栽种土豆,工作的事情被回绝了,土豆种子答应了给,可是承诺没兑现,于是受穷的虾夷人继续迁往北海道。在1885年的另外一篇报道中(《符拉迪沃斯托克》第38期)也说,虾夷人发表过什么声明,想必是没得到满足,他们便强烈要求弃萨哈林去北海道。

虾夷人像茨冈人,皮肤黧黑,胡须又阔又密,黑色的头发又硬又密,眼睛

---

① 很难断定,导致北萨哈林和千岛群岛人迹灭绝的这个疾病会饶过南萨哈林。波隆斯基写道,虾夷人把死过人的窝棚遗弃,在新的地方另造新窝棚。这种风俗的形成,显然是因虾夷人害怕传染病,抛弃已经污染的住房,移居新地所致。

② 虾夷人曾对里姆斯基-科尔萨科夫斯克说:"日本人睡觉,虾夷人给他干活:砍柴、捕鱼,虾夷人不想干活,日本人就用棍子打他。"

是深色的, 富有表情和温顺。他们身材适中, 体魄强健结实, 脸孔大, 五官粗糙, 但据航海家里姆斯基–科尔萨科夫描述, 他们既不像蒙古人那么扁平, 也不像中国人那样眼睛细小。有人发现, 满脸胡须的虾夷人非常像俄国农夫。当虾夷人穿上他们那种有点像我们的厚呢长外套的长袍, 束上腰带时, 的确很像商人的车夫呢。[①]

　　虾夷人的身体长满黑毛, 胸部密得打绺, 但还算不上是毛人, 因为大胡子和头发浓密的野蛮人非常罕见, 旅行者引以为奇, 回家后往往将虾夷人描述成毛人。而我们的行政当局, 已经向千岛群岛的虾夷人征收过一百年毛皮贡税了, 也称他们为毛人。

　　与虾夷人毗邻而居的那些民族, 脸上都须毛稀少, 所以毫不奇怪, 虾夷人的大胡子给民族志学者制造了不小的麻烦, 科学界至今尚未找到虾夷人真正的种族发源地。虾夷人一会儿被认为属于蒙古人, 一会儿属于高加索部落, 有个英国人甚至认为他们是犹太人的后裔, 挪亚洪水时流落到日本的岛上。目前最为可信的观点有两个: 其一, 虾夷人属于特殊的种族, 曾经居住在所有的东亚岛屿; 其二, 是我国的施伦克的观点, 认为这个民族是古亚洲人, 很久以前被蒙古族部落从亚洲大陆赶到沿海岛屿, 这个民族从亚洲到海岛的路线是走朝鲜。总之, 虾夷人是在由南向北, 由温暖向寒冷移动, 环境不断地由好变坏。他们不穷兵黩武, 讨厌暴力, 要征服、奴役或驱赶他们都不难。他们被蒙古人赶出亚洲, 被日本人赶出日本和北海道, 在萨哈林吉利亚克人不让他们越过塔赖卡, 在千岛群岛他们遭遇到哥萨克, 就这样终至走投无路之境。虾夷人一般不戴帽子、赤脚, 裤脚挽到膝盖上面, 现在每每与人在路上相遇, 总向人行屈膝礼, 亲切的目光带着倒霉人那种忧伤和病态, 仿佛是想道歉, 因为他已经胡子一大把了, 却一事无成。

　　关于虾夷人的详情, 请参看施伦克、多布罗特沃尔斯基和波隆斯基的著

　　[①] 在我提到过的施伦克的著作里, 就有虾夷人的图表。还可参照格尔瓦尔德的著作《部落和民族自然史》第2卷, 里面有虾夷人穿长袍的全身图。

作。①之前说过吉利亚克人的饮食和服装, 虾夷人亦如是, 唯需补充的是, 虾夷人对大米的嗜爱源自生活在南方岛屿的祖先, 没有大米对他们而言是天大的难事, 他们不喜欢俄国面包, 食物的种类比吉利亚克人多得多, 除了肉和鱼, 他们还吃各种植物, 软体动物和意大利穷人所谓的frutti di mare。②他们吃得不多, 但很频繁, 差不多每个小时都要吃东西, 北方野蛮人都有的暴饮暴食他们没有。由于婴孩断奶后紧接着就吃肉和鲸鱼脂肪, 所以他们都很晚才断奶。里姆斯基-科尔萨科夫曾经看到过, 有个虾夷女人奶孩子奶了十年, 孩子自己已经很会走了, 甚至像大人那样腰上还挂着小刀。在穿戴和居住上明显受南方的影响, 不是萨哈林的南部, 而是南方。夏天虾夷人穿草和麻布衬衫, 以前不这么穷时, 还穿丝绸长衫。他们不戴帽子, 夏秋两季直到落雪前都打赤脚。他们的窝棚里烟气很重, 臭烘烘的, 不过却比吉利亚克人的窝棚透亮、整齐, 这么说吧, 文明得多。窝棚周围一般都有晒鱼架, 打老远就能闻到呛人的臭味, 犬吠不绝, 掐架不断, 在这里有时还能看到关在小木笼子里的小熊, 那是冬天过人们所谓的熊节时捕来吃的。有一天早晨我看到, 一个虾夷少女用小铲子盛着用水泡湿的干鱼喂熊。窝棚是用原木和木板搭的, 细木条子做的棚顶覆以干草。窝棚里面靠墙是一张通铺, 铺上面的架子摆着各种杂物, 除了兽皮、脂油罐、渔网、餐具, 还堆着筐子、席子甚至乐器。主人一般坐在通铺上, 不停地吸烟, 如果你问他话, 他回答得虽然彬彬有礼, 却不大情愿, 三言两语的。窝棚正中摆着烧柴的火炉, 烟从顶棚的圆孔冒出, 炉火上面吊着口大黑锅, 煮着脏不啦叽, 泛着泡沫的鱼粥, 这玩意, 我想, 给多少钱欧洲人都不会吃的。一群怪模怪样的人围锅而坐。要说虾夷男人有多体面和相貌堂堂, 他们的妻子和母亲就有多不堪入目。一些作者都说虾夷女人难看, 甚至极丑, 她们皮肤暗黄, 像干羊皮纸, 眼睛细小, 五官粗糙, 直而硬的头发乱蓬蓬耷拉着, 活像旧仓房里的干草, 衣裙也不舒服, 难看, 此外瘦骨嶙峋, 样貌衰老, 已婚妇女都把嘴唇涂得蓝兮兮的, 这让她们的脸彻底没了人样, 当我不得不看她

---

① 波隆斯基的学术研究著作《虾夷人》刊载于《俄国皇家地理学会通报》1871年第4卷。
② 意大利语: 海产品。

们，看着她们带着那种严肃，几乎是严厉的表情，用勺子在锅里搅和，撇掉脏沫，总好像是看到了真妖精。但是小女孩和姑娘们倒没那么讨人厌。①

虾夷人从不洗脸，总是和衣而卧。

凡是描写虾夷人的，几乎都正面评价他们的性格，众口一词说这个民族温顺、朴实、善良、可靠、结交广泛、彬彬有礼、尊重个人、狩猎勇敢，按拉彼鲁兹的旅伴д-p а Rollen'a（罗伦医生）的说法，甚至有文化修养。没有私心，襟怀坦荡、相信友谊、慷慨大方是他们最常见的品格，他们讲公正，厌恶欺骗。克鲁森施滕因为他们而感到异常高兴，历数他们美好的精神品德，他总结道："此类真正罕见的品德，并非高尚教育赋予他们，唯大自然而已，它们在我心里唤起一种感觉，这是我迄今为止所见过的最优秀的民族。"②鲁达诺夫斯基则写道："我在南萨哈林不可能遇到比他们更和平更朴实的居民了。"一切暴力都会引起他们的厌恶和恐惧。波隆斯基讲述了一个他从档案里得来的悲惨故事。事情发生在很久以前的上个世纪，哥萨克百人长切尔内要千岛群岛的虾夷人臣服俄国，忽然想要对几个虾夷人罚以鞭刑，"眼看就要行刑，虾夷人都吓坏了，而等到为方便行事，将两名虾夷妇女的双手往背后扭时，有几个虾夷人逃上悬崖峭壁，一个虾夷人领着20个妇女儿童乘兽皮筏逃到海上……没来得及逃跑的妇女狠遭鞭挞，6个男人被带上兽皮筏，为防止逃跑，他们全都

① H.B.布谢非常难得地呼唤过人们的同情心，不过这样给虾夷人下评语："晚上一个喝醉的虾夷人来我这里，在我看来醉得不轻。他带着妻子来的，我哪里晓得，他的目的是牺牲与她的夫妻忠贞，骗取我的好礼物，这个虾夷女人，按照他们自己的标准相当漂亮，好像要帮助自己丈夫，可是我装出不懂他们解释的样子……走出我的房子，丈夫和妻子毫不客气地在我的小窗户前，像卫兵那样履行了大自然的天职。这个虾夷女人一点没流露出女性的羞涩。她的乳房几乎全裸。虾夷女人穿的连衣裙跟男人的一样，即对襟无扣的短袍，扎着低腰带。没有衬衫和贴身内衣，所以衣服再小的褶皱都能曝露出迷人的身躯。"但就是这位严厉的作者也承认，"年轻姑娘中有的相当好，面孔好看柔和，生着热情的黑眼睛"。不管怎么说，虾夷女人严重发育不良，比男人衰老憔悴得早。这也许应该归咎于人们长久地漂泊，繁重的劳动和眼泪夺走了女人最美好的东西。

② 这些品质为："我们参观鲁缅采夫海湾沿岸的一个虾夷人住处，安排我去的家庭有10个人，最幸福的和谐，或者可以说家庭成员之间完全平等。几个小时中间，我们找不出家长是谁。最年长的人在年轻人面前没有任何威严的标志。对于礼物的分配没有人表现出任何不满，说给他的比别人少。争先恐后地为我们效劳，随便什么事。"

被反捆着，可是捆的人太狠心，以至于一个人被捆死了。把他全身肿胀，双手仿佛被烫熟的尸体吊块石头扔进海里时，切尔内教训他余下的同伴说：'在我们俄国就是这么干的。'"

最后，再说说在南萨哈林历史上起过显著作用的日本人。众所周知，仅仅自1875年起始，占萨哈林面积三分之一的南部才毫无争议地属于俄国，之前它受日本人控制。1854年出版，航海的人至今仍在使用的戈利岑所著《实用航海地理天文指南》一书中，甚至将包括玛利亚角和伊丽莎白角在内的北萨哈林也归属于日本。许多人，其中包括涅韦尔斯基，都对南萨哈林属于日本表示怀疑，甚至日本人自己，若非俄国人的古怪行径对他们的开导，大概至今都还不相信，南萨哈林真是日本领土。日本人最早出现在南萨哈林只是在本世纪初，不会更早了。1853年布谢先生记录下自己与一些虾夷老人的谈话，他们回忆起自己独立自在的年代，说，"萨哈林是虾夷人的土地，萨哈林没有日本人的土地"。1806年，即赫沃斯托夫立功那一年，在阿尼瓦湾畔仅有一个日本人的村庄，建筑物的木板还全都很新，明摆着的，日本人在这里定居没多久。克鲁森施滕到阿尼瓦恰逢4月，正值鲱鱼来时，海水里因为太多鲱鱼、鲸鱼、海豹等犹如开锅一般，而日本人没有渔网，就用水桶舀鱼，这就是说，当时想都没想过要大规模捕鱼，那只是以后的事情。这些最早的日本移民很可能是逃亡的罪犯或者就是因擅自出国而被驱逐出境的人。

本世纪初国内外交界才开始关注萨哈林。全权负责与日本签订贸易同盟的列扎诺夫大使，还必须"赢得既不属于中国，也不属于日本的萨哈林岛"。他处事笨极了。"鉴于日本人无法容忍基督教"，他禁止船员划十字，命令所有人上交十字架，圣像，祈祷书和"一切画有基督教徒和带有十字架标志的东西"。如果克鲁森施滕可信的话，那么列扎诺夫在被接见时甚至没有座位，不允许他佩戴自己的宝剑，"鉴于无法容忍"，他甚至被脱掉鞋子。这就是大使，俄国的高官显贵！或许，很难找到比他更屈辱的了。遭遇全败，列扎诺夫想报复日本人，他命令海军军官赫沃斯托夫恐吓萨哈林的日本人，这个命令的下达完全不合常理，邪门得很：命令装在封口的信封里，必须到达指定地点后方可打开和阅读。①

就这样，列扎诺夫和赫沃斯托夫首次承认南萨哈林属于日本人。然而日本人并未占领自己的新领土，仅派出土地测量员间宫林藏勘测岛屿。一般来说在整个萨哈林史中，敏捷擅变、精明狡猾的日本人表现得有些犹豫不决和裹足不前，这或可解释为，他们也像俄国人一样，对于自己的权力缺少信心。

显然，当日本人对岛屿有所了解后，产生过移民的想法，甚至可能想过农业开发，不过在这方面的尝试，即便试过，可能带来的只是失望，按照工程师洛帕京的说法，因为日本人很难或压根扛不住这里的冬天，到萨哈林来的只是些日本的企业主，很少带家属，住在这里像是来野营，留下来过冬的仅极小部分，几十人而已，其余的乘帆船回家，他们不耕耘不种菜，不喂养牲口，一应生活必需品都从日本带过来。很自然，吸引他们来萨哈林的，是鱼。鱼带给他们高收入，因为鱼的数量多，虾夷人承担了全部繁重劳动，却几乎白干。企业的收入从一开始的5万一年涨到后来的30万一年，难怪日本企业主一穿就是7件绸袍子。起初日本人只在阿尼瓦湾畔和毛卡有自己的洋行，主要据点在库松–科坦沟，现在是日本领事住地。晚些时候他们开辟了从阿尼瓦到塔赖卡河谷的林间通道，在这里，现在的加尔金诺–弗拉斯科耶村附近设立了他们的商店，林间通道至今未变，也还叫日本小道。日本人到了塔赖卡，在那里的波罗奈河捕捞定期洄游的鱼群，建起西斯卡村。他们的船甚至抵达过内斯基湾，1881年波利亚科夫在特罗遇上的那艘装备漂亮的船就是日本的。

萨哈林使日本人感兴趣的只是其经济因素，正如海豹岛之于美国人。自1853年俄国人设立穆拉维约夫哨所后，日本人才开始搞政治动作。虑及他们可能会失去上好的收入和不花钱的劳动力，致使他们非常关注俄国人的举措，竭力加强自己在岛上的势力，与俄国人抗衡。然而也许仍旧是因为对自己

---

① 赫沃斯托夫捣毁了阿尼瓦湾沿岸日本人的房屋和棚子，奖给一个虾夷人军士弗拉基米尔银质奖章。这个强盗使日本政府强烈不安，对他保持警惕。不久之后，千岛群岛俘虏了戈洛温船长和他的旅伴，正值开战时期。后来松前藩藩主释放俘虏时，郑重其事地向他们宣布："你们都是因为赫沃斯托夫的抢劫被抓的，现在鄂霍茨克长官发来解释，说赫沃斯托夫的抢劫仅仅是强盗罪。这确凿无疑，故我宣布将你们送回。"

的权利没有信心，与俄国人的这场斗争犹豫踌躇到可笑的地步，日本人表现得像小孩子。他们的所作所为仅限于在虾夷人中间散布俄国人的谣言，夸口要将俄国人统统杀死，只要是俄国人在什么地方建了哨所，在当地，不过是在河对岸，马上就出现一个日本巡查哨，整个过程中即便日本人做出一副吓人倒怪的样子，倒仍不失为和平好客之人，他们送俄国士兵鲟鱼，士兵们跟他们借渔网时，他们亦乐于满足。

1867年签订了合约，①根据合约萨哈林开始归两国共管，俄国人和日本人互认对岛屿的管理权，这就是说，双边都不认为岛屿是自己的。②根据1875年的条约，③萨哈林彻底归属俄罗斯帝国，作为回报日本得到全部千岛群岛。④

距科尔萨科夫斯克所在的山沟不远，还有一个山沟，它依旧保留着当时日本村库松-科坦这个名字。这里的日本建筑一座都没了，不过有一家日本人打理的商铺，卖食品和杂货，我在这里买过很硬的日本梨，不过这家铺子是最近才有的。山沟里最显眼的地方有座白色的房子，房子上方时有旗帜飘扬——白底红圆的太阳旗，这是日本领事馆。有一天早晨，刮着北风，我的住所冷得要命，我只得裹上被子，就在此时日本领事久世先生和秘书杉山先生来拜访我。我首先道歉，说我这里非常冷。

"哦，没有，"客人回答我，"您这里太暖和了！"

于是他们的脸上和语调里拼命表现出，我这里不仅非常暖和，简直太热

---

① 即《日俄桦太岛假规则》。——译者

② 显然，按照日本人的愿望，能够合法地雇佣虾夷人，合约中有一条款很出格，根据该条款，如果异族人负债，允许他们以劳动或其他服务形式偿还。而在萨哈林，没有一个虾夷人在日本人看来不欠自己的债。

③ 即《桦太千岛交换条约》。——译者

④ 涅韦尔斯基倒坚持认为是俄国控制萨哈林，因为17世纪就统治通古斯人，对萨哈林最早的描述在1742年，1806年俄国又占领了萨哈林南部。他视俄国通古斯人为鄂罗奇人，这一点民族学家不同意，最先描述萨哈林的不是俄国人，而是荷兰人，至于1806年占领，其最早之说也被事实推翻。毫无疑问，最早的考察权属于日本人，是日本人首先占领南萨哈林。然而由于慷慨大方，我们的夸口过了界，或许"出于尊敬"，像农夫所说，给日本人五六个靠近日本的千岛群岛的岛子就可以了，而我们却给了22个，这些岛，如果相信日本人的话，现在每年给他们带来1百万的收入。

了，我的住所完全是人间天堂。他们都是血统纯正的日本人，生着一副典型的蒙古人面孔，中等身材。领事的年纪约40岁，没有胡须，隐约有点胡子，体魄结实。他的秘书要年轻10岁，戴着青灰色眼镜，样子像肺病患者——萨哈林气候的牺牲品。另外还有一个秘书，铃木先生，他中等偏矮的个头，两撇长胡子，胡须尖都挂下来了，相貌像中国人，眼睛细窄，眼梢往上吊，在日本人看来是难得的美男子。有一次聊到一个日本大臣，久世先生说："他英俊，有男子汉气，就像铃木那样。"

外出时他们穿西装，俄语说得很好，在领事馆我常常看到他们在阅读俄文和法文书籍，他们的书架上摆满了书籍。他们是受过欧式教育的人，彬彬有礼，和蔼殷勤。对于当地的官员来说，日本领事馆是个蛮不错、温暖的角落，在这里可以忘掉监狱、苦役和职务的纷扰，得半日悠闲。

领事是来这里经营的日本人与当地行政当局的中介。每逢隆重的日子，他和他的秘书们盛装打扮，从库松-科坦沟去哨所拜访区长，向他祝贺节日，别雷先生也礼尚往来，每年10月1日他率领自己的官员们前往库松-科坦，向领事给日本天皇贺寿，喝香槟。每当领事去军舰时，为他鸣放7次礼炮。巧的是我在时，久世先生和铃木先生获得三等安娜和斯坦尼斯拉夫勋章。别雷先生、Ш少校和警察局秘书Ф先生一行身着礼服，隆重地前往库松-科坦授勋，我也一同前往。勋章和如此隆重的仪式使日本人要多感动有多感动，上了香槟。铃木先生掩饰不住自己的狂喜，翻来覆去打量着勋章，满眼放光，犹如婴儿看玩具，在他"英俊和男子汉气"的脸上我读到剧烈的思想斗争：他想尽快跑回去，把勋章拿给自己年轻的妻子看，而礼节却要求他留下来与客人在一起。①

萨哈林居民地的简介到此结束，现在我将转到当前构成移民区生活的那些重要和不重要的细节。

---

① 当地行政当局与日本人的关系非常不错，无可指责。除了在隆重场合互敬香槟，双方都用其他方式保持这种关系。这是我引自领事公文的一段原话："致科尔萨科夫斯克区长先生。我已于今年8月16日发布第741号命令，将您为慰问商船和帆船失事受难者送来的4桶咸鱼和5包食盐分赠给受难者。在此，我荣幸地以受难者的名义，向您，尊贵的阁下，向您的同情心和对友好邻邦的物品捐助致以最诚挚的谢意，这对他们是如此重要，因（转下页）

（接上页）此我完全相信，这将永远给他们留下美好的记忆。日本领事久世谨上。”顺便说一句，这封信还可以证明，年轻的日本秘书们在学习俄语方面短时间内取得的成就。学俄语的德国军官，以及从事俄国文学作品翻译的外国人，与此相比文笔差太多。

　　日本式的礼貌毫不做作，因而可人，再怎么着都不惹人嫌，俗话说，礼多人不怪。日本长崎有个车工，国内的海军军官常去他那里买各种各样小玩意，出于礼貌他总是称赞俄国的一切。看到军官的表坠或钱包就赞叹："多么精美的东西啊！多么精巧的东西啊！"有一次一个军官从萨哈林带来一个做工粗糙的烟盒，军官想，"现在我拿给车工，看看他现在怎么说"。可等到日本人看烟盒时，他倒镇静自若，他把它在空中晃了晃，惊呼："好结实的东西！"

XV

苦役犯业主——转成移民流放犯——选择新住地——房屋建造业——合伙业主——转成农民——流放犯出身的农民的迁居——村里的生活——毗邻监狱——居民的出生地和阶层——乡村政府。

除了其直接目的——复仇、威慑或改造以外，当惩罚还具有其他目的，譬如移民开拓时，出于需要，那它就应该不断地适应移民的需求，做出让步。监狱是移民的对抗者，两者的利益属对立关系。牢狱生活是在征服囚犯，随着时间的推移完全改变囚犯，他身上的定居、持家、人伦本能被动物般的群体生活压制，他失去健康，衰老，道德弱化，他在监狱待得越久，就越有理由担心，他成不了积极工作、对移民区有用的人，而仅仅是个累赘。所以，移民的实际情况要求首先缩短监狱羁押的期限和强制劳动，在这方面国内《流放犯管理条例》做出很大的让步。例如，改正类苦役犯服刑10个月相当于1年，第二级和第三级，即刑期在4至12年的苦役犯，如果是在矿场干活，那么干活期间1年算1年半。①苦役犯转为改正类后法律允许他们住在监狱外，自己盖房，结婚生子。然而实际生活中要比《条例》走得更远。为了使苦役犯的处境变得更宽松，阿穆尔总督于1888年命令提前释放行端品正的劳动苦役犯，在这个第302号令中，科诺诺维奇将军承诺提前2年乃至3年解除苦役。而且即便没有任何公文和命令，根据有利于移民的需要，所有女苦役犯无一例外，还有许多考验类，甚至无期苦役犯，如果他们有家属或者他们是能工巧匠，土地测量员，赶

---

① 萨哈林的每个办事处都有"刑期计算表"。通过它可以看到，17年半的苦役期实际只有15年零3个月，如遇大赦，只有10年零4个月，6年的刑期5年零2个月就被释放了，大赦时只用3年零6个月。

橇人等诸如此类的，都获准在监狱以外，在自己的房子里或自由民的住所内居住。有很多人被准许住在监狱外，仅仅是"因为人道"，再就是考虑到，即便此人不在监狱内，住在外面也不会做坏事，或者假如无期徒刑的Z被准许在自由民那里居住仅仅是因为他携妻带子，而有期徒刑的N却没有获得准许，那就有失公平了。

截至1890年1月1日，萨哈林三个区共有男女苦役犯5095人。其中8年以下刑期的有2124人（36%），8年以上的1567人（26.5%），12年至15年的747人（12.7%），15年至20年的731人（12.3%），无期徒刑的386人（6.5%），刑期20至50年的惯犯175人（3%）。12年以下短期徒刑的占62.5%，即超过总数一多半。苦役犯判刑时的平均年龄我不清楚，但是，根据当下流放人口的年龄构成判断，应该不小于35岁，如果这个年龄加上平均8–10年的苦役，如若再虑及服苦役的人比在平常环境下衰老得更早，便可明了，如果一丝不苟地严格执行判决和照《条例》办事，即严密羁押监狱，在狱警的监视下干活等，不要说长期徒刑，即便是短期徒刑的犯人一旦被释放到移民区，泰半业已失去移民开拓的能力。

在我逗留期间，有宅地的男女苦役犯业主共424人，以妻子、男女同居者、雇工、寄住者身份在移民区生活的男女苦役犯，我一共登记到908人。住在监狱外自己的房子里和自由民家里的共1332人，占苦役犯总数的23%。①作为业主，移民区的苦役犯与移民流放犯业主几乎没有区别。做雇工的苦役犯干的活就是国内农村雇工所做的。让囚犯去给同是流放犯的擅长农事的业主干活，暂时属俄国现实造就的独一无二的苦役形式，毫无疑问，这比澳大利亚的雇农做法让人感觉好得多。苦役犯只不过是住在外面而已，仍须像他们在监狱里的难友一样，准时出发干活。有手艺的，譬如鞋匠和木工，经常是在自己

---

① 在这里我未将在官员家中做仆人的苦役犯计算在内。总体上我认为住在监狱外的占25%，即监狱将1/4的苦役犯提供给移民区。一旦《条例》中准许改正级苦役犯住在监狱外的第305条也在科尔萨科夫斯克区执行，这个比例还将大大提高，因为依该区区长别雷先生的想法，所有苦役犯应无一例外都住在监狱内。

的住处完成苦役。①

住在监狱外的四分之一流放苦役犯并未制造特别的混乱，我反倒是以为，理顺国内的苦役制难在还有三分之一苦役犯住在监狱里。当然，我们还不能够说监外服刑优于监狱内的群居，因为在这方面我们暂时尚无确切的考察结果，谁都不能证明，住在外面的苦役犯中间，犯罪和逃跑的现象就比住在监狱内少，前者的劳动效率就比后者高，但是极有可能，监狱系统早晚都得研究这个问题，做出对此有利的结论。目前有一点不容置疑，假如每一个苦役犯，不论刑期，自抵达萨哈林的那一刻起就为自己和家人建造住房，趁年轻体壮尽可能早地开始自己的移民活动，那么移民区就会是赢家，而且也不会因此损失丝毫公正，因为从进入移民区的第一天直到转成移民身份为止，犯罪分子就经受着最为严厉的惩罚，而不是之后。

刑期结束后，苦役犯被解除劳役转成移民流放犯。就此不再羁押。新移民流放犯，如果他有钱且有长官庇护，就可以留在亚历山大罗夫斯克或他喜欢的村落，购买或造个房子，如果他在服苦役期间没有成家的话。这种人是不会务农和干活的。如果他属于黎民百姓，像大多数人一样，那么通常就被安置到长官指定的村落，如果这个村落很拥挤，已经没有可做宅地的土地了，他就会被安置到现成的宅地上，做合伙业主或对半分合伙业主，或者将他发派去新地方。② 新村落的选址需要经验和某些专业知识，负责此事的是当地行政当局，即区长、典狱长和移民流放犯监管官，没有任何明文规定，整件事情成败与否取决于偶然因素，例如任职人选：他们是否任职已久，了解流放人口和地点，譬如北部的布塔科夫和南部的别雷先生和亚尔岑先生；或者是任职不久的官

① 在亚历山大罗夫斯克差不多所有的业主都有寄住者，这使它颇像城镇。在一所木屋中我曾登记到17个人。可是这种人数众多的居所与集体牢房无异。

② 萨哈林属西伯利亚边远地区，大概因为这里极其寒冷的气候，一开始只有在萨哈林服满苦役的移民流放犯才被安置在这里，所以即便他们不习惯，但终究看惯了这里。现在，显然是要改变这种惯例。在我逗留期间，根据科尔夫男爵的命令，将原本准备流放西伯利亚做移民流放犯的犹大·汉别尔克，发配到萨哈林的杰尔宾村，在杜布基村有个移民流放犯，他也不是在萨哈林，而是在西伯利亚服的苦役。这里已经有行政当局发配来的流放犯。

员, 好一点的是语言、法律专业的和步兵中尉出身, 而差的, 完全没受过教育, 之前没在任何地方任职, 这些人大部分是年轻, 不谙世事的城里人。我已经提到过一个官员, 不相信异族人和移民流放犯的话, 他们提醒过他春天大雨季节时, 他选的村址会被水淹。在我逗留期间, 一个官员率领随从驱车15–20俄里考察新址, 当天来回, 两三个小时就看好选定, 还说这是一次非常愉快的野游。

高级的, 较有经验的官员很少也不愿意外出选址, 因为总是忙于其他事务, 而下级官员又没经验, 不负责任, 行政当局办事拖拖拉拉, 结果就是现有的村落人满为患。最终不得不求助于那些听说曾选到好地方的苦役犯和狱警。鉴于无论特姆斯克区, 还是亚历山大罗夫斯克区都已经无处再寻宅地, 与此同时需求量却急剧上升, 1888年科诺诺维奇将军在自己的一道命令 (第280号) 中建议, "火速成立可靠的流放苦役犯小组, 由干练的, 在此类事情上比较有经验的, 有文化的看守, 乃至官员监督, 前往遴选适合建村的地点"。这些小组在完全没有勘察过, 地形测绘员从未涉足过的地方转悠, 地点选好了, 却不清楚它们的海拔是多少, 土壤、水利条件如何等等, 它们是否适宜建村和农耕, 行政当局只能靠猜, 最终决定选这里或那里通常是瞎蒙, 碰运气, 而且既不咨询医生, 也不咨询地形测绘员, 萨哈林没有地形测绘员, 待土地测量员出现在新地点时, 土地已经在开垦, 都住上人了。①

总督在视察村落之后, 告诉过我他的印象, 他是这样说的: "苦役劳动的

---

① 各区今后选新址将由监狱部门、地形测绘员、农学家和医生组成的委员会负责, 届时就可以根据委员会的记录判断, 为什么选这里或那里, 目前只能根据人们更愿意居住的河谷地带和道路两边选择或设计。然而这其中也见出只是墨守成规, 而没有某种明确的制度。如果选定一条河谷, 那并非因为它优于其它地带, 最利于农耕, 而是仅仅因为它离行政中心不远。西南海岸一带的气候温和得多, 但它比阿尔科夫河谷和阿尔穆丹河谷距离杜埃或亚历山大罗夫斯克还要远, 所以才建得最晚。往一条计划中的道路两边安置时, 考虑的不是新村落的居民, 而是届时将走这条路的官员和赶橇人。假如这么做不是为了区区驿站, 养护它, 给来往的人提供住宿, 那么就很难理解, 为什么需要在沿特姆河上游到内斯基湾的驿道设计如此多的村落。养护驿道的居民大概会从官方领到现金和食品。如果在今天的农业移民区继续保存这些村落, 行政当局指望他们自己负担黑麦和小麦, 那么萨哈林还会增加数千饥肠辘辘、张皇失措、衣食无着的穷人。

开始不是在苦役场，而是在移民村。"如果用劳动量和体力消耗衡量惩罚的力度，那么在萨哈林，移民流放犯所受惩罚往往比苦役犯严厉得多。新的村址通常布满沼泽和覆盖着森林，移民流放犯身边仅有斧头、锯子和铁锹。他伐木挖树根，开沟排水，在创业的日子里，一直露天睡在潮湿的地上。萨哈林的天气阴晦，几乎每天下雨，温度极低，这种活一连干上几个礼拜，分分钟钟都会感觉全身发潮，透心冰凉。这是正宗的febris sachaliniensis（萨哈林疟疾），头痛，周身酸痛，不是因为传染，而是气候的影响。先建村后修路，而不是倒过来，就因为这样，从哨所往连小路都不通的新地点运送物资时，白白耗费了大量的体力，移民流放犯背着工具、食品等物，走在茂密的原始森林，一会儿水没过膝盖，一会儿腐木枯枝堆积如山，一会儿荆棘丛生，《流放犯管理条例》第307条规定向监外人员提供建房木材，在这里对该条目的理解则是，移民流放犯必须自行砍伐制作成料。过去曾派苦役犯去给移民流放犯帮忙，发给他们雇佣木工和购买材料的现金，可是这个做法被放弃了，因为，一个官员曾对我说，"其结果是养出懒汉来了，苦役犯在干活，而移民流放犯在掷骰子"。现在移民流放犯们都合力建房，互相帮助。木工搭房架，炉匠砌炉灶，拉锯的开木板。没有体力和劳动技能，但是有钱的人，就雇同伴做。身强力壮的人承担最重的劳动，力气小或坐牢坐得疏于干农活的人，如果不掷骰子或不赌牌，或没因怕冷躲起来，就做些力所能及的轻活。很多人干得筋疲力尽，气馁了，丢下未完成的房子走了。蛮子和高加索人不会盖俄罗斯式的木屋，往往第一年就跑路了。在萨哈林将近一半的业主没有房子，在我觉得，这正好说明，移民流放犯创业之艰难。根据我摘自农业视察官报告的内容，1889年特姆斯克区的无房业主占总数的50%，科尔萨科夫斯克区的占42%，而亚历山大罗夫斯克区，在那里成家立业困难最少，比起盖房子，移民流放犯更多的是买房子，无房业主仅占20%。房架搭好后，业主应该贷得到玻璃和铁件，关于此项借贷区长曾在一份命令中提到过，"非常遗憾，这项借贷与其他物品一样，由于等待的时间漫长，以致让人失去建房意愿……去年秋天视察科尔萨科夫斯克区的村落时，我看到有些房子需要玻璃、钉子和铁炉门，至今需要此类东西的房子仍然还有（1889年第318号令）。"①

新地点甚至已经住上人了，仍然不做勘察。往新地点发派50~100个业主，之后每年再加几十个新业主，但是却无人知晓，那里的土地究竟容纳得下多少人，而这就是为什么移民后往往很快就人满为患的原因。这种情况唯科尔萨科夫斯克区没有，北部二区的哨所和村落全部人数爆满，甚至类似特姆斯克区长布塔科夫这种毫无疑问负责任的人，也不顾将来地往宅地上随便安置人员，搞得任何一个区都不像他那里一样，有如此多的合伙业主或过剩的业主。这就好像是行政当局本身就不相信什么农业移民区，慢慢满足于这种想法，即移民流放犯对土地需求的时间并不长，总共就6年，因为获得农民身份后，他就会刻不容缓地弃岛而去，在此情况下宅地问题或许仅仅是一种形式罢了。

在我登记的3552个业主中，有638个，或者说有18%的合伙业主，如果不算一块宅地上只安置一个业主的科尔萨科夫斯克区，那么这个比例要高很多。在特姆斯克区村落愈新，对半分合伙业主的比例就愈高，譬如在沃斯克列先斯基村，业主97人，而对半分合伙业主就有77人，这说明，找到新地点，分宅地给移民流放犯一年更比一年难。②

---

① 由此可见，移民流放犯是多么需要他在服苦役期间的劳动报酬。依照法律，被判流放服苦役，可得全部劳动所得的1/10，如果假定筑路的日工资为50戈比，那么苦役犯每天就应该得到5戈比。在押期间囚犯在必需品上的花费不得超过所得报酬的一半，剩余部分于释放时归还。其收入不能用于偿还任何民事债务和诉讼费用，如遇囚犯死亡，可以付给其继承人。沙霍夫公爵曾在1870年代主管杜埃监狱，他在1878年所著《论萨哈林岛体质》中阐述的观点，应该成为现在的行政当局的领导指南："苦役犯的劳动报酬使囚犯有了财产，而无论什么财产都使他滞留在原地，报酬让囚犯可以改善伙食，保持服装和住宿整洁，而习惯了舒适，则愈舒适就会对舒适的被剥夺愈加感到痛苦。一点都不舒服，永远阴森压抑的环境使囚犯漠视生活，尤其是漠视惩罚，这使得遭受惩罚的囚犯数量经常达到总数的80%，用鞭笞战胜人的无谓的生理需要丝毫不会奏效，为了满足需要他会自己躺到鞭子底下，苦役犯的报酬在培养他们自立的同时，还去除了服装开销，有助于居家用品生产，大大减少囚犯刑满滞留原地移民的官费支出。"
工具借贷的期限为5年，有条件的移民流放犯每年支付1/5。在科尔萨科夫斯克区，木工斧头每把4卢布，纵锯每把13卢布，铁锹每把1卢布80戈比，锉44戈比，钉子10戈比1俄磅。劈柴斧头每把3卢布50戈比，借贷的条件是移民流放犯不借贷木工斧头。
② 业主和合伙业主住在同一所木屋里，睡在同一个炉灶上。共有宅地不受宗教信仰不同，甚至性别不同的影响。记得在雷科夫斯科耶村移民流放犯戈卢别夫的对半分合伙业主是犹太人柳巴尔斯基。同村的移民流放犯伊万·哈夫利耶维奇的合伙业主是玛利亚·布罗佳加。

置业和品行端正是移民流放犯必须履行的义务。凡懒惰、懈怠和不思置业者会被罚尽义务,即苦役劳动一年,由自由居住转为羁押。《条例》第402条允许阿穆尔总督"可以根据地方当局的意见,向那些没有条件的萨哈林移民流放犯发放官费资助。"目前大部分萨哈林移民流放犯在苦役期满之后的两年内,偶有三年,可以领取相当于囚犯份额的公费衣物和食品。之所以给移民流放犯这种帮助,是行政当局出于人道主义和实际情况考虑的结果。实际上,移民流放犯很难在1年内,或资助期限内一边给自己建造住房,开垦耕地,一边还能搞到每天的吃食。但是免除移民流放犯资助的命令却不少,因为他们懈怠、懒惰,"不动手盖房"等等。①

凡服满10年移民流放期限后,移民流放犯便可转为农民。这一新身份拥有更多的权力。流放犯出身的农民可以留在萨哈林,也可以在愿意前往的西伯利亚各地定居,但谢米列琴斯克、阿科莫林斯克和谢米帕拉京斯克等边疆省除外,可以加入农民的村社,但须得他们同意,凡是在城市居住从事手工业,对他的起诉和惩罚就根据普通法律,而非《流放犯管理条例》,可以自由出入,无须像苦役犯和移民流放犯那样事先审批。可是他的新身份仍旧保留了最主要的流放因素:他无权返回故乡。②

《条例》中关于满10年就可以取得农民身份未添加任何特别条件。除第

---

① 尽管有公家的给养和口粮,这里的流放居民服刑期间所经受着什么样的贫穷,我已经讲过了。下面这幅贫困生活的图景出自一位官员之笔:"在柳托加村我去了最穷的简陋小房,所有者是移民流放犯泽林,他的职业是裁缝,很差,已经安置4年了。贫穷和匮乏极其惊人:除了破旧不堪的桌子和一段木头充当的凳子,再没有家具的影子,除了用一个煤油罐改的茶壶,没有任何餐具和家庭用具,一堆干草就算是铺盖,上面扔着短皮袄和第2件衬衫,没有任何工具,只有几根针、几根灰色的线、几粒纽扣和几个铜顶针,还有一根管子,因为裁缝在它上面打了孔,根据需要在孔里插上用当地芦苇做的细细的小烟嘴:烟草丝极细。"(1889年第318号令)

② 至1888年,获得农民身份的人仍然被禁止离开萨哈林。此禁令剥夺了萨哈林人过好生活的所有希望,致使他们仇恨萨哈林,作为镇压措施,只会使逃跑、犯罪和自杀的人增加,其存在本身也显失公平,因为萨哈林流放犯被禁止,西伯利亚的流放犯却不禁止。此措施的出台,是虑及假如农民们都离岛而去,那么萨哈林终将只是一个定期的流放地,而不是移民区。然而难道终身制就能将萨哈林变成第二个澳大利亚吗?移民区的生命力和繁荣靠的不是禁令和命令,而是有条件保障即便不是流放犯本人的,起码是他们子孙的安定富足的生活。

375条注释中规定的情况外，唯一的条件就是10年期限，无论移民流放犯务农还是做工。当我与阿穆尔滨海省监狱视察官卡莫尔斯基先生谈到这个话题时，他承认，行政当局无权拖延流放犯的移民流放犯身份超过10年以及期满后增加其获得农民身份的条件。然而在萨哈林我却遇到过一些老头，他们的移民流放犯年限都超过10年，却仍未获得农民身份。不过他们说的，我没来得及对照犯人案卷核查，因此无法判断，他们究竟有多少是真的。老人往往会算错或撒谎，即便如此，由于文书的敷衍了事，下级官员的无能，萨哈林的办事机关什么花样都玩得出。那些"品行端正，从事有益的劳动，已经定居"的移民流放犯，他们的10年期限本可缩短至6年，第377条允准的这一优待，岛长官和区长们都在大尺度地应用，最起码我认识的那些农民，差不多都是满6年就获得这个身份的。然而遗憾的是，《条例》里作为优待条件的"有益的劳动"和"定居"，各行政区领会起来各有不同。譬如，在特姆斯克区，欠公款、木屋尚未用薄木板揭顶的移民流放犯不能转成农民。在亚历山大罗夫斯克区，移民流放犯不务农，不需要农具和种子，因此欠债较少，获得身份就容易些。也有将移民流放犯必须是业主作为必要条件，但流放犯中天生不擅长经营，觉得自己更适合打工的人往往更多。在自己没有产业，故而给官员做厨师或给鞋匠做帮手的移民流放犯是否适用这一优待和获得农民身份的问题上，科尔萨科夫斯克区的回答是肯定的，而北部二区的回答则是不确定的。有这些条件在，就无标准可谈，假如新区长跟移民流放犯要求铁皮屋顶，能在唱诗班唱歌，要向他证明，他这是恣意妄为，将何其之难。

我在西扬恰村时，移民流放犯监管官命令25个移民流放犯在监管所前集合，向他们宣布，遵照岛长官决定他们被转成农民身份了。将军签署决定是在1月27日，宣布给移民流放犯是在9月26日。25个移民流放犯用沉默迎接喜讯，没有一个人划十字，感谢，所有人默默肃立，仿佛因为想到世上一切，甚至痛苦皆有尽头，大家都蓦地悲从中来。当我与亚尔采夫问起他们谁要留在萨哈林，谁要离开时，结果25人中谁都不愿意留下来。大家都说，他们向往大陆，立马就走最好，可是没能力，得想想办法。接着谈到，光有盘缠还不行，大陆当然也爱钱的：加入村社得费周折请客，要买地盖房，算算总共需要150卢布左右。可上哪儿找去？在雷科夫斯科耶村，尽管村落相当大，但我只访到39个农民，他们大家从来没打算在这里扎根，都准备去大陆。其中一个姓别斯帕洛夫的。在自己的宅地上造了一座别墅式带阳台的两层楼房，大家都困惑地看着这座房子，想不通要它干吗，这人有钱，儿子们都已成年，蛮可以在结雅的什么地方安家，却好像要在雷科夫斯科耶村永远待下去了，这可真是咄咄怪事。在杜布基，我问一个好赌牌的农民，他去不去大陆，他傲慢地看着天花板，回答我："竭尽全力去。"①

　　将农民赶出萨哈林的是意识到没有保障、寂寞、无时无刻为孩子担忧……而主要原因，还是渴望哪怕临死前能呼吸一下自由的空气，过一过真正的，而非囚犯的生活。而大家说起来犹如乐土的乌苏里边疆区和阿穆尔省是如此之近：乘轮船三四天就到了，那里有自由、温暖、好收成……那些已经移居大陆，在那里安家的人写信给自己萨哈林的熟人，说大陆向他们张开着双手，一瓶伏特加只要50戈比。有一次，我在亚历山大罗夫斯克的码头上散步，无意间走进一个快艇棚，看到一个六七十岁的老头和一个老太婆及一堆包裹口袋，看来是准备出门。我们聊了聊。老头不久前获得农民身份，现在要带妻子去大陆，先到符拉迪沃斯托克，然后"听上帝安排"。他们说，钱他们没有，轮船要过一昼夜才开，他们走到码头已经勉为其难，现在带着行李躲在快艇棚里，担惊受怕，怕被送回去。说到大陆，他们充满爱、虔诚和那里就有真正幸福生活的信念。在亚历山大罗夫斯克的墓地，我看到一个画着圣母像的十字架上刻着铭文："这里埋着处女阿菲米娅·库尔尼科娃的遗骨，她于1888年5月21日辞世，年仅18岁。立此十字架以为纪念，父母于1889年6月离开去大陆。"

　　如果农民品行不端和欠债，就不放他回大陆。如果他与女流放犯同居，并

---

　　① 我只遇到过一个人，表示想永远留在萨哈林：这是个苦命人，切尔尼戈夫斯克的庄园主，因为强奸亲生女儿被判刑，他不爱故乡，因为在那里留下的是自己的恶名，也不给自己如今已经成年的孩子们写信，免得他们想起自己，也不去大陆，因为年老了不允许。

与她有孩子，那么，只有在他留给同居女伴和非婚生子女足以保障今后生活的财产时，才会开给他暂时离开的证明（1889年第29号令）。到了大陆，农民登记他想去的乡，该乡所在省的省长告知岛长官，后者下令警察局将该农民和他的家庭成员销户，于是，正式少了一个"苦命人"。科尔夫男爵对我说，如果农民在大陆表现差，那他将被强制遣返萨哈林，永远不许离开。

有传言说，萨哈林人在大陆生活得不错。我读到过他们的信件，但却看不出他们在新地方生活得如何。我倒是见到过一个，但不是在农村，是在城里。那是在符拉迪沃斯托克，我同修士祭司伊拉克利，他是萨哈林传教士，神甫，我们一起走出商店，有个穿着白围裙和锃亮高筒靴的人，不是看门人就是搬运工人，他看到伊拉克利神甫非常高兴，走上前来祈求祝福，原来，他是伊拉克利神甫的教民，一个流放犯出身的农民。伊拉克利神甫认出他，记起他的姓名。"喏，在这里过得怎么样？"他问道。"上帝保佑，好的！"那人兴冲冲地回答道。

尚未离开去大陆之前，农民们就住在哨所或村落，在跟移民流放犯和苦役犯一样恶劣的条件下生产置业。他们仍然要继续仰仗监狱的长官们，如果住在南部，还得50步以外就脱帽，他们的待遇好一点了，也不挨饿，但总归不是真正意义的农民，而是囚犯。他们就住在监狱周围，每天都看得到它，流放苦役监狱与和平的庄稼人的生活不可思议地并列共存。有些作者写道，在雷科夫斯科耶看到过有人跳轮舞，在这里听到过手风琴声和唱壮士歌，我却从未看到过听到过，也无法想象姑娘们在监狱旁边跳轮舞，即或被我听到，除了镣铐声和狱警的高叫，竟还有人唱壮士歌，那我也会视之为作恶，因为善良好心的人是不会在监狱旁边唱歌的。农民和移民流放犯及他们的身为自由民的妻儿的压抑来自监狱制度，监狱的条例与军队无异，格外森严，长官的监管无所不在，将他们置于持久的紧张和恐惧之中，监狱当局从他们手里夺走草场、最佳的捕鱼地点、最好的森林，逃犯、监狱高利贷者和贼欺负他们，监狱的刽子手在街上闲逛时吓唬他们，看守们勾引他们的妻女，要命的是监狱分分钟钟在提醒他们想起过去，他们是谁，身在何处。

这里的流放居民尚未成立村社。在萨哈林出生, 对他们而言岛屿就是故乡的人尚未成年, 老住户非常之少, 大部分是新来的, 居民每年都有变化, 有些人来了, 有些人走了, 在许多村落, 正如我所讲的, 居民们不像是务农伙伴, 而是乌合之众。他们自称兄弟, 因为他们在共患难, 然而他们之间的共同点终究极少, 他们彼此都不一样。他们的信仰不同, 说不同的语言。老头们看不起这些三教九流, 笑话说, 怎么可能成伙伴, 一个村落里住着俄罗斯人、霍霍尔、鞑靼人、波兰人、犹太人、芬兰人、吉尔吉斯人、格鲁吉亚人、茨冈人? ……关于非俄罗斯人在各村落的平均分布我已经有所提及。[①]

还有另外一类形形色色的人群给每个村落的人口增长造成不良后果。移民区进来很多老、弱、生理与心理病人、罪犯, 那些原本生活在城里, 没务过农, 也没经过实践培训因而不会劳动的人。我从官方统计资料得知, 1890年1月1日, 全萨哈林, 所有监狱和村落里有贵族91人和城市各阶层的人, 即荣誉公民、商人、市民和外国臣民924人, 两者相加占流放犯总数的10%。[②]

---

① 有5791人回答了我"是哪省人"的问题: 坦波夫省260人, 萨马拉省230人, 切尔尼戈夫省201人, 基辅省201人, 波尔塔瓦省199人, 沃罗涅日省198人, 顿河省168人, 萨拉托夫省153人, 库尔斯克省151人, 彼尔姆省148人, 下哥罗德省146人, 奔萨省142人, 莫斯科省133人, 特维尔省133人, 赫尔松省131人, 叶卡捷琳诺斯拉夫省125人, 诺夫哥罗德省122人, 哈尔科夫省117人, 奥廖尔省115人, 其余各省都不到1百人, 高加索省总共213人, 占比3.6%。监狱里高加索人的比例较移民区内高, 这说明他们服苦役时表现不好, 绝不是所有人都转成移民流放犯, 原因是经常有人逃跑, 即高死亡率。波兰王国省共有455人, 占比8%, 芬兰和奥斯采(波罗的海东部沿岸地区旧称)各省167人, 占比2.8%.这些数字仅能给出人口出生地的大致情况, 未必就可以下结论, 坦波夫省是犯罪率最高的省份, 抑或小俄罗斯人在萨哈林极多, 就是他们比俄罗斯人犯罪的更多。

② 贵族和特权阶层的人根本不会耕地和盖木屋, 必须干活, 必须经受大家都经受的惩罚, 但是没有力气。身陷囹圄的他们寻找轻松的劳动, 甚至经常什么都不干。然而他们处于无时无刻不在的恐惧中, 运气变了, 他们被送去矿场, 体罚, 被戴上镣铐等等。这些人大多数已经厌倦了生活, 变得平常, 忧郁, 看着他们, 无论如何不能想象他们是刑事犯。但他们却是滑头和无耻之徒, 彻底毁掉了, 精神上不能自持, 给人感觉像坐牢的暴发户, 他们说话、微笑、走路的样子, 奴才般的殷勤, 全都有种不好的、相当鄙俗的做派。无论如何, 他们的处境是可怕的。有个苦役犯, 过去是军官, 当他被押进去敖德萨的囚犯车厢时, 看着窗外"点着焦油树枝和火把捕鱼的诗情画意……小俄罗斯的原野绿了。路旁的橡树和椴树林里看得到蝴蝶花和铃兰, 花朵的芳香与失去自由的感觉混做一团"。一个过去的贵族, 杀人犯给我讲离开俄国时朋友们怎么为他送行, 他说: "我的意识苏醒了, 我只想一个人, 溜走, 消失, 可熟人们不明白这个, 争先恐后地拼命安慰我, 给我各种各样的关心。"对于特(转下页)

每个村落都有村长，必须是从移民流放犯和农民业主中选举产生，经移民流放犯监管官确认。当村长的通常都是体面、活络、识字的人，他们的职责还没有完全确定，但他们努力像俄国的村长排解乱七八糟的琐事，摊派徭役，必要时维护自身利益等等，而雷科夫斯科耶村的村长还有自己的私章。有的村长领工资。

每个村落里都驻有监管官，大多是当地驻军最低级士兵担任，他没文化，向过路官员报告平安，监视移民流放犯的举动，不许他们擅自外出，督促他们务农劳动。他是村落的顶头上司，常常是唯一的裁判，他向长官递交的报告，其中对移民流放犯的举止、置业和定居等取得多少进步的评价，具有重要的意义。下面就是一份监管官的报告：

上阿尔穆丹村品行不端者名单：

姓名	行为记录
伊兹杜金	偷窃
基谢廖夫	同上
格雷宾	同上
加伦斯基	不服管束
卡赞金	同上

（接上页）权阶层出身的囚犯，当他们被押解过大街时，没有什么比看到自由的人，特别是熟人时更难过的了。如果在囚犯堆中想认出有名的罪犯，大声问他话，说到他的姓名，这会带给他莫大的痛苦。遗憾的是，在监狱里、在大街上，甚至在报刊杂志上，特权阶层出身的囚犯没少被挖苦嘲笑，在某个日报上我曾读到关于过去的一位商绅（旧俄时授予商人的荣誉称号，译者注）的文字，好像是在西伯利亚某地，押解途中，他被请去用早餐，早餐后就押着他继续走了，而主人数来数去少了一把勺子，被商绅偷走了！一个过去的狱吏写道，流放时他并不寂寞，因为他的香槟非常之多，吉普赛女人要多少有多少。是可忍孰不可忍。

XVI

流放人口的性别——妇女问题——女流放犯和女性移民——男同居者和女同居者——女自由民。

流放移民区的男女比例是100∶53。^① 这仅仅是自由居住人的比例。还有在监狱夜宿的男人和士兵,对于这些人而言,正如当地一个长官所说,"满足自然需求的必然对象",就由那些流放的、与流放有牵连的妇女充当。但是,若要确定移民区人口的性别及家庭状况的构成,应该将此类人计算在内,并加以补充说明。他们住在监狱或兵营期间,仅仅从需求出发看待移民区,给移民区带去的是外界的有害影响,降低出生率,提高患病率,其影响力的大小,视村落距离监狱或兵营的远近而定,这与在铁路上干活的流浪汉对附近村庄里生活的影响一样。如果将所有男人,包括监狱和兵营里的,都计算在内,那么53的比数将下降近一半,我们得到的比例将是100∶25。

尽管53和25这两个数字都不高,可是对在如此之不良条件下成长的年轻移民区而言,不应该视为过低。在西伯利亚苦役犯和流放犯中妇女比例低于10%,再看看国外放逐地的实际情况,当地人有的已经是农场主了,在这个问题上也是无计可施,他们欣喜若狂地迎接来自大城市的妓女,为每个妓女付给船长1百磅烟草。所谓的妇女问题虽然在萨哈林混乱不堪,但却不像西欧流放地发展初期那么卑劣。上岛的不单是妓女和女犯,借监狱总局和志愿商船队之力,在欧洲、俄国和萨哈林之间完全建立起快速便捷的交通,妻子、女儿想要随父从夫到流放地的难题变得简单容易了。就在不久之前,每30个犯人

---

① 根据第10次(1857-1860)俄国各省的人口普查,男女平均比例为100∶104.8。

中只有一位妻子自愿随行，现在自由民妇女随行在移民区已经司空见惯了，已经很难想象出，看不到这些"舍身前来照顾丈夫生活"的悲剧性身影的雷科夫斯科耶村和新米哈伊洛夫卡村了。或许这是使我们的萨哈林在流放史中不至排名最后的唯一关键点。

先说说女苦役犯。截至1890年1月1日，三个区的女犯占总数的11.5%。[①]从移民的观点看，这些妇女有一点非常宝贵：她们来移民区时相当年轻，大多数妇女情欲旺盛，因为风流和家庭事件被判刑，都是"因为丈夫"，"因为婆婆"……她们大部分是杀人犯，情爱和家庭专制的牺牲品。她们有的甚至是因为纵火和造假币而判刑，其实质也是为情爱受惩罚，因为唆使其犯罪的往往是其情夫。

情爱因素在其悲哀的存在中扮演着要命的角色，无论是被抓前，还是受审后。当她们被带上船运往萨哈林时，她们互相传说，在萨哈林会强迫她们嫁人。这令她们不安，有一次她们竟求船长替她们讲情，不要强迫她们嫁人。

15-20年前，女苦役犯一到萨哈林就马上被送进妓院。"在萨哈林南部，"弗拉索夫在报告中写道，"由于没有专门的住所，妇女被安置在面包房内……岛长官杰普列拉多维奇下令将监狱女监改为妓院"。无须干活，因为"只有犯错和不讨男人喜欢的"才被打发去厨房干活，其余的就为"需求"服务，醉生梦死，到头来女人们，按弗拉索夫的话说，堕落到"为一升酒出卖自己孩子"

---

① 这个统计数字可以用来确定苦役犯的性别构成，对于男女的道德评价则不可靠。妇女较少服苦役不是因为她们比男人更道德，而是因为生活结构本身和身体结构的某些特性使其较男人受外界影响小一些，犯重大刑事罪的风险亦小一些。她们不任公职，也不在军队服役，不住森林、矿场，不从事狩猎、海上工作，故不会因渎职和破坏军纪犯罪，参与这些活动需要男性的体力，譬如抢劫邮包，拦路抢劫等等，其犯罪种类一清一色都是与男人有关的不贞、强奸、奸污幼女、超级淫荡。然而她们谋杀、虐待、严重致残和隐瞒谋杀却比男人多得多，占最近杀人犯的47%，罪犯的57%。至于因下毒被判刑的，不仅大部分是女性，而且绝对是女性。1889年，3个区里下毒女性的绝对数量几乎比男性多2倍，相对数量则是22倍。无论如何，移民区的女性比男性少，但即便每年都有大批自由民妇女到来，男人总归占优势。性别如此不平衡，在流放移民区不可避免，而要达到平衡只有关闭苦役场才能达到，或者移民开始上岛，与流放犯结合，或者我们有了自己的弗赖太太（E.弗赖(1789-1845)，英国博爱主义者，致力于改善监狱环境。Π.叶廖明注），她将大力宣传把贫困家庭诚实的姑娘们送往萨哈林，发展家庭观念的思想。

的惊人地步。

现在，每当一群妇女来到亚历山大罗夫斯克，总是先煞有介事地把她们从码头带往监狱，女人们被沉重的行李压弯了腰，在公路上挪动，萎靡不振，还没从晕船中缓过来，她们身后像集市似的，跟着一大堆农妇农夫孩崽子和办事机构的人。那情景好似鲱鱼来时的阿尼瓦湾，鲱鱼后来尾随着成批的鲸鱼、海豹和海豚，都想来大吃一顿带卵的鲱鱼。种地的移民流放犯尾随其后，想法实在而简单：他们需要女主人。娘们看的是新来的人里有没有老乡，文书和看守需要的是"小姑娘"。这往往都是在傍晚时分，女人们被锁在事先准备好的牢房里过夜，接着在监狱里，哨所里整夜都在谈论着新来的女人，谈论着家庭生活的乐趣，谈论没有娘们就没法置业等等。在轮船开往科尔萨科夫斯克之前，还有一昼夜时间再把到来的女人们分派给各区。分派工作由亚历山大罗夫斯克的官员做，因此他们区得到女囚的往往在数量和质量上都是最多最好的一份，略少略为逊色的一份由最近的特姆斯克区获得。北部区精挑细选，仿佛筛子似的，留下的都是最年轻最漂亮的，故而有幸发派到南部生活的那一份里几乎都是老女人和那些"不讨男人喜欢"的女人。分配时压根不考虑农业移民区的因素，因为在萨哈林，如我所言，女人在各区的分配特别不公平，愈差的区，移民成功的希望愈渺茫的区，得到的女人反而愈多：最差的亚历山大罗夫斯克区每100个男人合到69个女人，中等的特姆斯克区合到47个，最好的科尔萨科夫斯克区，仅36个。[1]

给亚历山大罗夫斯克挑出来的女人中，有部分人被分派去官员家里帮佣。经历过监狱、囚犯闷罐车和轮船底舱，官员们干净明亮的房间，一下子让女人们感觉好像神奇的城堡，可是老爷本人，无论善良还是恶魔，对她都拥有无限的权力，她倒是很快就适应了自己的新处境，只不过说话还会长时间地带

---

[1] 谢尔巴克医生在他的一篇杂文里写道："第二天早上船才卸完。剩下的就是接手发配到科尔萨科夫斯克的流放苦役犯上船，领取各种收据。第一批50个男人和20个女人立刻送到了。从名册看出男人都没手艺，女人都已经很老了。放走的都是比较差的。"（《与流放苦役犯同行》，《新时代》第5381期）

着轮船底舱和监狱腔："说不上来"，"请吃，大人"，"正是"。另外一部分做了文书和看守的姘妇，还有一部分，占大多数，进了移民流放犯的木屋，得到女人的仅仅是那些比较富裕，有长官庇护的人。苦役犯也能得到女人，甚至还有考验类的苦役犯，只要他是有钱人，在监狱的小天地里就有势力。

在科尔萨科夫斯克哨所，刚到的妇女也是被关进专门的简易房里。区长和移民流放犯监管官一起决定，移民流放犯和农民中谁配得到女人。优先考虑那些已经有房、善于持家和品行良好的人。命令送达这些为数不多的人选者，让他们某日某时前往哨所，去监狱领女人。于是在指定的日子里，从奈布奇到哨所的驿道上往南去的人络绎不绝，在这里不无嘲讽地称他们为未婚夫或新郎官。他们的样子有点特别，还真是未婚夫的打扮，有的穿着通红的衬衫，有的戴着非同寻常的种植园主的帽子，还有的穿着不知道从哪里，在什么经济状况下买来的崭新锃亮的靴子。待他们全体到达哨所，就放他们进女监，跟女人们呆在一道。新郎们一开始肯定难为情，感觉笨手笨脚的，在通铺前转来转去，一言不发，严肃地打量着垂头坐在那里的女人们。人人都在挑，没有不满的鬼脸，没有冷笑，完全是认真的，"人性地"看待不漂亮、年老和那种囚犯相，新郎官仔细端详着，想根据面相猜出来她们当中谁是好女主人。有个年轻女人或中年妇女他觉得蛮"合意"，便挨着坐下来，跟她推心置腹地交谈。她问他，有没有茶炊，木屋是什么顶，薄板的还是草的。他回答，他有茶炊、马、两岁的小母犊，木屋的顶是薄板。只有在家庭状况考试结束后，等两人都觉得事情差不多了，她才决定发问："您不会欺负我吧？"

谈话结束。女人登记去某某移民流放犯家，某某村落，于是事实婚姻成立。移民流放犯带上自己的同居女伴回家，而且为了门面，不给脸上抹黑，经常会花光最后一个铜板租辆大马车。到家女伴做的第一件事就是生上茶炊，邻居们打量着炊烟，羡慕地嘀咕，谁谁谁已经有娘们了。

岛上没有女人干的苦役活。没错，女人们有时给办公室擦地板，在菜园里干活，缝口袋，但是没有什么经常性的和固定的，那种繁重的强制劳动，大概永远都不会有。监狱将女苦役犯全都让给移民区。每当她们被运抵岛屿，对她们的考虑的不是惩罚或改造，而是其生育能力和务农能力。女苦役犯是分给移民流放犯的女工，《流放犯管理条例》第345条准许，未出嫁的女流放犯"就近在村里的老住户家做女佣过活，直到出嫁为止"。然而此条规定不过是禁止淫乱和通奸的法律的掩饰罢了，因为住在移民流放犯家里的女苦役犯或女流放犯首先不是什么长工，而是他的同居者，行政当局认可的非法妻子，她与移民流放犯在同一屋檐下的生活，在官方的统计表和命令中被称为"共同置业"或"共同持家"，①他和她一起被称为"自由组合家庭"。可以说，除少数特权阶层的和随夫上岛的妇女以外，所有女苦役犯都与人同居。这被视为惯例。人们跟我说，当弗拉基米洛夫卡村有个妇女不愿意同居，声言她来这里是服苦役干活的，而不是为什么别的，她的话似乎让大家百思不得其解。②

地方上对女苦役犯形成的特殊看法，可能各区都有：不知她是人，主妇，还是比家畜更低级的活物。西斯卡村的移民流放犯们向区长递过呈请："恳请大人拨给我们奶牛以满足上述地点的牛奶需求，及女性以主持家务。"岛长官当着我的面与乌斯科夫村的移民流放犯讨论，许给他们各种承诺，顺便说了一句："女人的事情我不会把你们漏掉的。"

一个官员告诉我，"妇女从俄国运来不是春天，而是秋天，这不好。冬天里娘们什么都不做，帮不到男人，只是多出来的一张嘴而已。所以好业主都不愿意秋天把她们领走。"

想到冬天草料贵，人们就是这么说拉车的马的。女苦役犯人的尊严，以及女人的本性和羞涩感完全不在其考虑之内，似乎这一切都被她的耻辱烧得一干二净，抑或被她遗落在羁押的监狱里和遣送的路上了，至少体罚她时，毫不顾忌她会难为情。不过对她的人格侮辱毕竟从未达到强迫她嫁人或同居的地

① 如此条命令："同意亚历山大罗夫斯克区长于1月5日在第75个报告中提出的请求，亚历山大罗夫斯克监狱的女流放苦役犯阿库琳娜·库兹涅佐娃转派特姆斯克区与移民流放犯阿列克谢·沙拉波夫共同持家。"（第25号令，1889年）

② 难以搞懂，假如她拒绝同居，她住在哪里。在苦役场没有她们专门的住处。医务主任在1889年的报告中写道："到达萨哈林之后，她们必须自己张罗住处……为了支付住处的费用，她们有的人只得不择手段谋生。"

步。所谓在此类事情上使用过暴力的传闻,与什么海边有绞刑架和在地下室里劳动一样,都是无稽之谈。①

无论是妇女的年老,还是宗教信仰的不同,或是漂泊不定的状态都不是同居的障碍。50岁或更老的同居女伴,我不仅在年轻移民流放犯那里,甚至在刚满25岁的看守家里遇到过。往往是年老的母亲和成年的女儿一起来到苦役场,两人都被发去与移民流放犯同居,开始竞赛似的生孩子。天主教徒、路德教徒,甚至鞑靼人和犹太人与俄罗斯人同居的也不少。在亚历山大罗夫斯克的一个木屋内,我碰上一个俄罗斯女人给一大群吉尔吉斯人和高加索人做饭,登记到她的同居者是个鞑靼人,或者照她叫的,车臣人。亚历山大罗夫斯克有个当地人尽皆知的鞑靼人克尔巴莱跟俄罗斯的洛普申娜住在一起,跟她有3个孩子。②逃犯也有家室,有个逃犯伊万,35岁,在杰尔宾村,甚至微笑着对我声言,他有两个同居女伴:"一个在这儿,另一个登记在尼古拉耶夫斯克村。"还有一个移民流放犯跟来历不明的女人同居已经10年了,跟妻子一般无二,仍然不知道她的真名和是哪里人。

如问他们过得怎么样,移民流放犯和他的同居女伴总是回答:"过得不

---

① 我个人对这些传言始终有怀疑,但还是做了实地调查,搜集到所有可能成为流言由头的事例。人们说,大约三四年前,当时的岛长官是金采将军,亚历山大罗夫斯克有个女苦役犯,是外国人,被强迫拨给前警察所长。在科尔萨科夫斯克区,女苦役犯亚格利斯卡娅因为企图从同居的移民流放犯科特利亚科夫家里逃跑,被处30下鞭刑。那里的移民流放犯亚别瓦特也抱怨他的女人拒绝跟他生活,于是命令:"某某,抽她。""几下?""70。"那女人挨完打,仍不屈服,另找了移民流放犯马洛维奇金,这个人对她赞不绝口。移民流放犯列兹维佐夫,老头,将他的同居女伴与移民流放犯罗金捉奸在床,便去告状,于是命令:"叫她过来!"女人来了。"你算什么东西,不想跟列兹维佐夫?抽她!"命令列兹维佐夫自己惩罚同居女伴,他照办了。最终还是女人占了上风,我登记到的,她不是列兹维佐夫的同居女伴,而是罗金的。这就是居民们所说的全部事例。如果女苦役犯生性波蛮或淫荡,更换同居者过于频繁,也会被惩罚,不过这种情况很少,往往是移民流放犯告状后才发生。

② 在上阿尔穆丹村的鞑靼人图赫瓦图列夫家里,我登记到女同居者叶卡捷琳娜·彼得罗娃,她跟他生了几个孩子,这家的帮工是默罗默德教信徒,寄住者也是。雷科夫斯克耶村的移民流放犯默罕默德·乌斯捷-诺尔跟俄罗斯女人同居。下阿尔穆丹村的路德教教徒,移民流放犯佩列兹基的同居女伴是犹太人列娅·佩尔穆特·博罗哈,而在但塔科伊村,与移民流放犯出身的农民卡列夫斯基同居的是个虾夷女人。

错。"有些女苦役犯则告诉我，在俄国的家里她们一味忍受丈夫的胡闹、毒打和一块面包招来的数落，可是在这里，在苦役场，她们第一次看到了光明。"上帝保佑，现在跟一个好人过日子，他疼我。"流放犯都疼自己的女伴，珍惜她们。

"在这里，由于妇女少，男人们自己又种地，又做饭，又挤牛奶，又补衣服，"科尔夫男爵对我说，"如果他有了女人，就把她抓得紧紧的。您看看，他是怎么打扮她的。流放犯都尊重女人。"

"那她也免不了青一块紫一块的。"在场的科诺诺维奇将军插了一句。

常常会吵架、动手，打到鼻青脸肿，可是移民流放犯在教训自己的同居女伴时毕竟有所顾忌，因为她有实力：他晓得她在自己这里是不合法的，随时都可能抛弃他找别人去。当然，流放犯心疼自己的女人并非全是因为这一顾虑。无论在萨哈林不合法家庭组成得多么草率，纯粹的，诱人的爱情未必与之格格不入。在杜埃，我见到过一个疯疯癫癫，患癫痫病的女苦役犯，她住在也是苦役犯的同居者的木屋里，他照顾她，就像是尽心竭力的看护，当我跟他提到，跟这样的女人同居一室日子肯定很难过，他乐呵呵地回答我："没事的啦，大人，做人嘛！"在新米哈伊洛夫卡，有一个移民流放犯的女伴早就没了双腿，白天黑夜地躺在房间里的破衣服堆上，也是男人照顾她。当我要他相信，如果她去住院，他会方便得多，他也谈起了人性。

有良好和一般的家庭，就有另一种组合家庭，在某种程度上它要为流放犯的"妇女问题"的恶名负责。从最初一刻起这些人造家庭的假模假式让人讨厌，给人的感觉是家里氛围被监狱和强制毁了，家庭早已腐烂，它那里长出来的是恶。很多男人女人住在一起，因为必须这样，流放地就这样，同居成为移民区传统的惯例，这些人，作为没有自由的弱势群体，屈从于这一惯例，尽管没人强迫他们这么做。新米哈伊洛夫卡有个年已50的女霍霍尔，跟儿子来的，他也是苦役犯，原因是媳妇被发现死在井里。她撇下老头子和孩子们在家里，在这里与人同居，显然她觉得这样很丢脸，不好意思跟不搭界的人说。她看不起自己同居的人，可还是跟他住跟他睡：在流放地必须这样。这类家庭的成员之间彼此陌生到如此地步，好像他们很久没住在一起了，就算他们在一起已经5年、8年了，却不知道，彼此多大年龄了，是哪里人，父称叫什么……问她同居者的年纪，她漠不关心地、懒懒地看着一边，一如既往地回答："鬼才晓得！"同居者去干活或赌牌的当儿，同居女伴就委在床上，什么都不干，饿着肚子，如果有邻居来木屋，她不乐意地欠起身子，哈欠连天，说些什么她是"因为丈夫被判刑的"，无辜受罪："见活鬼，他被小伙子们杀了，反倒是我流放。"同居者回到家，无事可做，跟女人无话可说，茶炊若是生上，糖和茶却没有……看到委在床上的娘们只觉得烦闷和无聊，虽然又饿又窝火，唯长叹一声，也扑通一下倒在床上。如果这种家庭的女人卖淫，那么同居男人一般都鼓励她这么做。卖淫谋生，同居男人就当她是有用的家畜，给她面子，自己给她生茶炊，她撒泼也默不作声。她经常换同居男人，挑钱多一点的，或有伏特加的，或干脆就是因为厌了，换换口味。

女苦役犯可以领囚犯口粮，她拿来与同居男人共享，有时候这份女犯口粮就是家庭唯一的食物来源。由于同居女伴形式上被视为帮工，移民流放犯要为她，为她的劳动付公家钱，他必须从这个区往另一个区运20普特的货物，或者给哨所拉10根原木。这是例行公事，不过只有务农的移民流放犯必须这样做，对住在哨所的流放犯则不做要求，他们什么都不用做。服满刑期，女苦役犯转成移民流放犯身份后，便不再领取衣食给养，这样一来，在萨哈林转为移民流放犯完全无济于境遇的改善：领取官方口粮的女苦役犯比女移民流放犯日子好过，苦役期越长，对妇女们就越好，如若她是无期的，那就意味着她的食物也是无限期的。女移民流放犯获得农民资格一般有优惠，过6年就可以。

现在，移民区自愿随夫的自由民妇女比女苦役犯多，但与女流放犯的总数相比是2∶3。我登记到679名自由民妇女，女苦役犯和流放犯1041人，就是说，自由民妇女占移民区成年女性总数的40%。①促使女人们背井离乡随夫流放的原因各种各样。一部分人是出于爱情和怜悯；另一部分人坚信能够将丈夫和

① 自1879-1889年，开始海运的头10年里，志愿商船共运送男女苦役犯8430人，和自愿随他们前往的家属1146人。

妻子分开的唯有上帝；还有一部分人离家是因为难为情；在愚昧的农村，丈夫的耻辱总是烙在妻子身上，譬如，罪犯的妻子在河里洗衣服，别的娘们就叫她苦役犯的老婆；第四种人是被丈夫们用欺骗诱惑到萨哈林的，好像掉进了陷阱。还是在轮船底舱里，许多囚犯就给家里写信，说萨哈林暖和，地多，面包便宜，长官善良，在监狱里他们写的还是那一套，有时一连数年，不断想出新的诱惑，算准了妻子们的无知和轻信，事实证明，这往往奏效；① 最后，第五种人来是因为她们始终处在丈夫强烈的道德影响之下，这样的人，可能自己也参与了犯罪或得到过好处，没被审判纯属偶然，因为证据不足而已。最常见的是第一、二种人，原因在于她们同情和怜悯到自我牺牲的精神，坚定不移的信仰的力量，在自愿随夫的妻子中间，除了俄罗斯人，还有鞑靼人、犹太人、茨冈人、波兰人和德国人。②

当自由民妇女到达萨哈林时，这里对她们的接待并不特别客气。有件事情很有代表性。1889年10月19日，志愿商船"符拉迪沃斯托克号"给亚历山大罗夫斯克载来300名自由民妇女，少年和孩子。他们从符拉迪沃斯托克出发，在寒冷中航行了三四个昼夜，没有热的食物，就像医生告诉我的，在她们中间发现了26个猩红热、天花和麻疹病人。轮船抵达时已是深夜。可能是船长担心天气变坏，要求旅客连夜下船和卸货。卸船从夜里12点进行到2点，妇女和儿童们被关在快艇棚和货仓里，病人被隔离在检疫站的棚子里。旅客的行李被乱扔到驳船上。到早晨听说驳船被海浪卷到海里去了，哭声顿起。一个妇女与东西一起丢掉的还有300卢布。撰写事故经过时把罪责都算到暴风雨头上，然而第二天却在监狱的苦役犯那里发现了丢失的物品。

---

① 有个囚犯在信中居然吹牛说他有一枚外国银币。此类信件的口气都乐观，轻佻。

② 也有丈夫陪妻子流放的。在萨哈林这样的丈夫仅3人，亚历山大罗夫斯克的退役士兵安德烈·奈杜什和安德烈·加宁，杰尔宾村的农民日古林。后者是个老头，陪妻子和孩子们来的，样子怪怪的，像个酒鬼，是街坊邻居笑话的对象。一个德国人带着妻子来找儿子戈特利布。他一句俄语不会说，我问他多大年纪了，他用德语说："我出生于1832年。"接着用粉笔在桌子上写下1890，再减去1832。有个苦役犯，原本是商人，陪他来的是他的伙计，不过伙计在亚历山大罗夫斯克只呆了一个月就回俄国了。根据《流放犯管理条例》第264条，犹太人丈夫不能陪被判刑的妻子流放，后者只能带走正在哺乳的孩子，且得到丈夫同意。

自由民妇女一到萨哈林就懵了。岛屿和苦役犯的环境让她大吃一惊。她绝望地说，来投奔丈夫时，并没骗自己，知道不会好，可现实却比所有想象更可怕。跟比她早来的妇女一攀谈，看一眼她们的住处，她就已经相信，她和她的孩子们毁了。尽管离期满还有10-15年，可她已经在朝思暮想着大陆，不愿意听到谈这里的家业，那在她看来微不足道，不值一提。她日日夜夜地边哭边数落，好像追忆去世的人那样怀念自己撇下的亲人，丈夫呢，意识到自己对她犯下的滔天大罪，沉着脸不出声，但终究忍不住，开始打她骂她，说她不该到这儿来。

如果自由民妻子没带着钱来，或者太少，只够买一座木屋，如果她和丈夫得不到老家的任何接济，那么很快就挨饿了。没有收入，求告无门，她和孩子们只能吃苦役犯丈夫从监狱里领来的那份囚犯口粮，而这份口粮勉强只够一个成年人吃的。[1] 日复一日总是往一处想：吃什么，拿什么喂孩子。由于经常挨饿，由于总为吃的吵嘴，由于相信好不了，随着时光的流逝心肠冷酷起来，女人认定在萨哈林温文尔雅填不饱肚子，便像一个妇女所说的，"用自己的身体"挣几个小钱。丈夫的心肠也硬了，顾不上清白，反正这也不重要。女儿们刚刚长到十四五岁，便也放她们出去赚钱，母亲拿她们在家里做生意，或者让她们跟有钱的移民流放犯和看守同居。而且这一切得来全不费工夫，所以自由民妇女在这里镇日价优哉游哉，哨所里完全无事可做，村落里，特别是北部二区的，家业其实微不足道。

除了贫困和无所事事，自由民妇女还有第三个痛苦的渊源，这就是丈夫。他会喝光或者赌光自己的口粮、妻子，甚至孩子们的衣服，他可能再犯罪或者逃跑。在我逗留期间，特姆斯克区的移民流放犯贝舍维茨被指控谋财害命羁押在杜埃的镣铐室，他的妻子和孩子住在附近的家属营里，房子和家业都扔了。在小特姆村，移民流放犯库切连科跑了，撇下妻子和孩子。即使丈夫不是

---

[1] 这个自由民妇女，合法妻子的处境与她的女苦役犯邻居，处境之间的差距触目惊心，后者是同居者，每天从官方领取3磅面包。在弗拉基米洛夫卡村，有个自由民妇女被怀疑谋杀丈夫，如果判她服苦役，那么她就开始领口粮了，这就是说，她的处境会比犯罪前有所改善。

这类非杀即跑的人，每天妻子仍然会担惊受怕，可千万别罚他，可千万别冤枉他，可千万别累伤身子，别得病，别死了。

岁月流逝，老之将至，丈夫已经苦役和移民流放期满，就要得到农民资格了。忘记过去，与昔日永别，踏上去大陆的归程，远方有新的、理想的、幸福的生活隐约在等他们。也可能是另一种情形，妻子患肺病去世，丈夫回到大陆，年老孤独；或者她变成寡妇，不知道该做什么，去哪里。在杰尔宾村，自由民妇女亚历山德拉·季莫非耶夫娜离开自己莫罗勘教教徒的丈夫，跟了牧羊人阿基姆，住在逼仄、肮脏的小简易房里，已经给牧羊人生下女儿，丈夫则给自己另找了女人，同居女伴。亚历山大罗夫斯克的自由民妇女舒利金娜和费定娜也离开丈夫跟人同居去了。涅尼拉·卡尔片科成了寡妇，现在与一个移民流放犯同居。苦役犯阿尔图霍夫逃跑了，他的妻子叶卡捷琳娜，自由民，与人非法同居。①

---

① 《流放犯管理条例》也涉及到自由民妇女。根据第85条，"自愿前来的妇女随行期间不得使之与丈夫分开，不受监管。"在欧洲部分的俄国或在志愿商船上她们是自由的，不受监管，在西伯利亚，当所有人混在一起步行和乘大车时，押解人员无暇区别对待流放犯和自由民。在外贝加尔我曾看到过，男人、女人和孩子一起在河里洗澡，押解人员站成半圆，不允许任何人越过，甚至孩子也不行。根据第173条和253条，自愿随夫的妇女，"在到达惩罚地之前一路上都可以领取食物、衣物和钱"，与囚犯等量。然而在《条例》里并未提及，过了西伯利亚，步行或乘大车时应该如何对待自由民妇女。根据第406条，她们经政府同意，可以暂时离开流放地，回帝国内地小住。如果丈夫在流放地去世，或因其再犯罪而解除婚姻，那么，根据第408条，她可以官费返乡。流放苦役犯的妻子和孩子的错就在于命运让她们跟罪犯是一家人。弗拉索夫在报告中描述她们的处境时，写道，这"差不多是国内放逐制度中最阴暗的一个方面"。关于各区各村自由民妇女分布不均，及地方行政当局很少关爱她们，我已经说过了。请读者回忆一下杜埃的家属营。自由民妇女和孩子们待的大房间跟蹲监狱一样，在让人恶心的环境里，与监狱的赌博犯人、他们的情妇和他们的猪在一起，羁押在杜埃，即是在岛屿最恶劣最无望的地方，足以显示出当地政府的移民开拓和农业开发的政策。

XVII

流放人口的年龄结构——流放犯的家庭状况——婚姻——出生率——萨哈林的儿童。

　　流放人口年龄结构的官方统计数字，纵然比我收集的准确和完整，还是说明不了任何问题。首先，它是偶然的，因为它不是以自然的和经济的条件为前提，而是以法理、现存的惩罚体制、制作监狱统计的长官意志为参数的。随着对流放制度，特别是对萨哈林的看法的转变，人口的年龄结构也会变；如果流放到移民区的妇女增加一倍，或随着铁路通向西伯利亚而开始的自由移民，也会有变化。其次，在流放岛上特殊的生活机制里，这些统计数字完全不具有正常条件下的切列波韦茨县和莫斯科县统计数字的意义。例如，老年人在萨哈林的人口比例中微乎其微，但这并非意味着条件艰苦，譬如死亡率高，而仅仅是大多数流放犯刑期一满，就趁着还没老赶紧回大陆了。

　　目前，在移民区占第一位的年龄段是25-35岁（24.3%）和35-45岁（24.1%）。① 20-55岁年龄段，格里亚茨诺夫医生称之为劳动年龄，其人数在

----

　　① 这是我编制的年龄统计表：

年龄	男	女
0-5岁	493	473
5-10岁	319	314
10-15岁	215	234
20-25岁	134	136
25-35岁	1419	680
35-45岁	1405	578
45-55岁	724	236
55-65岁	218	56
65-75岁	90	12
75-85岁	17	1
85-95岁	1	
不详	142	35

移民区占比64.6%，即高于俄国近一半。①可叹的是，萨哈林的劳动或有生产能力年龄的高比例乃至过剩，根本不是经济宽裕的标志，而仅仅证明劳动力过剩，因此，即便饥饿、无所事事和缺乏技能的人数量巨大，萨哈林仍在大兴土木，修桥铺路。造价不菲的建筑与衣食无着、一贫如洗的劳动力比肩并列，今天的移民区令人想起古老的过去，那时也是人为地制造劳动力过剩，一边是廊庙和杂技场鳞次栉比，一边是劳动力群体忍受着极度的贫困。

0–5岁年龄段儿童的统计数字占比也很高，达24.9%，虽然相比俄国同一年龄段的统计数字要低，②然而以流放区家庭生活环境如此恶劣而言，这个比例算高了。萨哈林妇女的生育率和儿童不高的死亡率，读者接下来可以看到，儿童的比例或许很快就会上升，甚至达到俄国的水平。这是好事，因为除了为各种各样的移民开拓考虑，与孩子的血缘关系亦是流放犯的道德支柱，比别的更让他想起俄国的乡村故土，况且照顾孩子将妇女们从无所事事中拯救出来。这也是坏事，因为这个没有生产能力的年龄段的人需要花销，自己什么都挣不来，增加经济困难，他们使贫困加剧，在此方面移民区的处境比俄国农村愈加差：萨哈林的儿童长大到少年或成年后，都会离开去大陆，这样一来，移民区负担的花销便得不到回报。

对尚未成熟，但正在成熟的移民区而言是希望和基础的年龄段，在萨哈林的比例微乎其微。整个移民区内15–20岁的人仅185人：男89人，女96人，即占比约2%。其中仅27人是真正的移民区儿童，即出生在萨哈林或流放的路上，其余的全都是外来的。但这些出生在萨哈林的儿童也仅住到父母或丈夫去大陆为止，都将随他们一道离开。这27人几乎都是刑期已满的富裕农民的孩子，仍然留在岛上是为了资本更雄厚。譬如，亚历山大罗夫斯克村的拉奇科夫家就属此类人。还有玛利亚·巴拉诺夫斯卡娅，她是自由移民的女儿，出生在奇比桑，现年18岁，也不再待在萨哈林，将随丈夫去大陆。20年前出生在萨哈林，年满21岁的那些人，岛上已经一个不剩了。20岁的人移民区总共27个：其

---

① 切列波韦茨县的劳动年龄占44.9%，莫斯科县45.4%，坦波夫县42.7%。

② 切列波韦茨县37.3%，坦波夫县39%。

中流放来的7人,7人是自愿随夫的,7人是流放犯的孩子,年轻人都已认识去符拉迪沃斯托克和阿穆尔的路。①

萨哈林有860户合法家庭和782户自由组合家庭,这些统计数字足以表明住在移民区的流放犯的家庭状况。一般来说,全部成年人口中近半数的人享有家庭生活。移民区的女性全部都有主,另外一半,将近3千人单身生活的,清一色是男性。不过,这种情况也是偶然的,经常起变化。譬如,每逢特赦,监狱一下子释放约数千名的新移民流放犯,那么移民区单身男性的比例就会上升,这种事我离开不久就遇上一次,当时,萨哈林移民流放犯获准去乌苏里斯克修筑西伯利亚铁路,于是这个比例又下降了。无论如何,流放犯中家庭因素的发展还是相当弱,有人指出,移民区之所以至今未获成功,其主要原因就在单身男性数量多。②目前当务之急的问题是,为什么移民区的非法家庭和自由同居得到如此广泛发展,为什么看到流放犯家庭状况的统计数字,会得出这种印象,仿佛流放犯在顽固地逃避合法婚姻? 须知假如不是自愿随夫的自由民妻子的话,移民区自由组合家庭将比合法家庭多3倍。③总督向我口述这种状况时,称之为"令人发指",当然不是怪罪流放犯。流放犯大多数拥护父权制,信仰宗教,更喜欢合法婚姻。常有非法夫妇请求长官准许在教堂重新举办婚礼,可是大多数的请求都遭到拒绝,原因既不在于地方行政当局,也不在流放犯本人。问题在于,即便罪犯被剥夺公权包括父权,对于家庭他已不复存在,如同死人一般,但他在流放地的婚姻权仍然不取决于他今后的生活状况,而

---

① 从表格中可以见出,儿童年龄段内的性别基本平衡,而在15-20、20-25年龄段女性甚至有些过剩,不过25-35年龄段的男性超过女性的一倍,中老年年龄段男性可以说是大大超过女性。老年男人数量少到几乎没有,老年女性显示出萨哈林的家庭缺乏经验和传统。顺便说一句,每次去监狱我都感觉到,那里的老年男性相对比移民区多。

② 但是,无论从哪方面都未见到移民区初期的巩固主要是靠家庭因素的发展,我们知道,弗吉尼亚的富裕早于往那里输送妇女。

③ 如果仅凭统计数字判断,就可能得出结论,即俄国流放犯完全不需要教会婚姻,例如,根据1887年的官方统计可见,亚历山大罗夫斯克区的女苦役犯共211人。其中仅34人的婚姻合法,136人与苦役犯和移民流放犯同居。同一年特姆斯克区的194名女苦役犯中11人与法定丈夫生活,161人属同居。198个村落中33个出嫁,118人同居。科尔萨科夫斯克区没有一个女苦役犯与丈夫生活,115人的婚姻不合法,21个村落仅4人出嫁。

由不是罪犯，留在家乡的妻子意愿决定。必须征得对方同意解除婚约，同意离婚，届时罪犯方可步入新的婚姻。一般留在家乡的妻子们都不会同意：一种人出于宗教理念，离婚是罪孽；另一种人是因认为解除婚约没有必要，无意义的事，任性胡闹，尤其是夫妻双方已经人近中年。"他是结婚的年龄吗？"收到丈夫提出离婚的信后，妻子琢磨，"这老狗，也不想想他的灵魂。"第三种人拒绝是因为担心，离婚这种事太复杂、太麻烦，太费钱，或者仅仅是因为不晓得去哪里递申请，从何处下手。还有，流放犯不要合法婚姻还得归咎于犯人案卷的不完备，办理时往往需要一系列各种各样的手续，其令人厌倦的繁文缛节，导致流放犯把钱全花在文书身上，还有印花和电报上，最后绝望地直摆手，打定主意，合法家庭他不要。很多流放犯根本就没有犯人案卷，有的案卷里根本没有记载流放犯的家庭状况，或要么不清楚，要么是错的，此外，除了犯人案卷，流放犯没有任何其他证明文件，以备不时之需。①在移民区完婚的数据资料，可以在户籍簿中查到，但是因为合法婚礼在这里办起来太奢侈，不是人人都办得起的，所以这些资料远远不能说明居民对婚姻生活的真实需求，在这里举办教堂婚礼不是何时需要，而是何时能够。资料里举办婚礼的平均年龄的统计数字压根就是摆设：根据它断定晚婚多还是早婚多，要由此处得出某种结论是不可能的，因为大多数流放犯的家庭生活早在教堂仪式完成之前就开始了，在教堂重新举办婚礼时两人已经有孩子了。从户籍簿里暂时只能看出，最近10年间婚礼举办数量最多的是在1月，占全年的1/3。秋季婚礼也不少，但与1月绝对没得比，与国内农村的情况不可同日而语。在正常的条件下，移民流放犯的自由民孩子无一例外都早婚，新郎的年龄18—20岁，新娘的15—19

---

① 沙霍夫斯基公爵在他《萨哈林岛体制论》中写道，"犯人案卷成为解除婚约不小的困难，里面常常不记载宗教信仰和家庭状况，主要是无法知道是否与留在俄国的配偶离婚，要知道这一点，尤其是从萨哈林岛通过宗教事务所请求离婚几乎是不可能的。"这些典型的例子说明移民区是如何组织家庭的。小塔科伊村的女苦役犯索洛夫耶瓦·普拉斯科维娅与移民流放犯库德林同居，他不能娶她，因为在老家有妻子；这个普拉斯科维娅的女儿，娜塔丽娅，17岁，自由民，与移民流放犯戈罗金斯基同居，他也因同样理由不能娶她。新米哈伊洛夫卡的移民流放犯伊格纳季耶夫跟我抱怨，他不与同居女伴重新结婚，是因为时隔多年不能认定他的家庭状况，他的女伴请求我帮忙，她说："罪孽呀，这样生活，我们已经不年轻了。"类似的例子达几百个之多。

岁。但是15-20岁的自由民姑娘比男人多,他们通常在岛上呆到结婚年龄就走了,大概是由于年轻的未婚夫太少,出于经济的考虑不相称的婚姻很多,年轻的自由民姑娘,几乎还是小女孩,就被父母许配给成年的移民流放犯和农民。经常有士官、上等兵、军医士、文书和看守结婚,但他们只喜欢十五六岁的少女。①

婚礼办得都简单而乏味,据说,在特姆斯克区有时候会有快乐的婚礼,热闹得很,最会闹的是霍霍尔。在亚历山大罗夫斯克有印刷所,流放犯都作兴在婚礼前送印好的请柬,印命令印烦了的苦役犯印刷工往往很高兴显摆一下自己的技艺,他们印的请柬在外观和文字上比莫斯科的一点不差。每场婚礼官方都发一瓶食用酒精。

移民区的出生率让流放犯们自己都认为太高,这成为嘲弄女人的笑柄,见

---

① 士官,尤其是看守,在萨哈林都被当作难得的对象,他们很晓得自己的身价,在新娘和她们的父母面前表现出肆无忌惮的傲慢,为此列斯科夫非常不喜欢这些"贪婪的僧侣畜生"(在《僧侣的生活琐事》中,列斯科夫写道,那些行为放荡的高级僧侣的出身上层的亲戚们,在他们的胡作非为面前闭上了眼睛。列斯科夫在这里引用的是彼得一世的命令,命令中称这种人为"贪婪的畜生"。Π.叶廖明注。)10年间有过几多不相称的婚姻,十四等文官娶了苦役犯的女儿,七等文官、大尉娶的是移民流放犯的女儿,商人娶流放犯出身的农民的女儿,贵族女子嫁给移民流放犯。知识阶层的人娶流放犯的女儿这种事虽然不多,却相当讨好,当然对移民区不无好影响。1880年1月,杜埃教堂里举办了一场苦役犯和吉利亚克女子的婚礼。在雷科夫斯克耶我登记到11岁的男孩格里高利·西沃科贝尔克,他的母亲是吉利亚克女人。一般来说,俄罗斯人与异族人的婚姻极少。人们给我讲过,有个看守娶了吉利亚克女人,她生了一个儿子,也想受洗改信基督教,然后办个教堂婚礼。伊拉克利神甫认识一个雅库特人苦役犯,他与格鲁吉亚女子结婚,两人的俄语都很差。至于默罕默德教信徒,尽管被流放仍不拒绝多妻,一些人有两个妻子,譬如亚历山大罗夫斯克的贾克桑贝托夫有两个妻子:巴特玛和萨谢娜,科尔萨科夫斯克的阿布巴基洛夫也有两个妻子:加诺斯塔和韦尔霍尼萨。在安德烈-伊万诺夫斯克我看到一个15岁的绝色鞑靼女子,他丈夫花1百卢布把她从她父亲手里买过来,每每丈夫不在家,她坐在床上,移民流放犯们就在门厅里看她,欣赏美色。

《流放犯管理条例》仅允许流放苦役犯双方成为改正类犯人1-3年之后结婚,所以,置身移民区的女犯,如果还是考验类的话,就只能同居,而成不了妻子。男流放犯可以娶女犯,而被剥夺公权的女犯在转为农民之前,只能嫁给流放犯。自由民妇女嫁给流放犯,如果是在西伯利亚,是头婚,可得公家补助50卢布,女移民流放犯嫁给流放犯,头婚,可得15卢布无偿贷款和同样数目的有偿贷款。

《条例》中没涉及逃跑的流放犯的婚姻。根据什么文件确定他们的家庭状况及其举行婚礼时的年龄,我不得而知。在萨哈林也给他们办婚礼,这是我从下面的文件呈文里知道的,"谨呈萨哈林岛长官大人阁下。特姆斯克区雷科夫斯科耶村,出生地不详的伊万,现年35岁。我,涅波姆尼亚希,于过去的1888年11月12日在白桦树村与玛利亚正式结婚"。因为他不识字,上述呈文由2名流放犯代笔。

解深刻的意见的根据。据说,萨哈林的气候适合妇女怀孕,甚至那些在俄国不能生育,已不再指望有孩子的老太婆都生得出孩子。女人们如同急于要萨哈林人丁兴旺,经常生双胞胎。弗拉基米洛夫卡的一个中年产妇,已经有了一个成年的女儿,听说了太多生双胞胎的,指望自己也生两个,等生出来的只有一个时,大失所望,她求助产士:"再找找看。"可是这里的双胞胎并不比俄国各县多。截至1890年1月1日,之前的10年里移民区共出生2275个男女婴孩,而被称为双胞胎的只有26人。①所有这些关于妇女生育率太高、双胞胎等等的夸张说法,说明流放居民对生育的浓厚兴趣和生育在这里具有举足轻重的意义。

由于人口数量总是随着人来人往变化不定,像市场那样具有偶然性,要确定移民区近几年的平均出生率简直是奢望,难上加难的是,我和其他人收集的统计资料少得可怜,近几年的人口数量不清楚,当我查阅了官方资料后,要搞清楚它在我犹如古埃及奴隶之苦役,其结果亦非常可疑,只能大致确定一下出生率,且仅限于当下。1889年4个教区共出生男女婴孩352个,正常条件下,在俄国有7千居民的地区每年才生出这个数量的婴孩,②1889年移民区的人口刚好是7千多几百。显然,这里的生育率只比俄国总的平均数(49.8),以及俄国各县的平均数,如切列波韦茨县(45.4)的略高一些。可以承认,1889年萨哈林的出生率与俄国的一样高,如果有所差异但不大,可能就没有特别的意义。如果两个地区的平均生育率一样,而一个地区的妇女怀孕率高一些,另一个地区妇女的怀孕率低一些,那么,很显然,就还可以承认,萨哈林妇女的怀孕率比俄国总体的怀孕率高得多。

饥饿、思乡、恶习、不自由——流放地林林总总的恶劣条件并未扼制流放犯的生育能力,这么说,亦并非它的存在就意味着条件好。妇女生育率和出生率提高的第一原因是,移民区的流放犯无所事事,丈夫和同居男人只好窝在家里,没有打工赚钱的机会,生活单调乏味,因此满足性欲往往就成为唯一可能的娱乐;第二个原因是,这里的大多数妇女都正值育龄。眼前这些原因除

---

① 这些统计资料我摘自教堂出生册,记录的只有东正教人口。

② 按照扬松的方法计算,平均每1千人能生出49.8或将近50个婴孩。

外, 可能还有一些暂时无法直接观察到的原因。也许, 这旺盛的生育力应该被视作大自然赐予人们与危害和破坏斗争的手段, 首先是与人口稀少, 女性不足等这个大自然秩序的敌人作斗争。人类面临的危险越大, 生育得就越多, 在此意义上恶劣条件可以被视为出生率高的原因。①

10年间出生的2275名婴孩中, 秋季出生的最多 (29.2%), 春季最少 (20.8%), 冬季 (26.2%) 出生的比夏季 (23.6%) 多。至今怀孕和生产数量最多的是在8月到1月的半年里, 这段时间昼短夜长, 较之耕种和多雨的春夏两季, 最有利于怀孕和生产。

目前萨哈林共有儿童2122人, 包括1890年满15岁的少年, 其中随父母来自俄国的644人, 出生在萨哈林和前往流放途中的1473人, 我不知道出生地的孩子有5个。第一部分, 1/3不到, 他们大多是来岛时已经到懂事的年龄: 他们记得并喜爱故乡; 第二部分, 萨哈林生人, 从未见过比萨哈林更好的地方, 他们理当依恋它, 视之为自己真正的故乡。一般说来, 这两组人彼此差异较大。譬如第一组的非婚生孩子数量占比仅1.7%, 第二组则为37.2%。②第一组的孩子自称是自由民; 绝大多数是在被判刑之前出生和怀上的, 并因此保留着公权。在流放地出生的孩子, 对自己无从说起, 以后他们会被登记为纳税人, 被叫作农民或市民, 现在他们的社会地位则被定为: 流放苦役犯的私生子, 移民流放犯的女儿, 移民的私生女等等。曾经有一个贵族妇女, 流放犯的妻子, 得知她的孩子在户籍簿里被登记为移民流放犯的儿子时, 据说失声痛哭。

第一组中几乎没有哺乳期的和4岁以下的孩子: 他们多为学龄儿童。第二组里的萨哈林生人里面, 恰恰相反, 多是幼童, 而且孩子越大, 人数越少, 假如我们用图表显示该组儿童的年龄, 得到的图形将是直线下滑。该组1岁以下的孩子有203人, 9–10岁的45人, 15–16岁的仅11人。出生在萨哈林的20岁青年, 我已经说过, 一个不剩都走了。如此一来, 缺少少年和青年, 年轻的未婚夫妻

① 快速出现的剧烈灾难, 如灾荒、战争等等, 会降低出生率, 长期的灾难, 如儿童的高死亡率, 可能还有被俘、囚禁、流放等等, 却会增强出生率。在一些心理退化的家庭里就观察到出生率的提高。

② 第一组非婚生的孩子都是女苦役犯的孩子, 在被判刑和服刑之前就已出生; 而在自愿随伴侣或父母流放的家庭里则完全没有非婚生孩子。

中清一色都是外来者身影。萨哈林生人中大龄儿童比例低还揭示了儿童的死亡率，以及在过去历年中岛上妇女过少，所以孩子出生的就少，但这主要归咎于移民。成年人去大陆时不会留下孩子，自己把他们都带走了。萨哈林生人的父母通常在他出生之前早就开始服刑，待他出生，长到10岁，他们大多都已获得农民资格，能够去大陆了。外来儿童的处境则完全相反。当他的父母被流放萨哈林，他往往已经5-8岁，或者8-10岁，在父母服苦役和移民流放期间，已经过完了童年，等到父母获得农民资格，他已经成为劳动力了，没等全家去大陆，他已经去好过几次符拉迪沃斯托克和尼古拉耶夫斯克，打工赚钱了。反正，无论外来的，还是土生土长的都不会留在移民区，所以萨哈林所有的哨所和村落至今为止确切的称呼不是移民区，而是临时迁居地。

　　新生儿的出生在家里不受欢迎，给摇篮中的婴儿唱的不是摇篮曲，而是令人惶恐不安的哭诉歌。父亲们和母亲们说，孩子没东西喂养，他们在萨哈林学不到好，"仁慈的老天爷愈早带他走就愈好"。如果孩子哭闹或淘气，就会恶狠狠地朝他吼："闭嘴，死掉算了！"然而不管怎么说，不管怎么咒，在萨哈林最有益、最需要、最可爱的人，是这些孩子，流放犯本人也最知道这一点和珍惜他们。他们给粗俗的、道德败坏的家庭带来温柔、纯洁、温顺、快乐。尽管孩子们是无辜的，但是他们在这个世界上最爱的是有罪的母亲和强盗父亲，如果身陷囹圄的流放犯尚能被一条狗的温柔所打动，那么孩子的爱对他会是何其珍贵啊！我已经说过，孩子的存在是流放犯的道德支撑，这会儿还要补充说，孩子往往还是男女流放犯与生活联系的唯一纽带，将他们从绝望、彻底堕落中拯救出来。有一次我登记到两个自由民妇女，她们自愿随夫过来，住在一个房间里，一个没有孩子，我在她们木屋里时，一直在怨天尤人，嘲笑自己，骂自己是傻子，作孽了来萨哈林，神经质地握紧双拳，始终都在场的丈夫此时只能负疚地望着我。而另一个有孩子的，这里都这么叫，她有几个孩子，却沉默不语，所以我认为，前面那个没孩子妇女的状况必定更可怕。还记得我在一个木屋里登记到一个3岁鞑靼小男孩，他戴着小圆帽，两只眼睛分得很开，我跟他说了几句好听的话，他父亲，一个喀山鞑靼人原本无动于衷的脸上，突然变得和颜悦色，他开心地点点头，好像赞成我说的话，他儿子真的是非常好的小男孩，我觉得这个鞑靼人是幸福的。

　　萨哈林的孩子们受的是什么影响，又是什么影响决定了他们的精神活动，读者从前文中应该明了了。在俄国，在城市和乡村，被当作可怕的东西，在这里习以为常。孩子们用无所谓的眼光目送披枷带锁的囚犯，每逢镣铐犯运沙石，孩子们跟在后面起哄。他们玩官兵捉强盗的游戏。小男孩跑到街上，朝自己的伙伴高喊："看齐！""稍息！"要么他把自己的玩具和面包装到口袋里，对母亲说："我逃跑了。""看着点，小心哨兵给你一枪。"母亲也开玩笑，他走到街上流窜，伙伴们则扮成哨兵捉他。萨哈林的孩子谈的都是逃犯、抽树条、鞭笞，他们都晓得谁是刽子手、镣铐犯、同居者。在上阿尔穆丹村的木屋里巡访时，在一个木屋里我没看到大人，家里只是一个10岁的小男孩，浅色头发，驼背，打着赤脚，苍白的脸布满圆圆的雀斑，像大理石做的。

　　"你的父称叫什么？"我问。

　　"我不知道。"他回答。

　　"怎么会？你跟父亲住，不知道他叫什么？难为情的。"

　　"他不是我真的父亲。"

　　"这么说，不是真的？"

　　"他跟妈妈同居。"

　　"你母亲是有丈夫的，还是寡妇？"

　　"寡妇。因为丈夫来的。"

　　"这么说，是随夫的？"

　　"是杀夫。"

　　"你记得自己的父亲吗？"

　　"不记得。我是私生子。妈妈在喀拉生的我。"

　　萨哈林的孩子苍白、消瘦、羸弱，他们衣衫褴褛，永远饥肠辘辘。之后读者将会看到，他们差不多都死于消化道疾病。半饥半饱的生活，有时候一连数月的食物只有大头菜，家境过得去的也只有咸鱼，低温和潮湿慢慢地戕害着孩子们的身体, 精力的消耗使他们的肌体组织退化, 如果不移民, 那么2–3代之后, 移民区就可能会出现各种各样营养不良的疾病。现在, 最穷困的移民流放犯和苦役犯的子女都可以领取官方的"抚养费": 1–15岁的儿童每月可得1个卢布, 父母双亡的孤儿、残疾儿和畸形儿每月可得3卢布。儿童获得救助的权力由官员个人酌定, 他们对"最穷困"一词的理解各个不同, ①领来的1–3个卢布由父母支配。由于这笔救济金有如此之裁夺和父母的穷困与狠心, 很少能达成其初衷, 早该取缔了。它不仅没有减轻穷困, 反而伪饰了贫困, 使不明真相的人们以为, 萨哈林的儿童都有生活保障。

---

① 发放的尺度取决于官员是否认定为残疾和畸形, 只有跛脚、断手和驼背算, 还是肺结核、弱智和瞎子都算。

XVIII

流放犯的活计——务农——狩猎——捕鱼——洄游鱼：大马哈鱼和鲱鱼——监狱捕鱼业——技能。

将流放苦役犯和移民流放犯的劳动用于农业的思路，我已经说过，在初建萨哈林流放地时就有了。思路本身极具诱惑：显然，田间劳动包含所有要素，让他有事可做，依附土地直至得到改造。况且这些劳动大多数流放犯都能胜任，因为国内的苦役制度的对象是农民，仅1/10的苦役犯和移民流放犯属于非农阶层。而且此思路已见成效，至少迄今为止流放犯在萨哈林的主要活动是农业，移民区也一直被称作农业移民区。

萨哈林移民区自成立以来年年耕种，从未中断，随着人口的增加，耕种面积亦逐年扩大。当地的田间劳动不仅是强制性的，而且繁重，如果认为用"繁重"一词形容的体力强迫和紧张就是苦役犯劳动的基本特征，那么，很难找到在这个意义上比萨哈林的农活更适合罪犯的活计了，直到今天它都符合最严厉的惩罚目的。

然而它是否有成效地符合移民区的目的，对此在萨哈林流放地从一开始直到目前说法各异，而且经常是完全相悖的。一部分人认为萨哈林是物产最丰富的岛屿，在报告和报道里，甚至如人所说，还拍热情洋溢的电报，言称流放犯终于自食其力了，已经不再需要国家负担；另一部分人对萨哈林的农耕则持否定态度，坚决地表示，农业文明在岛上不可思议。分歧产生的原因在于，对萨哈林农耕发表议论的大部分人并不了解此事的真实状况。移民区建立在未经勘测的岛屿上，以科学的观点而论，它完全是terrain incognitam，[1]对其自

① 拉丁文：陌生的地方。

然条件以及开发农业的可能性的判断仅仅依据以下特征,如地理纬度,近邻日本,岛上生长竹子,黄柏等等,对那些偶然来访的记者,其判断往往凭第一印象,具有决定性意义的是好天气或坏天气,在木屋中招待他们的面包和黄油,以及他们最先到的是杜埃那样的阴森之地,还是看上去其乐融融的西扬恰村。负责农业移民区的官员大部分在任职前既不是地主,也不是农民,对农业一无所知;他们的报表每次使用的都是看守为他们收集的资料。而当地的农学家专业知识浅薄,什么都不做,要么他们的报告明显片面,要么他们是一出校门就直接来到移民区,起初只会照搬理论和走形式,报告里采用的也是底层办事员为他们收集的资料。①

有人以为,最可靠的资料有可能由亲自耕种的人提供,但是这个来源也不可靠。由于惧怕不给他们救济,不再贷给他们种子,让他们一辈子留在萨哈

---

① 在给农业视察官1890年度报告所做的批示中,岛长官说,"终于有了文献,可能还很不完善,但至少是以专家收集的观察结果为基础的,不为迎合人。"他称该报告为"在这方面迈出的第一步",这就是说,1890年之前的报告都是为了迎合什么人的。接着科诺诺维奇在批示中说,到1890年为止,关于萨哈林农业唯一的资料来源是"凭空的臆想"。农学家官员在萨哈林称为农业视察官,属6等文官,待遇不错。在岛上逗留两年后视察员开始提交报告,都是些不切实际的东西,里面都是作者个人的观察结果,其结论不确定,不过报告中会简略阐述气象和植物的资料,据此足以清楚岛上居民的自然条件。这份发表的报告当然会载入萨哈林史料。至于之前任职的农学家,他们全都太不走运了。我已经不止一次提到米楚利,他是农学家,后来做了负责人,最后死于心绞痛,还不到45岁。另外一个农学家,正如人们说的,竭力证明萨哈林不可能发展农业,一直到处寄文件和拍电报,死于严重神经失常,现在提起此人都认为他诚实、懂行,但是个疯子(指的是鲁日奇科,职业农学家,1878年毕业于彼得堡农科院)。1884年,鲁日奇科被任命为萨哈林农业视察官,详细了解当地条件后得出结论,在萨哈林搞农业不可能。鲁日奇科的结论使习惯于向政府要钱开发萨哈林农业的长官方面很不安,而且新视察员还发现公款被盗用和利用"移民开发基金"欺诈。东西伯利亚总督阿努钦禁止鲁日奇科批评萨哈林的体制,不许他说移民开发之不可能,以免导致"移民人心涣散"。于是农学家致信亚历山大三世,然而在回复电报中沙皇禁止鲁日奇科"拍发涉及他对萨哈林岛个人看法的电报"。国家财政部将鲁日奇科除名,为了彻底掩盖那些关于犯法的流言,新阿穆尔边区总督科尔夫吩咐将他说成是疯子,把他送到符拉迪沃斯托克。П.叶廖明注。)第三个负责农学部门的是波兰人,被岛长官用有史以来官员中少有的闹事者之名开除:只是在他"提出将他像囚犯那样让赶橇人把他押送到尼古拉耶夫斯克城时,才命令发给他差旅费",长官方面显然是担心他拿了差旅费,永远留在萨哈林(1888年第349号令)。第四位农学家,是德国人,什么都没做,也未必懂多少农学,伊拉克利神甫曾告诉我,好像是在一场8月严寒之后,粮食都毁了,他去雷科夫斯科耶村,召开村民大会,架子十足地问:"为什么你们这里有严寒?"人群中一个最聪明的人回答:"我们也不知道,大人,肯定是仁慈的上帝的安排。"农学家十分满意这个回答,坐上四轮马车,怀着完成职责的感觉回家了。

林，流放犯上报的耕地数量和收成通常比实际的低。富裕的流放犯不需要救济，也不说实话，可不是出于惧怕，而是出于波洛涅斯式①的顾虑，云朵既像骆驼也像鼬鼠。他们警惕地注视着风头和思潮，如果地方行政当局不信赖农业，他们也不信；如果办事机关时兴相反的观点，他们也就相信，在萨哈林，上帝保佑，可以过活，收成不错，唯一糟糕的是，人都懒惰了等等，为了讨好长官，他们撒大谎，耍诡计，譬如，他们收集田里最饱满的麦穗拿去给米楚利，于是后者信以为真，得出收成很好的结论。他们给来访者展示人头一般大的土豆、半普特重的萝卜、西瓜，来访者看着这些奇迹，全都相信萨哈林自产的小麦收成不低于种子的40倍。②

在我逗留期间，农业问题在萨哈林正处于某种特殊阶段，值此之际什么都懵懵懂懂。总督、岛长官和区长们都不相信萨哈林农户的劳动生产率，在他们已经毫无疑问，将移民流放犯的劳动用于农业的尝试完全失败了，无论如何坚持移民区的农业立场，意味着白白浪费官方资金，使人们无谓地遭受磨难。这就是我逐字逐句记录下的总督的谈话："罪犯的农业移民区在岛上无法存在。应该让人们打工赚钱，农业对他们来说只能是一种补助。"

下级官员的看法亦如是，他们当着自己长官的面不负责任地批评岛屿的过去。问及"过得怎么样"时，流放犯回答起来个个神经兮兮，绝望透顶，一脸苦笑。而且，尽管对农业的看法如此确定和一致，流放犯们仍然继续耕地播种，行政当局继续贷给他们种子，最不相信萨哈林农耕的岛长官也不断下达命令，一再重申"为了让流放犯热衷农业"，对凡是拥有宅地而无心经营的移民流放犯不予转成农民身份，"永远不能转"（1890年第276号令）。如此矛盾的

---

① 莎士比亚悲剧《哈姆雷特》中的人物，大臣，奥菲丽娅之父。——译者

② 1886年第43期的《符拉迪沃斯托克》上的报道中写道，"萨哈林新来的一位农学家（普鲁士臣民）于10月1日举办萨哈林农业展览以自我标榜，展品由亚历山大罗夫斯克和特姆斯克区的移民流放犯提供，还有的出自官方菜园……如果不是在貌似萨哈林收获的麦粒里掺入从有名的格拉乔夫那里定购的，移民流放犯送展的粮食一点不特别。特姆斯克区移民流放犯瑟乔夫的展品由特姆斯克区证明，当年收成达70普特，结果被揭露是骗局，即展出的小麦是一粒粒挑出来的"。关于此次展览，该报第50期亦有报道，"特别惊人的是参展的不同寻常的菜品，例如，一棵包心菜22磅，一根萝卜13磅，一个土豆3磅等等。我斗胆说，在欧洲腹地也不可能有比这更好的菜品。"

心理实难理解。

迄今为止，报告中的耕地数量都是虚夸和挑选出来的统计数字（1888年第366号令），谁都说不出每个土地拥有者平均占有土地的确切数字。农业视察官确定每块宅地平均1555平方俄丈，或约2/3俄亩，而最好的科尔萨科夫斯克区仅935俄丈。因此这些统计数字可能不真实，加上土地发配在拥有者中间极其不平衡：从俄国来时带着钱的人或成为富农的人拥有3–5俄亩，甚至8俄亩耕地，也有不少业主，尤其在科尔萨科夫斯克区，他们的土地仅有几个平方俄丈，这些统计数字的意义更小。显而易见，耕地的绝对数量年年增加，而宅地的平均数量却不长，似乎有成为常量的危险。①

播种的种子每次都向官方借贷，在最好的科尔萨科夫斯克区，1889年，"全部用掉的2060普特种子中，自有种子仅165普特，610个播种的人中间，自己有种子的仅56人"（1889年第318号令）。根据农业视察官的资料，每个成年居民小麦的平均播种数量仅为3普特18磅，低于南部。有趣的是，在气候条件较好的区，农业搞得反而比北部区差，而且这还不影响它是实打实的好区。

在北部二区，一次都未测得满足燕麦和小麦完全成熟的温度量，只有两年的温度量可以满足黑麦成熟。春季和夏初差不多永远是寒冷的，1889年，严寒出现在7、8月，秋季的坏天气从7月24日就开始了，一直持续到10月底。与寒冷可以斗争，改良粮食作物适应萨哈林的生长条件是最见成效的事情，假如湿度不是如此之高的话，这场斗争或许还有可能。在抽穗、扬花和灌浆期，特别是成熟期，岛上的降水量大得不成比例，田里结出的是没完全成熟的、水淋淋的、瘪皱的和轻飘飘的麦穗，要么被雨打落，大把大把地烂掉或在地里

---

① 随着人口的增加，合适的土地越来越难找。生长阔叶林，如榆树、山楂和接骨木等，土壤厚而肥的河谷地带是冻土地带、沼泽地带、覆盖着被火烧过的森林山区、长针叶林的洪涝洼地之中难得的绿洲。在岛屿南部的这些河谷，或者广袤的荒原，也都夹在植物稀少，与极地无异的山区和泥泞的沼泽地中间。譬如，在塔科伊河谷和毛卡之间用来耕作的土地，一大片整个是布满泥沼，没有指望的土地，或许可以在此筑路，但是改变其严酷的气候非人力所能办到。显然，南萨哈林的面积再大，至今适于耕作、种菜和安家的土地仅找到405俄顷（1889年第318号令）。而以弗拉索夫和米楚利为首，处理萨哈林适合于惩戒农业移民区问题的委员会却认为，岛屿中部可以开发的土地，"应该大大超过20万俄顷"，而南部这类土地的数量"达22万俄顷"。

发了芽。麦收时节，特别是收燕麦的时候，这里差不多总是遇上下雨天，有时整个收割期一直阴雨连绵，从8月持续到深秋。在农业视察官的报告中有一幅最近5年的收成表，其数据被岛长官称为"凭空臆想"，通过此表可以大致了解到，萨哈林的粮食收成是种子的3倍。这个数字在另外的统计数据里也出现过：1889年，平均每个成年人的粮食收成约11普特，即是播种的2倍。收获的粮食质量很差。有一次岛长官看了移民流放犯想拿来换面粉的粮食样品后，他发现其中一部分根本不能用来做种子，而另一部分里则有相当多没成熟和冻坏的籽粒（1889年第41号令）。

收成如此之低，萨哈林的业主要吃饱，就必需不少于4俄亩能产出的地，自己的劳动没有结余，也雇不起帮工，而在不久的将来，一旦不让土地休养的单耕把地力耗尽，流放犯"意识到必须转而休耕和轮耕"，那么将需要更多的土地和劳动，种庄稼因为徒劳无益和亏本将不得不被放弃。

倒是农业的蔬菜栽培这一块，其成效靠的不是自然条件，而是业主个人的勤劳和知识，明摆着在萨哈林效果不错。有时候有些家庭整个冬季都以大头菜果腹，这个情况就已经说明了当地蔬菜种植的成效。7月，亚历山大罗夫斯克的一位女人跟我抱怨，她的小菜园还没开花，而在科尔萨科夫斯克的一个木屋里我看到了满满一篮黄瓜。从农业视察官的报告中可以见出，1889年特姆斯克区每个成年人平均收获4.25普特包心菜和约2普特各式根茎蔬菜，科尔萨科夫斯克区是4普特包心菜和4普特根茎蔬菜。同年每个成年人平均收获土豆为，亚历山大罗夫斯克区50普特，特姆斯克区16普特，科尔萨科夫斯克区34普特。土豆的收成一般都不错，这不仅有统计数据为证，个人印象亦如是，我没见过粮食仓满钵满的，也没见过流放犯吃面包，尽管这里的小麦种植多过黑麦，不过我却在每座木屋里看到过土豆，听到过抱怨，说冬天很多土豆烂掉。随着城市生活在萨哈林的发展，市场的需求越来越大，亚历山大罗夫斯克已经有了女人们固定卖菜的地方，大街小巷也常常碰到卖黄瓜和绿叶菜的流放犯。在南部的一些地方，如头道沟村，蔬菜种植已正经是一个产业了。①种庄稼是流放犯的主业。第二位提供收入补助的是狩猎和捕鱼。从狩猎的角度出发，萨哈林的脊椎动物种类非常丰富。野兽里面对手艺人而言最贵重、数量也特别巨大的是貂、狐狸和熊。貂遍布全岛。听说，近来由于砍伐和森林大火，貂已经迁到离人的居住地更远的森林里，我不晓得这种说法对不对，我在亚历山大罗夫斯克时，就在村落周围，看见看守用手枪打死一只正在爬原木过小溪的貂，那些流放犯猎人，我跟他们聊过，一般也在离村落不远的地方打猎。狐狸和熊也是全岛都有。以前熊从不伤人和家畜，一点不凶，可自从流放犯开始在河流上游居住，在那里伐木，挡住了它捕鱼的路，鱼是它的主食，萨哈林的户籍簿和"事故统计表"里开始出现新的死亡原因——"熊咬致死"，而且现在熊已经被视为大自然的威胁，对它的斗争可不是开玩笑的。其他动物还有鹿和麝、水獭、狼獾、猞猁，偶尔有狼，白鼬和老虎更少。②虽然野物如此之多，狩猎在移民区几乎仍然不算一门行业。

靠做生意积蓄的流放犯富农一般是买卖皮毛，他们廉价从异族人那里

---

① 迄今为止洋葱种植反倒比较少，它在流放经济中的不足由这里野生的熊葱补充。这个葱味浓烈的鳞茎植物曾经被哨所的士兵和流放犯当成防治坏血病最好的药物，每年军队和监狱驻军都要储备上百普特过冬，因此可以断定，坏血病在这里是多么常见。听说熊葱好吃又营养，但不是所有人都喜欢它的味道，不要说在房间里，即便在院子里，如果吃了熊葱的人走近我，我都觉得臭。

尽管农业视察官在报告中提供了统计数字，但萨哈林的刈草场面积究竟有多少仍然不清楚，不过暂时无需怀疑的是，远非每个业主春天时就知道，夏天他要去哪里刈草，干草够不够，到冬末牲畜会不会因为饲料不足而饿瘪了。最好的草场都被强势的监狱和军队驻军据为己有，留给移民流放犯的是很远的草场，或者那种很难收割的草场。由于这里的草地大部分是沼泽，其深层土壤长年水湿，所以只生长酸牧草和苔草，干草差且不够营养。农业视察官说，这里的干草的营养成分尚不及普通干草的一半，流放犯也发现干草不好，富裕的人家不会只喂干草，而是拌上面粉和土豆。萨哈林干草完全没有我们俄国干草那种好闻的味道。那些生长在森林草地和河边，我们多次提及的巨型青草是否可以充当不错的饲料，我无法判断。不过我注意到，有一种草的种子，即萨哈林荞麦，已经有卖的了。关于在萨哈林是否需要种草，能不能种，农业视察官的报告中只字未提。

再谈谈畜牧业。1889年，亚历山大罗夫斯克和科尔萨科夫斯克区272个业主人均1头乳牛，而特姆斯克区人均3.33头。耕畜，即马和阉牛的统计数字与上述的也差不多，只是在这个数字上，最好的科尔萨科夫斯克却相形见绌。不过这些统计数字描绘不出真实的图景，因为萨哈林所有的牲畜在业主中间分布极其不均衡，所有的私人牲畜都集中在富裕的业主手中，这些人拥有大面积的宅地或做生意。

② 狼远离人居，因为害怕家畜。为了让这样的解释可信，我举一个细节为例：布谢写(转下页)

买进，再用来换酒，可这已经不是狩猎，而是另一种经营了。流放犯中间猎人寥寥无几，人数非常少。他们多半不算经营者，只是喜欢打猎的爱好者，打猎用的是老爷枪，也没有狗，寻开心而已，打到的野物要么贱卖要么换酒喝。科尔萨科夫斯克的一个移民流放犯卖给我他打的天鹅，要价"3个卢布或1瓶伏特加"。必须想到，狩猎在流放移民区永远成不了一种行业，就因为它是流放地。要从事狩猎，必须是自由人，勇敢健康，而流放犯绝大部分是性格软弱，犹豫不决，神经衰弱的人，他们在老家就不是猎人，不会打枪，他们被压抑的心灵与这种自由的行当完全格格不入，穷困中的移民流放犯宁愿冒被惩罚的危险，宰杀从官方贷来的牛犊，也不去猎杀松鸡和兔子。更何况想在主要是流放杀人犯来改造的移民区广泛发展这个行业，未必可行。不能允许往日的杀人犯经常杀死动物，重复每个猎人都必须做的野蛮作业，譬如杀死受伤的鹿，咬断松鸡和野鸡的喉咙等等。

萨哈林的主要财富和美好幸福的前程，或许不像人们想的，不在野兽皮毛，也不在煤炭，而是在洄游鱼。被河流带给海洋的部分物质，也可能是全部，每年以洄游鱼的形式回馈大陆。鲑鱼科的大麻哈鱼，或大马哈鱼，有国内鲑鱼的个头、颜色和味道，分布在太平洋北部，在一定的生命周期洄游北美和西伯利亚的一些河流，洄游的鱼不计其数，溯流而上，直抵上游水源。萨哈林的洄游期在7月底和8月上旬。此时的鱼数量之大，游动之迅疾，非比寻常，此情此景若非亲眼所见，绝不可能想象得出来。看开锅似的河面，就能断定鱼游得有多快多拥挤，河水泛着鱼腥味，船桨陷入鱼阵，碰碰撞撞地把鱼抛到

（接上页）过，虾夷人生平第一次看到猪时，吓坏了，米登多夫也说，阿穆尔河第一次出现羊时，狼没碰它们。野鹿分布在岛屿北部的西海岸，在这里冬季它们聚集在冻土地带，春季，据格伦说，它们去海边舔盐，到那时，在这里开阔的平原上，可以看到数不胜数的鹿群。飞禽类有雁、各种野鸭、白山鹑、松鸡、杓鹬、山鹬，它们的交配期一直持续到6月。我是7月抵达萨哈林的，那时原始森林里已经消停，岛屿仿佛没有生命存在，观察家们所说，在这里有堪察加夜莺、山雀、鸫、黄雀，不过让人勉强相信罢了。黑乌鸦倒是不少，没有喜鹊和椋鸟。波利亚科夫在萨哈林只见到过一种家燕，就算是这个，以他看来，也是因为迷了路偶然飞到岛上来的。有一次我觉得我在草丛里看到了一只鹌鹑，走近点一看，我看到一只漂亮的小动物，它叫花鼠，北部二区里最小的哺乳动物。据尼科尔斯基说，这里没有家鼠，可是在移民区早期文件中，就已经提到过鼠害。

空中。大马哈鱼游进河口时孔武有力，但是经过急流、拥堵、寒冷，在石头和阴沉木上摩擦受伤，消耗着它的体力，它消瘦，身体布满血斑，肉开始松弛发白，牙齿外呲，完全变样，不晓得的人会把它当成另外一种鱼，不叫它大马哈鱼，而叫它狼鱼。它渐渐衰弱，已经无力逆流而行，在河湾里漂，或者停在阴沉木下，头扎在泥里，直接用手都抓得住，就连狗熊用爪子也能把它从水里捞出来。最后，性欲和饥饿使它疲惫不堪，死掉了，在河中游已经开始不断有大量死鱼出现，到上游岸边布满死鱼，臭气熏天。鱼儿在交尾期经受的这些痛苦，人称"赶死"，因为死亡不可避免，无一条鱼返回海洋，全体牺牲在河里。

"不可遏止地发情直至咽气"，米登多夫说，"这是追逐理念的色彩，湿冷的蠢鱼竟然有这种理想！"

鲱鱼的洄游毫不逊色，它是在春季洄游到海岸，通常是在4月中旬以后。鲱鱼的鱼群巨大，"数量多得难以置信"，看到的人都这么说。鲱鱼每次来都有迹象：海面上泛起大面积的圆形泡沫带，天空中一群群海鸥和信天翁，海里的一条条鲸鱼喷着水柱，海狗云集。好神奇的场面！尾随鲱鱼而来的鲸鱼也很多，以至于克鲁森施滕的船绕个大圈，"小心翼翼"地靠岸。鲱鱼洄游时大海就像烧开了似的。①

鲱鱼每次洄游萨哈林河流和海岸时，其数量无法估算，数字再大都不过分。

不管怎么样，可以不夸张地说，有大规模合理的捕捞，又有日本和中国早就形成的市场，捕捞洄游鱼在萨哈林可能会带来上百万的收益。当南萨哈林还是由日本人说了算时，捕捞业在他们手里才刚刚发展起来，捕到的鱼每年就带来将近50万的收益。据米楚利计算，在萨哈林南部炼鱼油就用了611口大锅

---

① 有一位作者见过日本人的渔网，它"一头固定在岸上，在海里围成一个3俄里的大口袋，人们从里面不停地舀鲱鱼"。布谢在自己的札记中写道，"日本人的渔网网眼密，非常之大。一张渔网撒到距离岸边70俄丈远。可是令我惊讶的是，日本人把网收到距离岸边10俄丈时，就让它留在水里了，因为这10俄丈渔网里塞满了鲱鱼，即便60个雇工用尽全力，也无法再拖上来一步……划桨的人每划一下桨，就会撞飞几条鲱鱼，他们直埋怨鱼儿碍事"。布谢和米楚利都详细描写过日本人捕洄游的鲱鱼。

和15000立方俄丈的木柴，仅鲱鱼一项，一年就获利295806万卢布。

自从俄国人占领南萨哈林，捕鱼业转而衰落，延续至今。1880年杰伊捷尔写道，"不久前还是生活沸腾的地方，异族虾夷人不愁吃喝，企业主们利润可观，现在那里差不多成了荒漠。"眼下在北部二区捕鱼的是国内的流放犯，不值一提。我到特姆河时，大马哈鱼已经行至上游，绿色的两岸随处可见形单影只的捕鱼人，在用长长的杆子钓半死的鱼。近年来，行政当局一直在给移民流放犯找赚钱的机会，开始向他们订咸鱼。移民流放犯按优惠价买或借贷到腌鱼的盐，然后监狱用高价买他们的鱼，以资鼓励，可是关于他们这笔微不足道的新收入，值得一提的仅仅是，监狱里用当地移民流放犯腌制的鱼做的汤，据犯人们反映特别难吃，有股让人受不了的味道。移民流放犯们不会捕鱼和腌鱼，也没人教他们，监狱自己占了最好的捕鱼位置，分给他们的都是石滩和浅滩，阴沉木和石头老是刮破他们自己编的便宜网。岛长官科诺诺维奇将军命令召集移民流放犯，给他们训话，指责他们去年卖给监狱的鱼不能吃，"苦役犯是你们的兄弟，却是我的儿子，"他对他们说，"欺骗政府，你们这是在害你们的兄弟和我的儿子。"移民流放犯们附和着他，但从他们的脸上看得出来，明年兄弟和儿子吃的还是臭烂鱼。即便移民流放犯学会腌鱼，这笔新收入终究给不了他们什么，因为卫生监督部门早晚肯定会禁止食用河里捕的鱼。

8月25日，我参观了杰尔宾村的监狱捕鱼点。连日的阴雨令四野晦暗，河岸泥泞难行。我们先进棚子，那里有16个苦役犯在原来是塔甘罗格渔夫的瓦西连卡的指挥下腌鱼，已经腌好150桶，大约2000普特了。我的感觉是，倘若瓦西连卡没来苦役场，那这里就没人知道该怎么处理鱼了。棚子到河岸中间是斜坡，有6个苦役犯在用锋利的小刀剖鱼，把鱼内脏扔到河里，河水是红色的，浑浊不堪。弥散着浓烈的鱼腥味和浸透鱼血的土腥味。旁边的一群苦役犯，全身透湿，有的赤脚，有的穿着草鞋，急急忙忙跑来跑去撒网。我在时撒了两次网，网网爆满。每条大马哈鱼都不成样子了，全都龇牙咧嘴的，弯曲的身子布满斑块，差不多每条鱼肚子上都沾着褐色或绿色，被挤出来的黏糊糊的鱼屎,就算鱼没死在水里或在网里还挣扎,被扔上岸后也马上没气了。为数不多的没斑块的鱼被叫作银鲑,它们被小心地放到一边,不过不是给监狱大锅饭备的,而是拿去做"干咸鱼脊肉"的。

这里并不清楚洄游鱼的自然规律,还不知道捕鱼应该是在河口和下游,因为再往上它就不值钱了。在阿穆尔河航行时,我听到过当地的老住户发牢骚,在河口时抓到的是真正的大马哈鱼,而等到他们手里就成狼鱼了,船上的人都说,是时候整顿一下捕鱼业,禁止他们在下游捕鱼了。[①]当时在特姆河上游,监狱和移民流放犯捕到的都是消瘦的、半死不活的鱼,在河口,日本人在河上下栅栏偷捕鱼,在下游吉利亚克人给自己的狗捕的鱼,都远比特姆斯克区给人吃的肥壮鲜美。日本人的帆船甚至大船总是满载而归,波利亚科夫1881年在特姆河遇到过那艘漂亮的大船,今年夏天一定又来过了。

为了让捕鱼成为正经行业,必须让移民区向特姆河口与波罗奈河口靠近。但这并非唯一条件。还应该让流放居民不受自由民竞争,因为在利益冲突时,自由民总归占流放犯的上风,其实与移民流放犯竞争的,暂时还只是为关税偷捕的日本人,和给监狱挑捕鱼地方的官员。而一旦西伯利亚通铁路,航运发展,关于难以置信的鱼类和动物皮毛资源的传言很快就会吸引自由民上岛,开始移民潮,成立真正的捕鱼业,流放犯则不是以业主,而是以雇工的身份参与其中,之后,分析一下便可断定,就开始埋怨流放犯干活方面面都不如自由民,甚至连蛮子和朝鲜人还不如,以经济的观点看,流放人口将被当作岛屿的包袱,随着岛上移民人数的增加,定居和行业生活的发展,国家会认为站在自由民的立场更公平更有利,因此关闭苦役场。这样的话,鱼就成为萨哈林的资源,而不是移民区的了。[①]

关于捞海带,我在描写毛卡村时已经说过了。从3月1日到8月1日期间,干这

---

① 顺便提一句,阿穆尔河的鱼类资源极丰富,捕鱼业却极弱,原因是从业人员舍不得从俄国请专家。在这里,譬如捕到大量的鲟鱼,却不管怎么样都做不出俄国那样的鱼子,哪怕外观上也不像。这里的从业人员的手艺停留在干咸鱼脊肉的水平,别的就不行了。杰伊捷尔在《海洋报》(1880年第6期)上写道,阿穆尔似乎曾经有过一个渔业公司(资本家办的),着手大规模捕捞,供应自己吃的鱼子,据说每磅达2百到3百银卢布。

个活儿，移民流放犯能赚150—200卢布，收入的1/3用于伙食，2/3流放犯带回家。这是笔不错的收入，可遗憾的是，暂时仅科尔萨科夫斯克区的流放犯能赚到。干活的人是按劳取酬，所以收入多少直接与技能和勤恳挂钩，而这些品质远非每个流放犯都具备，因此也不是人人都去毛卡干活。[②]

流放犯中有不少粗细木工和裁缝等等，可是他们大多数人都无事可做或在务农。有个苦役犯钳工会做别丹仿式步枪，[③]已经往大陆卖了4把，另一个会做独特的钢链子，还有一个会翻石膏，不过这些步枪、钢链子和昂贵的小首饰匣，如同南部的一个移民流放犯在岸边捡鲸鱼骨，另一个捞海参，绝少反映移民区的经济状况。那些监狱展览上漂亮、昂贵的木制品，仅仅说明苦役场偶尔也会有非常好的细木工，但他们与监狱没有任何关系，因为不是监狱帮他们推销，也不是监狱教会他们手艺，至今监狱都是在享用现成工匠的劳动。工匠们

---

① 对那些住在小河河口和大海边上的流放犯来说，捕鱼可以补贴家业，赚些工钱，可是这样就必须提供给他们很好的渔网，而会织渔网的唯有那些老家是海边的人。

目前来萨哈林南部捕鱼的日本船每艘付关税7克黄金。所有的鱼产品也都征税，如做肥料用的鱼油、鲱鱼油和鳕鱼油，但是所有关税收入不到2万，而这几乎是我们开发萨哈林财富的唯一收入。

除了大马哈鱼，洄游萨哈林河流的还有它的亲戚鳟鱼、远东红点鲑和远东哲罗鱼，萨哈林本地的淡水鱼有鲑鱼、狗鱼、扁鱼、鲤鱼、鲫鱼、鲥鱼、黄瓜鱼，这是因为它有股新鲜黄瓜味。海鱼里除了鲱鱼，还有鳕鱼、比目鱼、鲟鱼、鰕虎鱼，这里的鰕虎鱼那么大，可以吞下整条黄瓜鱼。亚历山大罗夫斯克有个苦役犯专捕长尾巴的虾，非常好吃，在这里管那东西叫小虾。

萨哈林沿岸的海洋哺乳动物中有巨量的鲸鱼、北海狮或海狮、海豹和海狗。乘"贝加尔号"前往亚历山大罗夫斯克途中，我看到过很多鲸鱼在海峡里成双成对地漫游戏耍。萨哈林西海岸附近，有块叫危险之石的礁岩矗立在海上，"叶尔马克号"纵帆船上的目击者想考察这块石头，写道，"直到石头跟前我们才发现，石头上满是巨大的北海狮，我们被这群巨大的野兽惊呆了，野兽们大得无法形容，所以从远处感觉那就是一整块大石头……除了礁岩一般的海狮，石头周围的海里还有非常多的海狗"。我们北部海域鲸鱼和海豹捕捞业能够达到多大规模，可以从一位作者列举的统计数字见出：据美国捕鲸船长们计算，14年来（到1861年）从鄂霍次克海得到的鲸油和鲸须价值2亿卢布。然而尽管前程辉煌，这些产业显然并未致富流放移民区，就因为它是流放场。布雷姆证实，"猎海豹是大规模的、残忍的屠杀，粗暴与无情的勾结。因此不能说是猎海豹，而是屠杀海豹"。而"最野蛮的部族在做此事时都比文明的欧洲人有人性得多"。用棍子打杀海狗时，海狗的脑浆四溅，可怜的动物吓得目瞪口呆。流放犯，尤其是那些因谋杀被流放的，应该还记得类似的情景。

② 鉴于海带和西南海岸较为温和的气候，我认为那里暂时是萨哈林唯一可以建移民区的地方。1885年，在阿穆尔边区研究学会的一次会议上，宣读了现为企业主的谢苗诺夫关于海带的有趣报告，该报告刊登在《符拉迪沃斯托克》1885年第47、48期上。

③ 旧式单发军用步枪。——译者

提供的劳动大大超过需求。"在这里就是有假钱都没地方花。"有个苦役犯对我说。

木工干一天挣20戈比,吃自己的,裁缝们缝纫是为酒。①

现在,如果将流放犯卖粮食、狩猎和捕鱼的收入都加起来平均一下的话,那么,根据农业视察官的统计,得出的数字可怜得很:每人29卢布21戈比。同时,每户平均欠官方31卢布51戈比。因为收入总额里还包括官方发放的伙食费和救济款,以及外面寄来的钱,还因为流放犯的收入主要来自官方付的工钱,而付的往往比应得的高,那么该收入的一半就是假的,欠官方的债务实际上更高。

---

① 迄今为止工匠只能在哨所里的官员和有钱的流放犯那里赚钱。当地的一个知识妇女值得称赞,她付佣人的工钱总是很慷慨。也有这样的情形,譬如有个医生将鞋匠当病人收进医务所,就为了让他给自己的儿子做靴子,还有官员给自己登记了一个女时装裁缝做佣人,后者就白给他的妻子和孩子做衣服,此类事情在这里是当作不光彩的例外说的。

XIX

流放犯的饮食——囚犯吃什么怎么吃——衣着——教堂——学校——识字。

萨哈林的囚犯由官方供应饮食，每日可得3磅面包、40佐洛特尼克①肉、大约15佐洛特尼克的米粮和1戈比的各种杂粮，斋戒日肉换成1磅鱼。要确定这份伙食多大程度上满足流放犯的真实需求，大家采用的不切实际的比较方法压根不管用，更何况用的是国外和俄国各类居民饮食纯表面的数字来评估。即便撒克逊和普鲁士监狱的囚犯每礼拜仅吃3次肉，每次不到1/5磅，即便坦波夫省农民每天吃4磅面包，那也并非就是说，萨哈林流放犯吃肉多，吃面包少，而只是说，日耳曼的典狱长们害怕被怀疑是伪善者，坦波夫农夫的饮食面包量大。重要的是从实际出发，对某一类居民饮食的评估不能始于数量，而应从质量分析，据此再研究该类居民所处的自然和日常生活环境，如果不是严格具体地解决问题，结论将是片面的，信以为真的仅仅是些形式主义者罢了。

有一次，我和农业视察官冯·弗利肯先生从红河谷村回亚历山大罗夫斯克，我坐四轮马车，他骑马。天气很热，原始森林里很闷。在哨所和红河谷村之间的道路上干活的犯人们，光着头，汗湿衣衫，当我驶近他们时，突然，大概是把我当成官员了，他们拦住我的马，跟我告状，说发给他们的面包没法吃。待我跟他们说，最好是去找长官时，回答我的是："我们跟看守长达维多夫说了，可他说我们造反。"

面包的确吓人，切开后在太阳下闪着水珠，直黏手，像脏乎乎滑溜溜的面

---

① 1佐洛特尼克大约等于4.26克。——译者

团，拿在手里就不舒服。给我看了几份，面包都没烤熟，面粉很差，明摆着掺水极多。监制面包的就是新米哈伊洛夫卡的看守长达维多夫。

做口粮的3磅面包，经常因为恶意掺假，其面粉分量大大低于定量。[1]前面刚刚提过的新米哈伊洛夫卡的一个苦役犯面包师，把自己那份面包卖掉，他本人就吃靠掺假多出来的面包。在亚历山大罗夫斯克监狱里搭伙的那些人，吃得到正常的面包，而住在外面的人发到的面包差一点，在哨所外面干活人的面包则更差，换言之，唯有在区长或典狱长眼皮底下的面包才是好的。为了掺更多的假，管伙食的面包师和看守们用尽在西伯利亚耍过的花招，譬如，用开水把面烫熟，这是最没有害处的一种，为了增加面包的分量，特姆斯克区的面粉里曾经被掺进筛过的细土。类似的营私舞弊搞起来如此容易，是因为长官不可能整天坐在面包房里督工，或者检查每份面包，况且囚犯的状几乎从来也告不到长官那里。[2]

无论面包好坏，一般不会把口粮吃完。囚犯是算着吃的，因为，按照国内的监狱和流放地早已形成的惯例，公家发的面包已经成为某种流通货币。囚犯用面包雇人打扫牢房，雇人代工，雇人供他过瘾；他用面包换针线、肥皂，为了换换寡味、一成不变、永远是腌制的食物，他攒面包拿到卖堂去换牛奶、小白面包、糖、伏特加……高加索人大多讨厌黑面包，所以千方百计换掉它。这样一来，原本完全够吃的3磅定额由于已知的面包质量和监狱的生活条件，这份够吃的口粮形同虚设，数字已然失去其意义。食物中的肉只有咸肉，鱼也

---

[1]《男女流放苦役犯伙食定额》根据1871年7月31日沙皇批准的军队伙食章程制定。
[2] 掺假，这是魔鬼的诱惑，在其魔法面前原本很难坚定不移。为了它许多人丧失了良知乃至丢了性命。我提到过的典狱长谢里瓦诺夫，就是掺假的牺牲品，他因为责骂苦役犯面包师掺假少而被后者所杀。事实上，这里面很有油水。比方说，亚历山大罗夫斯克监狱为2870人烤面包，哪怕从每份里面只扣出10佐洛特尼克，每天就能得到将近300磅面粉。本来烤面包赢利就很大。比如贪污了1万普特面粉，然后再从犯人口粮里一点点地克扣，2-3年就能轧平了。波利亚科夫写道："小特姆斯克村移民流放犯的面包差到狗都不吃的地步，面包里有大量的没磨碎的东西，整个的麦粒、糠、草；一个跟我一起查看面包的同事很公道地说：'是啊，这面包很容易把牙都糊住，倒也很容易从里面找到牙签剔牙。'"

一样，①都用来烧汤。监狱的菜汤，像半稠的粥，里面放些杂粮和土豆，漂着几片红色的肉或鱼，有些官员夸它不错，他们自己可不吃。菜汤，包括给病号吃的，口味非常咸。要么等监狱有人参观，要么看到海平线上轮船冒的烟，要么等厨房里看守和厨子吵起来，所有这些状况，都影响到菜汤的色香味，最后的这个味往往让人不堪，就算放胡椒和香叶亦无济于事，用鱼做的汤尤其难吃，原因不难理解：首先，这种食物极容易变质，故往往急于先烧已经开始变质的鱼；其次，锅里还放进苦役流放犯从上游抓来的病鱼。有一段时间，科尔萨科夫斯克监狱给囚犯吃咸鲱鱼汤，据医疗部门的负责人说，这种菜汤食之无味，鲱鱼一煮就碎，小鱼刺很难挑出来，引发胃肠道黏膜炎。不知道囚犯们是否因为食不下咽经常把汤倒掉，不过肯定有的。②

囚犯如何就餐？没有桌子。一到中午，就会像在铁路售票处那样，囚犯们一个个在做厨房的工棚或营房前排起队，每人手里拿着个罐子，此时菜汤一般已经做好了，在锅里"闷着"。厨子用长勺子给每个过来的人从锅里舀"一勺"汤，而且在他舀的那一勺汤里，可以一下子有两份肉，也可以一份都没有，看他高兴。等轮到排在末尾的人时，菜汤已经不是菜汤，锅底都是温乎的稠粥，就再兑水。③拿到自己的一份，囚犯就走开了，有的边走边吃，有的席地而坐，还有的回自己的铺位上去吃。至于是否所有人都吃上了，卖没卖，换没换自己那一份，则无人监管。没人问都吃了没有，谁落掉了，假如有人去跟厨房说，在苦役场，在抑郁的精神错乱的人中间，有不少人必须有人陪着，让他们吃

---

① 有时候，监狱里用鲜肉煮汤，这就是说有熊咬死了奶牛，要么是公家的公牛或奶牛遭了殃。不过囚犯往往当那是尸体拒绝吃。波利亚科夫还有一段写道："当地的咸肉非常不好，拿来腌制的公牛都是干活干得不行了，走不动了，多是临死前才宰的，即便不割断它们的喉咙，也是半死的了。"有洄游鱼的时候囚犯们都吃鲜鱼，平均每人1磅。

② 这一切行政当局心知肚明。至少岛长官本人在此事上有过考虑："当地因苦役犯的伙食引起的外科手术的情况，不由使人怀疑到这件事上。"（1888年第314号令）如果有官员说，他整个礼拜或整月都在监狱吃饭，却感觉很好的话，那就是说，监狱给他单独做饭。

③ 厨子那么容易搞错，做的份数时多时少，跟下锅的数量有关。1890年5月3日在亚历山大罗夫斯克监狱搭伙的有1279人，菜汤里应该放13普特肉、5普特米、1普特勾芡用的面粉、1普特盐、24普特土豆、1/3磅香叶、2/3磅胡椒；9月29日搭伙的有675人：17普特鱼、3普特杂粮、1普特面粉、1普特盐、12普特土豆、1/6磅香叶和1/3磅胡椒。

饭，甚至强迫地喂他们吃饭，那么这个说法只会让他们脸上现出莫名其妙的表情，答应一句："我不晓得，大人。"

领公家口粮的人中间，在监狱搭伙的仅占25%-40%，[1]其余人都是领去自己开伙。这一大部分人分两类：一类人是在住处跟自己的家人或对半分合伙业主共食口粮，另一类人被发派到远离监狱的地方干活，口粮在干活的地方就吃掉了。如果不下雨，繁重的劳动结束后没困到瞌睡，后一类人个个都用一个小铁罐单独做饭，犯人又累又饿，不想忙活太久，咸肉和鱼就生吃了。如果犯人错过了吃饭时间，卖掉或赌博输掉自己的口粮，或者吃的东西变质了，面包被雨水泡了，这一切跟监管都没关系。有时候一些犯人一餐吃掉三四份口粮，然后就只吃面包，要么饿着，据医务主任说，在海边和河上干活的犯人连冲到岸上的小海贝和鱼都吃，原始森林里有各种各样的植物根茎，有些是有毒的。矿业工程师克片证实，在矿井里干活的犯人吃脂油做的蜡烛。[2]

移民流放犯解除苦役后的头两年，少数情况下头三年，可以领公家口粮，

---

[1] 5月3日亚历山大罗夫斯克监狱的2870人中，搭伙的有1279人，而9月29日的2432人中，搭伙的仅675人。

[2] 行政当局和当地医生发现囚犯领到的给养分量不足。根据我从医疗报告中了解到，每份口粮的分量是：蛋白质142.9克，脂肪37.4克，碳水化合物659.9克，据艾利斯曼说，我国工人的荤食中的脂肪79.3克，而素食为67.4克。一个人干活越多，劳动强度越大，持续时间越长，根据卫生条例，他就应该得到更多的脂肪和碳水化合物。而这在面包和菜汤里能指望有多少，读者可根据上述文字判断。矿场的囚犯在夏季的4个月中，领取加量的给养，计4俄磅面包、1俄磅肉和24佐洛特尼克米，根据当地行政当局的申请，筑路的人也开始领取这个定量。1887年，按照监狱管理总局局长的想法，提出关于"萨哈林岛生存现状改变的可行性"问题，"目的是在不影响身体原有的情况下，降低流放苦役犯伙食供应的成本"，并按照杜勃罗斯拉文的建议进行伙食供应试验。从已故教授的报告中可以见出，他发现"安排发给流放苦役犯已经多年的食物量"不妥当，"未经仔细研究囚犯所处的劳动条件和所从事的劳动内容，因此未必能确切知道当地提供的肉和面包的质量"，然而他仍然找到可能安排一年中都吃得上昂贵的肉，他提交了3份伙食表：2份荤食的，1份素食的。在萨哈林这些伙食表被交给医务主任领导的委员会审查。委员会里萨哈林的医生们都具有崇高的使命感。他们毫不犹豫地声言，以萨哈林的劳动条件、严寒气候、全年和各种天气下的高强度劳动，现在发放的给养不足，而按照杜勃罗斯拉文教授的伙食表，即便减少肉量，伙食供应仍然比现行的贵太多。作为对问题的关键，让口粮降价的回应，他们都提交了个人的伙食表，只不过他们答应的不是监狱管理机关期望节省食物。"不会节省食物的"，他们写道，"取而代之的是可以期待囚犯劳动数量和质量的改善，病弱数量的减少，囚犯整体健康状况的提高，给萨哈林移民事业产生良好影响，为了这项事业移民流放犯献出了全部力量和健康"。萨哈林岛长官以降低价格为目的变更伙食表这项事务包括20份各种可行性报告、公函和决定，值得那些对监狱卫生状况有兴趣的人的注意。

之后自己养活自己。关于他们的饮食状况，在文献和办事机构里都没有统计数字或任何文件资料，但是如果凭个人印象和在当地收集的零星材料判断，移民区的主要食物是土豆。土豆和其他块茎作物如萝卜，另外还有大头菜，往往也是每家一年中很长时间里的唯一吃食。鲜鱼只在洄游时有的吃，咸鱼则只有富裕点的人才吃得起。①至于肉免谈。那些养奶牛的人只为卖牛奶，而不是为了喝，他们用来盛牛奶的不是泥罐，而是瓶子，这是卖的标志。一般来说，移民流放犯非常愿意卖自产食品，甚至牺牲自身的健康，因为，在他看来，比起健康他更需要钱：攒不到钱，就回不了大陆，等自由了，再吃得饱饱的，健康就会慢慢恢复了。常常食用的野生植物有熊葱和各种浆果，如云莓、水越橘等。可以说，住在移民区的移民流放犯吃的全是植物类食品，起码对大多数人来说此言不虚。总之，他们的食物脂肪含量极少，因此难说他们比在监狱搭伙的人有多幸福。②

　　囚犯领到的服装鞋袜想必够穿。苦役犯无论男女，每年都发一件厚呢上衣和短皮袄，反而是在萨哈林干活不比苦役犯少的士兵，3年才发一套制服，军大衣2年一发；而鞋子，囚犯1年4双便鞋，2双雨靴，士兵则是1副长皮靴筒和2双鞋底。但是士兵的卫生条件不错，有铺盖和阴雨天烘衣服的地方，苦役犯则只得任由衣服鞋子沤烂，由于没有铺盖，只能和衣而卧，睡在自己发霉的、散发着臭气的旧衣服上，没地方烘衣服，时不时地穿着湿衣服睡觉，因此，在苦役犯不具备人道些的条件时，究竟多少服装鞋袜够穿的问题仍将是未知数。说到质量，面包的故事又在这里重复：谁在长官的眼皮底下，谁领到的衣服就好一点，在外面的人，则差一点。③

　　现在来谈谈精神生活，最高层次需求的满足。移民区是用来改造的，然而

---

① 商铺里卖的熏大马哈鱼30戈比一条。

② 正如我所说，当地异族人吃的食物中脂肪量非常大，这无疑帮助他们抗低温和过度潮湿。我听说，在东海岸或邻近岛屿的某些地方，俄国从业人员也渐渐开始吃鲸鱼脂肪了。

③ 马申斯基上尉在沿着波罗奈河架电报线时，给他的苦役犯帮工送来的衬衫短得只能给儿童穿。囚服的式样老旧、难看，剪裁得让干活的人行动不便，所以您看不到在卸船或筑路的苦役犯穿长襟厚呢外衣或长褂，不过不方便实际上很容易消除，把囚服卖掉和换掉就可以了。干活和生活中最方便的是普通的农民的装束，大部分流放犯穿的都是自由民的衣服。

在萨哈林，却没有这类专门从事改造罪犯的机构和人员，在《流放犯管理条例》里也没有任何这方面的细则和条款，只有一些指令，针对的情况是押解军官或士官可以使用武器对付囚犯，或者神甫有"传播信仰和道德的职责"，必须向流放犯讲解"宽恕和给予的重要性"等等；条例中没有任何确定的看法；不过通常认为，在改造事业中占首要地位的是教堂和学校，其次是居民中的自由民，他们自身的威望、举止和个人的典范能够极大地促进软化囚犯的性情。

在宗教方面，萨哈林属于堪察加、千岛群岛和布拉戈维申斯克主教的管辖区。①主教们不止一次造访萨哈林，行止简单，忍受着旅途的不便和艰苦，像普通神职人员，所到之处，为教堂奠基，为各类建筑物祈祷，②巡视监狱，安抚囚犯，给予希望。古里主教曾对其中一次活动所做的评语，现保存于科尔萨科夫斯克教堂，其活动性质，根据摘录的一段评语便可判定，"即便不是他们全体（即流放犯）都有信仰和忏悔之意，但我个人仍认为很多人有；我1887年和1888年给他们布道时，不是别的，正是忏悔感和信仰使他们痛苦地哭泣。监狱的使命，除了惩罚犯罪，还应该是唤醒罪犯心里道德上的善良感，特别是要让身陷囹圄的他们不陷入彻底的绝望。"教会的下层神职人员亦持此观点，萨哈林的神职人员从来都回避惩罚，不把流放犯当罪犯看待，而视之为普通老百姓，在此方面，比起那些常常不尽职的医生或农学家，他们对自己的职责表现得更有分寸和更为理解。

在萨哈林教会历史上，迄今为止占据显著位置的是西梅翁·卡赞斯基神甫，或者像居民们叫的那样，谢苗神甫，1870年代他曾是阿尼瓦或科尔萨科夫斯克教会的神职人员。他工作的时候尚属"史前"时期，当时在南萨哈林还没有道路，俄国居民，特别是军人，零星分散在整个南部。谢苗神甫几乎是永远奔波在荒原上，乘着狗拉橇或鹿拉橇从一群人这里赶到另一群人那里，夏天乘帆船走海路，或步行穿越原始森林。他冻僵过，被雪掩埋过，病倒在路上过；蚊子的折磨，熊的威胁，他乘的小船被湍急的河流冲翻，他只得在冰凉的

---

① 由于千岛群岛已归属日本，所以现在应该称萨哈林主教。
② 《符拉迪沃斯托克》报道过马尔季米安主教为克里利翁灯塔祈祷一事。

水里挣扎; 然而这一切他异常轻松地克服了, 他管荒原叫亲爱的, 不抱怨生活之艰难。在与官员和军官的私人交往中, 他绝对是个出色的伙伴, 很合群, 善于在愉快的谈话中植入宗教内容。对苦役犯他这样评论: "造物主面前人人平等", 这句话写进了正式文件。①在他当时, 萨哈林的教堂都很寒酸。有一次, 向阿尼瓦教堂的圣像壁祈祷时, 关于这种简陋他如此表述: "我们没有钟, 没有祈祷书, 但对我们而言要紧的是, 主在这里。"我在描写神甫窝棚时已经提到过他了。关于他的传言通过士兵和流放犯之口遍及全西伯利亚, 现在在萨哈林及更远的范围内, 谢苗神甫已然是个传奇人物。

萨哈林当下有4座教区教堂, 分别在亚历山大罗夫斯克、杜埃、雷科夫斯科耶和科尔萨科夫斯克。②教堂一点不寒酸, 神职人员的薪俸一年1千卢布, 每个教区都有穿双排扣典礼长外衣的唱诗班。只有在盛大节日和礼拜天做祷告, 前一天晚上彻夜祈祷, 第二天早上9点钟做日祷, 一般不做晚祷。当地的教士不对特殊居民担负什么特别责任, 他们的活动与国内的乡村神职人员一般无二, 也就是逢节假日举办宗教仪式、圣事和在学校授课。我没听说过有什么面谈、劝导诸如此类的事。③

---

① 他的文风颇有个性。他向长官请求给自己配一个苦役犯担任教堂小教士职务时, 他写道, "至于我为什么没有在职教堂小教士, 其解释是宗教事务所里没人, 即便有, 以本地的日常生活条件, 也不可能有诵经士神职人员在。过去的过去了。大概很快, 我将离开科尔萨科夫去我心爱的荒漠, 对您说: '我留给您的屋子空空荡荡。'

② 雷科夫斯科耶教区内还有1座教堂在小特姆村, 它只在教会的圣安东日才做祈祷; 科尔萨科夫斯克区内有3座小礼拜堂, 分别在弗拉基米洛夫卡村、十字架村和加尔金诺-弗拉斯科耶村。萨哈林所有的教堂和小礼拜堂都由监狱出资, 流放犯出力建造的, 唯独科尔萨科夫斯克的那座是由"骑士号"和"东方号"全体船员、驻扎在哨所的军人出资帮助的。

③ 弗拉基米洛夫教授在他的刑事犯罪教科书中讲到: 宣布苦役犯转成改正类必须隆重, 显然, 他指的是《流放犯管理条例》第301条, 根据该项条例, 宣布苦役犯转为改正类须得有监狱最高长官在场, 并请神职人员出席等。但在实际情况中这一条款难以执行, 因为那样就得每天都请神职人员, 况且这种隆重与苦役劳动环境根本不相符。现实中解除囚犯苦役劳动也不按照规章称之为节日, 改正级囚犯比考验类囚犯解除的更多, 这样的分享每一次会花很长时间, 会很麻烦。

当地神职人员的活动非同寻常, 只是因为他们有的人负有传教的义务。在我逗留期间, 萨哈林还有修士司祭伊拉克利, 他是布里亚特人, 没有胡须, 来自外贝加尔使节修道院, 他在萨哈林8年, 最近几年担任雷科夫斯科耶教区的神职人员, 身为传教士, 他每年一两次前往因斯基湾和波罗奈河流域给异族人施洗、帮助了解, 主持婚礼。他使300个鄂罗奇人皈依东正教。当然, 在原始森林里行走, 还是在冬季, 其条件之恶劣简直连想都想不到。夜里, 伊拉克利神甫通常睡在一个羊皮口袋里, 口袋里有他的烟草和钟表。他的旅伴夜里再三起来, 烧锅子热茶, 他却在口袋里一觉睡到天亮。

每逢大斋苦役犯都持斋戒，为此给他们放假3天。沃耶沃达和杜埃监狱的镣铐犯和囚犯斋戒时，教堂四周站满哨兵，听说那场面产生使人感到压抑。干重活的苦役犯一般不去教堂，因为人人都要趁节日休息休息、缝缝补补、采采浆果，况且这里的教堂都很拥挤，去教堂只能穿家常衣服，即只有衣着整洁的人才能去。在我逗留期间，在亚历山大罗夫斯克，每次日祷教堂的前半部都被官员和他们的家属占了，他们后面是形形色色的士兵、看守的妻子们和带着孩子的自由民妇女，最后面已经靠到墙根了，才是城里人打扮的移民流放犯和苦役犯文书。有谁能想象出剃光头的苦役犯，背上缝着一个或两个红色的方块爱司，戴着镣铐或拖着铁链车走进教堂的情景吗？我向一个神职人员提出此问时，他回答我："不晓得。"

如果住得近，移民流放犯就在教堂里主持斋戒和婚礼，给孩子洗礼。路远的村落神职人员亲自去那里给流放犯持斋，顺便做些别的圣事。伊拉克利神甫在上阿尔穆丹村和小特姆村都有"助理主教"，他们是苦役犯沃罗宁和雅科文科，每逢礼拜天由他们念经文。每当伊拉克利神甫去哪个村落做礼拜，就有庄稼汉走街串巷放开喉咙喊："做祷告喽！"没有教堂和小小礼拜堂的地方，就在营房或木屋里做祷告。

我住在亚历山大罗夫斯克时，有一天晚上，这里的神职人员叶戈尔神甫来看我，略坐了一会儿，就去教堂主持婚礼。我也同去。教堂里已经燃起枝形烛台，唱诗班的人表情冷漠地在歌台上等候新人。来了很多妇女、苦役犯和自由民，全都迫不及待地望着门口。响起一阵低语声。有人在门口把手一挥，兴奋地低声说："来了！"歌手们就开始清嗓子。门口人如潮涌，有人尖声喊了一下，终于，新人进来了：新郎是苦役犯排字工，25岁，身穿西服，浆过的领尖翻着，打着白色领带，新娘也是苦役犯，年龄大上三四岁，穿着蓝色镶白色花边的布拉吉，头上戴着花。把头巾铺在地毯上，新郎先踩。男伴郎们，都是排字工，也打着白色领带。叶戈尔神甫走出祭坛，翻了好久的经书。"上帝保佑我们……"他高声宣祷，于是婚礼开始了。当神甫将花冠戴到新郎新娘头上，祈求上帝赐予他们幸福和荣耀，在场妇女们的脸上现出温柔亲切和快乐的表情,仿佛忘了这是在监狱教堂,在远离故土的苦役场。神甫对新郎说:"新郎,要像阿夫拉姆那样获得荣誉……"婚礼过后,教堂里人去屋空,弥漫着被更夫急急忙忙熄灭的蜡烛散发的油焦味,惹人伤感。我们走出来站在教堂门前的台阶上。下雨了。教堂前的黑暗中,簇拥着人群,有两辆四轮马车:一辆坐着新人,另一辆是空的。

"神甫,您请!"说话声起,黑暗中向叶戈尔神甫伸出好几十只手,仿佛要把他抱起来。"您请!请赏光!"

叶戈尔神甫被请上马车,拉去新人家。

9月8日是节日,日祷之后我跟一个年轻官员一道走出教堂,就在这时四个苦役犯用担架抬来一个死人,苦役犯们衣衫褴褛,粗野的面孔疲惫不堪,像国内城市里的乞丐,后面跟着两个轮班的人,样子跟他们一样,还有一个女人带着两个孩子和皮肤黧黑的格鲁吉亚人克尔博基阿尼,穿着家常大褂(他在做文书,都叫他公爵),看上去所有的人都很着急,生怕在教堂碰不上神甫。从克尔博基阿尼那里我们得知,死者是自由民妇女利亚利科娃,她丈夫是移民流放犯,去尼古拉耶夫卡了,她身后留下两个孩子,现在他,克尔博基阿尼住在这个利亚利科娃家里,不晓得该拿孩子怎么办。

我和我的同路人什么都做不了,没等安魂祷告结束就先去墓地了。墓地离教堂1俄里,在郊外,傍着大海,在陡峭的高山上。待我们爬到山上时,出殡的队伍已经赶上我们:显然,安魂祷告只做了两三分钟。我们从上往下看到担架上的棺材一路颠着,小男孩被女人领着,拽着她的手落在后面。

一边是哨所一带的景观,另一边是大海,静静的,太阳下波光粼粼。山上有很多坟墓和十字架。有两个高高的十字架并排立着,那是米楚利和被囚犯杀死的典狱长谢利瓦诺夫的墓。苦役犯坟墓上的十字架都很小,全都一个式样,毫不起眼。米楚利还有会被记起的时候,而所有这些躺在小小十字架下面的人,杀人犯、逃犯、镣铐犯,不会有谁记得的。充其量不过是在俄国大草原上或森林里的什么地方,围着篝火,闲来无事的老车夫讲起村庄被抢劫一空的故事,听的人瞄一眼漆黑的四周,吓得瑟瑟发抖,就在这时传出猫头鹰的尖号，这就是全部的追忆。在一座流放犯医士坟墓的十字架上，刻着诗句：

过客啊，就让这诗句提醒你

世间万物有时尽，

……

最后一句是：

别了，我的伙伴，在这欢快的晨曦里！

叶·费多罗夫

新挖的墓坑里有1/4的水。苦役犯们气喘吁吁，汗流满面，大声谈论着与葬礼一点不搭界的事情，终于把棺材抬到了，搁在墓坑牙子边。木板钉的棺材毛毛糙糙的，没上漆。

"来吧？"一个人说。

棺材被扑通一声很快地放到水里。一块块黏土敲打着顶盖，棺材直摇晃，泥水乱溅，苦役犯们一边挥动着铁锹干活，一边继续着自己的话题，克尔博基阿尼不知所措地看着我们，摊开双手，抱怨道："现在我往哪儿放孩子们？跟他们可有事做了！我去找过典狱长，求他给个娘们来，没给！"

女人牵着的小男孩阿廖什卡三四岁，站在那里往坟墓底下看。他的外套不合身，袖子太长，蓝色的裤子褪了色，膝盖上打着两个浅蓝色的补丁。

"阿廖什卡，妈妈在哪里？"我的同路人问。

"埋——埋了！"阿廖什卡说完，笑了，用手指指墓坑。①

---

① 我登记的所有人中，东正教徒占86.5%，天主教和路德教信徒共占9%，默罕默德教徒占2.7%，其余的是犹太教徒和亚美尼亚-格列高利教会信徒。天主教教士一年从符拉迪沃斯托克来一次，天主教徒流放犯从北部二区就被"赶到"亚历山大罗夫斯克，届时恰好赶上春季汛期。天主教徒跟我发牢骚，天主教教士很少来，孩子们很久不能受洗，许多父母为了婴儿不至于没受洗就死了，只得去找东正教神职人员。我也的确碰到过父母是天主教徒的东正教孩子。有时天主教徒快死了，由于没有本教的神职人员，就请俄国神甫来唱"神圣的上帝"。在亚历山大罗夫斯克，有个因为纵火在彼得堡判刑的路德教派信徒来找我，（这里说的应该是维特贝格，关于此人契诃夫曾提起过："维特贝格，纵火帮的头领，他对我说，他非常高兴来苦役场，因为在这里只有他能'知道上帝'"。П.叶廖明注）他说，萨哈林的路德教派信徒成立了社团，作为证明他给我看了印章，上面刻着"萨哈林路德教派社团之印"，在他的房子里路德教派信徒聚会，一起做弥撒，交流思想。鞑靼人在自己人中选阿訇，犹太人选拉比，但都是非正式的。亚历山大罗夫斯克在建清真寺，阿訇瓦斯-哈桑-马梅特个人出资，他是个美男子，38岁，达吉斯坦省人。他问我，刑期服满后是否会放他去麦加朝圣。亚历山大罗夫斯克的佩伊西科夫斯克郊区村有一架风车磨坊，已经完全废弃，听说，好像也是某个鞑靼人和他的妻子建造的。夫妇二人自己伐木、搬运、开板，没人帮助他们，这个活他们一干就是3年，获得农民身份后，鞑靼人转去大陆，将磨坊送给公家，而不是送给鞑靼同胞，就因为不满他们没选他做阿訇。

萨哈林有5所学校，不包括杰尔宾村的，那里由于没有教师，没开课。1889–1890年间，学校共培养了222人：144个男孩和78个女孩，每所学校平均44人。我在岛上时正值放假，不上课，这里的学校生活肯定别开生面，极为有趣，可惜我不得而知。整体的反映是，萨哈林的学校很穷，设施简陋，既无所谓有无，又无甚地位，谁都不清楚，它们生存不生存得下去。负责学校的是岛长官公署的一个年轻官员，他是个有教养的年轻人，然而他只是个没有实权的国王，实质上管理学校的是区长和典狱长，由他们来挑选和任用教师。在学校里授课的是流放犯，他们在故乡没做过教师，根本不懂行，也没受过任何培训。每月他们可得10卢布劳动报酬，行政当局认为不能付得更高，也不聘请自由民，因为付给这些人的报酬不能少于25卢布。显然，学校的教学没人看重，因为流放犯充当的看守往往没有固定的职责，不过是给官员跑跑腿传传话，每月就能挣到40到50卢布。①

男性居民中识字的成年人和儿童占比29%，女性居民中——9%，且这9%都是学龄儿童，因此可以说，萨哈林的成年女性都是文盲，教育与她们无缘，她们的粗鲁和没教养令人震惊，我觉得，我在哪里都没见过像此地这些犯罪的和被奴役的女性这样，如此地愚昧和迟钝。来自俄国的儿童中间识字的占25%，萨哈林出生的仅占9%。②

① 执行岛长官关于聘请靠谱的自由民或移民流放犯替代流放苦役犯担任现阶段乡村教师命令一事，亚历山大罗夫斯克区区长在1890年2月27日的报告中提出，在他管辖的区里，不论在自由民中间，还是在移民流放犯中间都没有人能胜任教师一职。他写道，"因此，根据本人的教育程度选择适合学校工作的人，其困难难以克服，我说不出在我管辖的区里，在移民流放犯或流放犯出身的农民中间，有谁能担负学校工作"。尽管区长先生也不愿让流放犯担任教学工作，可是他们仍在继续做教师，经他批准由他聘用。为了避免类似的矛盾现象，最简单的办法似乎是从俄国或西伯利亚聘请真正的教师来，让他们拿看守们拿的薪俸，但是要这样做，必须彻底改变对教学工作的看法，不要将其看得低看守一等。

② 如果根据一些零散的资料和迹象判断，识字的人比不识字的人更容易服满刑期，看得出来，后者中更多惯犯，而前者更容易取得农民资格。我在西扬恰村登记到18个识字男人，其中13人，差不多都是成年人，具有农民身份。监狱里尚未有教育成年人的惯例，虽然冬季由于天气恶劣，囚犯们都呆在监狱里出不去，闲得难过，这种日子他们会很愿意学习识字。因为流放犯不识字，家信一般由文书代笔。他们描述这里悲惨的生活，贫困和痛苦，请求与妻子离婚等等，可是语调却好像在述说着昨天的狂饮："那，我终于给你写几个字……请让我从婚约中解脱为盼"等等，要么就是高谈阔论，让收信人摸不着头脑。特姆斯克区的一个文书因为咬文嚼字，被其他文书叫作学士。

XX

自由居民——驻军下层——监管官——知识者阶层。

　　士兵被称为萨哈林的"先锋"，因为他们在设立苦役场之前就驻扎在这里了。自1850年代占领萨哈林起，差不多直到1880年代，除了承担条例规定的任务外，他们还要完成现在由苦役犯做的一切工作。萨哈林那时是荒岛，没有居民，没有道路，没有牲畜，士兵们必须盖营房和住房，开辟林间通道，自己搬运物资。如果萨哈林有工程师或学者出差来，就会派几个士兵给他当马使。矿业工程师写道："我在萨哈林的原始森林深处走着，骑马和驮运物资想都别想。即便步行，萨哈林那些布满倒伏的树木和长满当地竹子的陡峭山峦，我也是艰难地爬过去的，就这样我步行了1600多俄里。"而士兵们跟在他后面，还背着他的辎重。

　　数量不多的士兵分布在西海岸、南部海岸和东南部海岸，他们的驻地叫哨所，现在已经被废弃和遗忘了，当时这些哨所的角色相当于现在的村落，被看作是给未来移民区下的定金。在穆拉维约夫哨所驻扎了1个步兵连，在科尔萨科夫斯克驻扎着西伯利亚第4营的3个连，其余的哨所，如马努或索尔杜奈，每处仅6个士兵。6个人，距离自己的连队数百俄里之遥，由一个士官甚至老百姓指挥，完全过着鲁滨逊式的生活。荒野的生活极其单调乏味。夏天，如果哨所是在海岸边，会有船来给士兵们送给养，冬天会有神职人员来给他们"斋戒"，他穿着裘皮袄和裘皮裤子，样子更像吉利亚克人，而不像神甫。[①]能让生活不一样的唯有不幸：要么士兵乘草筏子溺海了，要么被狗熊侵扰了，要么被雪埋了、被逃犯袭击、染上坏血病……要么待在雪封的棚屋里百无聊赖，要

---

　　① 这指的是西梅翁·卡赞斯基神甫。（П.叶廖明注）

么在原始森林里行走，开始"滋事妄为、发酒疯"，要么小偷小摸、盗用军需物资，要么因为不尊重女苦役犯受审。①因为打杂士兵无暇学习军事，学过的也忘记了，军官也跟他们一样疏于此道，战斗力让人哭笑不得，每回检阅都混乱不堪，引起长官方面的不满。②职责繁重，下岗之后立即去押解，押解完再上岗，或者去刈草，或者去给公家卸货，白天黑夜没得休息。住宿的地方拥挤、潮湿、肮脏，跟监狱没什么两样。到1875年，科尔萨科夫斯克哨所的警卫就住在流放苦役监狱里，军事警卫室也在这里，像又脏又暗的狗窝。辛佐夫斯基医生写道，"也许对流放苦役犯而言这种简陋的环境或可视之为惩罚手段，可是警卫士兵何辜之有，凭什么他就该不清不白地遭受同样的惩罚呢"。他们吃得也很差，跟囚犯吃的一样，衣着破旧，因为像他们那样干活，衣服不够穿了。士兵们在原始森林里追捕逃犯，特别费衣服和鞋袜，有一回在南萨哈林他们自己被人家当成逃犯，招来射击。

目前，守岛的军事力量有4支部队：分别驻扎在亚历山大罗夫斯克、杜埃、特姆斯克和科尔萨科夫斯克。到1890年1月，所有部队共有士兵1548名。士兵们仍旧担负着超过他们体力智力负荷，军事条例中没有的繁重劳动。不错，他们是已经不再去森林里开路，不盖营房，然而，跟过去一样，下岗或下操之后，

---

① 在科尔萨科夫斯克警察局，我看到下面这份1870年的"索尔图奈河普佳京斯基采煤场哨所驻军名单"：

瓦西里·韦杰尔尼科夫——代理上士，鞋匠兼面包师和伙夫。

鲁卡·佩尔科夫——因为玩忽职守被撤销上士军衔，因为酗酒闹事被逮捕。

哈里顿·梅利尼科夫——从未犯错误，但是懒惰。

叶夫格拉夫·拉斯波波夫——白痴，什么都不会。

格里高利·伊万诺夫和费多尔·丘克洛科夫——偷钱，在我管辖期间滋事，发酒疯和不服从命令。

萨哈林岛普佳京斯基采煤场哨所负责人，省秘书Φ·利特克。

② 1885年将军掌管萨哈林部队期间，曾向一个狱警发问：

"你的手枪是干吗用的？"

"制服（驯服）流放苦役犯的，大人！"

"射击这个木桩。"将军命令。

这时出现一阵大大的慌乱。士兵无论如何都没法把枪从枪套里拔出来，靠旁人帮忙才搞定，拔出来后他又不知道拿它怎么办，于是命令取消，否则他的子弹可能不是射向木桩，而是随便射向人群了。《喀琅施塔得通报》1890年第23期。

士兵们还是不得休息：他马上被派去押解、或刈草、或追捕逃犯。从事生产也需要大量士兵，因此押解人手老是嫌不够用，警戒岗无法三班倒。8月初我在杜埃时，杜埃部队派60人去刈草，其中一半人是步行109俄里去的。

萨哈林的士兵身材矮小，沉默寡言，服从命令，头脑清醒；醉酒熏熏的士兵在大街上吵闹，我只在科尔萨科夫斯克哨所看到过。士兵很少唱歌，永远都是那首："十个少女，我只要一个，少女去哪儿，我就去哪儿……少女们进林子，我就在后面追"，欢快的歌儿，他却唱得那么落寞，听着他的歌声，思乡之情油然而生，对萨哈林的角色愈发不忍目睹。他驯顺地承受一切艰难困苦，漠视时常威胁他生命和健康的危险。但他粗鲁、愚昧、头脑简单，由于不得空闲，无法深刻体会军人的义务和荣誉，因此常常犯错误，使他成为秩序的敌人，他原本监守和抓捕的那种人。①一旦他被委以力所不及的职务，如监狱看守，这些欠缺更加暴露无遗。

根据《流放犯管理条例》第27条，在萨哈林，"监狱监守人员由看守长和看守组成，每40个苦役犯配一个看守长，每20个苦役犯配一个看守，人选每年由监狱管理总局确定"。3个看守，1个看守长和2个看守，负责40人，即每人监管13人。设想一下，13个人干活、吃饭、待在监狱里等等，如果监管者是个善良和称职的人，排在他上面的是典狱长，典狱长上面有区长等等，那就可以放心，一切都非常顺利。而实际上监狱的监守至今仍然是萨哈林苦役场问题最大的地方。

目前，萨哈林有看守长将近150人，看守多一倍。看守长由识字的当地驻军退役的士官、列兵和平民担任，不过平民极少。看守长中的现役士兵占6%，但是担任看守的差不多都是当地驻军派遣的列兵。在现有看守人员不足的情况下，《条例》准许任用当地驻军士兵补充看守职位，结果是原本连押解都不

---

① 在沃耶沃达监狱，有人让我看一个苦役犯，他原来是狱警，在哈巴罗夫斯克帮囚犯逃跑，自己也跟他们一起逃跑了。1890年夏天雷科夫斯科耶监狱里关押一个自由民妇女，被控纵火，她隔壁单人牢房里的囚犯安德烈耶夫打小报告说，他夜里常常被狱警们搞得睡不着觉，他们时不时地来找这个女人，动静很大。区长命令将她的单人牢房加锁，钥匙放她本人那里。可是，狱警们配了钥匙，区长拿他们一点办法都没有，于是午夜狂欢继续。

能胜任的年轻的西伯利亚人，却被委以监守之责，不错，只是"临时"和"急需"，然而这个"临时"已经持续了10年，"急需"却越需越多，因此当地驻军的士兵已经占到看守总数的73%，谁都不能担保，过两三年这个数字达不到100%。必须指出的是，派去做看守的不是最好的士兵，因为驻军长官鉴于军情需要，打发来监狱的都不是强兵，好兵都留在部队了。①

监狱里看守很多，却没有制度，看守们就是行政当局的麻烦，对此岛长官本人就可以证明。他几乎每天都在下达处罚看守的命令，降职或干脆开除：这个是因为不靠谱和玩忽职守，另一个是因为品行不端、搞邪门歪道和智能低下，第三个是因为盗窃和藏匿国家军需食粮，第四个窝赃，第五个是因为派他去驳船，他非但不维持秩序，反而带头偷驳船上的核桃，第六个偷卖公家的斧头钉子，第七个是因为一再侵吞公家的牲畜饲料，第八个是因为乱搞女苦役犯。从命令中我们得知，一个列兵看守长在监狱执勤时，拔掉钉子爬进女监的窗户，企图行苟且之事，还有一个看守长，执勤时半夜三更把一个列兵看守放进单人女牢房。看守们的放浪形骸不仅限于拥挤的女监和单人牢房，我在看守们的寓所里就看到过一些半大的女孩子，问她们是什么人时，都回答："我是同居的。"你若走进看守的寓所，往往是又壮又肥的看守，敞着背心坐在桌旁"吃"茶，脚上崭新的皮靴咔咔作响，窗边站着个14岁的小姑娘，面容憔悴，萎靡不振。通常他会自称是士官、看守长，说她是苦役犯的女儿，16岁，他的同居女伴。

看守们在监狱执勤时，听任囚犯们赌牌，自己也跟着一起赌，他们伙同流放犯酗酒，倒卖食用酒精。在命令中我们能看到当着苦役犯的面滋事、抗命、跟长官狂发酒疯这类事件，还有的用棍棒暴打苦役犯的头，致其受伤。

---

① 这样做的结果是显失公平：好兵留在部队，只得到一份口粮，而在监狱里的差兵，既有口粮又有薪俸。沙霍夫斯基公爵在自己的《萨哈林岛体制论》中发牢骚，"看守主要来源于当地驻军的列兵（66%），每月领取官费开支的12.5卢布。他们不识字、智力水平低下，姑息迁就他们管辖范围内的受贿行为，过去没受过严格的军纪约束，行动上相当自由，少数人除外，他们要么对罪犯实行非法虐待，要么不恰当地对他们低三下四。"现在的岛长官的看法则是，"多年经验证明，当地驻军派的看守完全不靠谱"。

这些人粗鲁，智能低下，跟苦役犯酗酒赌牌，乐于跟女苦役犯耍酒疯，无组织无纪律，玩忽职守，真真是威风扫地。流放犯不尊重他们，对他们爱答不理的。在流放犯眼里他们是"面包匠"，跟他们说话都称"你"。行政当局也从不过问，或设法提高其威信，大概是人为过问亦无济于事吧。官员们跟他们说话也"你"、"你"的，想怎么骂就怎么骂，一点不避讳苦役犯。时不时就听到："你个傻瓜，看什么看？"要么是："什么你都不懂，笨蛋！"此地对看守的不尊重还可以从一件事上看出来，他们中的很多人都被委以"与其职位不相称的职务"，说白了就是给官员当仆从。特权阶层出身的看守似乎羞于自己的职务，想方设法在自己那一伙中出人头地，譬如，有人将肩上的绶带加宽，有人带军官的帽徽，还有人，身为十四等文官，在文件中不称自己为看守，而称"劳务和劳工负责人"。

既然萨哈林看守从来说不上对监守宗旨有理解，时光荏苒，根据事物的自然规律，监守本身就会慢慢收缩到今天这种状态。现在，监守的全部工作是：列兵坐在牢房里，看着他们，"不许喧哗"，以及给长官打小报告。在干活的地方，他佩着手枪，幸运的是他不会开枪，还佩着战刀，刀也很难拔出刀鞘，他站在那里，事不关己地看人干活，抽着烟，百无聊赖。在监狱里他就是个开门关门的仆役，在干活的地方则是个多余人。尽管每40个苦役犯就配3个看守，1个看守长和2个看守，但看到的则永远是四五十人在干活，却只有一人在监守，甚至根本没有监守。如果3个看守中有一个在岗，那么另一个就站在公家的店铺旁边，向过往的官员们致敬，第三个则在谁家的门厅里厮混，要么没来由地在区医院门诊室的门口立正站着。①

简略谈谈知识阶层。他们出于职责感和忠诚感而训示他人，能够时时刻刻强迫自己克制住由职务带来的厌恶和恐惧，如微薄的薪俸、寂寞、经年累月

---

① 看守长的年薪480卢布，普通看守260卢布一年。一段时间过后薪俸会增加1/3、2/3，甚至翻番。这样的薪俸对小公务员来说相当不错，颇有诱惑，譬如电报员只要有可能就去做看守。有人担心，如果将小学教师派来萨哈林，每月付他们通行的20-25卢布，那他们肯定会去当看守的。由于在当地找不到自由民做看守，或者当地驻军为了不削弱军力亦无兵可派，1888年，岛长官决定任用品行可靠，且已经改造好的移民流放犯和流放犯出身的农民充当看守。然而该措施未产生良好结果。

近距离接触光头、镣铐、刽子手、算计、斗殴，主要是意识到自己在对周围恶势力斗争上的无能为力，这一切，总是与极其沉重与厌烦的苦役流放管理的职务相伴而生。过去，在苦役场服务的人，多半浑浑噩噩，不求上进，头脑迟钝，他们无所谓在哪里服务，只要有饭吃有酒喝，有觉睡有牌打就行了；正派的人来这里则是情非得已，之后一有可能便弃职而去，否则就酗酒，发疯，自杀，要不就慢慢地被环境拖进其吸血鬼般的泥淖，于是他们也开始偷盗，残忍地挥舞着鞭子……

如若根据官方的报告和报道来看，那么在1860、1870年代，萨哈林的知识阶层毫无道德可言。在当时的官员统治下，监狱成了妓院赌馆，它使人荒淫腐化，让人血冷心硬，也令人在鞭子下丧命。个中最扎眼的官员是某少校尼古拉耶夫，任职7年的杜埃哨所前长官。他的名字经常见诸报端。他是农奴出身，这个粗鲁、没教养的人何才何能以至得到少校军衔，无稽可查。曾经有个记者问过他，是否去过岛屿中部，在那里看到些什么，那少校答道："山与河谷一起，河谷还是和山一道，都知道土火山喷出来的。"问他熊葱是什么东西时，他回答："首先那不是东西，而是植物，其次是非常有益的、好吃的植物，肚子吃了会胀，真的，可我们不在乎，我们的太太不住身边。"他用木桶换掉运煤的推车，在木台上滚动起来更方便，他把犯错的苦役犯塞进这些桶里，命令人在河岸上滚。"把这可怜的滚上一个小时，你看着吧，他就听话了。"他用赌博教士兵数数，"不会数数的士兵必须付一个10戈比银币，付了一回，再付一回，就明白不合算了。看着吧，就会大力学数数，而且一个礼拜就学会了。"类似的荒唐事在杜埃的士兵中间影响很坏：他们曾经卖枪给苦役犯。有个苦役犯被惩罚之前，少校就先跟他说，你活不了了，结果，罪犯一被惩罚完马上就死了。尼古拉耶夫少校在这件事之后被送上法庭，被判服苦役。

如果找哪个老移民流放犯问问，他在岛上见没见过好人，他会先沉默片刻，好像是在回想，然后才回答："什么都有。"哪儿都不像萨哈林这儿，将旧事遗忘得如此之快，也是因为流放犯人口流动太快，每5年这里就大换一次，再就是多少也因为本地行政机关里没有正规的档案。20-25年前的事情就算很久以前了，已经被遗忘在历史的角落。得以保全的仅有一些建筑物，安然无恙的唯独米克柳科夫一人，记忆犹新的是那十几二十条趣谈，以及当不得事的一堆数字，因为当时没一个行政机关知道岛上有多少囚犯，跑了多少，死了多少等等。

萨哈林的"史前"时期持续到1878年，当时滨海省流放苦役负责人一职任命给了尼古拉·沙霍夫斯基公爵，一个出色的行政官员，聪明诚实的人。[①]他身后留下来的《萨哈林岛体制论》，在很多方面具有样本意义，现藏于岛长官府。他更是一个书斋式的工作者。在他主事期间，囚犯的处境跟他之前的一样恶劣，不过，他与上下级交流的观察，他特立独行和开诚布公的《体制论》，毋庸置疑开了新的、良好的风气之先。

1879年志愿商船队开始运行，萨哈林的职务渐渐地由欧洲部分的俄国人担任。1884年，萨哈林实行新政，导致人潮汹涌，或按当地人说的，新人云集。[②]现在，萨哈林有3个县级市，居住着官员和军官及家属，社交圈里各色人等一应俱全，且都有文化，譬如，在亚历山大罗夫斯克，1888年由业余爱好者演出《结婚》一剧，也是在这里，官员和军官们相约将盛大节日时礼尚往来的钱用于捐助贫穷的苦役犯家属和孩子们，在名单上签字的达40人之多。萨哈林的社交圈给外来者的印象很好。他们热心好客，方方面面都不输于国内的县城，在东部海岸一带，他们最为活跃和有趣，至少官员们都不愿意调走，譬如说，

---

① 到1875年，管理北萨哈林苦役场的是杜埃哨所所长，一个军官，他的领导机构设在尼古拉耶夫斯克。自1875年起，萨哈林分成两个区：北萨哈林区和南萨哈林区。两个区隶属滨海省，民政归军事总督领导，军政服从滨海省军队指挥。地方管理权归区长，同时北萨哈林区区长由萨哈林岛和滨海省流放苦役负责人兼任，机关设在杜埃；南萨哈林区区长则由东西伯利亚正规军第4营营长兼任，机关设在科尔萨科夫斯克哨所。区长兼管地方的军事和民政。行政机关内清一色是军人。

② 根据新规，萨哈林的总管理权归阿穆尔总督，地方的——归区长，由军队的将军担任。岛屿分成三个区。每个区的监狱和村落由区长统一管辖，区长相当于国内的警察局长，他们主持警察局。区内的每个监狱和村落由典狱长负责，如果村落专有官员负责，此人便是移民流放监管长，这两个职位相当于国内的警察分局局长。岛长官下面有机关主任、会计师和财务主任、农业视察官、土地测量员、建筑师、虾夷语和吉利亚克语翻译、中心仓库主任和卫生部门负责人。4支驻军部队各设1名校官、2名尉官和1名医生；此外，还有1名管理萨哈林岛军队的副官，1名副官助理和审计员。还有4名神职人员及与监狱没有直接关系的职员，如邮电所长、所长助理、报务员及两个灯塔的护塔员若干。

调到尼古拉耶夫斯克或德卡斯特里去。然而，犹如每每鞑靼海湾刮起强风暴，水手们就说那是中国海和日本海上风暴的回声一样，这个社交圈的生活里不时回应西伯利亚刚刚过去的和新近发生的。那么1884年改革后，都有哪些好佬来这里任职的呢？从撤职、送审，以及关于扰乱职责到"无耻淫秽"地步的官方通报（1890年第87号令）里就看出来了，或者从趣闻轶事里面亦有所得知，譬如苦役犯佐洛塔廖夫的故事。他是个有钱人，跟官员们拉帮结伙，纵酒作乐、赌牌耍钱，这个苦役犯的妻子撞见他与官员鬼混，就大骂他，说那是一帮会让他道德败坏的人。即便现在也看得到官员们无缘无故伸手就打人，用拳头打苦役犯的脸，[①]哪怕他是特权阶层出身；他们还命令匆忙中没脱帽的人："去典狱长那里告诉他，让他给你30鞭。"在监狱里，迄今为止仍旧这么混乱，两个犯人将近一年被当作失踪，与此同时他们就在监狱搭伙吃饭，甚至还被派去干活（1890年第87号令），并非每个典狱长都确切知道，当时当地在他管辖的监狱里有多少囚犯，多少是实实在在搭伙吃饭的，多少逃跑了，等等。岛长官本人认为，"就所有管理部门而言，感觉亚历山大罗夫斯克区的体制状况问题严重，需要做许多严肃认真的优化"，至于个人政务，则文书的权限过大，他们"发号施令却无人监管，在某些事情上弄虚作假"（1888年第314号令）。[②]关于此地刑侦部门的糟糕状况我将另行撰述。邮电所待人粗鲁，黎民百姓要在电报到达三四天后才能拿到，报务员没有文化修养，电报内容无秘密可言。我没收到过一封电报不是错得离谱的，有一次我的电报里居然夹进来一段别人的电报，我为了还原两封电报的内容，要求检查一下错误，结果被

---

① 显然，契诃夫这里指的是官员卡缅希科夫和帕特林侮辱政治犯沃尔诺夫和东布罗夫斯基一事，作为对侮辱的反应，东布罗夫斯基两次尝试自杀。（Π.叶廖明注）

② 足足一天在机关的资料里翻找，想着不至于被彼此类似的副典狱长、看守长和文书"凭空臆想"的混乱的数字和不靠谱的结论搞得绝望，可我怎么都找不到1886年的统计报表。偶然翻到的统计报表，题目下面有铅笔划的道，写着："明显不对。"在有关流放犯家庭状况、子女、罪犯的性别结构的报告中尤其谎话连篇。岛长官告诉我，有一次当他必须知道自1879年起每年乘志愿商船从俄国来的囚犯人数时，不得不找监狱总局要资料，因为当地机关里没有任何有用的统计数字。"就为这个1886年，虽然不止一次要求，还是什么统计报告都没有"，区长在一份他的报告里抱怨。我的条件更糟糕，不可能准确还原所需资料，过去那些年的资料压根就没有收集过。犹如现在长官们就很难搞清楚到1887年1月1日起止移民流放犯和农民的情况。

告知，这么做可以，但是我得付钱。

在萨哈林新史中，引人注目的角色是最新人物的代表，台尔日莫尔达和伊阿古①的混合体，这些先生们对下，除了拳头、鞭子和谩骂，不知有其他方式；对上则文质彬彬，甚至自由主义化。

不过，无论如何，"死屋"不再。②在萨哈林，我在机关里管理和工作的知识者中间，就遇到过理智、善良和高尚的人们，有他们在，就保证昔日不会重来。现在已经不会把苦役犯装到木桶里去滚，不许鞭挞人或致人自杀，否则就会引起当地社会的强烈反响，会在阿穆尔、在西伯利亚引发非议。每一起恶行迟早都会曝光，暗箱中的奥诺尔案件被公开就是证明，该案件曾被千方百计捂着，引来訾议纷纷，最后还是由萨哈林的知识者诉诸报端。好人好事已不鲜见。不久前雷科夫斯科耶的一位女医士去世了，她在萨哈林服务多年，只是为了一个信念——将自己的生命奉献给受苦受难的人们。我在科尔萨科夫斯克时，一天有个苦役犯乘着草筏子被大海卷走了，典狱长Ш少校冒着风暴驾快艇冲到海上，置自己的生命安全于不顾，从傍晚到深夜2点逡巡在黑暗的大海上，直到将苦役犯从草筏子上救起来。③

1884年的改革显示，流放移民区的行政人员越多越好。复杂而分散的政务需要庞杂的机构和大量的人手。不能让鸡毛蒜皮的事情耽误了官员们的大事，现在即便岛长官也没有秘书和随时听他调遣的官员，一天中的大部分时间用来签署命令和文件，这种繁杂、细碎的文牍工作几乎占用了他必须视察监狱和村落的全部时间。区长们除了主管警察局，还得自己给女人们发口粮，参

---

① 台尔日莫尔达，果戈理《钦差大臣》里的人物，一个残暴的警士；伊阿古，莎士比亚《奥瑟罗》里的人物，一个奸诈小人。——译者

② 陀思妥耶夫斯基描写西伯利亚苦役场的作品《死屋手记》，契诃夫用来象征"史前时期"的苦役场。(П.叶廖明)

③ 本地的官员们在履行自己的职责时，经常要冒极大的威胁。特姆斯克区区长布塔科夫先生曾经步行往返整个波罗奈河，患上痢疾差点死掉。科尔萨科夫斯克区区长别雷先生有一次划着舢板从科尔萨科夫斯克去毛卡，途中遇上风暴，只得远离海岸，在大海的波涛中颠簸了近两个昼夜，别雷本人、划桨的苦役犯和一个搭便船的士兵，都以为自己活到头了。然而他们被推到克里利翁灯塔附近的岸上。当别雷先生走到灯塔护卫那里，照镜子时，发现头上有了白发，之前是没有的。士兵睡着了，怎么都叫不醒，一连睡了40小时。

加各种各样的委员会、视察等。典狱长及其助理负责刑侦和警务。在这种条件下，萨哈林的官员要么如人所说，工作过量到头脑发昏，要么就把手一挥，将自己分内的文字工作交给苦役犯文书，更多时候就是这么做的。在地方机关里，苦役犯文书不仅抄抄写写，而且自己起草重要公文。因为他们往往比官员，尤其是新手更有经验更有活力，结果苦役犯和移民流放犯承担了全部的文档工作，汇报工作甚至刑侦工作。多年以来，由于无知无礼或敷衍塞责，文书将文档工作搞得乱七八糟，因为唯有他一人能厘清，那他就变得不可或缺、不可替代，故而长官们，甚至最严厉的长官离开他的侍奉，业已无所适从了。要甩掉这个全能的文书唯有一个办法，就是在他的位置安排一到两个真正的官员。

哪里的知识者多，那里就会不可避免地存在舆论，形成道德监督，对每个人提出道德要求，离开这些要求，谁都无法不受惩罚，哪怕他是尼古拉耶夫少校。毋庸置疑，随着社会生活的发展，这里的职务会逐渐褪去其令人难过的特点，发疯、酗酒和自杀的比例也会降低。①

---

① 现在总算已经有些娱乐活动，如戏剧爱好者的演出、野营、小型晚会；过去连打一桌牌的人都很难凑齐。精神需求也很容易满足。订阅报刊杂志和书籍，每天收到部分通讯社的电讯，很多人家里有钢琴。本地的诗人们各自都有读者和听众，有一段时期亚历山大罗夫斯克出版过手抄杂志《小蓓蕾》，不过，出到第7期就停刊了。上级官员住着很好的公房，宽敞温暖，有厨师和马，下级官员则向移民流放犯租房住，有的租整幢房子，有的租带家具和全部设施的整套房间。我一开始提过的那个年轻官员、诗人，他租的房间里挂着许多圣像，床上挂着帷幕，墙上还有壁毯，上面的图案是射虎的骑士。

岛长官年薪7000卢布，医务主任——4000卢布，农业视察官——3500卢布，建筑师——3100卢布，区长——3500卢布。每3年官员有半年带薪假期。5年后加薪25%。10年后可以领退休金，2年按3年算。差旅费也不少。副典狱长，没有级别，从亚历山大罗夫斯克到彼得堡的差旅费是1945.68卢布，用这笔钱足够舒舒服服进行环球旅行了（1889年第302和305号令）。退休人员的差旅费自任职之日起5-10年后给付，不出差也有，因此差旅费也起到补助和奖励的作用。神职人员全家都有差旅费。退休的官员一般要的是冬季到彼得罗巴甫洛夫斯克——13000俄里，或到霍尔莫戈雷县——11000俄里的差旅费，同时，递交退休申请后，他就给监狱总局拍电报要求全家乘志愿商船去敖德萨的免费旅行，还有一点补充，官员在萨哈林任职期间，其子女的教育费用由公家出。然而这里的官员始终对生活不满意。出于空虚和无聊，他们动不动就发火，彼此争吵，他们的家属也现出痨病、神经质和心理疾病的征兆。我在亚历山大罗夫斯克时，一个年轻官员，最善良不过的人，大白天始终拎着一把大手枪走来走去，我问他为什么在兜里揣个这么大的武器，他认真地回答：

"这里的旅馆官员要杀我，已经动过一次手了。"

"您能用枪干什么呢？"

"很简单，我杀了他，像杀狗一样，毫不客气。"

XXI

流放人口的道德品质——犯罪率——刑侦与审判——惩罚——树条抽打的
体罚与鞭刑——死刑。

有些流放犯受罚时很勇敢,爽快地认罪,被问到为什么流放到萨哈林时,
一般都这么回答,"好事就不会流放到这儿来了。"另一些人则一副怯懦猥琐
的样子,怨天尤人,哭哭啼啼,陷入绝望,赌咒发誓说他们是无辜的。还有些
人视惩罚为福祉,因为,用他的话说,他唯有在苦役场才认识了上帝。更有人
一有机会就逃跑,抓捕他时挥棒顽抗。与怙恶不悛、屡教不改的恶棍和败类
同在一个屋檐下的还有意外犯罪的人,"苦命人",吃冤枉官司的人。[1]

所以凡涉及流放人口的道德品质问题,给人留下的往往是杂乱无章的印
象,故而用现有的研究方法未必能够在这个问题得出什么严肃的结论。判断
居民的道德品质一般根据的是犯罪率,但是针对流放移民区,这个惯例和简
便的方法却不中用。生活在不正常的、特殊环境中的流放犯,每人都有自己对
犯罪的理解,自己的习俗,我们认为的轻罪,在他是重罪,反之,大量的刑事犯
罪根本不在话下,因为他们认为这在监狱里稀松平常,几乎不可或缺。[2]

---

[1] 本地总督的下属,监狱视察官卡莫尔斯基将军对我说:"假如100个苦役犯里面最终能有15-20个改邪归
正了,这不能归功于我们使用的改造方法,而归功于我们俄国的法庭,给苦役场发配这么多良好的、可靠的分子。"

[2] 对最高的幸福——自由的天生的、不可战胜的追求,在这里被视为犯罪倾向,逃跑被当作严重的刑事犯
罪,苦役犯被罚以劳役和鞭笞,移民流放犯纯粹是看在上帝的份上收留逃犯过夜,被处以苦役劳动的惩罚。如果
移民流放犯懒惰或酗酒度日,岛长官可以发配他去矿场干上一年。在萨哈林欠债也被视为刑事犯罪。对欠债的移
民流放犯的惩罚是不予转为农民。移民流放犯因为懒惰、不经营家业和拖欠公款,警察局可判他一年苦役,岛长
官会批准,将该移民流放犯送交萨哈林公司做工偿还欠款(1890年第45号令)。简言之,流放犯经常会被处以苦
役劳动和鞭笞,而导致惩罚的那些罪行,在正常的环境里充其量不过是被警告、拘留和监禁罢了。从另一方面看,
在监狱和村落里司空见惯的偷窃,则绝少有送交法庭的结果,假如按官方统计数字判断,就会得出完全虚假的结
论,即流放犯甚至比自由民更尊重他人的私有财产。

流放犯身上的恶习和反常，为被囚禁和奴役，忍饥挨饿和长时间处于恐惧中的人所特有。撒谎、狡诈、怯懦、猥琐、告密、偷窃、所有见不得人的恶习，都是屈辱的人使用的手段，或者至少是重要手段，用来对抗他不尊重，害怕和视为自己的敌人的那些长官和看守。为了逃避繁重的劳动或体罚，给自己弄块面包、一撮茶叶、盐、烟草，流放犯求助于欺骗，因为经验告诉他，在求生存的斗争中，欺骗是最可信和可靠的手段。偷窃在这里像职业一样平常，囚犯们见什么偷什么，饿狼一般地执著和贪婪，对吃的和穿的尤甚。他们在监狱里偷，互相偷来偷去，偷移民流放犯的，干活的时候偷，轮船装货的时候偷起来身手灵活，如此偷法，可以断定本地的小偷是经常在练习的。有一回，杜埃的轮船上一只活公羊和一桶发面被窃，驳船尚未离开轮船，失窃物品却找不到了。还有一次，偷到船长头上了，舷窗和指南针被人卸了，第三次偷进轮船上外国人的包舱里，盗走了银餐具。卸货时成捆成桶的货物不翼而飞。①

流放犯的娱乐也是偷偷摸摸地暗地里搞搞的。为了到手一杯正常环境里仅值5戈比的伏特加，他得背着人去找走私贩子，如果没有钱，就给他自己的面包或衣服什么的。唯一的精神享受是赌牌，还只能在深更半夜，点着蜡烛，要么躲到原始森林里。任何一种偷偷摸摸的享受，重复多了，都会慢慢成瘾。由于流放犯们太爱模仿，囚犯们一个学一个，于是，类似走私酒和赌牌这样的小事，终将造成极大的混乱。一如我说过的，流放犯中的有钱人就是靠偷卖酒精和伏特加致富的，这意味着，顺着这些拥有3~5万卢布的流放犯，应该摸得出源源不断失去自己衣食的人。赌牌就像流行病，已然控制了所有监狱，监狱成了大赌场，村落和哨所则是其分部。赌博规模很大，据说偶然被搜查的本地庄家手里都有成百上千的卢布，他们跟西伯利亚的监狱都有业务关系，譬如其中的伊尔库茨克监狱，按苦役犯的说法，它那里才叫玩"真的"。在亚历山大罗夫斯克已经有几个赌场，其中一个在砖街二条，甚至发生过斗殴，起

---

① 苦役犯把成袋的面粉扔到水里，之后大概到夜里再从水底捞回来。一艘轮船的大副告诉我，"一不留神，一大堆东西就被偷个精光。如果卸的是成桶的咸鱼，那人人都拼命往自己的口袋里、衬衫里、裤子里塞鱼……尽管这么做他们会挨剋的！被抓住就是一顿暴打……"

因对赌场而言颇具代表性：赌输的看守开枪自杀。梭哈这种牌戏让人脑袋发蒙，像个傻瓜，而苦役犯输掉食物衣服，犹不觉饥饿寒冷，鞭子抽到他时，也不觉得痛，而且见怪不怪，干活装货时，运煤的驳船已经靠到船舷，波涛翻滚，人们晕船晕得脸色发绿，驳船上却赌得正酣，谈着正事，也听得到赌徒的声音："开牌！两个点！通吃！"

身陷囹圄妇女的穷困和屈辱致使其卖淫。我曾问过，亚历山大罗夫斯克这里有没有妓女，得到的回答是："要多少有多少！"①由于需求巨大，从事卖淫的无论年老色衰，甚至有染上三期梅毒的，未成年的都无妨。我在亚历山大罗夫斯克大街就碰上过一个16岁的姑娘，说起来她9岁就开始卖淫了。这个姑娘有母亲，可是萨哈林的家庭环境远不能救姑娘们于水火。听说有个茨冈人就出卖自己的女儿们，且由他本人做交易。亚历山大罗夫斯克郊区村有个自由民妇女开了个"店"，里面做交易的都是她的亲生女儿。亚历山大罗夫斯克的卖淫业完全城市化，甚至有犹太人开的"家庭浴室"，已经有了职业拉皮条的。

根据官方统计数据，截至1890年1月1日，区法庭审判的惯犯占苦役犯的8%，其中有的惯犯是"三进宫"，有的是第4、5次，乃至第6次犯案，由于屡犯致使苦役刑期已经累积到20–50年的人，共有175个，占总数的3%。但这些人也可以说是伪惯犯，因为惯犯中被审判的主要原因是逃跑，而且关于逃犯的统计数字不可信，因为抓回来的逃犯并非总是送去审判，更多是自行处置。流放犯犯罪的标准是什么，或者换言之，何谓屡犯，目前不清楚。没错，在这里犯罪也受审，可是许多案件因查不到罪犯而作罢，很多案件被发回重审，或要补资料，或超出司法解释，或因没得到西伯利亚各个政府机关必须的证明被搁置了，最终，拖久了，因为犯罪嫌疑人死亡或未抓捕归案，便将案件归档，而主要是，由一帮没在任何地方受过教育的年轻人搞出来的刑侦材料不能做凭证，哈巴罗夫斯克区法庭对萨哈林人实行的是缺席审判，只凭文件而已。

1889年，被刑侦和审判的苦役犯共243人，与一般苦役犯的比例是1：25，

①　不过警察局给我的名单上仅有30个妓女，每周接受医生检查。

移民流放犯有69人，比例1：55，农民仅有4人，1：115。由此看出，随着境遇的改善，流放犯每一次都向更自由一点的状态过渡，其被审判的几率就会减少一半。这些统计数字是审判和刑侦的数据，而不是1889年的犯罪数据，因为该年的案件当中，有的是当年以前发生，尚未结案的。这些统计数字可以让读者了解，在萨哈林，就因为案件一拖数年，有多少人年年都在忍受着审判和刑侦的折磨，可想而知这对流放犯的经济状况及心理是极其有害的。①

　　通常刑侦工作由典狱长助理或警察局秘书担任。按岛长官的话说，"刑侦案件开始时都没有足够的证据，进展拖沓，没有效率，涉案犯人的羁押无凭无据"。嫌疑人或被告都被拘捕，关进单人牢房。戈雷角村曾经有一个移民流放犯被杀，结果有4个人被怀疑，遭到羁押，②他们被丢进黑漆漆、冷冰冰的单

---

　　① 1889年审理和刑侦的逃跑案涉及苦役犯171人。某科洛索夫斯基的逃跑案发是在1887年7月，因为证人缺席刑侦被耽搁下来。1883年发生的监狱撬锁逃跑案直到1889年6月才由检察官向滨海省法庭提起公诉。列斯尼科夫的案子始于1885年3月，终于1889年2月，等等不胜枚举。1889年涉案最多的是逃跑，占70%，其次是谋杀和涉嫌谋杀，占14%。假如不算逃跑的话，一半案件是谋杀。谋杀是萨哈林最多的一种个人犯罪，有一半的流放犯因为谋杀被判刑。这里的杀人犯杀人非常随意。我在雷科夫斯克耶村时，在公家的菜园里，一个苦役犯用刀抵住另一个的脖子，照他解释是为了不干活，因为受侦讯的人就都呆在单人牢房里，什么都不用干。在戈雷角一个年轻的细木工普拉克辛为了几个银币杀死了自己的朋友。1885年逃跑的苦役犯来到虾夷人村子，显然是因为强烈的欲望，他们折磨男人，强奸女人，最后把孩子们吊在横梁上。大多数杀人犯的不理智和残忍令人震惊。谋杀案的审理拖沓得吓人。例如，有个案件1881年9月开始审理，直到1888年4月才结案；还有一个是1882年4月的案子，1889年8月结案。我刚刚提及的血洗虾夷人村子的案件也未结："血洗虾夷人村子一案由军事法庭审理，11个流放苦役犯被判处死刑，军事法庭对警察局审讯的其余5人的判决尚不清楚。报告已分别于1889年8月13日和23日呈交萨哈林岛长官。"改姓名的案件尤其拖得长久。例如有个案件始于1880年，一直持续至今，因为还没有得到雅库特省开具的证明；另一个案件始于1881年，还有一个始于1882年，8个苦役犯因为伪造假币被告上法庭和刑侦。据说，假币就是在萨哈林伪造的。囚犯们在给外国轮船卸货时，在船上的小卖部买烟草和伏特加，付的就是假币。那个在萨哈林被偷走5万6千卢布的犹太人，就是因为假币被流放的，他已经服完刑期，在亚历山大罗夫斯克溜达，戴着帽子，穿着外套，挂着金链子，跟官员和看守说话时老是压低嗓音，接近耳语，不过，凭借对这个无耻之尤的传讯，逮捕了一个子女众多的农民，也是犹太人，给他上了镣铐，他曾因为"崩得"（立陶宛、波兰、俄罗斯犹太工人总同盟简称）被军事法庭判处无期苦役，但是在经过西伯利亚的路上他的判决书通过造假，刑期减少了4年。在"1889年审理和刑侦统计报告"里，有"科尔萨科夫斯克地方驻军军需库盗窃案"，嫌疑犯1884年就被指控，但是"在原南萨哈林区长官的档案里没有该案件刑侦开始和结束的证据，案件何时结的，不清楚"，这个案件，经岛长官下令，于1889年发回区法庭重审。其目的似乎是要将犯罪的人再判一次。
　　② 根据《流放犯管理条例》，政府拘捕流放犯时，可以不受司法程序的约束，可以随时羁押有嫌疑的流放犯。

人牢房，几天后3人被释放，1人被留下来，此人被戴上镣铐，命令每隔两天给他吃一顿热饭，之后按看守的要求抽了他100鞭，他被关押在黑牢里，又饿又怕，直到他招供。与此同时监狱里还关押着一个自由民妇女加拉宁娜，她被怀疑杀夫，也关在黑牢里，隔两天才吃上一口热饭。一个官员当着我的面审问她时，她声言早就病了，不知为什么不让她看医生。官员询问负责该牢房的看守，为什么至今没提医生的事，他回答的原话是："我报告典狱长先生了。可是他们说了：'让她死！'"

审判前的监禁（而且是在苦役监狱的黑牢里）与囚禁无异，视自由民与苦役犯无异，这让我震惊，更有甚者，本地的区长毕业于法律系，而典狱长还曾经在彼得堡的警察局任过职。

还有一次，我跟区长一起去单人牢房，时间是一大清早。当时，从单人牢房里走出4个有杀人嫌疑的流放犯，他们冻得直发抖。加拉宁娜只穿着袜子，没有鞋，也在发抖，被光刺得眯起眼睛。区长命令将她转到有光线的牢房去。就在那一次我还注意到一个格鲁吉亚人，他像个影子在单人牢房进口前面晃悠，他在这里，在黑牢里已经蹲了5个月了，他被怀疑投毒，正等着至今还没开始的刑侦。

检察官在萨哈林没有同行，刑侦过程无人监督。刑侦的方向和速度全凭与案件丝毫不搭界的各种偶然因素。在一则消息中我读到，某个雅科夫列娃谋杀案完全由于"抢劫前强奸未遂，其证明是床上的铺盖被拧乱，及床尾上鞋钉的新鲜划痕"。这些侦查将预定整个案件的命运，在这种情况下公之于众没有必要。1888年，一个逃跑的苦役犯打死了列兵赫罗米亚特赫，但直到1889年才在检察官的要求下公开，当时刑侦已经结束，案件已递交法庭。①

---

① 过去，曾有案件暗中消失或"原因不明"突然中止（《符拉迪沃斯托克》1885年第43期）。甚至有一次军事法庭结案的卷宗被偷。弗拉索夫在报告中提到一个终身苦役犯艾齐克·沙皮尔。这个犹太人住在杜埃，贩卖伏特加。1870年他被控强奸5岁小女孩，但是尽管证据确凿，案子被撤销。负责该案件刑侦的是哨所驻军的一个军官，他把自己的枪抵押给沙皮尔，还欠着后者的钱，案件从军官手里交出来时，沙皮尔的材料都已销毁。后者在杜埃来头很大，有一回哨所长官问沙皮尔在哪里，人们回答："老先生去喝茶了。"

《条例》第469条赋予地方长官有权不经警方刑侦，对犯罪和犯有过失的流放犯确定和实行惩罚，而按照普通刑法，对他们的刑罚不得超出监禁期间剥夺公权和财产的范畴。一般来说小微案件在萨哈林承办的警察法庭，它隶属于本地的警察局。虽然这个地方法庭的权限广大，审理所有的小微案件，仍然有许多案件，在被认定为小微案件问题上是有条件的，这里的居民不知司法公正为何物，无法可依。哪里的官员有权不经审判和刑侦就施以鞭刑、羁押，甚至发配去矿井，哪里的法庭就形同虚设。①

重罪的刑罚由滨海省法庭审定，该法庭断案则仅凭公文，对被告和证人不做庭审。省法庭的判决每次都由岛长官批准，如不同意判决，岛长官有权自行判决。并将判决的每次变更递交国家枢密院。如遇行政当局认为罪大恶极，而《流放犯管理条例》中的刑罚不足以惩处的情况，那么行政当局可将罪犯送交军事法庭。

对于犯罪的苦役犯和移民流放犯，刑罚格外严酷，如果我国的《流放犯管理条例》有与时代精神和法律完全背道而驰的地方，当首推其中的惩罚部分。使罪犯屈辱，让他变得残忍，性情粗野的惩罚，早已被认定有害于自由人，对移民流放犯和苦役犯则仍然保留着，好像流放犯就没有变得粗野、残忍，彻底丧失人的尊严的危险似的。用树条抽、鞭笞、连车重镣，这些侮辱罪犯人格的，加诸于他肉体的疼痛和折磨的刑罚，在这里广泛使用。任何犯罪，无论刑事的还是小微的，都用鞭笞或树条抽加以惩罚，无论这惩罚是作为其他惩罚的补充，还是单独使用，它都是一切判决里不可或缺的内容。

用得最多的刑罚是树条抽打。②正如"统计报告"中所显示的，在亚历山

---

① 安德烈-伊万诺夫斯克村甲的猪在一个雨夜被偷了。怀疑是乙，他的一条裤子上沾有猪粪。搜查了他的家，没找到猪，然而村社仍旧判他交出一头猪，那是他房东丙的，丙被控窝赃。尽管区长认为这不公平，还是批准了这一判决。他说，"假如我们不批准村社的判决，那萨哈林就完全无法无天了"。

② 背上的方块爱司，阴阳头和镣铐，过去是用来防止逃跑和辨认流放犯的，已经失去了其原有的意义，仅仅作为侮辱性惩罚保留至今。方块爱司每条边2俄寸宽，《条例》规定颜色必须（转下页）

大罗夫斯克，1889年一年中受到行政处罚的苦役犯和移民流放犯共282人：体罚，即挨树条抽打的265人，其他方法的17人，也就是说，树条抽打占行政处罚的94%。其实，远非所有体罚都录入统计报告：特姆斯克区1889年的统计中仅有57个苦役犯被罚树条抽打，而科尔萨科夫斯克仅3人，事实上这两个区里每天都有几个人挨鞭打，科尔萨科夫斯克有时甚至达几十人。常常是任何一点过失都会招致30-100下树条抽打：没完成每日课业（如果鞋匠没缝好规定的3双鞋，鞭打）、醉酒、粗鲁、抗命……如果没完成课业的有二三十人，就所有人都挨二三十下鞭子。有个官员告诉我："犯人，尤其是镣铐犯，就爱递些乱七八糟胡说的折子。我到这里任职，第一次巡视监狱时，给我递的折子达50份，我收了，不过对递折子的人宣布，凡递不值得注意的折子的人，将被惩罚。只有两份折子言之成理，其余的都是胡说八道。我下令抽打了48人。下一次就只是25人了，之后越来越少，现在已经不向我请求了。我给他们戒了。"

在南部，一个苦役犯被另一个告密，遭到搜查，搜出的一本日记，被当作通讯稿，他挨了50下树条鞭子，关了15天黑牢，只给面包和水。一个移民流放犯监管官，经区长同意，几乎对柳多加全村施以体罚。岛长官是这样描写这次惩罚的："科尔萨科夫斯克区区长向我汇报了这一极其严重的越权行为，这件事是他自己干的，他对一些移民流放犯实行残酷的体罚，大大超越了法律规定的限度。此次令人发指事件的前后情形，经分析更令我不能容忍，惩罚不管好人坏人，甚至孕妇也不放过，未经任何审查，不过是因为移民流放犯之间一场没

（接上页）跟衣服颜色不同，目前它是黄色的，但因为这是阿穆尔和外贝加尔哥萨克的颜色，故科尔萨科夫男爵命令改成黑色。不过在萨哈林方块爱司已经失去任何意义，因为对它早就见怪不怪，视而不见了。阴阳头也一样。在萨哈林绝少剃阴阳头，唯有抓捕回来的逃犯，候审的和连车重镣犯而已，在科尔萨科夫斯克区完全绝迹了。根据《在押犯条例》，所有镣铐的重量必须在5俄磅和5.5俄磅之间，我见到过的妇女之间唯有金小手戴着手铐。考验类的囚犯必须戴镣铐，但是《条例》允许在干活无需戴时可以除掉，而因为镣铐差不多妨碍任何劳动，所以绝大部分苦役犯都不戴镣铐。尽管《条例》规定无期的犯人必须戴手铐脚镣，也根本不是所有人都戴着的。镣铐再轻，总归妨碍人活动，远非不是所有人对之习以为常。我就偶然看到，已经不年轻的囚犯们遇生人来时，用衣襟把镣铐掩盖起来，我有一张照片，拍的是一群杜埃和沃斯沃达派出来干活的苦役犯，大部分戴镣铐的犯人都竭力不让镣铐被拍到。显然，作为侮辱性的惩罚，镣铐在许多场合达到其目的，然而这在罪犯心里引起的那种屈辱感，未必就是通常所谓的羞耻感。

引起什么后果的普通斗殴。(1888年第258号令)"

犯有过失的人比较多的是被树条抽打30–100下。打多少下与罪过无关，而取决于是谁下令惩罚，是区长还是典狱长：前者有权打100下，后者30下。有个典狱长一向中规中矩地下令打30下，有一次他代理区长职责时，就将他自己原本的定额一下子提高到100下，如同这100下就是其新权力必不可少的标志，而且他一直都未改换标准，等区长一回来，他又自觉自愿地立马打30下了。树条抽打的刑罚在萨哈林使用起来实在是太过频繁，许多人对它已经既不讨厌，也不惧怕，听说，囚犯当中已经有不少人挨打时感觉不到痛了。

鞭刑使用少得多，只在区法庭的判决里。从医务主任的报告可以见得，1889年，"为判断对法庭判决的体罚的承受力"，医生给67人验过伤。此项刑罚以其残酷和行刑场面，在萨哈林使用的所有刑罚中堪称之最，那些判决逃犯和惯犯鞭笞的欧洲部分的俄国法官们，倘若是当着他们的面行刑的话，或许早就杜绝这项刑罚了吧。只不过他们见不到这种充满耻辱感和侮辱感的场景，根据《处罚条例》第478条，俄国和西伯利亚法庭的判决在流放场执行。

如何施行鞭刑，我在杜埃看到了。逃犯普罗霍罗夫，即梅利尼科夫，35–40岁，从沃耶沃达监狱逃跑，做了一个小筏子，划着它去大陆，可是在岸边就被发现，派快艇把他抓了回来。起先是以逃跑罪名立的案，突然又发现，这个普罗霍罗夫，他就是梅利尼科夫，去年谋杀了一个哥萨克和他的两个孙子，被哈巴罗夫斯克区法庭判了90下鞭笞和加戴重镣，由于疏忽，该项刑罚尚未执行。假如普罗霍罗夫，没想到要逃跑，那么这个错误可能就发现不了，鞭笞和重镣就化为乌有了，而现在刑罚不可避免。行刑当天，8月3日，早晨，典狱医生和我慢慢朝机关走去，普罗霍罗夫，头一天晚上已经被吩咐带过来了，与看守一道坐在台阶上，尚不知道是什么在等着他。看到我们，他站起来，显然是明白怎么回事了，因为他的脸刷地发白了。

"进去！"典狱长命令。

大家都走进机关。普罗霍罗夫被带上来。医生，一个年轻的德国人，命令他脱掉衣服，听了听他的心脏，以便确定这个囚犯可以扛得住几下。这个问题的解决他用了一分钟,然后一副煞有介事的样子坐下来写检查记录。

"哎呀,可怜的人!"他苦兮兮的语调里带着很重的德国口音,边说边拿笔蘸墨水。"你别怕,镣铐重吧!你求求典狱长先生,他会吩咐摘掉的。"

普罗霍罗夫沉默着,他的嘴唇苍白,在颤抖。

"你怕也没用,"医生仍不住叨叨,"你们全都白费。俄国竟有如此可疑之人!哎呀,可怜的人,可怜的人!"

记录完毕,放进逃跑的刑侦档案里。随后是沉默。文书在写东西,医生和典狱长在写东西……普罗霍罗夫或许尚且不知,为什么把他带到这里:仅仅只为逃跑,还是老账新账一起算?不明就里让他焦虑。

"你夜里梦见什么了?"典狱长终于发话了。

"我忘了,大人。"

"现在你听着,"典狱长看着案卷说,"当年当月当日哈巴罗夫斯克区法庭因谋杀哥萨克人判处你鞭笞90下……必须今日执行。"

又用手拍拍犯人的脑门,典狱长教训道:"这么做为了什么?你怎么老是自以为脑袋瓜聪明呢。你们老是跑,以为那样就好了,结果呢更糟。"

我们大家都去"看守房",一座旧的营房式灰色楼房。一个军医士站在门口,用乞丐的口吻央求:"大人,请允许我观看如何行刑!"

看守房正中央摆着一头高,一头低的斜条凳,上面打着绑手绑脚的孔。刽子手托尔斯特赫又高又壮,像个大力士,没穿外衣,敞着背心。①他朝普罗霍罗夫点点头,那个一声不吭地躺下。托尔斯特赫不慌不忙,也不出声,把他的裤子脱到膝盖,开始慢慢悠悠地把他手脚绑到条凳上。典狱长若无其事地看着窗外,医生踱着步,手里拿着什么药水。

"要不,给你一杯水?"他问。

"看在上帝的份上,大人。"

终于把普罗霍罗夫绑好了。刽子手拿起分成三股头的鞭子,慢慢检查着。

"挺住喽!"他话音不高,也不抬手,仿佛只是试试,抽了第一下。

---

① 此人因为劈了妻子的脑袋被流放苦役场。

"一!"看守念经似地数着。

最初那一瞬间,普罗霍罗夫没声响,甚至脸上的表情也没变化,但接着痛得全身一个痉挛,发出一声,不是喊叫,而是撕心裂肺的嚎叫。

"二!"看守喊道。

刽子手站在一侧,鞭子下去正好横着打到身体上。每打5鞭,他就慢慢转到另一侧,让人喘息半分钟。普罗霍罗夫的头发耷拉到脑门上,脖子涨得老粗,打了5–10下之后,身体上的鞭痕就紫一道青一道的,每一下都打得他皮开肉绽。

"大人!"他边号边哭边叫,"大人!饶了我吧,大人!"

打到二三十下以后,普罗霍罗夫哭哭啼啼数落着,像喝醉了似的,或者纯粹是在说谵语:"我个倒霉的人啊,我个该杀的人啊……为什么惩罚我啊?"

接着奇怪地抻着脖子,发出犯呕的声音……普罗霍罗夫说不出一个字了,只一个劲儿地呜噜和呼哧。从开始行刑仿佛过去了整整一个世纪,可是看守才刚刚喊到:"42!43!"离90下还远着呢。我走到外面。街道上一片寂静,我觉得,从看守房里传出来的叫声,响彻全杜埃。一个穿便服的苦役犯路过,瞥了看守房一眼,他的脸上,甚至走路的姿势里都流露出恐惧。我又走进看守房,然后再出来,看守仍旧数着。

终于满90下了。普罗霍罗夫被快速松开手脚,帮他起身。挨打的地方青一块紫一块血迹斑斑的,牙齿打战,脸色蜡黄,全身湿透,眼睛滴溜乱转。给他喝药水时,他痉挛地咬住了杯子……把他的头泡了一会,就送他去警察分局了。

"这是因为谋杀,逃跑的另算。"回家的路上他们给我解释。

"我可爱看怎么惩罚他们了!"军医士兴奋地说,饱览一场恶景,非常地心满意足。"我喜欢!这些坏蛋,恶棍……吊死他们!"

体罚不单令囚犯粗暴残忍,对行刑者和在场者亦如是,即使受过教育的人也不例外。至少我看不出受过高等教育的官员对待刑罚与军医士或士官学校和神学院的毕业生有什么两样。有些人对鞭笞和树条抽打熟视无睹,变得如此粗暴，以至于开始从鞭挞中取乐。听人说，一个典狱长吹着口哨看执行鞭刑时，另一个老典狱长幸灾乐祸地对囚犯说："你叫什么叫，上帝在你这儿吗？没关系，没关系，挺住！收拾他，收拾他，狠狠抽他！"还有一个把犯人的脖子绑在条凳上，专门听他呼哧，打上5-10下，就到哪里转悠它一两个小时，然后回来再接着打剩下的。①

军事法庭由岛长官任命的当地军官组成，军事法庭审理的案件及判决递交总督批准。以前，候判的人要在单间牢房里呆上两三年等待批准，现在他们的命运由电报决定。军事法庭通常的判决是绞刑，总督有时会减一点刑，将死刑改为100下鞭刑，戴连车重镣，无期徒刑。如果判死刑的是杀人犯，则绝少改判。"杀人犯我都绞死。"总督对我说。

处决的前夜，晚上和夜里，死囚由神职人员话别。期间进行忏悔和谈话。一个神职人员告诉我："刚刚开始任职时我才25岁，有一次由我去沃耶沃达监狱给两个死囚话别，他们为1卢布40戈比杀了一个移民流放犯，被判绞刑。我走进他们的单间，因为不习惯心里害怕，我吩咐别关门，不让哨兵走开。他们却跟我说：'别害怕，神甫，我们不杀您。您请坐。'我问，坐哪里？他们指指通铺。我坐到水桶上，然后，鼓足精神，坐到通铺上两个罪犯中间。我问他们是哪个省人，东拉西扯，然后开始话别。就在忏悔时我看到。人们抬着绞架和全套用具从窗前过去。'这是什么？'囚犯问道。'这个，'我对他们说，'肯定是

---

① 雅德林采夫讲过杰米多夫的故事，此人为了查出一桩罪行的所有细节，让刽子手拷打杀人犯的妻子，她是自由民妇女，自愿随夫来西伯利亚，享有体罚豁免权，然后他又拷打杀人犯11岁的女儿，将小姑娘吊起来，刽子手从头到脚扑打她，甚至婴儿也被打了几鞭子，当她要水喝时，给了她一条咸鲑鱼。假如不是刽子手本人拒绝再打的话，她们还会挨更多的鞭子。雅德尔采夫说，"说起来，杰米多夫的残忍是他长期管理流放犯培养出来的自然结果。"弗拉索夫在报告里提到一个中尉叶夫福诺夫，其缺点在于，"一方面将苦役犯住的营房变成赌馆和各种犯罪的巢穴，另一方面他的残忍大发作导致苦役犯一方的残忍。有一个罪犯想逃避数量过多的鞭挞，在处罚前杀死了看守。"现在的岛长官科诺诺维奇始终反对体罚。每当警察局和哈巴罗夫斯克法庭的判决送他批复时，他通常都会写上："准判，体罚除外。"遗憾的是，由于繁忙，他很少去监狱，也不知道在他管辖的岛上，始终就在距离他的寓所两三百步的地方，人们是多么经常性地遭受鞭挞，他所得知的惩罚数量不过来自统计报告罢了。有一次，我去他那里做客，他当着几个官员和一个矿业工程师对我说："在我们萨哈林，体罚极少，几乎从来没有过。"

典狱长在造什么东西。''不对，神甫，这是用来吊死我们的。这样吧，神甫，能不能给我们点酒喝？''不知道，我去说说。'我说道。我去找几上校，告诉他死囚想喝酒。上校给了我一瓶酒，为了避免闲话，他命令执勤的哨兵走开。我从警卫那里搞了个酒杯，走进囚犯的单间。我把酒杯斟满。他们说：'别介，神甫，您先喝，要不我们就不喝。'我只得把一杯酒喝干。什么下酒菜都没有。他们说：'嗒，喝了伏特加想法就来了。'喝完了我继续给他们话别。我跟他们说了一两个小时。突然传来命令：'带出来！'绞死他们后，我因为不习惯，好久都害怕走进黑暗的房间。"

死亡的恐惧和处决时的情景对死囚起到威慑作用。在萨哈林还没有过一个罪犯勇敢就死的。苦役犯切尔诺申杀死了商店主尼基京，处决前从亚历山大罗夫斯克押往杜埃时，发作膀胱痉挛，一路走走停停，他的犯罪同伙金扎洛夫一路唠唠叨叨。处决前穿尸衣，做送终祈祷。处决杀死尼基京的人犯时，其中一个没领完送终祈祷就昏倒了。杀人犯中最年轻的帕祖欣，都已经给他穿好尸衣、念完送终祈祷，又宣布他被赦免了。然而在短短的时间里，这个人都经受了什么啊！与神职人员的彻夜交谈、庄重的忏悔、黎明前的半杯伏特加、"带出来"的命令、尸衣、送终祈祷、然后是侥幸遇赦、紧接着是同伙处决后的100下鞭笞，挨了5下后的昏厥及最终的连车重镣。

科尔萨科夫斯克区因谋杀虾夷人一案判处11人死刑。处决前官员和军官们通宵未眠，大家你来我往，不停喝茶。大家都心神不宁，人人坐立不安。两个死刑犯吞了乌头草，这对负责看管死囚的警卫队是个大麻烦，区长半夜里听到混乱，接到了两人服毒自尽的报告，可是等所有人都集中在绞架前要执行死刑时，他仍然向警卫队长发问："判处死刑的共11人，可我在这里只看到9个。那两个哪儿去了？"

警卫队长本该正正式式地回答，他却神经兮兮地嘟囔："嗒，就把我绞死吧。绞死我吧……"

10月的一个清晨，灰蒙蒙、冷冰冰、昏沉沉的。死囚的脸色被吓得蜡黄，头发扑簌簌地抖动。官员宣读判决，激动得发抖，因为看不清楚结结巴巴的。身穿黑色法衣的神职人员让9人挨个亲吻十字架，跟区长悄声说："看在上帝的份上，让他们解脱吧，我没法……"

仪式好漫长啊：要给每个人穿上尸衣，送上绞架。等到9个人最终都绞死了，空中挂起"整整一串"，区长在跟我提起这次处决时，就是这么说的。把处决的人放下来时，医生们发现，有一个人还活着。这个意外是有特别意思的：监狱的人，包括刽子手及其助手都清楚罪行的全部内幕，都晓得活下来的这个人在这桩罪行中是无辜的，不该被绞死。

"再一次把他绞死了，"区长结束了自己的故事，"之后我整整一个月睡不着觉。"

XXII

萨哈林的逃犯——逃跑原因——逃犯的出身、类别及其他。

1868年，著名的委员会指出，萨哈林主要的和特别重要的优势之一，是其岛屿所处地理位置。在被波涛汹涌的大海与大陆隔开的岛上，按计划设立一个巨大的海上监狱并不难："四面环水，画地为牢"，罗马式流放在岛上成为现实，在这里逃跑只能是一种幻想。事实上，自萨哈林苦役场建立之初，岛屿似乎就是一个quasi insula。①分隔岛屿和大陆的海峡在冬季的月份里完全结冰，夏天起着监狱高墙作用的海水，冬天则平坦光滑，如田野一般，任何有意愿的人都能步行或坐狗拉橇穿越。甚至夏天海峡也靠不住：在最狭窄的地方，从波戈比角到拉扎列夫角，宽不过六七俄里，而在平静、晴朗的天气，哪怕乘简陋的吉利亚克小船也能划出100俄里。即使在海峡很阔的地方，萨哈林人看大陆亦看得相当清楚，隐隐约约的大陆线，它那起起伏伏的美丽山峦，日复一日诱惑着，考验着流放犯，许诺给他自由和故乡。除了这些自然条件，委员会不曾预见或忽略掉的，是不往大陆逃跑，而是去岛屿腹地，这引起的麻烦不比往大陆逃跑的少，如此一来，萨哈林的岛屿位置倒是辜负了委员会的期望。

然而这个地理位置毕竟有其优势。要跑出萨哈林不容易。逃犯们在这方面本是专家，他们也坦承跑出萨哈林，比逃出诸如喀拉或涅尔琴斯克苦役场难得多。萨哈林的监狱完全是马虎草率和姑息纵容的旧式管理，但照样人满为患，囚犯们并不像典狱长们希望的那样经常逃跑，对典狱长来说，囚犯逃跑是他们最有油水的收入来源之一。现在的官员们也承认，假如不是惧怕自然

---

① 拉丁文：假想岛。

的障碍，那么，像苦役劳动这么分散，看守如此涣散，岛上就只剩下愿意待在这里的人了，也就是说没人了。

但是，阻止人们逃跑的障碍中，最可怕的不是大海。无法穿越的萨哈林原始森林、群山、经久不散的潮湿、浓雾、人迹杳然、熊、饥饿、小咬、冬季骇人的严寒和暴风雪才是看守真正的朋友。在萨哈林原始森林里，每一步都得跨过堆积如山的枯木、坚硬缠脚的灌木丛和竹子，没腰的泥沼和溪流，赶不完那叮死人的小咬，就算是吃饱喝足的自由人一昼夜也走不到8俄里路，而被监狱折磨得羸弱不堪的人，在原始森林里吃的是烂东西蘸咸盐，分不清东南西北，一般走不到3–5俄里，况且他不能走大路，还得绕远，避开哨卡。逃跑1个乃至2个礼拜，很少有1个月的，他就会被饥饿、腹泻、疟疾折腾都几近衰竭，被小咬叮得体无完肤，双腿浮肿，湿淋淋脏乎乎地一下子就死在原始森林里了，要么拼命往回爬，祈求上帝大发慈悲让他碰上士兵或吉利亚克人，好把他送回监狱。

罪犯想通过逃跑而非劳动和悔悟获救的原因，主要源于他内心尚存的生命意识，因为他不是哲学家，无法在任何地方、任何环境中生活得一样好，否则他就不可能也不必要逃跑了。

首先，促使流放犯逃出萨哈林的是他对故乡狂热的爱。听听苦役犯说的，就知道他在老家过得何其幸福，何其快乐！谈起萨哈林，这里的土地、人、树、气候，则是鄙薄的嘲笑、反感和懊恼，反过来在俄国样样美好，事事称心，随便怎么样也想不到在俄国会有苦命人，在图拉或库尔斯克省住着，每天看着俄罗斯木屋，呼吸着俄国的空气，自己当家做主，这就是至高无上的幸福。上帝，让我们受穷、生病、失明、失聪、丢人现眼，但求让我们死在家里。有个老太太，女苦役犯，曾经给我帮过几天佣，总夸我的箱子、书籍、被子，就因为这些东西都不是萨哈林的，而是我从这边带去的；每每神职人员到我这里做客，她并不上前祈福，而是看着他们讪笑，萨哈林哪来真正的神甫。对故乡的牵挂表现为时时刻刻伤心动情的回忆，伴和着苦涩的哭诉；要么就表现为无法实现的希望，荒唐到令人震惊，近似发疯；要么就表现为明白无误的癫狂。①

促使流放犯逃离萨哈林，还因为追求自由，在正常条件下，这是人人具备的高尚品质之一。只要流放犯年轻体壮，他就会竭尽全力能跑多远跑多远，逃到西伯利亚或俄国去。通常他会被抓住，受审，发回苦役场，不过这并不那么可怕，慢慢地、一步一步穿越西伯利亚，频频地换监狱、难友和押解人员，在路上的种种历险，这一切自有特别的诗意，毕竟比蹲沃耶沃达监狱或筑路干活更像投奔自由。岁月消磨，信不过自己的双腿，他就跑得近点，逃到阿穆尔省或者哪怕是深山老林，只要远离监狱，看不到可恶的高墙和身陷囹圄的人，听不到镣铐叮当响和苦役犯的说话声。科尔萨科夫斯克哨所的流放苦役犯阿尔杜霍夫，一个年届花甲的老头，他的逃跑就是拿上一块面包，把自己的木屋一锁，跑到离哨所不超过半俄里的山上，望着原始森林、望着大海、望着天空，一坐3天，然后回家，拿上食物再上山……以前为此抽打过他，现在他这种逃跑法只是招人笑话。有些人就是想自由自在地逛上1个月、1个礼拜，有些人1天就够。就一天，属于自己的一天。对自由的挂念犹如周期性的暴饮症和癫痫病，把有些人控制住了，听说，每到一定的季节和月份就会发作。有那老实本分的苦役犯每次感觉到要发作了，就将自己逃跑的想法提前报告长官。凡逃跑者不论缘由一般都要处以鞭刑和树条抽打，但是也有人经常由始至终都是不管不顾、没头没脑地突然就跑；有些理智稳重，拖家带口的人，也会不带衣物、不带食物，没有目的、不做计划地逃跑，而且明知会被抓住，冒着失去健康、长官信任、自己相对的自由，有时还有失去薪水的危险，冒着冻死或被枪打死的危险，这种荒谬应该提醒萨哈林的医生们，是他们决定惩罚与否，而在多数情况下他们与之打交道的不是罪犯，而是病人。

各式各样逃跑的一个共同原因是终身惩罚。众所周知，在我国流放定居

---

① 在符拉迪沃斯托克的官员和水手当中乡愁很普遍，我本人就在那里看到过两个发疯的官员，一个是法官，一个是军乐队队长。如果这种事在自由人和生活在相对健康环境里的人中间都不鲜见，那么在萨哈林，可想而知该有多常见了。

西伯利亚就得永事苦役劳动，被判服苦役，他就被剔除出正常的人群，永无希望重回人间，对于生他养他的那个社会而言，他就好比是个死人了。苦役犯们如此形容自己："死人爬不出坟墓。"正是这种了无希望和绝望促使流放犯做出决定：走，改变命运，还能坏到哪里去! 如果他逃跑，就会说他"转运去了"，如果他被抓回来了，就会这么说：不走运。只要有终身流放，逃跑和流窜就是不可避免的恶习，甚至就像安全阀似的不可或缺。假如有什么东西能剥夺流放犯逃跑的希望——他改变命运、从坟墓里回来的唯一方法，那么他走投无路的绝望，就有可能以其他方式表现出来，肯定是比逃跑更残忍更可怕的形式。

还有一个共同的原因，即相信逃跑不难，相信不受惩罚，甚至相信逃跑是合法的，尽管实际上逃跑并不容易，惩罚起来很残忍，并被当作最严重的刑事犯罪。这个奇怪的信念是由几代人培育出来的，早以前逃跑确实非常容易，甚至得到长官的鼓励。如果犯人都不逃跑，那么制衣厂的长官和典狱长就会认为是上天对自己的惩罚，而犯人们成群结队逃跑时，他们就高兴了。如果在10月1日发冬装之前跑个三四十人，则意味着这三四十件短皮袄就落入典狱长的腰包了。据雅德林采夫说，每次来新人时，制衣厂的长官总会大声嚷嚷："想留下的来拿衣服，想跑的就算了!"长官本人的所作所为似乎使逃跑合法化了，他的心思影响到西伯利亚所有居民，至今他们都不认为逃跑是罪恶。流放犯们自己说到自己的逃跑也没别的，不过是哈哈大笑，要么就是遗憾没跑成，想要他们悔过或良心不安是白费工夫。在我谈过话的逃犯当中，唯有一个有病的老头，他因为多次逃跑被锁上连车重镣，痛苦地责备自己逃跑，可是谈话中他也不说自己的逃跑是犯罪，而是愚蠢："年轻时干蠢事，现在该倒霉了。"

逃跑的个别原因不胜枚举：对监狱秩序和伙食恶劣的不满，由于某个长官的残忍，因为懒惰、不会干活、疾病、意志薄弱、被人唆使、喜欢冒险……曾经有苦役犯成批逃跑，就为了"逛逛"海岛，而逛起来就杀人捣乱、制造恐慌、作恶乡里到极点。我要讲的是一个为了复仇而逃跑的故事。列兵别洛夫在抓捕苦役逃犯克利缅科时打伤了他，把他押解到亚历山大罗夫斯克监狱。克利缅科康复后又逃跑了, 这一次只有一个目的, 向别洛夫复仇。他径直跑到哨卡, 在那里又落网了。"还是你的人, 你真好运。"同伴对别洛夫说。别洛夫把克利缅科押走了。一路上, 押解的人和犯人还说着话。时值秋天, 刮着风, 很冷⋯⋯他们歇下来, 抽口烟。趁当兵的竖起领子点烟的工夫, 克利缅科抢过他的枪, 将他一枪毙命, 然后若无其事地返回亚历山大罗夫斯克哨所, 在那里被捕, 很快就被绞死了。

还有爱情。流放苦役犯阿尔焦姆, 他姓什么我不记得了, 20岁的年轻人, 在奈布奇给公家看门。他爱上了一个虾夷女子, 她住在奈巴河畔一个窝棚里的, 听说是两情相悦。不知怎么地他被怀疑偷窃, 作为惩罚他被转到科尔萨科夫斯克监狱, 那里离虾夷人村庄90俄里, 于是他就从哨所逃跑, 要去奈布奇跟情人幽会, 他不停地跑, 直到被枪射中了腿。

还有的逃跑目的是欺诈赚黑心钱。方式一, 可谓是对金钱的贪婪与最卑鄙的出卖之结合体, 一个逃跑和流窜的老手, 在新来的人中间物色谁比较有钱 (新来的人差不多都带着钱), 然后勾引他一起逃跑。要说服并不难, 新来的人跑了, 逃犯在原始森林里杀掉他, 就回监狱了。方式二, 更为普遍, 就是为了3个卢布, 那是公家给抓捕逃犯的奖励。事先跟士兵和吉利亚克人讲好, 几个苦役犯就跑出监狱, 在约好的原始森林或海岸边与押解人员碰头, 让他们把自己带回监狱, 算是抓捕归案, 每抓一个逃犯领3卢布奖金, 之后, 当然是赏钱共享。经常会有一个瘦小枯干的吉利亚克人, 全副武装就是根木棍, 押着一溜六七个膀大腰圆的逃犯, 此情此景看着就可乐。有一次我也看见一个平平常常的士兵押送11个人。

到目前为止, 监狱的统计资料里几乎没有逃犯数字。暂且只能说逃跑最多的, 是对萨哈林与故乡之间的气候差异最为敏感的流放犯。在这方面最明显的是高加索人、克里米亚人、比萨拉比亚人和小俄罗斯人。在逃跑或抓捕回来的人员名单上, 有时达五六十人, 却看不到一个俄罗斯姓氏, 总是奥格雷、苏莱曼和哈桑什么的。而且不容置疑的是, 无期和长期徒刑的囚犯逃跑的比第三类的苦役犯多; 关在监狱里的比散住在外的多; 年轻的和新来的比老的多。妇女逃跑的比男人少得多，这也说明对妇女而言逃跑有多困难，此外，在苦役场她很快就有了牢固的依恋，妻子的责任和对孩子的责任阻止她逃跑，不过也有一家人逃跑的。合法夫妻逃跑的比非法的少。在走访木屋时，我问那些女苦役犯，她的同居男人在哪里，给我的回答往往是："谁晓得他？跑了，没影了。"

除了平民出身的流放犯，逃跑的还有特权阶层出身的流放犯。我在科尔萨科夫斯克警察局翻阅名单时，发现有个过去是贵族的犯人逃跑，这期间又杀了人，被判了80还是90下鞭刑。因杀害梯比里斯文科中学校长而闻名的拉吉耶夫，流放后在科尔萨科夫斯克担任教师，于1890年的复活节当夜逃跑，一起逃跑的还有苦役犯尼科利尼科夫，神甫之子，和3个惯逃犯。复活节之后不久就有传言，好像有人看到3个惯逃犯穿着"家常"衣服沿海岸往穆拉维约夫哨所方向跑，可是拉吉耶夫和尼科利尼科夫已经不跟他们一道了，很明显，惯逃犯们怂恿年轻的拉吉耶夫和他的同伴一起逃跑，在路上杀掉他们，拿走他们的钱和衣物。某大司祭之子①因为谋杀被流放，逃到俄国，在那里又杀人，被遣送回萨哈林。有一天清晨我在矿井旁边苦役犯的人群里看到他，出奇地瘦，拱肩缩背，双目无神，穿着旧薄大衣和破裤子，瞌睡懵懂，被早晨的寒气冻得发抖，他走到跟我站在一起的典狱长面前，脱下囚犯帽，露出了秃头，请求起来。

为了判断什么时间逃跑最多，我借助于找到并记录下来的一些统计数据。1877、1878、1885、1887、1888和1889这些年里，逃跑的流放苦役犯共计1501人。这个数字在各个月份的分布如下：1月117人，2月64人，3月20人，4月20人，5月147人，6月290人，7月283人，8月231人，9月150人，10月44人，11月35人，12月100人。如果画一条曲线，其高点在夏季月份和冬季的严寒月份。显然，逃跑的最佳时机是天气暖和，在监狱外面干活，鱼洄游期，可以在原始森林里采浆

---

① 指的是流放苦役犯科马罗夫斯基。博得杜埃矿业工程师同居女伴的信赖，科马罗夫斯基乘一艘英国船逃到英国，从那边偷偷潜回祖国，重新被抓进监狱，又逃跑两次和杀人，被再判服苦役。（Π.叶廖明注）

果；而对移民流放犯来说则是收完土豆，接着大海结冰，萨哈林不再是岛屿的时候。夏季和冬季逃跑人数增多是因为春秋航班运来了新犯人。三四月份逃跑的人最少，因为这两个月河流解冻，无论在原始森林，还是在移民流放犯那里都搞不到食物，移民流放犯在春天也已经吃不上面包了。1889年，亚历山大罗夫斯克监狱逃跑的犯人占到其年平均收监人数的15.33%，既有看守，又有武装警卫把守的杜埃和沃耶沃达监狱占6.4%，特姆斯克区监狱占9%。这些统计数据是一年期的，而倘若从现有苦役犯在岛上逗留的全部时间计算，那么逃跑的人所占总数的比例将不少于60%，即您在监狱里或大街上看到的每5人中，可能就有3人逃跑过。与流放犯们的谈话留给我的印象是：所有人都逃跑过。绝少有谁在自己的苦役刑期内没给自己放过假。①

　　苦役犯一般是在被遣送萨哈林的轮船底舱、监狱里或阿穆尔河的驳船上，就已经在动脑筋逃跑了，已经逃出苦役场的逃窜老手，一路上都在给新人们介绍岛屿的地理状况，萨哈林的体制，监狱管理，以及从萨哈林逃跑带来的甜头和苦头。假如在监狱转押及后面乘船的过程中，逃犯与新犯人是分开关押的，那么新犯人可能就不会那么急于逃跑了。新犯人通常会很快，甚至一下船就刻不容缓地逃跑。1879年，在轮船到达的第一天，一下子就有60人杀了押解士兵跑了。

　　要逃跑完全无需像柯罗连科在他优秀短篇小说《库页岛上的人》②中描写的那样，做什么准备和预防措施。逃跑被严令禁止，长官已不再鼓励，但是，当地监狱生活、监狱管理和苦役劳动的条件，乃至地域本身的特点，导致在绝大多数情况下要杜绝逃跑是不可能的。如果说今天不能从敞开的大门跑出监狱，那么明天还可以从二三十人只有一个士兵监管的原始森林干活的地方跑掉，在原始森林里没跑的人，会等上两三个月，等到去给哪个官员做

---

　　① 记得我有一次乘快艇上轮船，正赶上一只驳船驶离船舷，上面坐满逃犯，有些人阴沉着脸，有些人哈哈笑着，其中一个人没有了双腿，冻掉了。他们是从尼古拉耶夫斯克遣送回来的。看着驳船上挤挤挨挨的人群，我就想象得到，还有多少苦役犯在大陆和岛上流窜！
　　② 该短篇小说柯罗连科作于1885年，俄文名为《索科林人》，为方便阅读，此处仍沿用中国的旧译。——译者

仆人，或者给移民流放犯帮工的时候，再跑也不迟。五花八门的预谋、蒙骗长官、撬锁挖洞等等诸如此类的事情，只是那些为数不多的镣铐犯、坐单人监的和沃耶沃达监狱的人才需要做，或许还有在矿场干活的那些人，因为从沃耶沃达监狱到杜埃矿场差不多全线都有卫兵站岗和巡逻。在这里逃跑从一开始就危机四伏，不过可乘之机总归天天有。乔装、易容和搞乱七八糟花招把戏逃跑往往多此一举，只有像金小手那样的冒险家和爱好历险的人才会做，她逃跑时就化装成了士兵。

逃犯大部分都向北跑，去海峡波戈比角和拉扎列夫角之间最窄的地方，要不再往北一点：那里荒无人烟，容易躲过边境哨兵队，可以从吉利亚克人那里搞到小船，或自己扎筏子划到对岸，如果是冬天，天好的时候走过去两个小时足够了。越往北渡海，就越靠近阿穆尔河口，就意味着死于饥饿和寒冷的危险越小，阿穆尔河口附近有很多吉利亚克人的村子，离尼古拉耶夫斯克不远，再过去是马林斯克、索菲斯克和哥萨克兵站，那边每到冬季都要雇工，听说那里甚至在官员中也有人会留宿可怜的人，给他们一口饭吃。有的逃犯不知道哪边是北，转来转去的又回到原地。①

有不少逃犯试图在监狱附近横渡海峡。为此需要非凡的勇气和特别的运气，重要的是需要无数次地累积经验，知晓向北穿越原始森林有多困难和玩命。从沃耶沃达和杜埃监狱逃跑的惯逃犯，往往是逃跑的第一天或第二天就赶紧下海。这里面不带任何风暴和危险的考虑，唯有对追捕本能的恐惧和对自由的渴求：哪怕淹死，总归是自由的。一般他们在杜埃以南5-10俄里的地

---

① 有一次逃犯们在杜埃偷了一个指南针，以便找得到北和避开波戈比角旁边的哨卡，指南针偏偏把他们指到哨卡去了。我听说，最近苦役犯们为了不走警卫森严的西海岸，已经开始尝试另一条路，即往东方，去内斯基湾，从那里沿鄂霍茨克海岸向北去马德利特和伊丽莎白角，再往南横渡到海峡对面的普龙格角。据说这条线路就是赫赫有名的波戈乐诺夫选定的，他在我到达前不久逃跑了。不过这未必是真的。不错，在整条特姆河沿岸都有吉利亚克人的小路和窝棚，可是绕开内斯基湾，道路更长更难走。应该记得，波利亚科夫从内斯基湾南下时遭了多少罪，就认清了从这个海湾向北旅行的全部危险。关于逃犯们有多可怕，我已经说过。逃犯们，尤其是惯逃犯，慢慢习惯了原始森林和冻土地带，他们的脚适应了，有些人甚至边走边睡，也都不稀奇了。人家跟我说，从滨海省流放到萨哈林的中国流窜犯"红胡子"逃跑时间最长，因为他们可以整月只吃根茎和草。

方下海,往阿格涅沃方向去,他们在这里扎筏子,急忙划向雾锁的海岸,那里跟他们之间隔着六七十海里狂风大浪、寒冷刺骨的大海。在我逗留期间,沃耶沃达监狱的逃犯普罗霍罗夫就是这么跑的,他就是梅利尼科夫,我在上一章里说到过他。[1]还有乘小型平底驳船和干草筏子渡海的,可是大海每一次都无情地将这些渡海工具不是打碎,就是抛回岸上。

有过一次,苦役犯坐上矿业部门的快艇出逃。[2]苦役犯们还乘他们装卸的轮船逃跑。1883年,弗兰兹·济兹躲进"凯旋号"轮船的煤仓逃跑,当他被发现,从煤仓里拖出来时,他对所有的发问只回答一句话:"请给我水,我5天没喝水了。"

好不容易跑到大陆,逃犯们一路向西,乞讨糊口,能帮工就帮,有得偷就偷,他们偷牲畜、蔬菜、衣服,一句话,凡是能吃能穿能卖的都偷。他们被抓住后,在监狱先要关很久,判决完带上骇人的判决书被遣送回去。不过正如读者通过法律程序所知道的,还是有许多人跑到了莫斯科希特罗夫市场,甚至跑回老家。巴列沃村的面包师傅戈里亚奇傻头傻脑的,有什么说什么,看得出来人蛮善良,他给我讲过,他怎么回到家乡,见到了妻子和孩子们,又怎么再

---

① 1886年6月29日,军舰"通古斯号"行驶至距杜埃不到20海里时,发现海面上有个黑点,靠近后看到,4根原木扎起来的筏子上面坐着两个人,正往哪里划着,身边的筏子上放着一桶淡水、一块半大圆面包、斧头、大约一普特面粉、一点大米、两根油脂蜡烛、一块肥皂和两块砖。等把他们弄到甲板上一问,原来他们是杜埃监狱的囚犯,17日跑出来的(就是说已经逃跑12天了),他们正往"那里,俄国划去"。两个小时后刮起九级风暴,军舰无法靠岸。试问,假如逃犯们没被弄到船上,在这种天气他们又将如何呢?

② 1887年7月,"季拉号"轮船在杜埃锚地装煤,平时煤都是由汽艇拖曳的驳船运到轮船,傍晚时风变大了,刮起九级风暴,"季拉号"无法抛锚,并驶往德·卡斯特利湾。驳船被拖到杜埃附近的岸边,快艇则开到亚历山大罗夫斯克哨所,躲进那里的河汊里。夜里,天气稍微平静一些时,快艇上的苦役犯仆役交给看守一封伪造的杜埃拍来的电报,命令快艇马上出发抢救载人的驳船,好像驳船已经被风暴卷离海岸了。看守怀疑到这是骗局,放快艇离开码头。不过,快艇没有向南去杜埃,而驶向北方。快艇上有7个男人和3个女人。临近早晨天气变得更坏。在霍埃角附近快艇的机器进了水,9人被淹死,尸体卷上岸,唯独快艇的舵手抱着一块木板得救。这个唯一的幸存者姓臣兹涅佐夫,现在亚历山大罗夫斯克哨所的一个矿场给矿山工程师做仆役,他给我上过茶。这个40岁左右的男人强壮,皮肤黝黑,相当英俊,看得出来,还高傲野蛮,他让我想起《格兰特船长的儿女们》中的汤姆·艾尔顿。

次被流放萨哈林，在这里第二次刑期都快服满了。据说，报纸上也登过，好像有美国的捕鲸船在收留苦役逃犯，将他们带往美国。[1]这当然是有可能的，不过我并未听说过一件类似的事情。在鄂霍茨克海作业的美国捕鲸船，很少驶近萨哈林，而就在他们驶近的时候，在人迹杳然的东海岸找到逃犯的可能性更少。按照库尔布斯基先生所说（《呼声》1875年第312期），在密西西比河右岸的印第安区，来自萨哈林的苦役犯成群结伙的。这些人即便真的存在，也不会是乘捕鲸船去的美国，而可能是经日本过去的。不管怎么说，不往俄国跑，而是去国外，尽管少，但还是有的，这毫无疑问。早在1820年代，我国的苦役犯从鄂霍茨克盐场逃去的"温暖地方"，就是南美洲的南三明治群岛。[2]

对苦役逃犯的极度恐惧，也说明为什么惩罚逃跑如此严酷。每逢有某个出名的逃犯从沃耶沃达监狱或镣铐室里逃跑了，关于此事的传言不仅给萨哈林人，也给大陆居民带来恐慌，据说，有一次布洛哈[3]跑了，传言在尼古拉耶夫斯克城引起如此大的恐慌，以至于当地警察局长认为有必要拍电报询问：属实否，布洛哈逃跑？[4]越狱给社会造成的危害主要在于：其一，助长逃跑之风；其二，几乎置每个逃犯于非法处境，此时的他，在绝大多数情况下不可能不

---

[1] 参见《莫斯科通讯报》1875年第67期。

[2] 顺便说一个有趣的事件。1885年在日本报刊上登载新闻，说札幌附近有9个外国人遭遇失事。政府派官员前往札幌帮助他们。外国人尽力向来人解释，他们是德国人，他们的纵帆船失事了，他们被救到一条小船上。之后他们从札幌被带到函馆，在那里分别用英语和俄语跟他们交谈，但是他们一种都不懂，只是一个劲地回答"日耳曼、日耳曼"。不知怎么找出了船长，给他地图，请他指出失事地点，他用手指在地图上划拉了好久都没找到札幌。他们的回答根本弄不明白。当时在那里停泊着我国的巡洋舰，总督向舰长求助，给一个德语翻译。舰长派大副去了。怀疑到他们就是不久前逃到克里利翁灯塔的萨哈林苦役犯，大副使了一技：他让他们排成一队，用俄语命令："向左向后转——走！"其中一个外国人没扮演好自己的角色，立刻就执行了命令，就这样弄明白了这些聪明绝顶的奥德修斯的民族。

[3] 关于绰号叫布洛哈的苦役犯，监狱的长官费尔德慢回忆到："他阴森、孤僻、残忍、狡猾，可是他在跟契诃夫交谈时变得让人认不出来了，当时在他的话音中，我们听到了在这个衣冠禽兽身上料想不到的语调。"（《契诃夫在萨哈林》，《文学遗产》第68卷第596页）。（П.叶廖明注）

[4] 这个布洛哈由其数次逃跑和逃跑期间杀害了许多吉利亚克人家庭出名。目前他被戴上手铐脚镣囚禁。总督与县长官巡视镣铐室时，岛长官下令打开布洛哈的手铐，并让他承诺不再逃跑。有趣的是，这个布洛哈居然被当作诚信之人。每每鞭挞他时，他高呼："使劲打，大人！使劲打！我活该！"很有可能他会遵守自己的诺言。苦役犯都喜欢诚信的名声。

再犯罪。惯犯中最多的是逃犯，迄今为止，发生在萨哈林的最恐怖最凶残的罪行都是逃犯所为。

当前，防止逃跑的主要手段是惩罚。该方法使逃跑数量减少，但效果有限，而惩罚即便达到其理想的完美状态，终究不能杜绝逃跑，惩罚是有限度的，一旦过度惩罚便不再有效。众所周知，苦役犯在哨兵向他瞄准时，仍然会跑，无论是九级风暴，还是相信自己会葬身大海，都挡不住他逃跑。而过度使惩罚方法本身成为逃跑的原因。譬如，对逃跑更吓人的惩罚是在原有的刑期上再加几年苦役，使无期徒刑和长期徒刑的犯人增加，因此使逃跑的数量有所增加。总而言之，惩罚的方法在与逃跑的斗争中没有前途，它与我们的法律宗旨大相径庭，法律视惩罚首先为改造手段。一旦监狱管理人员的全部精力日复一日仅仅消耗在设置如此复杂的规则防止逃跑，那么何谈改造，这只能让囚犯变成野兽，监狱变成兽笼。况且惩罚方法并不合乎实际：首先它给无辜者以压迫感；第二，囚禁在密不透风的监狱、各种各样的单人牢房、黑牢里，戴镣铐和连车重镣，使人丧失劳动能力。

所谓人道的方法，是改善囚犯的生活，不管是多给一块面包，还是给予美好未来的希望，都会减少逃跑。有例为证：1885年移民流放犯逃跑25人，而1887年，1886年丰收之后，仅逃跑7人。移民流放犯逃跑的比苦役犯少很多，流放犯出身的农民根本没有逃跑的。科尔萨科夫斯克区逃跑的最少，因为这里的收成比较好，囚犯中短期徒刑的占多数，气候温暖些，比北萨哈林更容易取得农民身份，苦役期满之后，不必为挣口面包再下矿井。囚犯越容易过活，他逃跑的危险就越小，由此可以认定，类似改良监狱秩序、修建教堂、兴办学校和医院、保障流放犯的家庭生活和工钱等等方法是非常有效的。

如我所说，士兵、吉利亚克人及任何人每抓捕一名逃犯可得公家3卢布奖金，这笔奖金对饥饿之人无疑是挡不住的诱惑，有助于增加"活捉、找到死的和打死"逃犯的人数，然而这一帮助根本不能抵偿3卢布唤醒的岛民心里的恶本能所造成的危害。像士兵或遭劫的移民流放犯那样的人，没有3卢布照样得抓逃犯，而没有义务或需要的人抓逃犯，却是出于私利，抓捕因此成为一种下流的行当，而这3卢布恰恰纵容了这种卑鄙的特性。

　　根据我现有的资料，1501个逃犯中被抓捕和自首的苦役犯有1010人，发现时已死亡和被打死的40人，下落不明者451人。如是，萨哈林尽管有其岛屿优势，所有逃犯中失踪的达1/3。在我摘录这些统计数字的《公报》里，自首者和被抓捕者的数字是一样的，发现时死亡的和被打死者的数字是合在一起的，故而给抓捕者发放的奖金数目，以及死于士兵枪下逃犯的比例，就不得而知了。①

①　根据《流放犯管理条例》规定，逃跑和暂时离开、逃跑出西伯利亚和没跑出西伯利亚、包括是第一次逃跑，还是第二次、第三次、第四次，以此类推，惩罚的程度各个不同。如果苦役犯是在3天内被抓住或在7天内自首，就认定他是暂时离开而非逃跑。对移民流放犯这个期限前者增加到7天，后者增加到14天。逃出西伯利亚比在西伯利亚境内逃跑是较重的犯罪，惩罚更严厉，做此区分大概是考虑到，在欧洲部分的俄国逃亡，比在西伯利亚省内会招致更多的恶念。对逃跑的苦役犯最轻的惩罚是40下鞭笞和增加苦役劳动刑期4年，最重的是100下鞭笞，无期苦役，3年连车重镣，20年考验期。参见1890年出版的《流放犯管理条例》第445、446条。

XXIII

流放人口的患病率与死亡率——医疗机构——亚历山大罗夫斯克的区医院。

1889年，萨哈林岛三个区羸弱和无劳动能力的男女苦役犯共632人，占总数的10.6%。而那些干得动活的人看上去也不完全健康。在流放犯中，看不到营养良好、身体壮实和面色红润的男人，即便什么活儿都不干的移民流放犯也都消瘦苍白。1889年夏天，在塔赖卡筑路的113个苦役犯当中，生病的有37人，其余的人在岛长官看来"样子相当吓人：他们衣衫褴褛，很多人光着上身，被蚊子咬、树枝划得伤痕斑斑，但是谁都没抱怨。"（1889年第318号令）。

1889年的就诊数为11309人次，我从医疗报告里里得到的这个统计数字，并未将流放犯和自由民分开统计，但是报告者注明，大部分病患是流放苦役犯。因为士兵都在区医院就诊，官员及其家属在家治疗，应该想得到，11309这个数字里只包含流放犯和他们的家人，其中苦役犯占大多数，如此看来每个流放犯及其家属每年平均就诊不少于一次。①

流放人口的患病率，我只能根据1889年的报告判断，但遗憾的是，该报告的依据，医院的"实打实的就诊簿"极其马虎草率，故此我只得求助于教堂出生和婚丧登记册，从中抄录近10年的死亡原因。所有死亡原因差不多每次都是神职人员按照医生和医士的证明登记的，有不少纯属瞎编乱造。②但大体上这份材料跟那本"实打实的就诊簿"一样，不比它更好，也不比它更坏。显而

---

① 1874年科尔萨科夫斯克区患病人数与总人数的比例为227.2∶100。辛佐夫斯基医生《流放苦役犯的保健状况》，载《健康》1875年第16期。

② 顺便提一句，我在这里看到过这类诊断：诸如哺乳过度、发育不全、心脏的精神疾病、身体发炎、内虚、奇怪的肺炎等等。

易见，两份资料都极不充分，因此，读者下面看到的患病率和死亡率，不是清晰的写照，而只是大致轮廓而已。

报告中被分成传染病和流行病两类的疾病，至今在萨哈林并未蔓延。以麻疹为例，1889年登记到的仅3例，而猩红热、白喉和格鲁布症没有一例。死于这些疾病的往往是儿童，在教堂登记簿里，近10年仅记录下45例，这个数字里包括具有传染病和流行病性质的"腮腺炎"和"喉炎"，我注意到这两种疾病每次都在短时间内致使大批儿童死亡。流行病一般都在9月或10月肆虐，就是那个时候，志愿商船给移民区运来患病的儿童，流行病往往持续很久，但不严重。譬如，1880年，科尔萨科夫斯克10月开始流行"腮腺炎"，到次年4月结束，总共死亡10名儿童，1888年流行白喉，秋天从雷科夫斯科耶村开始，持续了整个冬天，之后传到亚历山大罗夫斯克和杜埃，到1889年11月才消歇，亦即持续了整整一年，致死20名儿童。报告中记载过一次天花，而10年中因它死亡的有18人，在亚历山大罗夫斯克区流行过两次，一次是1886年12月至次年6月，另一次是1889年秋季。曾经在日本海和鄂霍次克海的群岛直至堪察加肆虐的天花，使那里的部落，譬如虾夷人，整个整个地灭绝，但是，现在这里已经没有天花流行了，或者至少再没有听说过。经常看到满脸麻子的吉利亚克人，不过是由水痘造成的，很可能在异族人那里水痘尚未绝迹。[1]

报告中共记载肠伤寒23次，死亡率30%，回归热和斑疹伤寒各3次，没有致死病例。教堂登记簿记载死于伤寒和热病的有50例，不过这些都是单个病例，分别发生在10年间的4个教区内。我没有看到过一篇关于伤寒流行的报道，很可能根本就没有过。报告里说肠伤寒也只出现在北部二区，原因是那里的饮用水不够干净，污染了的土地靠近监狱和河流，再加上居住拥挤和人口密集。我个人在北萨哈林没见到过一例肠伤寒，虽然我走访了那里所有木屋，去

---

[1] 关于1868年萨哈林全岛水痘大流行和1858年为异族人种水痘的事都有过记载。吉利亚克人用熬出来的海豹油涂满全身止痒，因为吉利亚克人从来不洗澡，出水痘时就会发痒，俄国人则从来不会这样，麻子就是水痘溃疡留下的。1858年萨哈林出现真正的天花，后果极其严重：一个吉利亚克老人告诉瓦西里耶夫医生，那次死掉了2/3的人。

过区医院：一些医生要我相信，这种伤寒在岛上压根就没有，对此我怀有极大的怀疑。至于回归热和斑疹伤寒，迄今为止萨哈林岛上的所有病例，我认为都跟猩红热和白喉一样，是从外面带进来的，应该认识到，岛屿的环境并不利于急性传染病的传播。

"没确诊的疟疾"共17例。报告中对其描述如下："多发于冬季月份，症状为发冷发热，有时伴有roseola①和普遍头痛，5—7天的短时间后寒热症状消失，很快痊愈"。这种伤寒在这里非常普遍，尤其在北部二区，但报告里记录的百不及一，因为这种病的病人一般都不去就诊，起不来了，就在炉灶上躺着。根据我在岛上短期逗留时的观察，这种病的诱因主要是感冒，都是因为在寒冷潮湿的天气去原始森林干活和在露天里过夜生病所致。这种病最多发于筑路工地和新移民村落。这是不折不扣的febris sachaliniensis。②

1889年，格鲁布肺炎发病27例，死亡1/3。看起来这种疾病的危害程度对流放犯和对自由民一个样，10年间教堂登记簿里因它致死共125例，其中28%发生在5、6月份，这时的萨哈林往往天气恶劣，变幻无常，囚犯们开始去远离监狱的地方干活；46%发生在12月、1月、2月和3月，即冬季月份。③格鲁布肺炎在这里的主要病因是冬季的严寒，天气的骤变和在恶劣天气里干重活儿。我手边有一份1888年3月24日区医院医生佩尔林先生的报告抄件，上面写道："干活的流放苦役犯的急性肺炎的高发病率一直令我非常害怕"，以佩尔林医生之见，其原因是："3个苦役犯要抬着6—8俄寸粗、4俄尺长的原木走8俄里，木头大概有25—35普特重，走在积雪的路上，穿着保暖的衣服，呼吸和血液循环变得很快"等等。④

痢疾，或曰赤痢，仅记录了5例。1880年在杜埃，1887年在亚历山大罗夫斯

———————————

① 斑疹（拉丁文）。——译者
② 萨哈林疟疾（拉丁文）。——译者
③ 1889年的7、8、9月，没发生过一例。最近10年间的10月里死于格鲁布肺炎的仅一例，这个月份在萨哈林可以说是最健康的。
④ 顺便提一句，在这份报告里我看到这样的细节："苦役犯们被处以残酷的树条抽打的惩罚，常常是惩罚之后不省人事地被直接抬到区医院来了。"

克，看来流行过赤痢，10年间教堂登记簿中的死亡有8例。在过去的报道和报告中经常提到赤痢，极有可能它当时在岛上跟坏血病一样常见，得这种病的有流放犯、士兵和异族人，而且材料指出，致病的原因是恶劣的食物和艰苦的生活条件。①

萨哈林从未发生过亚洲霍乱。丹毒和坏疽病我本人看到过，而且这两者显然在本地的区医院里没断过。1889年没有发生过百日咳。间歇性疟疾428例，其中一大半在亚历山大罗夫斯克区，报告中称其原因是居住拥挤，新鲜空气流通不够，住房周围土地被污染，在定期发洪水的地方干活，以及在这种地点建村落。所有这些不健康因素都凑齐了，然而无论如何，岛屿终究算不上疟疾病区。走访木屋时，我没碰到过疟疾病人，也不记得哪个村落里说到过此病。很可能许多记载下来的疟疾病例，在老家就已经患上了，上岛时脾脏就已经肿大了。

教堂登记簿里死于西伯利亚坏疽病的仅1例。无论鼻疽，还是恐水病，岛上均尚未发现。

死于呼吸系统疾病的占总数的1/3，其中结核病占15%。教堂登记簿里记录的人都是基督教徒，如果再加上死于肺结核的回教徒，这个比例还要上升。总之，萨哈林的成年人患肺结核的非常之多，在这里这是最常见和最危险的疾病。死亡最多的是在12月份，那是萨哈林最寒冷的时候，3月和4月次之，最少的是9、10月份。死于肺结核的年龄统计如下：

0-20%	3%	20-25岁	6%	25-35岁	43%	20-25岁	27%
45-55岁	12%	55-65岁	6%	65-75岁	2%		

如是，在萨哈林死于肺结核最危险的年龄段在25-35和35-45岁，正是年富力强之时。②死于肺结核的人大部分是苦役犯（66%）。而其中劳动年龄和苦役犯的占多数，使人有权得出结论，流放移民区肺结核死亡率高的主要原因是：监狱集体牢房恶劣的生活条件，超负荷的苦役劳动，监狱伙食不足以弥

---

① 瓦西里耶夫医生在萨哈林经常遇到患赤痢的吉利亚克人。
② 读者谨记，这两个年龄段占流放人口的24.3%和24.1%。

补干活的消耗。寒冷的气候，苦役劳动、逃跑和单间里的囚禁经受的一切艰辛，食物中脂肪不足，思乡之情，这些都是萨哈林肺结核的重要病因。

1889年共计246例梅毒，死亡5例。如报告所言，这些都是2、3期的梅毒患者，他们的境遇堪怜，疏于治疗和病入膏肓的情形证明完全没有卫生监督，原本以为数不多的流放人口而言，卫生监督是可以做得蛮理想的。譬如，在雷科夫斯科耶村，我见过一个犹太人，他是染上梅毒的肺结核患者，早已不治疗了，病情在慢慢恶化，家人等不及地希望他死，而他们住的地方离医院仅半俄里！教堂登记簿里死于梅毒的有13例。①

1889年的坏血病患者共计271人，死亡6人。教堂登记簿里为19例。20–25年前该疾病在岛上相当常见，比近10年间多得多，致使不少士兵和囚犯死亡。有些赞成在岛上建立移民区的老记者根本不承认有坏血病，同时猛夸熊葱是最好的抗坏血病植物，他们写道，居民们要储存上百普特的熊葱过冬。在鞑靼海峡肆虐的坏血病，未必就会饶过萨哈林，这里哨所的生活条件不晓得要坏多少。目前这种疾病在志愿商船上的囚犯里面最多见。这一点也得到医务报告证实。亚历山大罗夫斯克的区长和狱医告诉我，1890年5月2号，"彼得堡号"运来5百名囚犯，其中不下1百人患有坏血病，51人被医生送进区医院和医务所。一个坏血病患者，波尔塔瓦的霍霍尔，此人是我在区医院碰到的，他告诉我，他是在哈尔科夫中心监狱得上坏血病的。②由于饮食失调引发的疾病，除了坏血病，还有消瘦症，在萨哈林死于该症的远非老年人，而是壮年人。死者的年龄有27岁的，也有30岁的，还有35、43、46、47、48……岁的。而且这未

① 梅毒病例最多的是亚历山大罗夫斯克哨所。报告解释这是因为此地是相当数量人群的聚集地，包括流放来的囚犯和他们的家属、驻军、各种从业者，以及所有乘亚历山大罗夫斯克和杜埃的轮船航班来夏季渔猎的人。报告中也列出防治梅毒的措施：1.每月1号和15号苦役犯体检；2.给再次上岛的人体检；3.每周给疑似卖淫的妇女体检；4.跟踪老梅毒患者。然而即便有这些体检和跟踪，仍然有相当比例的梅毒患者躲过登记。1869年受命在萨哈林给异族人医疗援助的瓦西里耶夫医生在吉利亚克人中没发现梅毒病人。虾夷人称梅毒为日本病。来捕鱼的日本人必须向领事提交他们没染上梅毒的诊断书。

② 长时间呆在中心监狱和轮船底舱的人容易罹患此病，曾经就有囚犯刚刚上岛就成批得上坏血病。一个作者写道，"'科斯特罗马号'最近一次运的囚犯到达时都是好好的，现在全部得了坏血病"。《符拉迪沃斯托克》1885年第30期。

必是医士或神职人员的笔误，因为教堂登记簿里的45例死于"老年性消瘦症"的这些人既不老，也未满60岁。俄国流放人口的平均年龄尚不明了，可是凭所见所闻判断，萨哈林人都未老先衰，40岁的苦役犯和移民流放犯大部分看上去已然是老头了。

患有神经性疾病的流放犯很少就医。例如，1889年记录得神经痛和痉挛抽搐的仅16例。[①]显然只有那些被强行送去医院的人才得到医治。脑炎、中风和麻痹24起，死亡10例；癫痫病31例，智障25例。心理疾病患者，正如我所说，在萨哈林没有专设居所，我逗留期间，在科尔萨科夫斯克村，一些病人跟梅毒病人待在一起，我听说其中一个人甚至染上了梅毒，另外一些人依然故我，跟健康人一样干活、同居、逃跑、受审。我本人在各个哨所和村落里就遇到过不少疯子。记得杜埃有个当过兵的，总是念叨空中和天上的海洋，念叨自己的女儿纳杰日达和波斯沙赫，[②]念叨是他杀死了十字架节日执事。我在弗拉基米洛夫卡时，一次，有个维特利亚科夫，已服满5年苦役期，他表情呆傻地去找移民流放犯监管官Я先生，像熟人那样去拉他的手。"怎么跟我打招呼呢你？"Я先生不胜惊讶。原来维特利亚科夫是来请求，从公家那里领一把木工斧头。"我要搭个棚子，然后盖木屋。"他说。此人早就被当作疯子了，医生诊断是偏执狂患者。我问他父亲叫什么，他回答："不晓得。"不过还是给了他斧头。姑且不论精神失常、早期进行性麻痹等，都需要或多或少的细致诊断，所有这些人还在干活，视同健康人。有些人来时就已经是病人，或本就带着病源，所以，教堂登记簿记载，苦役犯戈罗多夫死于进行性麻痹，他因预谋杀人被判刑，像他这样，已经是未来病人的人，是有可能完成这一罪行的。其他那些在岛上得病的人，在这里每日每时都有足够的原因，令一个不坚强、精神脆弱的人发疯。[③]

1889年肠胃病病例共计1760例，10年间死亡338例，其中66%是儿童。对

---

① 患偏头痛或坐骨神经痛的苦役犯容易被怀疑装病，不会放他去区医院。有一次我看到，一大群苦役犯请求典狱长放他们去区医院，他把他们都拒绝了，并不想区别谁是病人，谁是健康的。

② 某些伊斯兰教国家国王的称号。——译者

③ 例如，良心谴责、思乡、自尊心持续受挫、孤独和五花八门的苦役犯纠纷……

儿童来说最危险的月份是7月,特别是8月,死亡的1/3是儿童。成年人死于肠胃病的也是8月最多,可能是因为这个月有洄游鱼,吃多了引起的。胃卡他症是此地的常见病。高加索人老是抱怨"心痛",吃了黑麦面包和监狱的菜汤,他们就反胃。

1889年去区医院就诊的妇女病患者不多,共计105例。与此同时移民区内几乎没有健康妇女。在有医务主任参与的苦役犯食物供应委员会出具的一份报告中写道:"近70%的女苦役犯患有慢性妇女病"。有时候在来岛的成批女囚中没有一个是健康的。

眼疾中最多的是结膜炎,流行于异族人中。[1]更严重的眼疾我说不上,因为报告中全部眼疾总共就一个统计数字: 211。在木屋里我看到过独眼的、有白内障的、瞎眼的,还看到过盲孩子。

1889年,因创伤、脱臼、骨折、硬伤和各种外伤寻求医疗救助的共计1217人。这些都是因干活、各种事故、逃跑(枪伤)、斗殴所致。其中有4例,送到区医院的女流放苦役犯,是被她们的同居男人打伤的。[2]冻伤的有290例。

10年间东正教徒中非自然死亡的人达170人。其中20人被处绞刑,2人不知被何人吊死,自杀者27人,在北萨哈林是用枪(有个人是站岗时开枪自杀),在南萨哈林则是吞乌头草,很多人淹死、冻死、被树木砸死,有个人被熊分尸。除了心脏麻痹、心力衰竭、中风、全身麻痹等原因外,教堂登记簿上还有"猝死"者17人,其中大半的年龄在22-40岁之间,只有一个人超过50岁。

关于流放移民区的发病率,我言尽于此。虽然传染病的水平相当低下,但仅凭所引用的这些统计数字,我不能不承认发病率很高,1889年就医病人共

---

① 瓦西里耶夫医生:"吉利亚克人长时间注视雪野的行为,是患眼疾最大的原因……我凭经验知道,连续数天盯牢雪野看会引起眼睛粘膜发炎。"苦役犯们很容易患夜盲。有时候它"空降"给整群人,所以,苦役犯们彼此手拉着手,摸索着走路。

② 报告对这些病例的解释是,"派发女流放苦役犯与男流放苦役犯同居,对前者是强迫性的"。有些苦役犯为了不被派去干活而自残,譬如,剁掉自己右手的几根手指。他们装起病来格外聪明,用烧过的硬币烫身体,故意冻伤双脚,将高加索的什么粉末撒在小伤口或抓破的伤口上,让它溃烂、流脓,有一个人还往自己的尿道塞鼻烟等等。最爱装病的是从滨海省流放来的蛮子。

计11309人，可是由于大部分苦役犯夏季都住在远离监狱的地方干活，那里只有人数多的地方才配备医士，因而大部分移民流放犯，由于距离遥远，和天气恶劣致使无法步行和赶车去医院，所以这个统计数字覆盖的主要是住在哨所，靠近医疗点的那部分居民。根据报告，1889年死亡194例，或12.5‰，按这个死亡率看，会产生了不起的幻觉，认为我们萨哈林是世界上最健康的地方，但是，设若考虑到在平常条件下儿童的死亡占到全部死亡人口一半强，老年人占1/4不到一点；而萨哈林儿童很少，老年人几乎没有，因此12.5‰的比例实际上仅仅是壮年人，更何况这个数字的真实度低，因为该指标的人口基数为15000，比实际的人口数量最起码多出50%。

目前萨哈林有3个医疗点，亚历山大罗夫斯克区、雷科夫斯科耶区和科尔萨科夫斯克区各一个。诊所仍旧称区医院，而那些设备简单，接受病人留住的木屋和病房就叫医疗站。每个区配一名医生，全部事务由医务主任，即医学博士负责。驻军有自己的军医院和医生，经常有军医暂时代为行使狱医的职责：譬如在我逗留期间，因为医务主任去参加监狱展览不在，狱医递了辞呈，亚历山大罗夫斯克区医院就由军医负责，我在杜埃赶上惩罚犯人时，也是军医代狱医的。这里的区医院执行地方医疗机构条例，运营资金由监狱出。

接下来我要谈谈亚历山大罗夫斯克区医院。它有几幢病房楼，①180个床位。当我走近区医院时，新建病房滚粗的原木在太阳下闪闪发亮，散发着针叶味。药房里的一切都是新的，一切都崭崭发亮，甚至还有包特金②的半身塑像，由一个苦役犯按照片雕塑的。"不大像"，医士打量着塑像说道。一个个的大抽屉装着树皮和树根，一大半早就不做药用了。再走过去就是病房。两排病床中间的过道铺着云杉木地板。病床是木制的。一张上躺着杜埃来的苦役犯，喉咙割开了，伤口有半俄寸长，干巴巴地咧着，听得到咝咝的呼吸声。病人

---

① 区医院占地面积8574平方俄丈，共有11幢建筑，分为3部分：1.行政楼，内设药房、外科和太平间、4间病房、厨房与妇科在一起，及礼拜堂，这里被称为区医院；2.两幢专收男女梅毒病人的病房，厨房和看守室；3.两幢传染病房。

② 谢尔盖·彼得罗维奇·包特金（1833-1889），俄国内科学家，俄国内科临床学学科奠基人之一，推测了所谓卡他性黄疸（包特金氏病）的传染性质。——译者

抱怨,干活时倒塌的东西砸坏了他的肋骨,他要求去医疗站,可是医士不收他,他咽不下这口气,就要自杀——想割喉。脖子上没有绷带,伤口随他去。这个病人的右边,离他三四俄尺的地方,是个长坏疽的中国人,左边是患丹毒的苦役犯……角落里又一个患丹毒的……外科病人的绷带肮脏不堪,吊带样子很可疑,像是被踩过。医士和护工自由散漫,一问三不知,给人感觉很糟糕。唯有苦役犯索津,以前做过医士,看来很知道俄国的规矩,他可能是这帮医务人员中唯一一个做事不让埃斯库拉普①蒙羞的人。

过了一会儿,我在门诊看病人。门诊室挨着药房,也是新的,散发着新鲜木头和油漆的味道。医生坐的桌子围着木栏杆,像银行里一样,这样一来病人就诊时不能靠近,医生的大部分身体在检查病人的时候是有距离的。医生旁边坐着医士,他一言不发,摆弄着铅笔,感觉像是主考的助手。门诊室总有男女进进出出,门口还站着带枪的看守,这怪状让病人别扭,我想,不会有一个梅毒患者和一个妇女当着挎枪看守和男人的面说出自己的病情的。病人不多。所有人,不论是患萨哈林疟疾、湿疹,还是"心痛"的、装病的,生病的苦役犯全都苦求让他们不干活。送来一个脖子上生脓疮的男孩,需要切开。我要手术刀。医士和两个男人跳将起来,跑出去,不一会儿就返回,递我一把手术刀。手术刀很钝,不过他们告诉我这不可能,因为钳工刚刚磨过。医士和两个男人又跳将起来,两三分钟后又拿来一把手术刀。我切下去,仍旧是把钝刀。我要石灰酸溶液,给是给了,但等了一会儿,看来这种液体这里并不常用。没有盆、没有棉球、没有探管探针、没有像样的剪刀,甚至连水都不够量。

区医院日均就诊患者11人,年均(近5年)2581人,日均住院病人138个。医院有主治医生②和医生各1名,2名医士,1名助产士(负责两个区)和护工,说出来吓人,68人:48个男护工和20个女护工。

---

① 古罗马神话中的医神。——译者
② 此人即医务主任。

1889年该院的开销为27832.96卢布。①据1889年的报告称，法医验尸和尸体解剖3个区共计21起，验伤7起，验孕58起，为法庭判决出具体罚承受力证明67份。

我从上述报告中做了份医疗设备和器材摘录。3个区医院共有：妇科器材1套、喉科器材1套、最高限度体温表2个（均已破碎）、体温表9个（2个破碎）、"高烧"体温表1个，穿刺用套针1只、普拉瓦茨注射器3个（其中1个针头已断）、锡制喷嘴29个、剪刀9把（2把已断）、灌肠管34根、导流管1根、大研钵1只（有裂纹）、磨刀带1条、拔罐14只。

从《萨哈林岛地方政府医疗单位收支统计报告》中可以看出，3个区在本报告年内的消耗量为：盐酸36普特、氯化石灰26普特、石灰酸溶液18俄磅、Aluminum crudum56磅、樟脑1普特多、除虫菊粉1普特9俄磅、奎宁皮1普特8俄磅、红辣椒5俄磅、（酒精消耗多少，《统计报告》中未提）、橡树皮1普特、薄荷1普特、山金车1普特、蜀葵根3普特、松节油3普特、橄榄油3普特、橄榄壳油1普特10俄磅、碘仿1普特……除了石灰、盐酸、酒精、消毒和包扎用品，根据《统计报告》，药品消耗总计63.5普特，萨哈林居民倒是可以吹嘘，1889年他们服用了大量药品。

涉及流放犯健康情况的法律条文有两条：1.即使囚犯自愿，亦不予准许从事有害健康的劳动（1886年1月6日御批国务会议议案）。2.妇女自怀孕起至生产后40天免于劳动。40天后的哺乳妇女，其劳动强度以不伤害母亲和婴儿为准。女囚的哺乳期为1年半。参见1890年版《流放犯管理条例》第297条。

---

① 病号服和寝具1795.26卢布，伙食12832.94卢布，药品、外科手术器材2309卢布，委员会和办事处等2500. 16卢布，医务人员8300卢布。房屋维修由监狱开支，护工是无偿的。现在请比较一下。莫斯科省谢尔普霍夫城的地方医院设备极佳，完全合乎科学要求，1893年住院病人日均43人，门诊36.2人（1年13278人），医生几乎每天都做大手术，观察流行病，接待繁杂的挂号等等，这所最好的县医院1893年花掉地方机关12803.17卢布，其中还包括房屋保险和维修的1298卢布，和护工工资1260卢布。（参见《谢尔普霍夫地方卫生医疗组织1892-1893年总结》）。萨哈林的医疗非常昂贵，而区医院用"熏氯"消毒，却没有通风设施，而我在亚历山大罗夫斯克时，医院给病人做的汤非常咸，因为煮汤的原料是腌制品。到现在，似乎"由于餐具不足和未设厨房"，病人的伙食是由监狱大锅饭提供的。（1890年岛长官第66号令）。

译后记

今天, 旅游已经成为国人日常生活的一个内容。远的去澳洲南美, 险的登珠峰履南极; 求刺激的去大堡礁潜海, 讲享乐的乘邮轮逛地中海; 炫富的去巴黎老佛爷烧钱, 差钱的呢, 节假日里招呼上三五好友, 拖儿带女, 去城外农家乐打牌吃茶, 优哉游哉, 不亦乐乎。

然而, 倘若时针倒转, 回到1890年, 像俄国19世纪著名现实主义小说家, 世界三大短篇小说家之一的契诃夫那样出门, 漫说旅游观光, 就连跑路都十分不易, 况且他去的是距离帝俄首都彼得堡万里之遥的萨哈林岛, 它的地理环境远不似其自然天成的鲟鱼形状可爱, 岛上山峦起伏, 北部是极地冻土带, 中、南部的河谷和平原遍布沼泽; 气候恶劣, 年平均温度在零度上下, 极其潮湿, 一年中有181天严寒, 151天刮寒风, 189天下雨下雪, 7、8月份仍有冰冻, 总之, 萨哈林岛虽然景色独特壮丽, 动物种类繁多, 植物极地性明显, 鱼类资源丰富, 但大自然在创造它时, 的的确确丝毫都没考虑人的因素。所以, 尽管契诃夫在岛上行走当时, 没受冻没挨饿, 毕竟与我们今天意义的旅游相差太多。

大自然考虑欠周详, 不等于人迹必定不到。事实上, 萨哈林岛上的原住民源远流长, 18世纪起岛上更时不时出现入侵者——日本人和俄国人的身影, 1875年日俄签订《桦太日俄交换条约》, 萨哈林岛彻底归属俄罗斯帝国, 至此人类在岛上的活动达到顶点, 萨哈林岛被正式辟为苦役场, 成为继西伯利亚之后帝国又一个天然流放地。如是, 光阴荏苒15年, 在原住民人口锐减, 流放犯遍布岛屿之时, 契诃夫的萨哈林之行, 当真是一次不折不扣的探险了。

从1890年7月上岛到10月离开, 前后4个月的时间里, 契诃夫遍访岛上的监狱和流放犯居住的村落, 带回苦役犯登记卡、呈请、医生的诉状等一万张,

3年后，根据这些一手材料，加上亲眼所见及亲身感受，探险结果陆续面世，《俄罗斯思想》杂志1893年第10–12期，1894年第2、3、5–7期发表契诃夫《萨哈林岛》的第1–19章，最后4章于1895年单独出版。只不过契诃夫的探险成果与之前的探险家们的报告极其不同，书中第1–13章描写的是萨哈林从中部，即北部两个行政区到南部的沿途观感，第14–23章探寻的则是关于监狱管理体制、流放苦役犯的刑罚、苦役劳动、逃犯、农业移民区、妇女儿童、萨哈林生活状况、医疗、道德水平等等方方面面的问题，看得出来，对习惯于形象思维，擅长让文学人物说话动作的契诃夫而言，问题的症结让他搓手难解，但彰显问题的惨状，却使作家按捺不住地在每一章里都向读者重复一个理念：萨哈林，那是"人间地狱"。

写流放地苦役场，契诃夫不是第一人。早在1861年，陀思妥耶夫斯基就根据自己10年西伯利亚苦役流放的亲身遭遇和苦难写作并发表了《死屋手记》，里面同样有作家收集的大量一手材料，纪实性很强，但那总归是小说。《萨哈林岛》则不同。不仅收集的统计数据、记述的事件是真实的，而且当事人基本上用的都是真名实姓，哪怕他是高官要员。这样的矛头所指，这样的曝光力度，注定《萨哈林岛》的面世不那么太平，监狱管理总局局长加尔金-弗拉斯科伊向总局局长发牢骚，《俄罗斯思想》11月这一期出版时间被拖延了3天，书报检查机关查禁其中两章（好在出单行本时收入了）。与政府的态度相反，被《萨哈林岛》重重触及灵魂的人们，反响强烈。正面的呼声与《萨哈林岛》形成合力，终于在现实层面产生反应，司法部和监狱管理总局于1893、1894、1896、年先后派代表、法律顾问上岛考察，尤其是1899年，新任监狱管理总局局长萨洛莫夫本人亦前往视察。他们的报告证实了契诃夫的所见所闻。1902年萨洛莫夫将自己萨哈林之行的报告送给契诃夫，在给契诃夫的信中他写道："敬请允许我以此表达对您作品的深深敬意，您的萨哈林考察成果同时属于俄国科学与俄国文学。"随后，作为对《萨哈林岛》唤醒的社会意识的让步，俄国政府实行了一些改革：1893年废除对女犯的体罚，修改流放犯婚姻的法律条文；1895年规定公款负担孤儿院费用；1899年废除终身流放和终身苦役；

1903 年废除体罚和剃阴阳头。

翻译工作原本不自由，而《萨哈林岛》不自由的内容，对译者来说真真是雪上加霜。不错，契诃夫在萨哈林岛上走访的绝大多数都是刑事犯，可即便是十恶不赦的杀人恶魔，面对作家时，说话声中都有了让狱吏意外的"人的声调"，更何况第 6 章里故事的当事人叶戈尔，这个老实到笨的能干农夫，稀里糊涂地就吃了冤枉官司，一家人的平稳生活就此断送，他简直就是苏联解冻时期集中营文学第一人，索尔仁尼琴的短篇小说《伊万·杰尼索维奇的一天》里主人公伊万的前世。更何况第 16、17 章里记述的妇女儿童，眼见得年幼的孩子身临万丈深渊却全然不知，耳听得苦役场女人一声声的苦苦哀告，让人情何以堪。更何况第 21 章里执行死刑的过程和惊悚场面。记不得在哪里曾经看到过，似乎是说如果一个人上过绞架而不死，就意味着他得到上帝的赦免，他就可以活。然而萨哈林岛的那个"苦命人"一次没绞死，居然又受了第二次。试想，"在短短的时间里，这个人都经受了什么啊！与神职人员的彻夜交谈、庄重的忏悔、黎明前的半杯伏特加、'带出来'的命令、尸衣、送终祈祷"，其一已甚，岂可再乎！回头一算，这次翻译收获最多的竟然是噩梦连连。幸亏，噩梦醒来，裹在暖和干净的被窝里，望着窗外明晃晃的阳光，摸着完好无损的脖子，心里不由地慨叹：

自由真好，自由的生活真好。

李莉

2013 年 12 月于杭州二不轩